这样远的距离，明明应该看不清一个人的表情，可胡灵子就是知道，对方笑了。那种感知，就像宇宙彻底湮灭前最后一颗星的微光。

Great Awakening

大觉醒

颜凉雨 著

湖南文艺出版社 博集天卷 CS-BOOKY

大觉醒

目 录

✕

CONTENTS

刀刻斧凿的山壁上，一个人正在向下攀行。山高岩阔，那身影渺小得就像巨墙上的一只壁虎，天幕间的一粒尘埃。

✕

可任凭狂风夹沙，掠起草木，卷走土石，攀行者仍稳稳附在崖壁之上，动作的力量和节奏没有改变分毫。

"既然就差两分，干吗非让我拿这个第一？"

瀑布落深潭，溅起浪花，水汽氤氲。

"本来就是你的。"胡灵予说。

刹那显露的真实，

就像巨岩裂缝漏出的一丝天光。

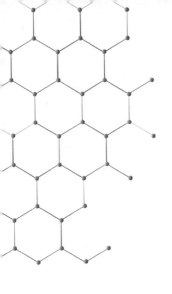

第
一
卷

时
光
依
旧

GREAT

AWAKENING

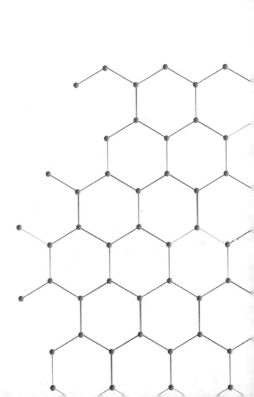

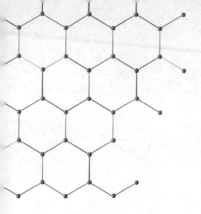

意外落海

寂静无人的海湾，急浪拍打着礁石，一个人影正在峭壁上艰难地攀爬。

夜色阴沉，天上无月无光，攀爬者的力气快要用尽了，但他不能停。上面或许没有他想抓的人，但下面一定是巨浪深渊。

精疲力竭前的最后一秒，那人终于爬到了峭壁上面，一个翻身，身体呈大字形，气喘吁吁——却不是仰面朝天，而是俯趴向地，像极了累瘫的小兽。

胡灵予绝望地闭上眼，无论如何也想不通，自己一个临时被抽调过来的文职人员，怎么就走到了这步田地。

"小胡啊，今晚行动大队那边的布控天罗地网，你就是去外围的外围的外围搭把手。"综合行政办公室直属领导这样说。

"小胡啊，你就负责这台监控车。放轻松，这个位置离犯罪集团的据点很远，正常来说都不用布控。"行动大队监控组同事这样说。

"你那个监控点就是个摆设，但咱不怕一万就怕万一，万一真监控出来点什么，汇报就行，你可千万躲远点。"大学四年的室友兼现任同事、兽控局行动大队队员黄冲这样说。

胡灵予在各种叮嘱中感受到了同事满满的爱，然后这些 flag① 一个接一

① flag：网络流行语，英文原意为旗帜。"立 flag"指说了某些话或做了某些事，预示了某种事件。

个地实现了。

犯罪分子的踪迹竟然真的出现在他的监控范围内。想通信汇报，通信系统因不明原因受干扰；想跑腿去汇报，离他最近的布控点也要绕过大半个岛。

作为兽控局的一员，胡灵予没办法眼睁睁看着行动队同事们奋战数月，却在收网这刻功亏一篑，当下心一横，弃车追了过来。

兽控局，全称"野性觉醒兽化分类风险预防控制管理局"，负责一切和兽化觉醒者或兽化犯罪有关的事件。

海风潮湿咸涩。

胡灵予缓过来，正要起身，耳朵忽然动了动。有声响，而且是越来越近！

犯罪集团的人吗？他没时间多想，立刻趴回地面上。漆黑的夜色里，什么都看不清，只听得见诡异的窸窣声，像一些不可名状的事物在起变化。

短短片刻，胡灵予消失，取而代之的是一只赤狐。

毛茸茸的小兽"刺溜"躲到一块石头后面，蓬松的棕红色尾巴紧紧收在身下，生怕露出行迹。

不想它刚藏好，就被人捏着后颈提了起来。

赤狐惊恐地"嘤"了一声，可在看清对方后，眼里的惊恐就变成了惊喜："嘤嘤（路队）——"

拎着小狐狸的男人二十五六岁，腰窄腿长，一双笑眼，眉宇清澈："我可听不懂狐狸语。"

男人松手，赤狐轻巧落地，短短一瞬就变回了人形，佩戴着的手环随着身体的变化为他喷涂出一体成型的战斗服。

"路队。"胡灵予压低声音，却压不住松了口气的兴奋。

路祈，兽控局行动大队有史以来第一位鹿科队长，以绝对的能力令豺狼虎豹、猛禽毒蛇等一众凶猛科属的手下心服口服，和胡灵予同岁，两人甚至是同校同期，他却是文职科员小胡同志只能仰望的存在。

"我在监控上发现了异常，但通信信号都被屏蔽了，"不等路祈问，胡灵予使语速飞快地汇报，也不怕得罪行动队了，直截了当地给出自己的判断，"你们的定位可能有问题。"

如果部署的包围圈准确，胡灵予不相信那帮家伙能冲破层层封锁逃到这座岛的另一端。尤其他们逃跑还没忘记屏蔽信号，足见准备之充分，应对之从容。

路祈静静听完，没说多余的话，只问："他们往哪个方向去了？"

胡灵予抬头，望向不远处更高的峭壁。

路祈问："你确定？"

胡灵予道："我能闻到他们的味道。"

"好。"路祈轻轻按上胡灵予的肩膀，"待在这里别乱跑，剩下的交给我。"

路祈的身手比胡灵予敏捷得多，转瞬已消失在黑夜的浪声中。

胡灵予抬手摸着自己刚被按过的肩膀，有几秒的愣神。他似乎明白了为何行动队那些野兽般的家伙会去听一头梅花鹿的话。被那样一双坚定的眼睛望着，被那样一个美丽又强大的存在信任着，善人恶人都想跟他交心，是人是鬼都想为他卖命。

交出接力棒的小胡同志彻底踏实下来。

其实路祈的叮嘱都多余，他是别无选择了才只身追到这里，现在有路祈了，作为一只柔弱的小狐狸当然要乖乖藏起……

"嗖——"

一个黑影从远处倏地蹿过去，速度极快，要不是胡灵予的耳朵准确捕捉到了动静，他都要怀疑是自己眼花了。

那黑影和路祈去的是一个方向，如果是敌非友，不就等于随时会发现路祈在追踪，甚至从背后袭击他?!

胡灵予的呼吸一顿，想到路祈可能会暴露，身体比大脑更快做出选择，迅速跟了上去。

岛礁陡峭，跑一段、爬一段，胡灵予被割破了手，但还是坚持着没兽化成狐，以防突发意外，应对不及——和狮、虎、豹那些强势科属不同，胡灵予兽化后的战斗力还不如人呢。

夜快过去了，暗沉的天幕终于有了一丝光亮。藏在黑暗中的罪恶也开始显露它的形状。

更高的崖面上，胡灵予陡然停住脚步，不敢相信自己看到的。

特制软梯从崖边搭下，十几个人正在路祈的注视下有条不紊地撤退。那些面孔有一张算一张，胡灵予都记得，全是在行动卷宗里挂了号的。可他们在路祈面前乖得像小白鼠，如果不是看见了海面上的接应船，胡灵予真要以为路祈是将犯罪分子一网打尽了。

"路大队长，你带了一个尾巴。"背后传来戏谑的声音。

胡灵予一惊，猛然回头。

是一个皮肤白到发青的男人，这人连嘴唇都是白的，眼里若隐若现的血丝是他脸上仅有的血色，头发像是很长时间没有修剪，几乎要遮住眼睛。

但最醒目的，还是他那一双兔子耳朵，像偷戴了兔女郎的发箍，滑稽又诡异。

兔科，半兽化者。

胡灵予向后退，逃生的本能驱使他迅速兽化成狐，只是目光仍投在路祈身上，抱着最后一丝希望。

路祈波澜不惊地看过来，还是那双笑眼，温柔得像月光下无声铺开的泉水："小狗狗，不是让你别乱跑吗？"

那语气仿佛在嗔怪不懂事的孩子，亲切宠溺，却让胡灵予冷到骨子里。

东方既白，一只狐狸被人从礁石峭壁上丢下，坠入深海。

兔子男吹掉手上的狐狸毛，一脸不舍："怪可爱的，浪费了。"

华北第四兽化觉醒大学的校医院，堪称全校最忙碌的地方。荷尔蒙过剩的兽化学子们，总有各种各样惹祸的本事：飞翔摔伤、跑快撞伤、跳跃拉伤这些是最基本的，马蹄踹伤、鹿角顶伤、犬科咬伤、猫科抓伤这些也是见怪不怪，至于打着球就集体兽化把球场变成兽群的干架场，校医们表示每周不来个三五回都觉得工作不饱和。

今天亦然，输液的、包扎的、喊疼的把床位、座位都挤满了，比动物开会还热闹。

但有一张病床例外。

那上面睡着一个十八九岁的男生，脸上干干净净，身上也看不出任何伤，侧身骑着被子，一张对男生来讲过于可爱的巴掌脸陷在柔软的枕头里，睡得香甜得仿佛在自己家。

"老师，他真的没事？"

"放心吧，睡得踏实着呢。"

"那就好，老师，我下节还有课……"

"行，你赶紧去上课吧，他醒了我会告诉他的。对了，你哪个班的，叫什么名字？"

"不用不用，同学之间本来就该互相帮助……"

胡灵予在朦朦胧胧中，好像听到两个人的对话声。

他缓缓睁开眼，先看见一团白乎乎的东西，待几秒后视线对焦，才发现那是一条被纱布包得严严实实的胳膊。

"你这睡得挺好啊。"隔壁床男同学的胳膊都被包成"大白萝卜"了，还闲不下来地晃啊晃。

胡灵予茫然地眨眨眼。

"你要想二次受伤就给我继续晃。"戴着金丝边眼镜的女校医从门口折回，给了不安分的病患一个眼神让他自己领会，然后来到胡灵予床边，"2班的，你现在感觉怎么样？"

2……班？

胡灵予循声转过头来，表情还是蒙的，好像大脑并没有跟着身体同步清醒。

校医问："你在宿舍楼后面那条小路上晕倒了，被同学发现送了过来，还有没有印象？"

胡灵予："……"

还有一堆不省心的"病患"等着处理，校医没办法分给胡灵予太多时间，言简意赅地道："目前检查没发现你的身体有什么问题，但在太阳底下走两步就晕是不是有点丢人？以后加强锻炼。"

校医匆匆离去，四周的嘈杂开始复苏。

胡灵予起身环顾四周，病床、输液椅、忙碌的医生和一张张即使受伤挂彩也依旧朝气蓬勃的脸。浓烈的消毒水气味中也忽略不了的狗叫狼嚎。隔壁床那位又去跟另一边的"邻居"搭讪，对方不耐烦地把那条包扎成"白萝卜"的手臂扒拉开，估计碰到了伤口，男生疼得蹦出一句"我 ×"，直接失控兽化，于是人满为患闹腾不堪的病房里，又多了一只大乌鸦，半边翅膀耷拉着，在低空吃力地扑棱来扑棱去。

什么情况？

他不是应该在兽控局综合行政办公室里写《关于三十周年庆全局大比武、大练兵的通知》吗？不对不对，通知写到一半他就被领导喊过去了，说行动大队那边晚上有一个十分重要的收网行动，要借调他过去协助外围……等等，还不对……是路祈，他看见路祈和犯罪分子混在一起！

胡灵予瞬间清醒。他撞破了路祈协助犯罪分子逃跑的现场，然后被一个气质比鬼还阴森的半兽化兔子男直接扔到了大海里。

回笼的记忆带来战栗，胡灵予不自觉抚上自己的手臂，海水的冰冷与带来的窒息感仍清晰地留存在脑海里。

大黑乌鸦"砰"地撞上窗玻璃，彻底成了"折翼的天使"。

窗外阳光明媚，微风吹透纱窗，徐徐送来暖意。

"2 班的，你还有哪儿不舒服吗？"校医拎着撞得晕头转向的乌鸦同学回来，丢小鸡崽似的扔回病床，完全没半点温柔的动作配上她周身自带的冷厉气场，不像校医反倒像法医，"没有就赶紧回去上课，把病床留给更会作死……喀，更需要的同学。"

"2 班的"，这是今天第二次听到了，久违的称呼勾起了胡灵予无限的怀念。

那是七年前，他刚考入"第四大"，全称"华北第四兽化觉醒大学"，是全国几所顶尖的兽化大学之一。除了定向考入医学院的，初入校的其他大一新生都先不分专业，而是按照科属分班。

胡灵予所在的 2 班，是中小型犬科班，那时候学校会给每个新生发一枚"班徽"，要求在校园内时必须佩戴。不同的班级，班徽也不同，所以通常只要看到班徽，就知道你是哪个科属的大一新生。

那枚班徽早不知被他扔到哪个犄角旮旯儿了，因为只佩戴了一年，到大二分完专业就不用了，自然也不会再有人叫他"2 班的"……

班徽？胡灵予忽然反应过来什么，迅速低头看胸前。

一枚犬型剪影轮廓的精致徽章赫然别在左侧，正中央刻着花体的"2"。

抬头再看四周，他终于明白这浓烈的熟悉感从何而来了，这不就是他们大学的校医院吗？想当年他陪着黄冲不知道来过多少回。

难道是他落海被救，因为某种原因局里送他到这里来治疗？

可是就算送回母校治疗也没必要特地淘一枚七年前的班徽重新给他戴上吧？

"有镜子吗？"胡灵予忽然问，眼睛紧紧地盯住校医。

他有一双狗狗眼，认真望着人的时候纯良又无辜，十分容易勾起对方的保护欲。以至于面对如此不着调的问题，校医还是好脾气地微笑着问："你走不走？"

没鱼，虾也好。胡灵予退而求其次，开始在自己身上摸索，果然从衣服口袋里找到了一部古早型号的手机。借由手机屏，他看见了一张略显青涩的脸。

那是十八岁的自己，脸上满满胶原蛋白，全方位无死角，可爱又帅气。

再看手机上的时间，七年前。

胡灵予心脏狂跳，二度望向校医的狗狗眼里，激动得泛起水汽："我是在做梦吧，大难不死，还浴火重生了？"

校医道："要不你先别走了，我再给你查查脑子。"

路祈

第四兽化觉醒大学的梧桐小路上，胡灵予恍恍惚惚地走着，阳光灿烂得让人睁不开眼，也给四周这些曾经无比熟悉的景色笼上不真切的光圈。

第四大里种了许多树，但数这片梧桐最漂亮，春冬落叶，夏秋交荫，四季美得不同。这也是鸟类科属的同学们最爱栖息之地，时常走在路上一抬头，就能看见兽化成鸟的学子们在梧桐叶间穿梭小憩。

胡灵予曾好奇地问过一个鸟类学长："校园里其他树也不少，你们怎么就爱围着梧桐转？"

那位科属为红腹锦鸡的学长沉吟片刻，眺望远方："'凤凰鸣矣，于彼高冈。梧桐生矣，于彼朝阳。'每个鸟科心中都有一个凤凰梦。"

胡灵予没有学长那么高的文学造诣，作为一只赤狐，也实在想不出自己有什么神兽祖宗能仰望一下，故而和辉煌浪漫的理想注定无缘。在学校的这四年，他不能说是混日子，但也没怎么刻苦就是了，毕业后分配到兽控局做文职，三年以来过得稳稳当当，平平顺顺。

谁会想到一个临时借调的外围协助，居然让他读档重来。

话说，他真的回到七年前了？

胡灵予抬起手遮住倾泻下的阳光，从指缝里往外看，看逆光的梧桐叶，看梧桐叶外更广阔的天。

迎面走来了两个男生，边走边吵嚷，根本没注意到胡灵予。

"比赛还没完呢，咱们就这么撤了不太好吧？"

"都 14：2 了，还看什么！"

"是够郁闷的，输给 9 班，这回丢人丢大了。"

"那个得分最多的叫什么来着？"

"路祈。"

"对，我跟你说，那小子肯定有问题。"

"我也感觉他长得太好看了，不像男的。"

"我说的是他科属有问题！就他那个身体素质、对抗能力，你信他是梅花鹿？"

"路祈"两个字就像一道闪电，直接把好好晒着太阳的胡灵予给劈了。

劈得巨狠，人都裂了那种。

视野里的什么恍惚、光影全没了，景物清晰落地，成了真实世界。

两个男生从他身边擦过，胡灵予只来得及捕捉到他们胸前的班徽——猫爪剪影，中间一个花体的"3"。

难怪这么气了。

大一 3 班，大型猫科动物班，能进这个班的科属就三大类：狮子、老虎、豹。至于他们对话中的 9 班：鹿科班。

狮子、老虎、豹输给一群鹿，是只血气方刚的大猫都不能忍。

俩男生撤了，胡灵予却快步向球场走去。他不知道自己去看一个十八岁的路祈有什么用，但这一刻，他的心情很迫切。

许是曾以对方为仰望的存在，所以"塌房①"的时候格外扎心，总想见一见那撞了自己的南墙是怎么筑成的，那让自己落泪都来不及的棺材在何时钉了第一颗钉。

障碍遍布、高低起伏的球场上，激战正酣。

这是一种叫作"飞跳球"的运动，在野性觉醒之后的几年才出现，却迅速风靡世界。

三十年前——如果按照现在的时间算，便是二十三年前——一场大雾席卷全球，人类开始觉醒"动物性"，即突然拥有了某种动物的运动神经和行为习惯（不同人觉醒的动物性不同），一部分人更是在此基础上直接开启了"兽化模式"，史称"野性觉醒"。

这种"动物性"后来有了一个国际通用的称呼：科属。单纯觉醒了动物性，但身体还是人的被称为普通觉醒者，可以在人形和科属动物之间自由切换的，被称为兽化觉醒者。

那场大雾只持续了三天便悄然散去，其成因以及为何会引发人类觉醒，无数科学家研究至今仍无进展。但社会早已剧变，如今人类一出生便天然遗传父母一方的"觉醒科属"，如果父母中有兽化觉醒者，那么他们的孩子也有相同的兽化概率。

社会变了，生活、教育、娱乐等方方面面自然也跟着改变，比如建立了专门负责兽化事物的兽控局和培养兽化人才的兽化觉醒大学，再比如眼下这场"飞跳球"比赛。

看台上人不多，但泾渭分明地形成两帮，鹿科班这边激动得全部站起，欢呼雀跃。大型猫科班那边个个无精打采、歪歪斜斜地坐着，脸快拉到地上了。

将目光投向球场，胡灵予一眼就看见了路祈。

不是他执念深，而是那抹修长敏捷的身影，几乎是整个球场上最耀眼的存

---

① 塌房：网络流行语，饭圈用词，主要指追星中爱豆在粉丝心目中形象的坍塌。

在。只见路祈高高跃起腾空，游刃有余地翻过全场最高、最难的一处障碍，姿态舒展而优美，就像断崖上的鹿，一跳越过万丈深涧，轻盈地落在彼岸。

那处障碍之后，便是对手的球门。守在门前的高大男生猛然向他扑过去，一如伺机多时的猛虎扑向猎物。

猫科动物们平时懒散，真动起来却势如闪电。

纵使路祈再敏捷，这一下也很难闪避。胡灵刚这样想，紧盯着赛场的眼睛却一怔，只见球门前的路祈根本没有躲的意思，竟然主动迎着对方去了。

一只鹿，准备跟一头猛虎正面对抗?!

先别说科属的力量差距，就单看体格，一个修长飘逸，一个虎背熊腰，这也不是一个量级啊。

闪念间，路祈已经和守门员重重撞到了一起。

飞跳球规则里，冲撞不犯规，只听一声沉闷而巨大的"砰"，路祈直接被撞得向后飞起，结结实实落在几米外的障碍物上。那一下砸得人心惊肉跳，即便是看台上猫科班的那些人，一时都忘了取笑他的不自量力，只觉得摔这一下太疼了。

但严格来讲，这不算一次以卵击石的对抗。守门员也在冲撞中狼狈地向后踉跄了几步，最终脚下一软摔坐在地上。他脸上的错愕足以说明，路祈带给他的冲撞力量和对抗强度，远超他对一个鹿科的想象。

就在所有人的注意力都被路祈吸引过去时，一个鹿科班队员突然从旁边的障碍物后面蹿了出来。

众人这才发现，路祈被撞飞、被重摔，手里的球竟然依旧持得很稳。只见躺在地上的他看也不看，仿佛随意将球一抛，却是精准地传向了队友。后者稳稳接住球，直切球门——进了!

临时裁判的哨声响起，全场结束。

15∶2。

路祈从地上起身，反手按了按肩胛，冲着还在愣神的守门员笑："没脱臼、没骨折、没残废，谢谢手下留情。"

他长得本来就好看，一笑起来更漂亮。守门员平时没少跟自己猫科班的同学一起吐槽这个鹿科的家伙，什么娘儿们兮兮、爱出风头、不像个男人之类，但此刻，对着这样一张脸，他竟然一句恶言都吐不出。

明明第六感告诉猛虎守门员，好像路祈刚说的话哪里有点阴阳怪气，结果说出口的却是："我刚才撞那一下挺狠的……你真没事？用不用再去校医院看看？"

守门员身在庐山，不识真面。

看台上那些敏锐的大猫同学却都陆续反应过来了，另一位鹿科队员的突然出现、路祈早有预料似的传球，这些根本不是临时起意，而是一轮绝妙的配合、一次异常大胆的战术冒险。冲撞守门员是这一战术的必要环节，即使他们的守门员不扑过来，路祈也会主动撞过去。

"他到底在想什么？和咱们撞这一下他搞不好就要去医院报到了，伤筋动骨一百天都是轻的。"

"刚才咱们嘘他'就知道连跑带躲，有能耐正面硬刚[1]'，他好像听见了。"

"然后就真上去硬刚了？"

"打个球而已，不用这么疯吧……"

胡灵予坐的位置离两个班的人都有些距离，没听见猫科同学们的议论，他所有的目光和心绪都在十八岁的路祈身上。

人是真好看，七年后清澈迷人，七年前漂亮有朝气。或许因为科属是梅花鹿，同样腰窄腿长，路祈动起来就是显得比别人更飘逸舒展，有一种林深见鹿的静谧气质。

胡灵予忽然发现，他好像没办法把眼前的这个路祈和七年后的犯罪分子路队重叠到一起。想到后者，落海那一刻的绝望与恐惧就会从身体里复苏，他既战栗又愤怒。可望着前者，他能平心静气地围观一场飞跳球比赛，甚至在最后冲撞的那一刻，替路同学捏了一把汗。

好好一个孩子怎么就走上犯罪道路了呢?!

胡灵予简直想把路祈拉过来和自己一起重走人生路。欸？慢着，路同学好像不用重走，人家现在本来就才十八岁，有大把的时间和机会来修正未来跑偏的人生……不过话又说回来，犯罪分子也可能是一步步才滑向罪恶深渊的，谁

---

[1] 硬刚：网络流行语，大体上是正面对抗、硬碰硬的意思。

能保证十八岁的路祈就没有向黑暗迈出蠢蠢欲动的小鹿蹄呢?

球场上的鹿科队员还在庆祝胜利，路祈被围在中间，笑容灿烂。

看台上的胡灵予在"这家伙绝对是白切黑[①]"和"这分明还是一头好鹿啊"的想法之间反复切换，直到看见两个班的观众团散场，赶紧起身混到人群里跟着离开，他都没有拿定主意。

场上乐呵呵地跟队友合影的路祈突然抬眼，漫不经心地扫向胡灵予离开的背影。

"看什么呢?"旁边的队友凑过来，顺着他的视线却只看到空空如也的观众席。

路祈单手拽起衣领蹭了蹭脸颊的汗，心情没来由地好："一个现在应该躺在校医院的家伙。"

大黄

当人遭遇变故时，会本能地寻找最熟悉的场所来获得安全感。对胡灵予而言，必然是宿舍无疑。

暖木色的门板，一张龙飞凤舞的"内有恶犬"手写警示语张贴其上，连字体都透着"不好惹"的气质。

一切都和记忆中一模一样，胡灵予忍不住笑。

这是黄冲的亲笔大作，后来黄同学升上二年级，吊车尾考入侦查系，觉得未来的兽控局行动人员不可以这样嚣张，要有低调稳重的气质，于是挥毫泼墨换了一幅新作：正道的光。

当年觉得有趣又酷，现在简直不忍直视，胡灵予赶紧敲门。

"没锁——"里面传来气喘吁吁却依旧洪亮的声音。

胡灵予推门而入，只见一个穿着运动 T 恤的男生正在跑步机上飞奔，估

---

① 白切黑：动漫圈的流行词，指一个角色表面看起来天真无害，实际是其伪装，真正性格果断狠辣。

计跑很久了，前胸后背都让汗水浸透了。

五官端正，剑眉挺鼻，一双眼睛尤其明亮，标准的心灵窗户——十八岁的黄冲。

"你干吗呢？回自己宿舍还敲门？"

对着一脸迷惑的老同学，胡灵予只觉得眼底发热："大黄……"

黄冲关掉跑步机，脚下跟着减速："每回听你喊我都感觉是在叫狗。"

胡灵予道："请认清自己，你本来就是狗。"

黄冲："……"

黄冲，昵称：大黄；科属：中华田园犬。

昨晚出发前，行动大队黄同志还叮嘱他："真监控出来点什么，汇报就行，你可千万躲远点。"

现在，大学一年级的黄同学正灵活地从还没完全停止的跑步机上跳下来，狂甩脑袋上的汗，像极了刚从水里上岸的大型犬。

恍如隔世。

"我果然应该听你的。"胡灵予真心实意地后悔道。

"啥？"黄同学甩头甩得太投入，没听清。

胡灵予摇头："没事。"

"没事就赶紧写作业吧，"黄冲一副操心老父亲的口吻，"做什么别往后拖，得往前赶。"

"作业？"胡灵予三年没听过这个词了，但发现时光完全没有让这二字的杀伤力褪色，骤然被 cue①，还是立马心虚。

"观后感啊，"黄冲扯过毛巾搭到肩膀上，往浴室走，"你可别说你忘了。"

胡灵予是真忘了："看的什么来着？"

黄冲无语道：《觉醒的星球》——"

浴室门砰地关闭，胡灵予慢半拍地"哦"了一声。

有点印象了。大一生物课，老师好像给放过这么一部片子，讲人类觉醒给

---

① cue：网络流行词，一般指突然被点名，被叫到的意思。

地球带来的改变。不过影片的具体内容，胡灵予是真的一个画面都想不起来。

但无所谓，眼下这也不是重点。

中小型犬科宿舍的陈设很简单，两张床，一张坐六个人都没问题的大书桌，一台满足犬科运动量的跑步机，以上就是主要配置了。

浴室响起哗哗的水声和大黄从来不在调上的歌声。黄同学的浴室曲目涉猎很广，就是每一首听着都像原创。

胡灵予来到书桌前，伸手一一摸过那些曾经无比熟悉的物品。

对两个男生来说，他们的书桌不算太乱，但也和整洁毫不相关。教科书、笔记、文具随意放着，以"顺手"为原则，想用哪个一抓就行；两盆小巧绿植象征性地点缀着，经常十天半个月忘记浇水；当然还有必不可少的功能性饮料。

拿起一个印着狼头图案的易拉罐，胡灵予莞尔。

这款功能性饮料名叫"凶狼"，当年风靡校园，同系列的还有"烈虎""战鹰""巨蟒""铁蹄"等等。不同的产品针对不同的科属，摆出的噱头是增加机体营养，提升野性之力。

从它简单直接的名字和宣传语也能看出来，比如"凶狼"这款，胡灵予记得当时的广告语是"一口凶狼，犬科最强"，简直戳进了所有弱势犬科的心里，有段时间胡灵予也不知道着了什么魔，几乎拿这玩意当水喝。

窗口照进的阳光，满满扑洒在桌面上。

胡灵予经常蜷着尾巴趴在上面，在暖洋洋的日光里，当一只懒散的小狐狸。

时光重来，一切依旧。

克制住兽化冲动，胡灵予拉出椅子坐下来，只上半身往桌上一趴，贴着温暖的桌面舒服地眯起眼。

这是他最喜欢的思考姿势——是的，看着像犯懒，其实是狐狸在沉思。

回到七年前了，然后呢？

重来一次最大的意义，在于可以弥补曾经的遗憾。那些未曾得到的成功，那些一念之差的抉择，那些错过的人。

但这几样胡灵予都想不出来。他是个知足常乐的人，不怎么努力，对功成名就也没什么执念，这辈子唯一"逼"自己的一次就是拼命考第四大——因为毕业包分配。

至于错过的人，他多希望能有错过的机会，但现实是他连遇还没遇见呢。

就剩一念之差了……好吧，收回前言，他是真后悔昨天晚上一念之差，下了监控车。

想阻止自己的悲剧很容易，等到七年后的那天，直接提前请病假。胡灵予简单地想着，可是转念又想，行动队不借调他，就要借调别人，那个人或许还是会被分到自己曾经的监控位置，然后发现犯罪分子，做出和自己同样的选择。

悲剧的根源不是他下了车，而是路队长"叛变"了。

路祈。

一想到那个王八蛋，胡灵予的心口又疼了——气得。他怎么能伪装得那么好呢？

如果是个原本就不怎么样的人也就算了，偏偏兽控局从上到下，从领导到科员，都当他是冉冉升起的新星、前途无量的才俊，不出意外未来是可以拼一拼局长位置的。

胡灵予想破头也想不明白为什么会有人放着康庄大道不走，非选一条见不得光的路。图财？图刺激？还是单纯有反社会倾向？

黄冲洗完澡出来，就看见胡灵予趴在桌子上，下巴抵着手背，一双人畜无害的大眼睛静静望着前方，像发呆，又像是陷入了某种无助的茫然。

然而黄冲太了解他了，"人畜无害"这四个字基本上是胡灵予性格的反义词，茫然无助更没可能。他这位室友眼睛一眨就有八百个鬼主意，妥妥的狐科，偏偏生了一张看起来无辜的脸，杀伤力不大，欺骗性极强。

"又在谋划什么呢？"

"什么叫'又'？"胡灵予不满地道，然后发现自己的重点好像错了，"不对，什么叫'谋划'？我这是在思考。"

"行，"黄冲随意地擦擦短发上的水，从善如流道，"那请问您老在思索什么呢？"

胡灵予侧过脸看他："想怎么才能抓住一个犯罪分子。"

"犯罪分子？"黄冲怔了怔，忽然眼睛一亮，"你终于改变主意了？"

换胡灵予听不懂了。

黄冲没察觉，仍自顾自地高兴道："太好了，明天开始咱俩一起锻炼，肯定能进侦查系！"

侦查系，兽化觉醒大学里绝对的王牌专业。

以第四大为例，全校共设兽化侦查学、兽化法学、兽化心理学、兽化教育学、兽化管理学、兽化医学六大专业，除了医学院的学生是定向招来的，大一就开始专业课的学习，其他人都是先按科属分班，一年级升二年级的时候再填报专业意向，参加考试。

能顺利从第四大毕业的，基本都会被分配到兽控局，但如果想进行动大队这个兽化犯罪唯一指定处理部门，则必须是侦查学专业。

胡灵予终于把两人仿佛"鸡同鸭讲"的对话理出头绪。

他想抓的犯罪分子特指路祈，但听在黄冲耳朵里，就以为他也要立志当一名除暴安良的行动队队员。

"你可饶了我吧，"胡灵予赶紧澄清道，以免明天一早真被人拉起来跑圈、撸铁①，"我一个赤狐，你是让我咬豺狼虎豹还是扑狮熊马牛？"

考侦查系是要进行体能测试和对抗的，他这种小型犬科上去就是炮灰。所以升大二那年他果断选择了兽化管理学，毕业后光荣地成为一名兽控局文职人员。

"不试试怎么知道，"和怎么舒服怎么来的胡灵予截然相反，黄冲的性格耿直倔强，有股不服输的劲儿，"他们还说我不行呢，那我就非得考上给他们看看！"

考侦查系，进行动队，一直是黄冲的梦想。

"你那是什么表情？"发现胡灵予眼神闪烁，欲言又止，黄同学刚才还拍案叫板的气势顿时垮下来，"怎么，你也不信我？"

"我信你，"胡灵予几乎毫不犹地道，"你能考上。"

只是在考上之后的那三年，大黄过得并不快乐。他是以最后一名考入侦查

---

① 撸铁：网络流行词，即举铁健身，年轻人对健身运动的戏称。

系的。不是他不努力，而是科属差距天然存在。和他同班的 70% 是大型猛兽，20% 是大型猛禽，5% 是鳄鱼、巨蟒，还有 5% 的非猛兽"战力狂魔"，比如大象、河马、非洲野牛这种。

在这样一个班级里，中华田园犬根本不够看，没人拿他当朋友，没人跟他一起玩，甚至后来还传出谣言，说他是靠作弊才考上侦查系的。整整三年，胡灵予就看着原本爱笑的室友一点点变得沉默。毕业后，黄冲如愿进入兽控局行动队，实现了最初的梦想，可那个没心没肺、整天傻乐的大黄，再也没有回来。

好好学习

"大黄，"胡灵予控制不住地开口，"你非得考侦查系吗？"

黄冲皱眉道："你不是刚说完信我？"

"我是信你，"胡灵予重重点头，然后话锋一转，"但这么重要的人生抉择，你要不要再考虑考虑？可能真考上之后，和你想的不一样呢？"

"你到底想说啥？"

"宁当鸡头不当凤尾，听过没？"

黄冲："……"

"大黄，你现在是不是想揍我？"

"你还知道啊！"

黄冲扯过椅子一屁股坐下来，没好气道："有你这么当兄弟的吗？我怎么就非得是凤尾，我就不能当一把凤头？"

胡灵予不说话，就静静看他……继续静静看他。

"好吧，当凤头是有点难度，"一秒心虚的黄同学叹了口气，"但尾巴也行啊，凤凰的尾巴再低，也比鸡飞得高吧？"

鸡走山野，凤凰飞天。胡灵予忽然不知道该说什么了。

"你真不和我一起考？"黄冲不死心地问，得到胡灵予的白眼后，奇怪地问道，"那你刚才说什么抓犯罪分子？"

胡灵予没想到他还记着这茬，索性坐正，认真地道："大黄，我问你一个问题。"

黄冲立刻正色起来："你说。"

胡灵予道："如果你被一个人坑了，是往死里坑啊，然后你有机会回到被坑之前，你是先下手为强，提前把他料理了，还是等到他坑你那天，再绝地反杀？"

黄冲等了几秒："就这俩选项？"

胡灵予意外挑眉："你还有 C？"

黄冲道："都回到被他坑之前了，那就是一切还没有发生，还来得及。把他叫出来啊，大家有什么解不开的结放到明面上说，以心换心，让他悬崖勒马，回头是岸。"

空气突然安静。胡灵予毫无预警地往前趴，凑近桌对面的黄冲，用力盯着对方的脑门看。

黄冲吓一跳："你干吗？"

胡灵予道："我找你头上的光环呢。"

黄冲问："什么光环？"

胡灵予答："圣父的。"

黄冲："……"

"渡人回头是岸是佛祖的事，"胡灵予坐回去，单手托起脸，天真无邪地眨眼，"我们狐狸精都是有恩报恩，有仇报仇。"

"你有新的学习消息。"

"你有新的学习消息。"

"你有新的学习消息。"

三声密集重复的语音提示，打断胡灵予的复仇畅想。

"不用响三遍吧。"胡灵予从口袋里拿出手机，解锁屏幕，第一眼就看见了那个卸载了三年的程序——好好学习。

这是所有兽化觉醒大学标配的教育联络平台，方便教学和发布信息，也方便学校、老师和同学之间直接沟通。

黄冲在一旁摸下巴："以我侦查系预备役敏锐的感觉，可能不是三遍是三条。"

　　兽化觉醒老师：胡灵予，明天的野性之力测验，好好准备，全年级就你一个还没达标了，这次务必通过。

　　生物老师：胡灵予，《觉醒的星球》观后感全班就差你一个人还没交了，是有什么困难吗？有困难可以来找老师沟通。

　　全动物痕迹学老师：胡灵予，关于你上次作业写的《狐狸和狼脚印的相似与区别》……

　　胡灵予："……"报仇什么的往后放放吧，先马上安排他毕业行不行？

　　凌晨两点，夜色静谧。

　　黄冲不知道做了什么梦，直接在熟睡中兽化了，于是就见一条大黄狗肚皮朝上，四条腿仰着不时在半空中抓两下，哼哼唧唧地跟看不见的敌人"搏斗"。

　　胡灵予没做梦，因为他压根睡不着。

　　重回七年前的第一天，他看了半场飞跳球，回顾了一遍《觉醒的星球》并写出了一千字观后感，以及艰难修改了全动物痕迹学的作业，一边修改一遍感慨，自己曾经竟然懂得这么多知识。

　　胡灵予临近清晨才睡着，他梦见自己化身正道的光，把那个装模作样的路队长照得灰飞烟灭，后来路队长变成飞跳球场上的少年，正道的光就不管用了，甚至还成了那家伙的效果滤镜。

　　十八岁的路祈轻盈腾空，在正道的光里划出一道飘逸的跳跃线。

　　然后胡灵予就醒了，缓了几秒，突然用力掐了把自己的左脸。还在宿舍床上，很好，不是梦。

　　再用力掐右脸——你能不能专注报仇！

　　宿舍门被推开，晨练完的黄冲从外面回来，短衣短裤，肌肉不算厚但线条流畅，上面一层湿漉漉的汗水。

　　"起了？"黄冲推门看见胡灵予坐在床上，不假思索地开口问，说完才看清对方奇怪的动作，"……还是起不来准备掐醒自己？"

　　胡灵予抹一把脸，打起精神，决定暂时抛开杂念，先重新适应自己十八岁的学习生活。

"大黄，今天都有什么课？"

"兽化觉醒、野性社会论、动物学，晚上还有兽语听力。"黄冲倒背如流，但说完还是疑惑地看了胡灵予一眼，"你现在都不看课程表了？"

胡灵予这才想起来，课程表和作业一样，都是发在"好好学习"里的，赶忙装模作样地拿起手机，一边点开程序，一边若无其事地解释："行行行，我自己看。"

黄冲还是觉得哪里不对，认真打量胡灵予半天，说出了心中所想："我怎么感觉从昨天到现在，你一直奇奇怪怪的？"

胡灵予面不改色，眼都不抬："我昨天晕倒了。"

"晕倒了？"黄冲立刻忘了自己前面在说什么，只剩下担心，"什么时候？怎么晕的？"

"就在宿舍楼后面，太阳晒晕的，"胡灵予其实毫无印象，但不妨碍他说得极其逼真，"后来是路过的同学发现，才给我送去校医院。"

黄冲道："你怎么没给我打电话呢？"

胡灵予道："大哥，我都晕了怎么给你打？"

黄冲问："也是，那为什么晕倒查出来了吗？"

胡灵予答："说我缺乏锻炼。"

黄冲："……"

"这个不重要，"胡灵予赶紧跳过话题，以防黄同学抓住拉他一起锻炼的强力理由，"总之就是我虽然是自己醒的，但醒过来之后脑子就一直有点迷糊，现在也是，所以吧……"适当留白，更有想象空间。

果然，黄冲自己就把逻辑链补全了，觉得十分合理，再无怀疑："要不今天上午的课你别去了，好好在宿舍休息，我帮你请假。"

猝不及防，胡灵予赶忙下床："那倒也不用，校医院的老师说让我多呼吸新鲜空气。"

"哎，我差点忘了，你还不能请假，"黄冲后知后觉地一拍脑袋，"第一节课是兽化觉醒，你的野性之力测验还没过呢，今天是最后的机会，再不过就挂了！"

"……谢谢你贴心的提醒。"胡灵予扯出营业式笑容，现在脑袋是真疼了。

兽化觉醒是大学里的核心课程，主要教兽化者对机能的调动与控制，课程从一年级贯穿到四年级，什么专业都别想逃过。

而野性之力，就是检验这门学科成绩的硬性标准。事实上这也是衡量所有兽化者身体素质和能力的通用指标。野性之力共分 10 级，等级越高，能力越强。不过为了避免科属歧视，等级的评定是以同科属为水平参考的。

比如一个鼠科和一个狮科，野性之力都在 5 级，说明他们俩对自身兽化力的调动与控制能力都在 50% 左右，但一头能发挥 50% 野性之力的狮子，当然要远远比一只能发挥同样比例野性之力的老鼠强大。

事实上除了侦查系，学校其他专业对野性之力的要求都不高，对一年级的学生更是宽容，达到 3 级就行。但也不知道是不是筋骨奇差，胡灵予的野性之力训练道路就是比别人都坎坷。

一年级的时候测验了三次没过，最后补考才达到了 3 级。大四毕业的时候，管理系同学们基本都在 6—7 级，他才 5 级，并且这个等级在进入兽控局后也一直很稳定，直到坠海那天。

往事不堪回首。但现在不用回首，原班原马再让他沉浸式体验一遍。

骄阳似火。

距离上课还有十分钟，兽化觉醒训练场上已聚了不少同学。他们穿着学校统一发放的兽化觉醒课专用运动服和鞋，由特殊材料制成，伸缩性和韧性都极大，足以支撑他们在人形和兽化之间来回切换。

训练场分为六大区域，一、二区测试野性之力，三到六区是兽化觉醒的户外教学场地。但所谓区隔，只是在地上画了白线，所以如果六个区域同时有班级上课，彼此都能看见。

兽化觉醒是大课，通常四个班一起上。今天只有一、四区有课，恰好都是一年级。

这届一年级共二十一个班：

1 班：犬科（大型）

2 班：犬科（中、小型）

3 班：猫科（大型）

4 班：猫科（中、小型）

5 班：熊科

6 班：牛科

7 班：马科

8 班：羊科

9 班：鹿科

10 班：啮齿类（兔、鼠等）

11 班：其他大型哺乳类（象、猪等）

12 班：其他中型哺乳类（袋鼠、树懒等）

13 班：其他小型哺乳类（蜜袋鼯、蝙蝠等）

14 班：蛇类

15 班：鳄科

16 班：其他爬行动物类（龟鳖、蜥蜴等）

17 班：猛禽类（雕、鹰、隼等）

18 班：飞鸟类（除猛禽外的飞鸟）

19 班：其他（孔雀、鸵鸟等）

20 班：两栖动物及其他

21 班：兽化医学（定向班，不分科属）

今天在兽化觉醒训练场两区域同时上课的八个班级是，1—4 班（一区），9—12 班（四区）。

一区，一个身材高大修长的男生坐在临近训练场围墙的树上，支起一条腿，胳膊随意搭在上面。枝叶茂密的树杈似乎比平地更让他自如惬意。

他有一张带侵略性的脸，飞扬跋扈又英俊，和周身散发的傲慢气质浑然天成。此刻，他正皱眉看着树下 3 班的几个男生："15：2，你们逗我呢？"

美洲豹

树下几个男生一直在仰头和他汇报昨日的飞跳球战情，但丝毫不嫌累，眉宇间甚至还有点谄媚。

"老大，你是没看见，9班那个路祈跟喝了兴奋剂似的！"

"我做证！要对抗有对抗，要弹跳有弹跳，要耐力有耐力，能自己突破还会打配合。"

"还有速度呢，跑起来比豹还快……"话没说完，他就被旁边人用力捅了一下，反应过来不妥的男生立刻变了脸色，"老大，我不是那个意思，我嘴太快没过脑子……"

"不会说话就闭嘴。"傅西昂，科属美洲豹，不耐烦地皱起眉，抬头望向不远处的四区，"哪个是路祈？"

小弟1答："穿白衣服那个。"

傅西昂道："一群穿白衣服的！"

小弟2说："腿最长那个。"

傅西昂道："什么腿最长，我眼睛又不是测量仪。"

小弟3道："最……最漂亮那个。"

傅西昂道："……我是要去收拾他，你们在这儿选美呢？"

"老大，我有照片，"4号小弟总算有点用，飞快地摸出手机，"昨天看比赛的时候我偷拍了好几……"

话还没说完，傅西昂突然从树上跳了下来。

4号小弟吓了一跳，手忙脚乱地翻照片，傅西昂却看也不看，直接从他身边越过去了。

"老大？"小弟蒙了。

"那什么路的再说吧。"傅西昂头也不回，兴致盎然地朝着一个方向径直而去。

大猫班的四个小弟顺着老大的背影望去，果不其然，看见了远处刚走进训练场的熟人。

2班，胡灵予。

所谓熟，就是他们会不定期对对方进行围追堵截。别问为什么2班那么多只狐狸，他们单单爱堵他，问就是因为老大心情不好。

胡灵予和黄冲一进训练场，就有2班的同学看见他俩，隔得好远便是一嗓子："胡灵予、黄冲，赶紧的，要上课了，你俩慢吞吞的蜗牛啊——"

十八岁过剩的热情与能量。

"你黄哥来啦——"大黄一个猛冲，冒着没心没肺的傻气就朝那几个男生扑了过去，嬉笑打闹成一团。旁边聊着天的女生们赶紧躲开，怕被这些没头脑的男生撞着。

胡灵予看着一张张记忆中熟悉的面孔，翘起嘴角，也跟着加快脚步。

一个高大的身影突然挡到他前面，胡灵予停步不及，差点跟人撞上。结果他还没说话呢，就听见了对方阴阳怪气的声音："哎哎，走路看着点，野性之力不行，路也不会走啊？"

胡灵予抬头，逆光里，是一张任性傲慢的脸。

时隔多年，胡灵予以为自己早把这家伙忘了，可在四目相对的这一刻，他还是一秒就记起了对方的名字——傅西昂，科属：美洲豹。

每个人的记忆深处都有封存的东西。有些是被珍惜地打包，每每拿出来怀念时，还是当初的模样；有些则是被深埋心底，不愿回忆、不忍回忆，或者干脆恨不得这些记忆就此化为尘土，永远不要想起。

在胡灵予这里，傅西昂就是这样一个存在。

嚣张、自大，极其看不起弱势科属，仗着家里有钱有势，给学校捐了一栋楼，成天惹是生非也没人管。学校摆明了对他有照顾，老师自然也都睁一只眼闭一只眼，只是苦了被他盯上的倒霉蛋。

胡灵予是真不知道自己怎么就入了对方法眼。最开始是四个班一起上兽化觉醒课时，被对方找麻烦，后来发展成时不时就会被对方堵在学校的某个犄角旮旯。

一头美洲豹想欺负一只狐狸太容易了，傅西昂就像猫抓老鼠一样，目的并不在于弄死他，而是在于玩耍，好像看见狐狸被整得灰头土脸、可怜兮兮，他就高兴。

胡灵予也不是没反抗过，但十次里最多能逃掉两次，剩下八次都是在被制服后下场更惨。以至于有段时间，胡灵予晚上做噩梦都是被美洲豹咬死。

开始猛喝"凶狼"也是那个时候。胡灵予终于想起为什么他有段日子会把"凶狼"当水喝了，因为他无比渴望那句广告语是真的，他真的能变成地表最强的犬科，扑上去跟美洲豹拼个你死我活。

　　幸好阴霾只有一年。

　　后来升上二年级，傅西昂进了侦查系，两人再没有同班上课的机会，而且没多久对方就因为捅出了连学校都看不过眼的大娄子被强制退学了，胡灵予的青春天空至此重新晴朗起来。

　　"喂，我和你说话呢！"傅西昂不客气地推了下胡灵予的肩膀，自己这么一个大活人在面前戳着，他居然敢走神？

　　"听见了。"胡灵予揉着肩膀退了两步，懒洋洋地答。

　　时过境迁，如今再对上傅西昂，胡灵予的内心竟然没有太大的波动。许是他已经长大了，再看这些小孩子实在幼稚。

　　傅西昂比胡灵予高出大半个头，往常只要他稍微向前靠靠，就能将对方完全笼罩在自己的阴影里，每到这时，对方就会像受惊的小兽一样控制不住地轻抖，大大的眼睛却一眨不眨，虚张声势地瞪着，好像只要有机会就一定要扑上来反咬你一口。

　　可笑至极。

　　但今天的胡灵予却是完全不同的反应，既没怕，也没恼，就那么气定神闲地直视着他："还有一分钟上课，你要再不让开，我就告诉老师你影响我学习。"

　　傅西昂讥笑道："你的野性之力还有被往下影响的空间吗？"

　　胡灵予欣慰地点点头："还知道是'往下'影响，有点自知之明。"

　　被呛得太快，傅西昂足足愣了两秒。

　　"老大——"

　　四个小弟在这时跟过来了，纷纷给了胡灵予一个自认最可怕、最有不良少年范儿的眼神，可等开口和傅西昂说话，气势一秒消失。

　　"老大，先上课。"

　　"对，下课再收拾他！"

　　"咱们赶紧过去集合吧，老师一直往这边看呢……"

　　傅西昂不为所动，只死死盯着胡灵予。什么上课，什么老师，这只小狐狸刚才竟然敢呛他，反了天了？！

　　胡灵予不想这么"善解人意"，但美洲豹同学实在是把什么都写在脸上了。

闹海会被龙宫的人追杀，把龙王三太子剥皮抽筋也会被龙宫的人追杀，那为什么不剥皮抽筋呢？

"傅西昂。"胡灵予突然认真地喊他的名字。

"想道歉？晚了。"

"有件事我一直没和你说。"

"你等下课的，我……"傅西昂顿住，终于从惯性思维里抽离出来，"你说什么？"

"我说，"胡灵予一字一顿道，"有件事我一直没和你说，其实从我们第一次见面，你在我心里就有了另外一个名字，但我从来没敢当着你的面叫过，今天我想圆了这个遗憾。"

傅西昂有点蒙。围听的四个小弟更蒙——这是什么奇奇怪怪的气氛和剧情发展？难道是胡灵予想和老大套近乎？

上课铃响。傅西昂等不及了："你倒是叫啊。"

胡灵予深吸一口气，声音大到盖过铃声，传遍操场："傅——香——香！"

铃声结束，狐狸早溜了。四个小弟忍笑忍得脸都红了，终于还是破功："噗……"

"给我憋回去！"美洲豹同学想杀人了。

傅西昂，西（xi）昂（ang），xiang，香，傅香香。

又好听，又好记，有理有据，朗朗上口，还绝妙地拥有反差感。

四名跟班捂着嘴偷瞄老大，再彼此交换眼神：胡灵予，平平无奇的起名小天才！

不久的将来，这个名字会随着口口相传飘遍全校，一年级最不好惹的人物至此有了个软萌甜美的诨名：傅香香。当然这是后话了。

眼前听见这第一声呼唤的只有训练场上的八个班级。

9—12班离得远，又不明情况，纷纷侧目后又乖乖收回视线，开始上课。

除了路祈。他的视线准确地在傅西昂和胡灵予之间打了个转，随着那声"傅香香"和胡灵予脚底抹油般的逃跑，才不着痕迹地收回来。

　　1—4班可热闹了。傅西昂和胡灵予已经归队，但俨然是闪亮的焦点。同学们面上都在队伍里整齐地站着，不敢多说，暗地里一个个的眼睛全往一豹一狐身上瞟。

　　傅西昂不待见胡灵予是四个班都知道的，但胡灵予敢跟傅西昂叫板——不，刚才那都不是叫板了，是拿着板啪啪往美洲豹头上拍——前所未有。

　　胡灵予是疯了吗？还是说今天是他的最后一次野性之力考核机会，再不通过就要成为全年级唯一一个补考的，所以心态崩了，破罐子破摔？

　　想法都一样，心情却不同。1、3班那些大型犬、猫班的人，和傅西昂一样都感觉被冒犯了，2、4班那些常年受强势科属气的小型犬、猫班的人，却觉得胡灵予虽然不自量力，但勇气可嘉，痛快。

　　"都别嘀咕了，立正——"

　　给这四个班上兽化觉醒课的是一位女老师，名叫邱雪，年逾四十，一头利落的短发，看起来比实际年龄年轻许多。

　　"今天这节课，是本学期野性之力的第三次测试，也是最后一次。之前没有通过的同学，以及对自己前两次测试成绩不满意的同学，都可以参加。"

　　温柔，是胡灵予记忆中对这位老师最深刻的印象。虽然在兽控局里和同样上过邱雪课的同事说起，几乎每个人要迷惑地反问："你确定咱俩说的是同一个老师？"

　　当然是。

　　没通过的是"必须"参加第三次测试，在学习程序里这位老师已经单独给他发过通知了，然而在四个班面前，她用的词是"可以"。

　　"想参加第三次测试的在这边单独列队，剩下的同学原地坐下休息。"邱雪一边说着，一边启动野性之力测试屋。

测试

　　测试屋建立在场地中央，约是一个亭子的大小，全封闭，内置测试仪和连接设备。测试屋外有一块竖起的大屏幕，测试结果会实时显示在屏幕上。如果启动监控程序，大屏幕上还会将测试屋内的情况进行全程直播。

　　想参加测试的同学陆续出列，胡灵予也混在其中，悄悄站到了新队伍的末尾。其间他一直盯着大屏幕，仿佛已经在那上面看见了自己狼狈不堪、测试失败的全过程。现场直播，众目睽睽，悲催赤狐，"社死"①现场。

　　不料邱雪都进入测试屋调试半天了，大屏幕上依然没显示测试屋内部的影像。

　　胡灵予终于记起，这一被很多老师钟爱的监控功能，邱雪几乎不用。她认为在参加测试时，相比被老师和其他同学围观，一个全封闭的隐私环境更有利于测试者状态的发挥。

　　胡灵予松了口气，感谢，至少还给他留了一丝体面。

　　原地坐下的四个班的同学里，突然有几个发出了哄笑声。

　　胡灵予不明所以地转头，就看见1班和3班都有人对他指指点点，满脸看热闹的表情。

　　观察片刻，胡灵予悟了。他所在的队伍，也就是想参加第三次测试的，一共有九个人，前八个都是3级过得无比轻松，想向4级发起挑战的，就他一个还没达标。

　　别人出来是为了争取更好的成绩，他出来是为了赶上及格的最后一班车。

　　战神和战五渣②，泾渭分明。

　　"胡灵予，你别躲排尾啊，"傅西昂的一个小跟班故意嚷嚷，"咱们全年级二十个班就剩你一个没过3级的，天选之子，你得往前站！"

　　有带头的，就有起哄的。

　　"对啊对啊，往前站——"

　　"哎，前面那几个，赶紧给天选之子让位！"

　　"哈哈……"

　　刺耳的哄笑声回荡在训练场。

　　饶是胡灵予在兽控局修身养性三年，天天用枸杞泡水喝，都没法在这一刻说服自己，他们只是孩子。

───────────────

① 社死：网络流行语，"社会性死亡"的缩略语，主要指在大众面前出丑。
② 战五渣：网络流行语，"战斗力只有五的渣滓"缩略语，形容人能力弱。

孩子个屁！十八岁成年了，就该一个个打包丢到兽化保护区，让那些誓要回归大自然的野性兽化者教这帮崽子重新做人。

"别理他们，"站在胡灵予前面的一个4班的女生忽然回头，小声说，"这次你肯定能过，加油。"

胡灵予心里一暖，抬头想道谢，对方却已经把头转回去了。站在她前面的另外一个跟胡灵予同班的男生，像是听见了刚才的对话，也回过头来，飞快地说了一句："你今天必须过，绝对不能让1班和3班的那些家伙看扁！"

胡灵予感受到了中小型猫科班的善意和自家同学的期待。

但他做不到啊。七年前，他也是站在队尾，也是面对不怀好意的起哄，除了没有跟傅香香硬刚，其他发生的一切都完美复刻，结局自然也会一样。

设备调试完毕，邱雪从测试屋里走出来，看向坐在地上闹哄哄一片的家伙们，蛾眉微微挑起："是坐着不太舒服？那就站一会儿？"

四个班立刻安静，整齐划一。

但显然老师还有更高的要求："坐直！站有站相，坐有坐相，挺胸抬头！"

她不用横眉立目，利落飒爽的声音自带威严。

刚才还嬉皮笑脸的熊孩子们一个个瞬间坐得倍儿直，跟后背绑了钢板似的。

邱雪淡淡扫过去，基本满意了，目光回到胡灵予所在的队伍上，示意排在队首的同学第一个开始。

那是傅西昂他们班的一个男生，他深吸口气，昂着头就大步流星地走了进去。

测试屋的自动门在男生身后合上，不多时，大屏幕上出现了"测试中"三个红色大字。字下面，则是更为醒目的等级数字，随着测试者对自己身体调动水平的不断提升，数字也会变化。

四周渐渐安静下来。所有同学的目光都盯在等级数字上，看着它从1变成2，从2变成3，然后，就不动了。

测试还在继续，大家看不见里面的情况，故而更好奇，猫耳朵、狗耳朵都竖起来，恨不得钻进测试屋里去听。

测试野性之力时，测试者只需要贴上传感片，然后在短时间内集中注意力，将身体机能调整到濒临兽化的状态。这时，测试仪会通过传感器记录下测试者身体机能的所有数据，如肌群变化、血液流速等等，并由此给出最终等级评定。如果兽化者在测试过程中用力过猛、失控兽化，将被视为测试失败，因为"对身体机能的控制"也是野性之力要考核的部分。

综上，野性之力的测试过程应该很安静。

但现实往往没有这样美好。咬牙切齿、面目狰狞的，浑身用力、扭成麻花的，总之为了取得好等级，测试时什么状态的都有，失控兽化更是平常事。

果不其然，很快测试屋里就传出一声狮子吼。真，狮子吼。

大屏幕上也立刻出现"测试失败"四个大字。

几分钟后，变回人形的男生耷拉着脑袋从里面出来，显而易见的沮丧之态。

"没事！"有大猫给自己的同学打气，跟嘘胡灵予的时候可谓两副面孔。

开局不利，后面就都比较坎坷。

胡灵予目送一个又一个同学进入测试屋，再一个又一个低落地出来。有了前车之鉴，他们倒是控制住了没兽化，可等级就是卡在3，再不往上走了。

半小时后，测试屋前就剩下两个人。

"加油。"胡灵予真诚地道，回报女生先前的鼓励。

女生文静地笑了一下，转身进入自动门。

原地坐着的四个班的同学已经看累了，抬头挺胸的坐相又开始绷不住了，看天的看天，说小话的说小话。

直到不知谁来了一句："我的天？"

大屏幕上，等级测试结果出炉：4。

全场骚动起来，4班立刻发出荣耀的欢呼声，3班同学则觉得难以置信，要知道截至目前，他们四个班里只出了一个野性之力到4级的——3班，傅西昂。

4班一群中小型猫科同学竟然不声不响地冒出一个4级？

大猫们被打击，犬科同学们更低落。四个班一起上课，两个4级全出自猫科，怎么的，犬科没排面？

"老大……"坐在傅西昂旁边的小弟小心翼翼地去看他的脸色，生怕唯一"4级"的纪录被打破，还是被女生，老大面子上挂不住。

不承想傅西昂压根没看大屏幕，眼神就跟挂在胡灵予身上了似的，显然是跟"傅香香"这仇过不去了，视线里的火气像是要把胡灵予烧透："有屁就放！"

小弟没屁，自动消音。

测试屋前，轮到胡灵予了。

刚才被4级拉回注意力的同学们，一扫先前的倦怠，全部兴致勃勃——大多是看热闹不嫌事大的。

"2班的你大胆地往前走！"

"别人女生都4级了，你不会还是2级吧？"

"不达标也没什么大不了的，补考呗，哈哈哈……"

一众起哄声中，胡灵予听见了黄冲熟悉的声音。

"我挺你——"

胡灵予没敢转头看大黄，心虚。轻轻呼出一口气，胡同学迈入测试屋。

测试仪、传感器、光洁到反光的地面和四壁。果然，什么都没变。

自动门合上，空间彻底封闭。外界声音被隔绝，耳边只剩下机器运转的轻微噪声。

胡灵予叹了口气，走向就位区。

所谓就位区，其实就是地面上画的一双脚印。待胡灵予站定，前方感应仪立刻发出射线走遍他全身，这是为了确定其身形轮廓，定位贴片位置。接下来射线消失，两侧墙边的机械手移动过来，开始一枚枚往测试者身上贴感应片。

胡灵予生无可恋地看着机械手动作，一想到未来每学期他都还要再经历一遍今天的事情，简直眼前发黑。

还记得当年毕业典礼，老校长这样勉励他们："也许从今天开始，你们之中的很多人将不再需要测试野性之力，但兽化觉醒带给你们的力量，将会在你们的身体和灵魂中永远激荡！"

胡灵予感觉到了。因为自从毕业再不需要测试野性之力后，他的身体和灵魂每天都在快乐里激荡。

"野性之力已达到1级……"测试仪开始工作，每达到一个等级，测试屋都会响起语音通报。

"野性之力已达到 2 级……"

胡灵予不敢再分心，闭上眼，准备全神贯注地调动身体机能，明知道可能是徒劳，他却依然不想试也不试就放弃。

"野性之力已达到 3 级……"

呃？刚闭上的狗狗眼茫然地睁开，眨巴眨巴。

他还没怎么使劲呢啊？

测试屋外。

"我的天，什么情况？"

"这就到 3 了？"

"太快了点吧……"

"野性之力这么强吗？"

"你傻啊？他之前一直都是 2 级，肯定是机器出毛病了！"

"我也觉得，这身体机能的提升速度都快赶上傅西昂了……"

"少拿他跟我们老大比，我们老大是 4 级！"

大屏幕上的数字，"3"变成了"4"。

四个班的同学："……"

傅西昂："……"

跟班小弟们："……"

测试屋内，贴满传感片的胡灵予眼睛都要笑没了。大眼睛弯下来，瞬间有了小狐狸的风采。

原来从七年后带回的不只有大脑记忆，还有身体记忆。

虽然胡灵予的野性之力水平不咋样，只有 5 级，但架不住稳定啊。毕业后常年维持在这一水平，日久天长，熟能生巧，哪怕是半睡半醒都知道该怎么调动身体，激活细胞。

现在的他就像是高中学渣穿越回了小学，学渣再渣，做 100 以内的加减乘除还是手拿把掐。

重来一次，真好。

测试屋外，大屏幕的"4"闪动了两下。

原本的一片嘈杂声突然低了下来，几乎所有人都错愕地瞪大眼睛，屏住呼吸，个别人直接脱口而出："不会吧……"

会的。

第三次闪动后，"4"变成了"5"。

质疑

"作弊——"

四区正在上课的9—12班，被忽然传来的声音吸引了注意力，连讲话讲到一半的兽化觉醒老师都往一区方向望了望，不知发生了什么事，只看见一片乱糟糟的情况。

"那几个班干吗呢？疯了？"

"什么作弊？"

队列里的同学开始窃窃私语。

横排站位在路祈斜前方的一个男生偷偷拿出手机，低头给那几个班认识的人发信息，不一会儿就得回了"前线情报"，震惊地抬头："我的天，有人测出了5级！"

"5级？"周围立刻一片哗然，大家那神情、那气氛和现在的犬、猫科班比也差不多。

站在路祈前面的一个鹿科班的男生回过头来，故意搞怪似的挤眉弄眼："比你还高。"

今天之前，全年级测出的最好成绩就是4级，而路祈是鹿科班唯一的那个。

路祈内心毫无波动，野性之力和真正的兽化战斗力是两码事。不过看同学这么好心地"提醒"他，他还是回应了一个团结友爱的笑容："挺好。"

本来期待在路祈脸上看见"不爽"的男生，悻悻地把头转了回去。

路祈却抬眼看向一区。他虽然觉得野性之力意义不大，但对这个全年级唯一测出5级的同学，还是难免有些许好奇。

测试屋的门正好在这时打开，一个身影从里面走出来。路祈微微一怔，继而眼底染出笑意。

又是他，有意思。

阳光下，5级战士胡同学迈着六亲不认的步伐，昂首挺胸，气势十足，活脱脱一只骄傲的小狐狸。

面对分明有人带节奏的关于"作弊"的讨伐，他没有立刻归队，而是来到所有同学面前站定，坦然接受所有非议，不时还朝喊得最大声的同学大力挥手。

同学："……你当我在这儿给你应援呢①?!"

"胡灵予，5级。"邱雪一锤定音，"归队。"

老师都发话了，起哄声立刻减少不少。

可还没等胡灵予动，1班忽然站起来一个男生："老师，我们不服。"

声音铿锵，吐字清晰，1班班长，潘昊。

胡灵予和这位大型犬科班班长不熟，只记得他品学兼优，班干部当得不错，人缘很好，科属好像是西伯利亚平原狼。

虽然都属犬科，但大型看不上小型的心理是不分科属的，尤其不能忍受被小型比下去，其痛堪比扎心。

"胡灵予前两次测试连3级都没达到，今天却直接到了5级，老师，您不觉得奇怪吗？"

邱雪心中亦有不解，但仅凭不解就去推定一个同学"作弊"，这不是她能接受的："一切以测试结果为准。"

潘昊道："如果测试仪本身出了问题呢？"

"第一，测试过程中并没有出现'设备故障'的提示；"邱雪耐心解释道，"第二，今天所有参加测试的同学都使用这一台机器，要真是测试仪有问题，早就应该发现了。"

"如果这个问题就是胡灵予弄出来的呢？"潘昊的声音陡然提高。

邱雪皱眉。

---

① 应援：粉丝圈网络用语，指粉丝为喜欢的明星加油打气。

意识到自己的态度有些不妥，潘昊赶紧压住不满，缓和了声音："老师，我不是说他一定作弊，但监控系统没开，谁也没看到整个测试的过程，他原本的成绩又和今天的测试结果差得太远。不是我一个人不服，您问问其他同学，看他们服气吗？"

不愧是好学生，口齿清晰，诘问有力。

胡灵予缓缓扫过下面，还真是群情激奋，好几个人看起来都想给潘昊鼓掌了。

没一个人站在自己这边，正常。

就他这匪夷所思的跳跃性进步，换谁都不会往好道上想，连大黄都一脸震惊。别人无所谓，但胡灵予得好好想想怎么跟大黄解释，他不希望对方也认定他弄虚作假，因为黄冲一直坚持"做人要诚实"。

"我服气！"胡灵予正想着，就看见黄冲突然从2班同学中站起，直接跟潘昊对上，气势如虹，"我就非常服气！

"我和他一个宿舍的，我知道他这段时间付出了多少努力！"

嗯？

"刻苦锻炼，风雨无阻，昨天都因为练得太狠身体负荷不了晕倒了！"

不是，晕倒是因为……

"潘昊，你自己到不了5级，就说别人作弊，怎么的，你是野性之力天花板啊？"

潘昊脸一阵红一阵白。

主要是黄冲有张看上去天然正义的脸，认真和人刚起来时能量格外大，就像正义之光普照，谁站他对立面都像不法分子。

"老师，"胡灵予本来没想折腾，但现在改主意了，"我可以再测一次。"

邱雪一时没应，像是在判断他是自愿还是被迫的："不是非要重测的……"

"不，"胡灵予给了她一个坦然的笑，"我坚持重测，而且这一次，要把监控系统打开。"

十分钟后，经过邱雪及各班班长检查过的设备调试完毕。

胡灵予再次进入测试屋。

启动监控系统后，大屏幕被一分为二，左半部为监控画面，右半部显示测试状态和结果。

胡灵予一进屋，身影就出现在了监控画面上。

测试屋外，鸦雀无声。四个班的同学目不转睛地看着机械手将感应片贴到他身上。

装置完毕，测试仪启动。屏幕右侧的"准备测试"变成"测试中"。胡灵予闭上眼，开始调整呼吸。

大屏幕前的四个班也跟着屏住呼吸。接下来就该发力了，标准状态是身体微微紧绷，由内部发力调动身体，提升机能。这一过程必须慢，尤其对他们这样学习野性觉醒课程不到一年的，越快越容易失控兽化……

"野性之力已达到 3 级。"

"野性之力已达到 4 级。"

"野性之力已达到 5 级。"

"最终测试结果，野性之力，5 级。"

一声叠着一声的语音播报，几乎不给人喘息的时间。

四个班的同学："……"

他是给每一个身体细胞上都安了风火轮吗?!

胡灵予第二次从测试屋里出来，步伐比第一回更六亲不认。

小风吹过额前的发，威风凛凛。所有人鸦雀无声。

傅西昂沉着脸，望向胡灵予的眼中阴云密布，可在乌云后面又不是狂风暴雨，而是一些复杂的，连他自己都说不清的困惑。

小狐狸还是小狐狸，可小狐狸又好像不是从前那只小狐狸了。

见老大脸色不好，一个跟班还想挑事儿，不料刚喊半个音节，就被坐在身后的傅西昂踹了一脚："闭嘴。"

胡灵予环视全场，在这一刻终于完全体会到了那些能开"金手指"的人的快乐。

"成绩有效，"邱雪没有再犹豫，"归队！"

胡灵予很想矜持，但一迈腿就忍不住蹦跶，一抿嘴就忍不住往上，最后索性也不装了，活蹦乱跳地跑回队伍中。

周围同学看他的眼神已经变了，或多或少都带上些"羡慕"，就连先前跟着喊"作弊"的那几个，也心服口服，现在满眼都是"我们小型班也有强者"的自豪。

胡灵予悠悠舒了口气，充分享受着当下的时光。毕竟他这个"5"到三年级基本就不够看了，所以幸福很短暂，且爽且珍惜。

许是太投入，胡灵予忽然察觉到一丝异样。就像一堆蜜蜂里混了一只蝴蝶，一群小狐狸里混了一只鹿，你不能说它有多大杀伤力，但就是有点奇怪。

胡灵予忽地抬头，飞快地四下张望，生怕动作不够迅速让那丝异样跑了。

然后他就看见了路祈。

明明隔得那么远，明明四区里有那么多人，他却还是第一眼就看见了，和昨天在飞跳球场一样。

不同的是，今天的路祈也在看他。

两个人的视线穿越大半个训练场，在空中相撞。路祈根本没有躲的意思，又或者根本是在等待胡灵予发现，见他望过来，便笑了。

这样远的距离，明明应该看不清一个人的表情，可胡灵予就是知道，对方笑了。

那种感知，就像宇宙彻底湮灭前最后一颗星的微光。

"啧，眼睛都看直了。"鹿科班队列里，站在路祈左侧的男生拿胳膊碰了下他，小声调侃，"你不是不在乎野性之力吗？"

男生叫管明旭，科属麋鹿，一头自来卷像圣诞老人的胡子，是路祈的室友。

收回视线，路祈微微耸了下肩。

管明旭以为他默认了，立刻来了精神："你现在是不是很郁闷？特想再测一次，超过他？"

见室友这么期待，路祈也就配合着点点头："嗯，特别想。"

管明旭一眼识破他，瞬间泄气："你还能再敷衍一点不？"

路祈似笑非笑："你是不是就盼着我气急败坏呢？"

管明旭承认。

喜怒哀乐，人之百态，正、负面情绪都有才是一个真实的、鲜活的人。然而认识这么长时间，他就没见路祈为什么人或者什么事急过，气急败坏、心急如焚都算，但从来没有。

班里女生都说路祈是反差萌①，鹿一样的气质，长得还漂亮，却有着不逊于强势科属的速度与力量。更难得的是他性格还好，长了一双爱笑的眼睛，不笑时都像弯着。班里一些男生爱说路祈像娘儿们，其实心里也承认，自己就是酸。路祈不光不"娘"，还帅"爆"了，身体能打，颜值也能打②，根本不给其他雄鹿活路。

这些管明旭都同意。路祈就像一头阳光下的梅花鹿，优美、耀眼。可日光太强烈，你看得见它闪耀的鹿角，却看不清它身上的梅花。

一个宿舍住得越久，那种"看不清"的感觉越强烈。

"你就不能真生气一回？"管明旭不死心地道。

路祈半认真半调侃："都比我弱，我跟谁生气去？"

管明旭翻了个白眼："人家5级。"

路祈微笑："几级都一样。"真命悬一线的时候，明枪暗箭、陷阱欺骗，谁管你的野性之力是多少。

"没错，就是刚才和傅西昂叫板那个，"第一手情报获得者终于说出了"战神"身份，赶紧把用完的手机往兜里藏，"2班的，叫胡灵予。"

"2班？"

"小型犬啊？"

"狐狸。"

"难怪那帮大型的坐不住了……"

七嘴八舌，路祈没太听清，索性回头问："他叫什么？"

站他斜后方隔了好几个人的第一手情报获得者愣了几秒，才意识到真的是路祈在问，意外之余，还是重复了一遍："胡灵予。"

管明旭可算抓到现行了，立刻得意地笑："现在知道问名字了，刚才不是还说几级都一样？"

---

① 反差萌：网络流行词，指人物表现出的与原本形象不同的特征而产生萌的状态。

② 颜值能打：指颜值很高。

路祈看回麋鹿同学，目光清澈见底："我说过吗？"

管明旭："……"

他的室友，是影帝。

侦察

铃声悠扬，原地下课。

傅西昂总算等到了此刻，第一个动作就是看2班，捕猎般的视线掠向尚未彻底解散的……嗯？人呢？

远处，两个身影正光速向着训练场外移动。

"你跑这么快干吗？"大黄嘴上问，脚下倒是十分配合，步步紧跟。

胡灵予头也不回："我5级。"

大黄蒙了："所以？"

胡灵予道："怕他们围着我要签名。"

大黄无语道："……你想得也是有点多。"

胡灵予一口气跑到校内主干道，混入人群中，才松了口气。

能不跑吗？傅香香的脸已经黑成锅底了，前有起名之恨，后有野性之力被碾压，一只赤狐一天不能作两回死，如果已经作了，不用想别的，赶紧溜。

课间的校园明显热闹起来，才从宿舍出来去上课的、下课准备去图书馆或者校外的、还得继续转战其他教学楼上后面的课的……各路同学在主干道上会集，摩肩接踵，分外有人气。

当然也不全是人。

胡灵予一个没注意，就撞上了前面一头左前肢戴着草绿色"识别手环"的非洲狮。

狮子回过头来，不满地甩了甩一头鬃毛，胡灵予连忙道歉："对不起，学长。"

校规规定，一年级同学不得在兽化觉醒课堂以外的地方兽化（在宿舍里也不行，没抓到算你赢），而二、三、四年级同学是可以在校内兽化的，只要不影响正常秩序。

于是随处可见各种动物混迹校园。悠哉的骆驼、扬蹄的骏马、踱步的灰狼、老虎、稳重的犀牛、狗熊……它们极其自然地融在人群里，和前后左右的同学都一样，有的成群结伴，有的形单影只，有的专心赶路，有的嬉笑玩闹。

当然像熊科这种一个跟跄都容易撞伤人的，通常就不敢打闹了，只要是兽形，上路就得老老实实。反过来，容易在人多的地方被踩伤的兔子、猫这样的小型科属，兽化后更喜欢在路两旁的灌木、草地里走。鸟类同学是最幸福的，翅膀一展，直上青天，地面拥挤与其无关。

不过这条校规还有两点备注：一、兽化的活动范围仅限于第四大校园内，不管天上地下。二、兽化时必须佩戴"识别手环"。该手环由一种可伸缩材料制成，有暖橙、草绿、墨蓝三种颜色，分别代表二年级、三年级、四年级，所以走在路上遇见动物，一看手环，就知道是哪个年级的学长或者学姐。这同时也可以区分兽化同学和误入校园的普通动物。

毕业三年，胡灵予都快忘了这样奇妙混杂又其乐融融的场面了。

"怎么了？"黄冲走着走着，就发现身旁人的速度好像慢了下来，转头发现胡灵予一脸动容地望着……前方？前方有啥？

黄冲跟着伸脖子看，除了同学还是同学，天上飞的、路上走的、两边灌木花坛里蹿的，还有几个在树之间荡秋千。一如既往，没什么特别的啊……

"没事。"胡灵予重新加快脚步，"就是高兴。"

社会上是不允许随意兽化的，因为会对普通觉醒者造成恐慌，兽化觉醒者只有在特定的娱乐放松场所或兽化自然保护区才可以变身。胡灵予以为这辈子都不会再有大学里那样随心所欲兽化的时光了。

"你是高兴了，"大黄不满地扁扁嘴，"不声不响就弄出个5级。"

秋后算账，虽迟但到 [1]。

胡灵予纠结着该怎么解释："大黄，我不是故意瞒你……"

"我知道，"大黄打断，"你想偷偷努力，惊艳所有人。我懂你，但你没必

---

[1] 虽迟但到：网络用语，指因某件事情或者某种原因，虽然当时迟了但是最后还是达到了的意思。

要连我都瞒啊。"

胡灵予道:"欸?"

大黄道:"我嘴这么严,你就是告诉我,我也肯定帮你守得密不透风。"

胡灵予道:"……我错了。"

大黄道:"知道错就好,赶紧给我讲讲怎么练的。"

胡灵予答:"没有什么诀窍,唯刻苦也。"

黄冲道:"我想也是,你都练晕了。欸?这个和练习地点有关吗?必须在宿舍楼后面?"

胡灵予无语道:"倒也不必。"

两人说着话就要走到主干道尽头的分岔路了,黄冲忽然停住,想到什么似的一脸认真地看胡灵予:"要不要再努力一次?"

胡灵予道:"还努力?我都5级了,得给其他同学留出追赶的时间。"

黄冲说:"我说的是考侦查系!"

胡灵予道:"再见。"

对校园生活的重新适应,比胡灵予想象中顺利很多。

再次坐回课堂,虽然曾经学过的知识大部分找回失败,还得从头学习,但带着怀念和对时光重来的珍惜,他竟然前所未有地精神焕发。他上课认真听讲,积极回答问题,下课揪住老师,各种刨根问底,没打过一次瞌睡,没走过一次神,连学习委员都开始用怀疑的眼神看他:你是不是想抢我的干部职位?

就这样过了一个星期,科员胡消失,一颗前途光明的赤狐星冉冉升起……

好吧,并没有。只是他终于可以静下来,想想路祈了。

有的人重回过去,腰缠万贯、事业腾飞、爱情美满,走向人生巅峰。

胡灵予不贪心,他就两个愿望——抓住路祈,长命百岁。

但这个"抓"的时间点太难拿捏了。

胡灵予只能从那晚在悬崖上的所见,推测路祈和犯罪组织勾结不是一天两天了,但具体是多久?

一年?三年?抑或更长时间?是身居要职后腐败了,还是没走出校园就被定向培养成了兽控局的卧底?

可能性太多,只能靠胡灵予自己调查。

"同学？同学？"身后的声音打断了胡灵予的思绪。

他回过神，发现阿姨已经将他点的餐配好了，他连忙取出来，给后面等待的同学腾地方。

午间的学校餐厅，人声鼎沸，这里是全校少数几个不可以兽化进入的地方。胡灵予点的是全狐科营养餐-16，有肉，有鱼，有野果。肉是糖醋淋汁，鱼是麻辣水煮，野果一个整颗，一个鲜切。作为"雾二代"——父母是大雾前出生，子女是大雾后出生——胡灵予他们在饮食口味上，并没有太大的改变。

二年级的《兽化生物学》课本里，专门有一章"觉醒的味觉"，讲到人类在野性觉醒后饮食习惯的改变与保留。改变的是对食材的喜好会呈现明显的科属倾向，比如肉食性科属的饮食结构会更荤，草食性科属则更素；不变的是对味道的追求，煎炒烹炸、蒸焖炖煮、南甜北咸、东辣西酸，烹饪习惯和口味习惯几乎都保留了下来。

也不知道是不是因为人类这种对美食的执着，即使是兽化觉醒者，在兽化状态，从里到外都和动物无异了，你让他去吃生肉、啃青草，他也下不了嘴。

为什么人类的味觉没有随着兽化而彻底改变，目前科学界还没有被广泛认可的研究结论。但胡灵予认为兽化觉醒老师已经在课堂上道破了中国兽化者坚守味觉审美的天机——"八大菜系九州飘香，吃过几千年好吃的，谁还要再回头茹毛饮血？"

慢悠悠地吃完饭，从餐厅出来，胡灵予算了时间，正好是下午一点。

周六下午一点，路祈多半在飞跳球场。

这是胡灵予在本周上课间隙，和班里爱打飞跳球的同学聊天得到的信息，也是他广泛撒网聊天后，唯一获得的有用信息。班里其他同学的反应都是："路祈是谁？"

第一次被这样反问时，胡灵予差点脱口而出"路祈你都不认识？"，幸而他多想了一秒才记起来，路祈的"风云人物之路"是从二年级考入侦查系才开始的——建校以来第一个考入侦查系的鹿科，第一个以全系第一名成绩毕业的鹿科，第一个进入兽控局行动队的鹿科，第一个三年就成为行动队队长的鹿科……

不知不觉已经来到球场外，隔着围墙也能听见里面激战正酣。

胡灵予犹豫一下，没进场去看台，而是找了一棵离围墙很近的树，灵活地爬了上去。

兽化觉醒课上和路祈的遥遥对视，这些天一直在他脑袋里盘旋。虽然胡灵予试图说服自己，那家伙只是想看看测了5级的人是谁，奈何自己心虚，总归还是低调点好。

没人注意球场外的一棵大叶榕树，茂盛树冠的某处轻微抖了抖，而后密不透风的枝叶被从里面扒开缝隙，露出一双大眼睛。

和那天的猫鹿对阵不同，今天不是正式比赛，就是一些飞跳球爱好者聚在一起玩。看台上几乎是空的，只有寥寥几个打累了的人在第一排喝水、休息。球场上的人却很多，多到足够分成四支队伍，于是"全场球"变成了"半场球"，每两队占一个半区，有些局促，却依然打得不亦乐乎。

胡灵予的眼睛又放在路祈身上挪不动了。不是他不想挪，当你抬头看夜空时，满目暗淡星光，就一个又皎洁又美丽的月亮，谁能不望月？

球被传到路祈手里，旁边立刻有人过来阻挡。

路祈长腿一跃，向上跳起，不想阻挡的那人也跳起，那人应该是鸟类科属，跳得竟比路祈还高还飘，几乎封住了所有前进的机会。

胡灵予所在的位置正是球门方向，路祈跳起时，他几乎能看清对方发梢盈盈的汗，同时，也捕捉到了路祈微微翘起的嘴角。

假动作！胡灵予几乎一瞬间就明白过来。

果然，看似跳起的路祈突然回撤，根本没认真发力的身体稳稳落到障碍体狭窄的平顶上，阻拦者却还在往最高点腾空。路祈轻松从他身侧穿过，一记高抛，球稳稳落进球门。

"路祈，漂亮！"队友立刻跑过来和他庆祝。

路祈却忽然抬头，看向围墙外。

"怎么了？"队友跟着看，却只望见一棵棵大树。

大叶榕树里，胡灵予浑身僵硬，一动不敢动，扒开的缝隙早合上了。

就露一双眼睛也能发现？所以说眼睛太大、太水灵也不好，伪装起来难度太高。所幸树冠茂盛够严密，藏头熊都绰绰有余。胡灵予希望在自己缺氧前，路祈能重新投入赛场。专心打球不好吗？

"砰——"

一记狠踹让粗壮的大叶榕树都禁不住震了震。毫无防备的胡灵予差点掉下去，吓得心跳直接漏掉一拍。

树下，傅西昂收回腿，跟班小弟立刻仰头喊："臭狐狸，下来，我们都看见你了！"

作死

藏在树上的胡灵予一听这熟悉而幼稚的威胁，努力克制住想把白眼翻上青云的冲动。一阵窸窣，大叶榕茂密紧簇的树冠里探出半个脑袋，像碧海里的一条小鱼冒出水面吐泡泡。

"嘿，傅香香。"胡灵予先跟傅西昂打招呼，考虑到不能厚此薄彼，又热情洋溢地看向另外四位，"嘿，你们。"

四个不配拥有姓名的跟班小弟："……"

傅西昂好不容易强迫自己把那个该死的"香香"忘了，却万万没想到始作俑者居然还敢提，他真是用了最大的忍耐才没立刻上树把胡灵予掐死："滚下来。"

傻子才听话。胡灵予果断抱紧树杈："不用，这上面挺舒服的。"

"想清楚了？"傅西昂说，"你自己下来和我把你逮下来，可是两种待遇。"

"少来，"胡灵予嗤之以鼻，"'惨'和'很惨'之间的区别小到可以忽略不计好吗！"

傅西昂被这么快的回呛弄得愣了一下，继而微妙地眯起眼："我发现你现在不光胆儿肥了，嘴也能说了。"

"我一直这么聪明伶俐。"胡灵予夸起自己，毫不心虚。

傅西昂又踹了一脚树："滚下来，我不喜欢仰头说话。"

胡灵予心说：我管你喜欢不喜欢，但安全起见，还是别在作死的路上滑太远。"傅香香，"他缓了声音，语重心长，"你能不能找点别的娱乐活动？天天堵我，你不腻啊？"

真诚沟通没问题，但胡同学错就错在不该用"傅香香"当开场白。

傅西昂直接黑脸，耐心全无："死狐狸，再叫一次信不信我让你三个月都下不了床?!"

跟班小弟们虎躯一震,本能交换错乱的眼神,怀疑自己听错了,他们拿的不应该是黑道风云的剧本吗,这是古惑仔的台词?!

不想他们刚面面相觑,就听见胡灵予在树上回:"信——你个鬼,你要敢给我打到住院,你爸又得给学校捐楼。"

"捐啊,"傅西昂无所谓地笑,"我老子又不差钱。"

无缝衔接的丝滑对话让四个跟班彻底傻了。

"捐完呢? 不揍你?"胡灵予根本没注意另外四位同学,全神贯注于扎美洲豹同学的心,"没准到时候你在病床上待的时间比我都长。"

傅西昂他爸打傅西昂,胡灵予是见过的。那么一个体面的老总,一脚就给傅西昂从校长办公室蹬到了走廊,力道之大、下脚之狠,傅西昂那么一个大个子愣是脸色煞白半天没爬起来,当时藏在楼梯口墙后看热闹的他们全吓傻了。

胡灵予的话让傅西昂僵了半秒,他随即嗤笑道:"你说什么呢,我怎么听不懂?"

胡灵予给了他一个"你就装吧"的眼神:"行了,我又不是没见……"

"见过什么?"傅西昂的语气突然狠戾,脸色彻底冷下来。

胡灵予在陡然危险的气氛里怔住,终于意识到自己嘚瑟过头,犯了个致命错误,傅西昂他爸揍他是在二年级他捅了那个大娄子之后,现在的胡灵予根本没理由知道傅家的"亲子关系"。

一个分神,树下已传来跟班小弟们短促而错愕的惊呼:"老大?"

等胡灵予反应过来要糟,已经晚了。

兽化成黑色美洲豹的傅西昂两下就蹿上了树,以绝对的攻击性扑进树冠!

胡灵予方寸大乱地往后躲,一个不稳失去平衡,直接从树上掉了下去。惊慌间,他本能兽化以减轻落地伤害。

一切都只发生在电光石火间。四个跟班别说脑子,连眼睛都要跟不上了,只意识到上一秒老大突然暴跳,下一秒树上就掉下来只狐狸。

毛茸茸的狐尾在空中划下赤红色的残影。

"啪"一声,狐狸落地。

犬科的身体结构和运动习惯里就没有适合高空跳跃这一项,胡灵予虽借由尾巴贴到身下给自己缓冲，仍灰头土脸地滚出去好远。

树上，扑空的黑色美洲豹没有迟疑就追着跳下来，体长近一米五、体重超过一百公斤的大猫，矫健落地时几乎没有声响。

小狐狸还在骨碌碌地滚，落地的美洲豹便再度扑过去将狐狸拍在爪下。

"大哥！"四个跟班慌了。两个一年级的学生双双兽化斗殴已然匪夷所思，再真弄出伤害事件，傅西昂家就是捐十栋楼也摆不平。

胡灵予也没想到傅西昂这么疯，被厚实的豹爪扣住的瞬间，面临灭顶之灾的战栗真真切切地让他的每一根神经都在颤抖。虽然傅西昂的野性之力比他低1级，但在天堑般的科属差别面前，根本没有任何意义。

唯一值得庆幸的是傅西昂没有真的失去理智，压着自己的爪子还是克制住只用了一分力，所以胡灵予惊恐地"嘤"了一声就赶紧闭嘴，怕弄出动静再进一步刺激这家伙。

黑色美洲豹像是用了极大的忍耐力，虽然不动了，呼吸却很急促。

胡灵予清楚地意识到自己这回是作大死了。鬼能想到"被亲爹暴揍"这种事会是傅西昂的死穴。他发誓，如果今天能逃过一劫，以后自己绝对不再嘴贱了。

"砰！"

凌空飞来一个不明物体，砸在一豹一狐身旁的地面上，距离近到砸起的沙土溅了傅西昂一爪子、胡灵予一脸。

"对不住，打飞了，"明朗的声音轻松打破窒息的气氛，"谁受累帮忙捡一下？"

四人两兽同时循声望过去。

只见一个人笑盈盈地从围墙后露出上半身，两条胳膊随意搭着，悠哉得像趴在墙头看风景。

砸过来的不明物也看清楚了——一个飞跳球。

"路祈？"一个跟班认出那张脸，不自觉地脱口而出。

"我们认识？"围墙后的人惊讶道，然后语气中立刻流露出一丝不小心将对方忘了的愧疚，"同学，你是……？"

"我叫……"跟班差点顺着友好气氛自报家门，幸亏及时回过神，立刻瞪眼道，"谁跟你认识，我们今天是来教训你的！"

"教训我?"路祈困惑地歪过头。

胡灵予呆呆地眨了下眼睛，敢情这帮家伙出现在球场附近是来找路祈麻烦的，自己只是不幸撞到了枪口上。还有比这更冤的吗！

围墙上的人信息消化完毕，"哦"了一声，然后看向豹爪下的小狐狸："听见了吗? 找我的，没你什么事了。"

胡灵予听见了，但他也得跑得了啊！死鹿站着说话不腰……咦? 余光忽然捕捉到什么，胡灵予不着痕迹地向旁边转移视线，发现刚被飞跳球砸过的地方，浅浅土坑里露出了半个小洞。

学校里有很多喜欢"打洞"的小型科属同学，不喜欢跟大家在主干道上挤，也讨厌走灌木丛，索性发挥特长技能，东刨西钻，给自己挖出一条条专属"捷径"，再在洞口盖上浮土做伪装。这些捷径就像"地下铁"，在第四大的土层之下交错纵横、四通八达。

傅西昂被路祈分了神，爪子不自觉懈了力。

胡灵予看准时机，突然用力一顶，硬生生从豹爪下面刺溜出来冲进土坑，连钻带挤拼命把自己往不大的洞口里塞。

傅西昂一个激灵，豹身跃过去飞快伸爪。

"啪"一声，豹爪只拍到了毛茸蓬松的尾巴梢。

赤狐成功进洞脱身，唯一证明他来过的仅有飘浮在空中的几根狐狸毛。美洲豹掏了几下洞，未果，情绪终于开始冷静，身体慢慢变回了傅西昂。

四个跟班这才发现老大在衣服里面还穿了一整身的兽化觉醒课运动服，黑色的，兽化之后动作太快没看清。

"老大。"一个跟班机灵地把傅西昂兽化后落在地上的衣服抱起来，献殷勤般递过去。

傅西昂没接，只望着洞口不死心地问："这玩意通到哪儿?"

跟班哪知道，他们四个不是老虎就是豹，平时压根不会注意这些地洞。

跟班1说："教室?"

跟班2说："也可能是宿舍吧?"

跟班3说："我还说食堂、超市呢。"

跟班4说："那帮打洞的家伙跟挖掘机似的，没事就刨，谁知道……"

"闭嘴。"傅西昂不耐烦地打断他们，"回宿舍。"

胡灵予现在是兽形，变回来根本没衣服，而且他脚上没身份识别环，谁看了都知道是一年级的同学违规兽化，就是这个洞不是通往宿舍的，他也得抓紧回去。

"宿舍？"四个跟班面面相觑，倒不是怀疑傅西昂的判断，而是……"老大，你还要去追？"

傅西昂道："废话。"

跟班问："可是咱们今天不是来堵路祈的吗？"

傅西昂道："路祈是谁？"

跟班："……"合着一见到狐狸正事都忘后脑勺了！

"老大，"另外一个跟班用力使眼色，提醒傅西昂往墙头看，"就是他。"

傅西昂抬头，定定看了围墙上的家伙一会儿，总算想起来今天要干吗了。

路祈好脾气地等到现在，四目相对，再次微笑："同学，帮忙捡一下球。"

四跟班："……"有这等待的时间都捡八百个球了！

不想傅西昂真走过去把球捡了起来，单手颠了两下："路祈是吧？"

"9班，梅花鹿。"路祈主动补充，言语间一派团结友爱。

傅西昂突然发力，狠狠将球掷了过去。

颇有分量的飞跳球在空中划出一道凌厉的直线。

路祈眼底一闪，左手举起。球重重撞进他掌心，力道之大，让路祈的身形都跟着晃了晃。

可他还是稳稳接住了，单手。

"多谢。"将球收回，他朝傅西昂笑了笑，却没走，反而主动问，"找我什么事？"

跟班一听，道："你还装上了……"

傅西昂这一肚子火正没处发呢，怒极反笑："上周飞跳球，你很出风头嘛！"

路祈有些不好意思地摸摸鼻子："虽然这么讲可能不太谦虚，但每次飞跳球我都挺出风头的，你说哪一场？"

飞跳球

欠揍。

四个跟班现在就感觉路祈脑门上刻着这俩大字。

"你眼瞎啊，"其中一个跟班揪起自己上衣左前襟，"看不见班徽？"

路祈愣了愣，待定睛看清，脸上立刻流露出抱歉的神色："不好意思，才看见，"神情特真诚，"主要是实在没想到你们来找碴打架还戴班徽。"

四跟班："……"

这都不是"是可忍孰不可忍"了，这是"狗能忍猫都不能忍"啊！

废话少说，四个跟班准备直接动手上墙。万万没想到傅西昂比他们炸得还快，四人只觉得余光里黑影一闪，再抬头，身穿黑色兽化服的自家老大已经奔着路祈直冲过去，一跃上墙。

他一上，路祈便往旁边闪，傅西昂落在墙头，脚踩的位置正好是路祈刚刚搭胳膊的地方。

"动作挺快。"傅西昂冷笑。

"不快怎么赢你们班？"路祈把飞跳球放到看台上，从旁边轻松一跃，也上了墙。

高耸的围墙上，两人相对而立，颇有点决战之巅的意思。

"就在这儿？"傅西昂乐了，"那可别说我欺负你。"

围墙的厚度还不到二十厘米宽，对猫科就和在平地一样，对鹿科可不是。

但傅西昂也没真打算跟路祈再商量，语毕根本不给对方说话的机会，便欺身上前，速度极快。墙下四个跟班一看老大动手了，也顾不上想在墙上打架会不会引来人围观了，赶紧过去准备上墙帮忙。

不料路祈根本没正面迎战，傅西昂往前上，他就往后退，有时退之不及，索性跳回墙内，再绕到另一边上墙，几个来回都是如此。

"你刚才不是挺能装吗？有能耐别躲啊！"又一次被绕开后，傅西昂气急败坏地磨牙道。

"我没能耐，"路祈果断承认，完全没半点迟疑，"你是豹科，我是鹿科，打起来没悬念。我上墙是想跟你心平气和地对话。"

四跟班："……"就刚才说的那些话哪句能让人心平气和！

"你不就是觉得那场飞跳球折了你们班面子吗？"路祈继续道，"那你打我没用，你得打球，面子在哪儿丢的就从哪儿找回来。"

傅西昂眉宇间露出不屑："怕了就说怕了，别找那么多理由。"

路祈道："我怕啊，刚才不就说了吗？"

傅西昂："……"

四个跟班："……"

"现在情况就是这么个情况，"路祈的耐心好得仿佛心理辅导老师，"你们愿意打我，那就打，你们愿意打球，我也奉陪。不过从成本和收益的角度考虑，都是打球比较划算。毕竟你们把我揍进医院了，也没什么值得炫耀的，但你们要是跟我打个 15:2，那就漂亮了，可以在全年级巡回宣传。"

飞跳球场，原本在打球的几支队伍都回了看台上，准备见证一场不同寻常的五对五。

场内就剩下两队，十人，阵营左右分明。

"准备开赛，"自告奋勇当临时裁判的一位 10 班（啮齿类）的同学，兴奋得声如洪钟，"双方握手——"

握手是飞跳球对阵前的常规礼仪。

"手下留情。"路祈连同身旁四个队友，向对面五人友好地伸出手。

这四个人都是刚才在球场里的，路祈和傅西昂上围墙，他们在场内就看到了。大半个学校都知道一年级 3 班有个刺儿头傅西昂，同年级的他们更是再清楚不过，本以为路祈会有麻烦，没想到后来会变成路祈找他们搭伙，说要五对五比赛。他们这些平时爱打球的同学关系都不错，自然义不容辞。

对面，傅西昂僵硬地伸出手，敷衍地跟他碰了下，便转身准备开球。

四个跟班照做，但就是脑子有点蒙，到现在都没回过味，他们明明是来堵路祈，要给他个教训，怎么就发展成五对五打飞跳球了？来之前没人告诉他们还有体育项目啊！

"比赛开始——"啮齿班的裁判同学声音气贯长虹。

飞跳球，最初是几个鸟类科属发明的。

那时候那场大雾刚过去没几年，所有的运动、娱乐都在摸索和变革中，但总体依然是从前的类型和玩法，只不过觉醒特征让一些赛场上出现了"科属筛选"的现象，比如像橄榄球这样对抗性强的项目，几乎成了大型强势科属的天下，但也有篮球、排球这样需要技术和配合的，依然可以多科属一起玩。

然而鸟类不同，相比其他科属觉醒者，鸟类觉醒者的骨骼普遍偏轻，这使得他们足够轻盈，即使在非兽化状态下也可以轻松跃得很高，并具有一定的滑翔能力，但偏轻的骨骼也让他们失去了强对抗能力。

几乎所有传统的球类运动，都很难让他们的科属能力得到彻底的发挥与释放，于是飞跳球应运而生。

飞跳，顾名思义，"腾空"才是它的根本玩法，重跳跃、轻奔跑，重灵活、轻对抗。

一开始的规则是五对五，纯障碍场地，可以说是无处下脚，比赛中打球者90%的时间都是在"跳跃—滑翔—再跳跃"中度过，然后场地两端各设一处高台，守门员立于台上，身后就是球门。

后来因为飞跳球风靡，其他科属也想玩，规则就渐渐变成了九对九，场地也相应扩大，障碍物占场地比从95%降低到了70%，以便让其他科属有足够的平地落脚。在正规比赛中，飞跳球队伍的配置通常为鸟类加强跳跃类（如猫科、鹿科等）加强对抗类（如熊科、牛科等），鸟类负责腾空和滑翔，他们视野开阔，多是组织进攻，跳跃类和对抗类则分别负责"障碍上行进"与"地面推进"。

持球进攻的方式抱、踢、投掷均可，传球配合或者单刀赴会随意，进球可以用任何方式：扔球、踢球、顶球、击打……只要你做得到，便都在规则允许范围内。只有一条，除了守门员，所有球员不得踏入球门前的两米线，一旦越过，即为犯规——这条规则从根本上杜绝了连人带球直闯球门的得分方式，让飞跳球在场面上看上去更加飘逸漂亮，看点十足。

至于得分，以进球者的位置分为两种：障碍上（包括障碍上起跳）进球得1分，这也是最常见的进球方式；地面（包括地面起跳）进球得3分，因为球门在高处，以此种方式得分难度更大。

开球方可两队商议，也可以猜拳决定，于是经过猜拳，由傅西昂一方先开球。

"比赛开始"的声音未落，他便带球跃上了障碍物，一连跳跃数次，直接推过半场，根本不看旁边队友，眼中只有球门。

三个跟班紧跟其后，但阵容参差不齐，一会儿这个从障碍上脚滑摔落，一会儿那个没跳准还得靠手才爬上去。

这不能怪他们，虽然身为猫科，跳跃力没问题，但不常玩飞跳球的话，谁能一上来就适应障碍场地啊，更别说还要在上面保持速度全力前进。

什么？还有配合？让他们先把场地跑明白再说行不行？

负责守门的跟班4号长舒了口气，当个人形桩子真好。

转眼间，傅西昂已经到了路祈那半场的中部，他的速度很快。路祈守的就是中部，很难判断傅西昂到底是冲着球门还是冲着他，但后者同先前在围墙上的步步后退截然不同，直接加速迎了过去。

傅西昂眯了下眼，全身蓄力，以身体和路祈正面相撞。路祈被直接撞开，从障碍上摔落到地面，傅西昂毫不迟疑，一记直球！

但他的线路还是太明显了，守门员判断准确，直接将球收入怀中。

开场不到一分钟，傅西昂已经完成一次有威胁的进攻。

路祈重新跳到傅西昂隔壁的障碍上，赞许地点点头："还不赖，比我想象的厉害。"

傅西昂冷哼："管好你自己吧，下回再撞，可就不是摔一下那么简单了。"

路祈回身，守门员会意，直接将球发到他手里。

"换我进攻了，"路祈单手持球，直视傅西昂微微一笑，"有本事就来追我。"

日光正盛。

路祈突然发动，向斜前方有力跃起，于半空中划出不可思议的超长弧度，轻松越过傅西昂，落在隔了两个障碍的地面上，然后一刻不停，以比傅西昂之前进攻更快的速度向球门连续跳跃推进。

还散落在自己半场的三个跟班看傻了，等反应过来想阻挡，有两个却已经被路祈甩在了身后。仅存的跟班2号赶紧吃力地跳过来，势要封住路祈的进攻路线。打球他可能不行，但他一头亚洲狮还挡不住一头鹿了？

转瞬，进攻的路祈和阻挡的2号便狭路相逢。这个位置很接近球门的两米线了，路祈直接跃起，显然想要靠投球得分。

2号哪里肯让，几乎与他同时全力跳起，腾空的高度不比路祈差，腾空的位置也绝对封……

"唰——"

飞跳球高速划破空气，也划破了2号的自信。

腾空的路祈毫无预警地向左下方传球。2号觉得他甚至都没看，仿佛凭借某种诡秘的通灵感就知道了左侧有人接应。

事实也的确如此。

谁也没注意到路祈这边的某位队友溜着赛场边的地面就悄无声息地过来了。就在路祈腾空的一刹那，他也原地跳起，却不是要上障碍，而是在跳起后直接伸脚。

随着球碰到小腿，队友一记凌空抽射。

守门的4号根本来不及做出反应，球就从他旁边过去了，带起的劲风，吹乱了他的板寸。

"进球有效——"啮齿班同学立刻举手，"3分！"

路祈回头，傅西昂所在的障碍和他相隔不到两米，再晚一秒得分，估计就要被追上了。

不过追上意义也不大。

"看过《飞跳球秘籍》吗？"他突然问板寸2号。

2号还没从阻挡失败里缓过神："啥？"

"一本关于飞跳球的专业著作，"路祈伸手和旁边过来的得分队友清脆击掌，"开篇第一句：飞跳球是考验团队配合的运动。"

吃草的

第四大宿舍区楼下。

一排白玉兰如今花期已过，变成了一棵棵风貌葱郁的普通小树，在春末夏初的微风里拂枝摇曳。突然，其中一棵树下的石子平白滚动，紧接着便从它底下的泥土里冒出个小狐狸的脑袋。

先是脑袋，然后是两只前爪，在艰难地扒拉了十几下土后，终于将身体和尾巴从洞里面带了出来。身上棕红色的毛已经脏得看不出本来的颜色，灰扑扑一片。

重见天日，胡灵予就一个心情——鬼知道他刚才都经历了什么。

"地下铁"不光错综复杂，还宽窄不一，那帮打洞的同学到底是怎么做到自己的路和别人的路各种交织依然不晕头转向的？他好几次险些被卡在地底下，最后真是用毅力才拼了出来。

路祈是和他多大仇怨才支了这么损的一招！

是的，刚才在黑暗地下晕头转向各种迷路的时候，胡灵予就想明白了。傅西昂刚把他摁住，路祈就把球打飞出场外，不仅正好砸在他俩身边，还歪打正着给他送来一个逃生洞口？天底下没那么巧的事。

路祈就是冲着给他解围来的。

胡灵予很不情愿地得出这个结论，心情极其复杂。

顾不上想太多，趁四下无人，小狐狸刺溜钻进宿舍楼。为避开电梯监控，一路从逃生楼梯爬上四楼，溜着墙边直奔犬科班某宿舍，待到宿舍门前，立刻拿身体有节奏地撞门，发出不轻不重的"咚——咚咚"。

很快，一个有些消瘦的男同学把门打开。

胡灵予噌地溜进去。

男生脸色苍白，眼下发青，一副长期熬夜睡眠不足的样子。关上门，他看一眼地上的赤狐，像在辨别对方身份，几秒后识别成功，便转身走向书桌，全程安静恍若游魂。

书桌抽屉拉开，一排钥匙。

此人叫陈祝佳，胡灵予的同班同学，也是全班公认的死宅，祝佳，住家，人如其名，只要不是上课时间，这位同学就必然蜷在宿舍进行打游戏、上网、看小说等一切不需要挪窝的活动——藏狐的科属，树懒的灵魂。

鉴于陈同学的此项"特长"，班里不少男生都会把自己的宿舍钥匙备份一份在他处，以防兽化状态溜回来的时候开不了门。

什么？校规禁止一年级兽化？但禁止不了这些初生牛犊蠢蠢欲动的心啊，陈祝佳隔三岔五就要帮忙开门，流程早熟练了，现在连情况都懒得问，已进化成没有感情的"宿管哥"。

胡灵予跟着拿到钥匙的陈祝佳往外走，忽然听见后者放在床上的手机里传出一声惊叹——

"漂亮！路祈这一球绝了！"

陈祝佳已经出了门，胡灵予愣了几秒，赶紧跟上，等回到自己宿舍恢复人形套好衣服，又来到陈祝佳宿舍，直接推开门，问："你刚才看什么呢？什么球？"

陈祝佳已经恢复了躺在床上的树懒状态，没料到胡灵予会折回来，懒洋洋地撑起身看向门口："啊？"

"手机。"胡灵予示意。

"哦，"陈祝佳把手机屏亮给胡灵予，"3班那个傅西昂跟人打飞跳球呢。"

飞跳球？

胡灵予上前两步拿过手机，屏幕里正在实时直播飞跳球场的画面，用的是"好好学习"里的直播程序，但直播者匿了自己的学号和姓名。

陈祝佳道："也不知道哪个缺德人偷偷搞的，估计是一开始看他被血虐①，想记录下这美好时光吧。"

傅西昂在全年级的口碑实在谈不上好，人一嚣张，就容易被搞。

"不过他打得其实还行，"陈祝佳还是说了句公道话，"就是身边那几个跟班技术太渣了，惨不忍睹。"

胡灵予下意识地摸口袋，然后才反应过来自己的手机和衣服都还留在树上呢，索性凑到陈祝佳身边，不见外地说："咱俩一起看。"

陈祝佳皱眉往旁边闪了闪，不太喜欢跟人有肢体接触："你没手机？"

胡灵予定定地看着他，可怜巴巴地道："找不着了。"

陈祝佳道："……你看吧，我玩游戏。"

和直播画面里冷清的看台不同，直播间里文字刷屏极其快，直播者没敢出声，但周围人的声音全收进来了，从他们的状态就能得知球场形势，更别说还有围观直播的同学们在火热聊天。

21班 [匿名]：谁能告诉我为啥要打这场球？傅香香那边明显就不会玩啊。

16班 [匿名]：人菜瘾大。

---

① 血虐：网络用语，指将人虐得很惨。

8 班 [匿名]：好像就没看过他玩飞跳球吧？

1 班 [匿名]：其实傅西昂打得还行，那四个太菜了。

14 班 [匿名]：你是没看着开局，简直了，我还以为是傅西昂 1 对 5 呢。现在那四个好歹能顺顺当当地满场跑跳了。

10 班 [匿名]：适应得真快，3 班这帮玩意身体素质确实好。

20 班 [匿名]：猫科运动平衡感太强，羡慕。

"进球有效，1 分——"手机和赛场内同时传出临时裁判的声音。

13 班 [匿名]：哎哟，4 : 8 了，这是要奋起直追？

胡灵予第一眼就看到了 21 班那位同学极其自然打出来的"傅香香"，先毫无诚意地忏悔了一秒，然后才开始琢磨他怎么就和路祈打起飞跳球了。

正常发展不应该是自己逃跑，傅西昂迁怒，于是对原本就是找碴对象的路祈采取更恶劣的手段吗？

想不通起因，胡灵予只能先看球。

实话实说，傅西昂虽然看得出打过，甚至有点技术，但很明显长时间没玩过了，偶尔在动作间还能看到生疏，虽然被他用强悍的身体素质掩盖了大半。

另外四个的确一看就是没玩过，传十个球能丢五个，但如果他们真像刷屏里说的，开局惨不忍睹，那现在至少有个打球的样子了。

"进球有效，1 分！"

距离上一分还没多久，傅西昂队又得一分，但和前 4 分不同，这一分是跟班 1、2 号配合得的，也是他俩首次开张。

赛场上，比分变成 5 : 8。

没挡住这两个人的队友有些抱歉，跳过来和路祈低声道："对不住啊，他俩体格太猛了。"

队友是羊科，面对大猫天然在心理上便不自信，身体力量也存在明显差距。

"没事，"路祈轻松地拍拍他的肩膀，"本来就是玩。"

队友看着已经汗透衣背的路祈，根本轻松不下来。路祈越给他宽心，他越觉得过意不去，没想到那些家伙适应力那么强，并且现在找到了一条简单粗暴又能有效得分的路子——冲撞破防，单独面对守门员得分。根本不需要任何技术，凭借碾压性的力量就能推进，跟坦克营似的。

　　照这个情况下去，被追平甚至逆转，都是很有可能的。

　　"喂，别嘀咕了，"傅西昂站在不远处的障碍上，比路祈这里的地势稍高些，垂着眼，语气带着点轻蔑道，"还没看明白吗？在绝对的科属差距面前，什么技术、战术，屁都不是。"

　　路祈乐了，微微抬眼："你这个话是不是应该把比分追平之后再说？"

　　傅西昂扫过另外几个人，连几次冲出两米线想阻拦得分的守门员都算上，都已经被他们撞得鼻青脸肿，现在都不敢和他对视了。

　　"你说你们队都没一个敢看我的了，这3分还是问题吗？"

　　路祈静静看了他片刻，为难似的微微蹙眉："他们不敢看你，有没有可能是你颜值不过关？"

　　傅西昂："……"

　　离傅西昂最近的跟班2号拼命使眼色也没用，心塞①。

　　他们老大怎么还没搞明白，为啥明明打一架就能解决的事情发展成了打这个破球，不就是被路祈嘴炮②忽悠的吗？和这人对上不能说的，说多了一定被绕进去，最后吃亏的就是自己啊。

　　胡灵予终于大概看清了场上的情况，傅西昂那边虽然还落后3分，但从刷屏里的聊天看，比赛应该刚过半程，傅西昂和四个跟班状态越来越好，反观路祈那边，除了他自己，另外四个脸上或多或少都藏着一丝"赶紧打完吧""不想打了"的意味。

　　在球场上，一旦怕了，就已经输了，路祈现在不是五对五，是一对五。

　　"快追上了吧。"玩游戏的陈祝佳突然出声，手上没停，一心二用。

　　胡灵予道："5∶8。"

　　"赢不了的，"陈祝佳不玩这些户外运动，分析起来却头头是道，"飞跳球人数越多，战术的可发挥性越大，人数越少，越依赖身体素质，对技术的要求越低，那边三虎一狮一豹，这边全是吃草的，怎么比？"

　　吃草的，原本是肉食性强势科属对草食性弱势科属的蔑称，后来发展着，

---

① 心塞：网络流行语，心里堵得慌，难受之意。

② 嘴炮：网络流行语，指利用言语迷惑或攻击对方。

不知怎么就成了大家默认的词，而且已经不再局限于称呼草食性科属，很多非草食性的弱势科属也会拿过来自我调侃。

但胡灵予不喜欢："赢不了你刚才还看。"

"刷屏的都在吹路祈，我以为他带队能有机会嘛。"

陈祝佳没回头，语气也是轻松的，可胡灵予心口蓦地感觉到一丝堵。

以为有机会，所以看，发现原来还是会输，便只能装作不在意。那种弱势科属面对强势科属时的矛盾与无力，胡灵予一直不愿意承认的东西，其实早就烙在了每一个弱势科属觉醒者的灵魂里。

"路祈——路祈——"

直播里突然传出几声有节奏的呐喊助威。

赛场上，路祈持球跳向看台附近的障碍，在直播者的镜头里正好被拍到近处正脸。

胡灵予将目光转回直播画面，刹那间震住。

路祈的眼里没有任何退缩，只有发狠的决绝，就像一头偏执的鹿，即使折断鹿角，也要将猎食者顶得开膛破肚。

疯鹿

傅西昂以极快的速度跳过来挡住，却在和路祈面对面的瞬间愣了一下。

还没等他抓住那丝异样的感受是什么，路祈已经将球高高抛起，而后以迅雷不及掩耳之势起跳。

球越过傅西昂头顶，在空中划出漂亮的抛物线。路祈也越过傅西昂头顶，像追逐光的鹿。

傅西昂立刻转身扑上去拦，却连路祈的衣角都没抓住。

不是他动作慢，是路祈动作变快了。傅西昂终于意识到刚刚的异样是什么，路祈好像不再是之前的路祈了，傅西昂说不出哪里不一样，可是那个面对面的刹那，他感觉眼前像是换了一个人。

失手的美洲豹只能眼睁睁看着梅花鹿在半空追上飞跳球，一记漂亮的击打。球径直飞向球门，角度有些偏，但不算刁钻。

跟班4号玩到现在已经积累了些许守门的经验，用尽全力向球飞来的方向起跳。他这一跳爆发出惊人的力量，竟真的赶在飞跳球到来前的最后一霎，伸手封住了路线。

飞跳球"砰"一声撞上他的手掌。

跟班4号刚要翘起嘴角，眼中却忽然划过错愕。撞进手掌的飞跳球并没有被拦下，而是他的手掌被球大力撞开，球甚至都看不出减速，直奔球门远角。

"进球有效，1分！5∶9——"

4号回头错愕地望向球门，仍然难以置信。路祈这一球的力量远超之前，他的手掌现在是麻的，手腕甚至因为猝不及防被撞开而扭得隐隐作痛。

进球的路祈转身看向傅西昂，脸上没有笑容，哪怕是揶揄毒舌的那种笑容都没有，他只是无声看过来，眼底的凶狠，不透天光。

鹿，变成了野兽。

对视的刹那，傅西昂竟然本能生出面对强势同类的排斥与警觉。他的心里忽然有一个特别可笑却又控制不住的想法，或许不是鹿变成了野兽，而是这头鹿，本来就是野兽。

"5∶10！"

"5∶11！"

"5∶12！"

胡灵予拿着手机，整个人已经定在那里很久，他全神贯注地盯着画面，看路祈一次次凶猛进攻，高效得分。

直播间也傻了——

2班［匿名］：天哪，路祈杀疯了！

13班［匿名］：这么凶的吗……

20班［匿名］：他是什么鹿来着？

9班［匿名］：梅花鹿。

15班［匿名］：什么鹿都不科学吧！

13班［匿名］：我都看傻了，太猛了吧！

18班［匿名］：我发现他现在都不打配合了，就自己上！

12 班 [匿名]：那几个早就被吓住了，没看他们都不敢往前冲吗，怎么配合？

13 班 [匿名]：别站着说话不腰疼了，你上去也一样。

14 班 [匿名]：有没有和路祈打过飞跳球的，他一直这么凶残？

10 班 [匿名]：我和他在球场打过几次，就是技术好，力量比普通鹿科强，但也没强到能顶翻美洲豹啊。

17 班 [匿名]：友情提示，他刚才撞翻了傅西昂，两次。

"……比赛结束，5：17！"

裁判的声音从手机里传出时，陈祝佳已经凑过来和胡灵予一起看半天了。

"帅。"他轻描淡写地给了个评论。

但胡灵予看见了他微微握紧又迅速松开的手。

可不是帅吗？从路祈发狠开始，他的脸上再没出现过笑意，哪怕是进球得分都没有，同时，他也再没让傅西昂的队伍得到哪怕一分。

然而裁判一宣布比赛结束，他忽然又变回了那个笑意盈盈的梅花鹿，顶着擦伤的颧骨、撞破的嘴角，气定神闲地调戏傅西昂："承让。"

就是调戏，胡灵予实在很难从那个欠揍的神情和语气中提炼出别的词。

傅西昂显然有同感，一瞬间拳头都硬了。但他最终没在球场上动手。

美洲豹离开，干净利落得四个跟班慢好几拍才跟上。直播画面也在这里停止，不多时，临时直播间解散。

傅西昂的克制让人有些意外，但远没有路祈带给胡灵予的震撼大。他终于明白了为什么一个鹿科可以让行动队那么多凶猛科属心甘情愿地跟着他——慕强是兽类本性，更是人类的。

"能把手机还我了吧。"陈祝佳先从观赛的情绪中缓回来，理直气壮地向他索要。

经他一提胡灵予才想起来，他就说自己好像忘了个事，他的手机和衣服还在树上呢！

再次折回飞跳球场外围墙，幸好，他还记得是哪棵树。

四下无人，球场里也静悄悄的，应该是赛后大家都散了。胡灵予三两下爬上树，钻进树冠，衣服果然还在，连口袋里的手机都没掉。

他赶紧将它们团一团抱起来，单手搂着树干滑落到地面上，正准备撤，却忽然感觉背后有视线，回头，就看见路祈趴在围墙那里，位置和先前让傅西昂他们帮忙捡球时一模一样，恍惚间胡灵予还以为时光倒流了。

胡灵予问："你在那儿多久了？"

"从比赛结束到现在，"路祈想了想，"怎么也有十分钟了。"

胡灵予继续问："一直趴在这儿？"

"看管东西，当然要就近守着。"路祈说得特别理所当然。

胡灵予怔了怔，看见怀里抱着的衣物才反应过来，路祈看见他兽化了，自然也知道他的衣物留在树上。"你在帮我看着？"

路祈点头。

"那你怎么不直接帮我拿下来？"胡灵予皱眉道，"狐狸爬树也不是那么轻巧的好吗？"

路祈微微歪头："一般这种情况你好像应该说谢谢，而不是嫌弃助人为乐者做得不到位。"

胡灵予道："你都闲得能趴在这儿十分钟帮我看东西，就不能伸把手？"

路祈道："狐狸爬树不轻巧，鹿更难。"

"你到底想干吗？"胡灵予不兜圈子了，现在的路祈和他都算不上认识，一个算不上认识的人特意过来等他，非奸即盗。

路祈气定神闲地道："我刚才都说了，等你谢我。"

胡灵予道："树是我自己爬的。"

路祈道："洞是我帮你找的。"

胡灵予："……"他把这茬忘了。

所以路祈当时果然是特意把球打飞替他解围。

"谢……谢谢。"悬崖上的那个路队长不断在脑内闪回，以至于胡灵予这两个字说得磕磕绊绊，心不甘情不愿。

路祈倒是很容易满足："不客气。"

"但是为什么呢？"胡灵予禁不住好奇，"咱俩都不认识，为什么帮我？"

路祈单手托腮，挂彩的脸上眼睛弯下来，像月牙："看你有趣。"

夏风习习，书声琅琅。

兽化心理学课老师在讲台上滔滔不绝："……所以虽然说性格的形成与很多因素有关……"

讲台下，胡灵予看似认真听讲，心思已经飘到了太平洋。

距离那场飞跳球比赛已经过去三天，但只要他晚上一闭眼，那天的路祈就自动在他脑海中浮现，然后循环播放"看你有趣"。

虽然自己的确天真善良又可爱，活泼开朗还很帅，有人想结交正常，但放在路祈身上绝对有问题。

绝对。

说是戴着曾经的有色眼镜也好，反正路祈嘴里的话，胡灵予一个字都不信。

"胡灵予……胡灵予！"

略带不满的声音拉回胡同学的注意力，他抬眼就对上了兽化心理学老师犀利的目光。

身旁的黄冲一个劲儿捅他，提醒他站起来。

老师问："我刚才都讲了什么？"

黄冲放在课本上的手偷偷指向几个段落。

胡灵予立刻会意，眼神飞快往下瞟自己的课本："性格的形成与很多因素有关……生理因素、家庭因素、环境因素、教育因素……但有时一些重大的事件或者变故，也会对人的性格造成影响，甚至是颠覆性的影响……"

念到这里，胡灵予突然顿住，有什么东西在脑中闪过，却抓不住。

黄冲不明白他为什么突然卡壳，一个劲儿在底下踢他的脚。胡灵予回过神，硬着头皮读完，终于等到心理学老师勉强的一句"坐下"。

是了！落座的一刹那，胡灵予终于捕捉到了刚刚脑中闪过的是什么，那是一段模糊的记忆，淡到他几乎遗忘。

曾经的胡灵予，那个真正在该读书的年纪读书的胡灵予，第一次听到路祈的名字不是在后者考上侦查系、名动全年级的时候，而是更早。

似乎就是在这样一个初夏，太阳开始刺眼，吹进教室的风变得温热。老师在上面讲课，他们在底下纷纷摆弄手机，将刚得来的劲爆消息在彼此间疯传——9班一个叫路祈的被打了，据说伤得挺重，当场被紧急送医，打他的那几个好像是5班的，已经被学校带走了，具体怎么处理还不知道。

大概是这样，胡灵予记不太清内容了，却清楚地记得那张和讯息同时疯传的照片。

一地狼藉，血迹刺眼。

这算重大变故吗？大到让一头好鹿彻底黑化，从此立志报复社会？

胡灵予不知道，但至少有这样的可能。换句话说，如果他能阻止这件事发生，是不是就能在路祈滑向深渊前拉他一把？

所以这件事到底是什么时候发生的？

胡灵予苦思冥想也没有头绪，恨不能搞个洛阳铲去记忆深处挖掘。

过于专注确切日期的结果，就是他压根忘了考虑另外两件事——路祈现在到底是不是头好鹿？以及，自己凭什么要拉那家伙一把？

专业志愿

下课铃响，老师离开，班长廉荫喊住起身准备跟着走出教室的同学们。

"等一下，我说个事情，"不浪费时间，他言简意赅地通知道，"专业志愿表已经发到大家的'好好学习'里了，大家填好想报的专业提交就行。"

简单一句话，让整个教室骚动起来。

"现在就报？"

"有点早吧？"

"别啊，我还没想好呢！"

"老廉，最晚什么时候提交？"

"我这不正要说吗？"廉荫是出了名的好脾气，被打断也只是耐心等着，跟老父亲似的，"报志愿的截止日是六月十五号，逾期未提交的话会全部按调剂处理，所以大家千万别把这事忘了，等临近截止日的时候我也会再提醒。"

说话间，大部分同学已经把手机拿出来开始找志愿表了，胡灵予亦然。

填报二年级的专业志愿，对他们的意义不亚于考大学。兽化觉醒大学毕业后基本都是包分配的，但分到哪里，分到什么岗位，通常按照专业方向来。换句话说，真正决定他们未来工作的就是这场二年级的分专业考试。

胡灵予暂时把路祈放到一边，打开志愿表浏览。

填报页很简单，只有六个选项：

1. 兽化侦查学（80 人）

2. 兽化法学（160 人）

3. 兽化心理学（160 人）

4. 兽化教育学（160 人）

5. 兽化管理学（240 人）

6. 兽化医学（40 人，仅限 21 班同学报考）

括号内是该专业的录取名额，但最终录取结果可能与该数字有细微差异，主要取决于 21 班，也就是定向医学班的"流失"情况——学校规定，医学班的同学如果有其他强烈个人意愿，可以在升二年级时改报其他专业。

据说每年都有几个学到怀疑人生的医学班同学改专业，以至于胡灵予不管是在大学还是在进了兽控局之后，看见兽化医学专业的同学都会肃然起敬。

相比较之下，自己这个管理学毕业的就有些没出息了。

但重来一次，胡同学依旧不忘初心。

"哎，你想好怎么报没？"黄冲一胳膊肘撞过来。

正准备点专业的胡灵予指尖一滑，差点选到侦查学，无语地退出填报表——还是妥妥当当等回宿舍再报吧——看向大黄："你就死心吧，反正不是侦查学。"

"我知道。"黄冲对这个已经不抱希望了，他就是好奇，"那你报哪个？"

胡灵予道："管理学。"

黄冲："……"

胡灵予问："你这是什么表情？"

黄冲道："大哥，管理学还用报？你就是不填表，最后服从调剂也是管理学！"

作为阵容最庞大的专业，管理学注定是所有调剂同学的最终归宿。

"既然管理学都行，那你还怕啥，"大黄直截了当道，"你就把其他你真正想报的专业放前面，管理学放最后，反正也没损失，万一考上……"

"没有万一。"胡灵予坚若磐石。

黄冲被胡灵予眼中强烈的拒绝弄得一愣。

意识到自己的情绪过于外露，胡灵予立刻收敛，又恢复了嬉皮笑脸："管理学就是我的真爱，不能因为别人都嫌弃它，我就见异思迁，最适合自己的才是最好的。"

黄冲挠挠头，也说不上哪里不对，见胡灵予坚持，便不再多嘴，正好后排有人拍他，他便转过去和对方说话。

胡灵予垂下眼睛，睫毛挡住了眼里的落寞。

大黄的思路没任何毛病，谁都知道管理学是兜底的，正常想法都是将其他难考的放在前面，万一超常发挥，捞到一个算一个。胡灵予第一次也是这么干的，他记得自己好像是把兽化心理学放在了第一位，想着"万一呢"。

结果期末考试成绩出来，离"万一"差着十万八千里。那时候的失落心情，他到现在都记得。

"希望"这件事的可怕之处在于，就算你知道渺茫，却仍控制不住期待。

甩甩头，胡灵予将那些早就过期的负面情绪驱散。

时光重回，其实客观地讲，他认为自己这次如果再报考心理学，成功的概率要比上一次大得多。毕竟自"回到过去"以来，"在课堂看着教科书忽然就记起了该科期末考试某一道大题"这种事，已经发生了三回，照此频率下去，没准期末考试他都能给自己划复习范围了。

但就像你曾经很想要一件东西，一直得不到，时过境迁，便不想要了。

而且还要考虑蝴蝶效应。如果他改了专业，可能整个人生的轨迹都会发生改变，回忆里他虽然结局不怎样，但过程平平顺顺，这也是胡灵予现在心安最重要的原因——他知道自己的人生会在什么时候发生什么，不想为一件已经不执着的东西去赌未知的风险。

"啥？侦查系？你开玩笑吧。"后面人的说话音调突然提高。

胡灵予闻声回头，就见王则轩瞪大眼睛看着大黄。这位同学是班里最爱搞怪的活宝，天天都兴奋得像喝了假酒。

"没开玩笑，"黄冲的一板一眼和他形成了鲜明的对比，"我是真要考。"

侦查学和其他专业不同，期末考试成绩只占40%，剩下60%是体能考试。这意味着只要你报了这一专业——无论将其放在第几志愿——都需要参加体能考试。

对他们这样的中小型犬科而言，只要一想到要在体能考试中和各种凶猛科属对抗，便足够打消填报念头一百次了。

一听黄冲要报侦查系，周围几个同学全聚过来了。

有看热闹的："黄冲你可以啊！"

有真心实意替他担心的："你是不是嫌命太长？"

也有阴阳怪气的："你们怎么说话呢，咱们班好不容易出一个敢报侦查学的，我们得给予支持和鼓励。"

黄冲面不改色，目光坚定："反正不报我肯定后悔，至于能不能考上，努力呗。"

"就算你真考上了，也不一定能顺利毕业，"王则轩罕见地收起调皮捣蛋的样子，认真了一把，"我听说以前有个学长，文化课成绩特别厉害，但科属不行，体能考试的时候差点被淘汰，后来是靠着彪悍的笔试成绩才压线进了侦查系……"

"然后呢？"有人等不及了。

"然后就悲剧了呗，"王则轩说，"进了侦查系每学期还是要体测的，而且难度一学期比一学期高，他每学期体测都得补考好几回，磕磕绊绊地升到了三年级，完了，补考多少回也过不去了，就开始留级，留一年、留两年……"

没人再催王则轩，气氛微妙，大家都沉默下来，仿佛都有了某种预感。

胡灵了不用预感，因为让王则轩这么一顿说，他已经想起了故事的后半段，毕竟他曾听过，并留下了一丝心理阴影。

"最后留级到第三年的时候，这位学长精神崩溃，"王则轩摊手，三分唏嘘，七分同情，"直接跳楼了。"

课后，完全没有被"学长故事"影响的大黄直奔训练场，继续为他的侦查理想刻苦努力。

坚持信念是一种天赋，没有的再怎么羡慕也羡慕不来。

胡灵予一个人走在回宿舍的路上，今天多云，放肆多日的阳光终于在云层后收敛。

尽管时隔多年又听了一遍，胡灵予依然不能确定"学长故事"的真假，但不妨碍他每次听见这个故事，心头都笼上一层阴霾。

不过刚才让王则轩的故事这么一提醒，倒是帮助胡灵予又回忆起了些许久远的场景。那是在疯传完路祈消息后的某天，班里的男生也是像这样围到一起，王则轩就开始指点江山，像今日劝大黄一样，劝当时的他们千万别往强势科属堆里扎，不然怎么死的都不知道，轻则挨揍，重则跳楼，末了还又撩闲大黄一句："你真不打算改志愿？"

其实都不用问，胡灵予比任何人都了解黄冲，那家伙犯起倔来……

欸？慢着。胡灵予脚步骤停，失神地望着前方。身边人来兽往，他像静止在时间长河中的旅人，找寻转瞬即逝的光影。

今天是六月二日，填报志愿的第一天，路祈还没有被打，而路祈被打后，大黄仍然可以更改志愿，也就是还没到提交的截止日期六月十五日。

路祈出事，就在这十四天内。

晚上八点的第四大，仍然处在鸡飞狗跳的蓬勃热闹中。

中小型犬科班 404 宿舍，王则轩和陈祝佳正在联机打游戏，外面窗台上蹲了只角雕隔着玻璃盯住陈祝佳的显示屏，目不转睛，看暖橙色身份环，应该是一位热爱围观游戏的二年级学长。

两人一雕本来挺和谐，直到胡同学拿着两罐"凶狼"敲开 404 的门。

"玩游戏呢？没事，你们先玩，不用管我。"胡灵予贴心地站在屋中间。

陈祝佳、王则轩："……"

战局草草结束，角雕学长悻悻飞走。

胡灵予笑容灿烂地往一人手里塞了一罐凶狼，不等两人问，便开门见山道："你俩谁知道鹿科班的课表？"

如果说陈祝佳是全年级最"宅"，那王则轩就是全年级最活跃的，一个主内，上网冲浪无人敌，一个主外，交友广阔遍神州。

"你要鹿科班课表干吗？"王则轩莫名其妙。

"没事呀，"胡灵予一脸真诚，"就是好奇。"

"你可拉倒吧，"王则轩夸张地撇撇嘴，老师们都以为他是全班最调皮捣蛋的，殊不知，胡灵予这种一肚子鬼主意的才是真角色，"你到底想干吗？"

"追人。"胡灵予轻飘飘忽悠出两个字。

王则轩眼睛一瞬发亮，要是这事他可不困了："你要追鹿科班的女生？什么名字？说不定我认识，还能帮你牵线搭个桥。"

胡灵予有些难为情地蹙起眉，声音小小的："现在不能说，万一没追上，多丢人。"

"哎哟，还不好意思了，"王则轩乐得语调都升高了，"放心，我和老陈肯定帮你保密。"

胡灵予不言语了，像是陷入了天人交战，好半天才放弃似的落寞地道："那算了。"

"哎，你别走啊，"王则轩赶紧拉住要转身的胡灵予，"我闹着玩呢。"不好意思再开玩笑了，他麻利地问陈祝佳："老陈，你有鹿科班课表没？"

"我没有，"陈祝佳一边说着，一边拿过手机，"但我能查到。"

没几分钟，他就抬起头对胡灵予道："发你了。"

话音刚落，胡灵予的手机应声响起。

"谢啦。"赤狐同学喜笑颜开，哪还有半点刚才的落寞，欢欢喜喜地蹦跶走了。

404内安静了足足一分钟。

王则轩后知后觉地扭头："老陈，我是不是被套路了？"

"如果是说没问出来女生名字的事，"陈祝佳带着黑眼圈，默默地看过来，"那应该是。"

王则轩道："用课表换名字天经地义，我为啥没坚持继续问？"

陈祝佳无法回答，正如他无法解释为何不久前，自己莫名其妙让出手机给胡灵予看了一场飞跳球。

狐狸真是一种可怕的生物——404两位狗同学默契地有感而发。

盯梢

自从拿到了鹿科班课表，胡灵予就开启了"盯梢"模式，只要没课，便满校园去找路祈——当然是暗中观察。

从前在兽控局，每次被行动队借调过去，他都盼着能干点真正属于行动队的活，哪怕不是真正地动手抓犯人，监控盯梢也好啊，可每次却只是被分配到外围打杂。谁能想到，"跟踪潜在犯罪分子"这种事，他回到现在竟然实现了。

一年级的课程排得都比较满，所以中小型犬科班和鹿科班的上课时间大部分都重合，这也方便了胡灵予行动，一星期下来，他基本掌握了路祈的作息习惯和行动轨迹。

除开教室、宿舍、食堂这必要的三点一线，路祈其他的活动地点就两个——飞跳球场和全科属训练中心。要是再将活动时间按比例细分，那飞跳球场占一，全科属训练中心占九。

如果说野性觉醒训练场是大家自我训练的初级场地，那么全科属训练中心就是进阶和高级场。

这栋大楼位于校园西北角，共二十五层，每层都设有许多单人或者多人的封闭训练室，不同楼层针对不同科属，训练室内的设计和设备也会有相应区别。比如鸟类科属的训练室，会侧重于兽化飞翔，训练室的层高都比其他楼层要高出许多。

胡灵予当年读书时很少去那里。因为这栋楼的建设初衷是给教师们提供一个可以自行训练的场地，所以采取的是计时付费制，训练室的难度也是针对教师的水平设计的，普通同学去一次就容易练到怀疑人生，又破财又扎心。当年黄冲去过一次，回来缓了好久才重拾信心，然后坚定不移地继续在训练场刻苦了。

每天进出训练中心的老师有很多，学生相对较少，像路祈这种几乎以训练中心为家的，反正胡灵予暗中观察了一个星期，就他这么一个。他风雨无阻，即便是周末要打飞跳球，傍晚也会去训练中心报个到。

胡灵予既没见过比路祈的作息更枯燥的，哪怕刻苦如大黄都做不到，也没见过对自己下手比路祈更狠的人，如果大黄的努力是困难模式，路祈就是地狱模式。

他曾经以为路祈是天赋异禀，拥有远超鹿科的身体素质和能力，才有了后面考入侦查系、进入行动队、当上行动队队长这一路的风光，却原来在你悠哉看风景的时候，别人已经选了一条最陡峭的路，一步不停歇地往上攀登，最终成为那个你只能仰望的存在。

周六，晴空万里。

胡灵予难得睡了个懒觉。高强度盯梢比期末复习还辛苦，复习尚可以大大方方，盯梢只能鬼鬼祟祟，简直让一贯懒散的胡同学筋疲力尽。

根据路祈的作息，他周六必然在飞跳球场，所以胡灵予放肆地睡到日上三竿，才懒洋洋地爬起来。他这样放松还有另一个原因，路祈被打、照片疯传的那天，他们正在上课，而一年级周六、周日是没有课的。

不过十四天期限已过半，今明两天虽是"安全日"，胡灵予还是不敢完全放松。

洗漱完毕，穿戴整齐，"侦察员小胡"再次出发。

不想他刚开门，就遇上大黄从外面回来，两人都是一愣。

"你要出去？"大黄刚结束周末晨练，短发被汗水打成一簇一簇的。

胡灵予大脑一时短路，也可能是做贼心虚，呆呆地"啊"了一声。

黄冲露出奇怪的表情："大周末的，你干吗去？"

胡灵予激活完毕，眼睛终于开始滴溜溜转了："图书馆。"

黄冲道："……你能编一个让我不觉得自己的智商被冒犯的理由吗？"

胡灵予怔了怔："我以前很少去吗？"

问得还挺认真，因为记忆中自己虽然没有特别努力，但也不至于去一次图书馆都要让人怀疑吧？

胡灵予的问句让黄冲有一种说不出的违和感，尤其是那个"以前"，怎么听都怪怪的，但他没来得及细想，已经本能吐槽道："不是很少，是一次也没有，谢谢。"

在记忆中过度美化自己的胡同学："……好吧。"

"唉，我实在是听不下去了，"隔壁的隔壁的隔壁突然传来王则轩的声音，他穿着 T 恤，吊儿郎当地倚在门口，看不出来是准备出去还是刚刚回来，反正肯定偷听多时，"胡灵予，你行不行，不就是追个妹子吗？有什么不敢承认的？"

黄冲错愕地问道："追妹子？"反应过来王则轩是什么意思后，立刻嘚瑟地挑起眉，周身溢满八卦气息，"谁啊？哪个班的？"

王则轩道："鹿科班，追一个星期了，你这消息也太不灵通了，白住一个屋。"

黄冲恍然大悟，看回胡灵予："我说你这些天怎么一下课就跑没影，有课没课都早出晚归。"他不满地拍了胡灵予一下，"太不够意思了，我你还瞒着啊？"

得，证据链闭环了。

胡灵予生无可恋地抬起头，朝二位露出营业式微笑："那我现在能走了吗？再晚爱情就没了。"

沿着第四大最美的秋鸳湖漫步，胡灵予多希望自己奔赴的真是爱情，而不是鸡飞狗跳的球场。

微风拂柳，湖面荡起阵阵涟漪。

一些鸟类科属的学长学姐或在湖中戏水，或在岸边梳羽，还有几个鸳鸯科属的生怕别人不知道他们是小情侣，就沿着岸边成双成对地游，那叫一个肆无忌惮。一切都那么美好而平静，胡灵予忍不住怀念，又有些懊恼曾经的自己没有好好珍惜这样的时光。

不知不觉，飞跳球场已到，胡灵予轻车熟路地来到往常的"盯梢点"。那是一个接近球门的赛场死角，围墙外树木密不透风。胡灵予以此为掩护，扒着围墙只露出一点点脸，眼睛能看见赛场便成。

这个盯梢点，别说鹿眼，鹰眼都发现不了。

胡灵予正暗自得意，忽然发现赛场里没有路祈的身影。他不信邪地又来回仔细看了半天，从赛场到看台，一张张脸扫过去，的确没有路祈。

这怎么可能？

习惯了路祈规律到变态的作息的胡灵予，一时茫然。

敛眉思索片刻，他直接从围墙上下来，从入口光明正大地进入观众席，有几个下场休息的同学正聚在那儿聊天，他故作自然地凑过去，随口问："怎么没看见路祈？打完撤了？"

几个人都不认识他，但胡灵予问得太自然了，仿佛也是球友一般，其中一个男生便不见外地说："撤什么撤啊，他今天压根就没来。"

"没来？"已经给路祈安上"作息规律狂魔"标签的胡灵予，下意识地追问，"为什么？"

"不知道，"男生摇头，显然也觉得奇怪，"平时周末他肯定过来。"

"估计有事吧。"另外一个说，"我看他早上就出去了。"

"出去了？"胡灵予见男生戴着9班班徽，那他这个"看见"应该是发生在宿舍楼里了，"去学校外面了？"

"这就不知道了……"男生顺嘴答完，才觉得胡灵予问得有点多，眼中渐渐生出怀疑，"你总问路祈干吗？你哪个班的，我好像没怎么在球场见过你？"

"其实……我是路祈的球迷。"胡灵予瞪大无辜的眼睛，带一点谈论到偶像的羞涩，"你们别告诉他啊，怪不好意思的。"

几个男生互相看看，然后乐了："这有啥，我们都是他的球迷，他打得就是漂亮！"

胡灵予用力点头："嗯，多帅啊。"

说亏心的话会遭报应，在校园里搜寻了整整一天无果后，胡灵予相信了。

在他分秒跟踪的时候，路祈的作息规律到令人咋舌；在他以为可以放松一下的时候，路祈给他来了个金蝉脱壳。

路祈，真行。

但这一天也不是全无收获，至少他可以确定，路祈真的不在学校内。

夕阳西下，熊科楼前威风八面的黑熊铜雕都被落日余晖染上了一层温柔的色泽。

胡灵予藏在雕像底座后面，视线一直没离开不远处的学校大门口。除非路祈翻墙回来，否则这里就是他归校的必经之路，胡灵予已经蹲点了一小时，眼睛都快看瞎了，现在瞅谁都是重影的。

皇天不负有心"狐"，视野里终于出现了熟悉的身影。

说来也奇怪，不管在哪里，不管周围什么环境，只要路祈出现，胡灵予总能一眼锁定他，这种事在飞跳球场上发生过，在兽化觉醒训练场上发生过，现在又发生了。

胡灵予怀疑自己回到七年前的时候带了"复仇雷达"，此刻眼也不花了，重影也没了，周遭一切都好像自动虚化了，只有路祈是清晰的。

他穿着黑裤白T恤，戴一顶鸭舌帽，帽檐遮住了他的眼，胡灵予看不清他的神情，却莫名感到一种孤独和疏离。

他从黄昏喧嚣的人潮中走来，孑然一身，从未与周遭融入。

迎面走来几个高大魁梧的男生，说笑打闹，眼看就要和路祈撞上。胡灵予以为路祈会躲开，不想他就那么直愣愣地撞了上去。

"砰"的一声，双方都踉跄两步，愣住了。

魁梧男生的脸色一下子变得不太好，路祈抬起头，给了对方一个真诚歉意的笑："不好意思，刚才在想事情，走神了。"

胡灵予相信他说的是真的，因为那一下撞得太实在。而且以他对路祈的观察，这人从不主动惹事，说装相也好，说嫌麻烦也好，遇见状况通常都是"大事化小，小事化了"的态度，冷静至极。

对方道歉了，男生也不好说什么，瞥一眼路祈胸前的班徽，鄙夷地咕哝了一句："滚吧。"

胡灵予以为路祈会和以往一样，不跟傻子计较，却不料路祈站在原地，反而慢慢抬起头："你再说一遍。"

胡灵予这回看清路祈的眼睛了，眉宇间的狠厉，同与傅西昂打那场飞跳球时如出一辙。

男生乐了，推了他肩膀一把，故意大声道："我说……"

路祈的眼神一瞬起了变化。

不只是狠了，甚至有一丝疯，那绝对不是一个"滚"字能勾起的眼神。胡灵予总觉得他现在的状态不对，魁梧男生只是扯断了拴住野兽的最后一根绳。

根本不给对方说完的机会，路祈突然狠狠扑过去，愣是将比自己体型大一圈的家伙扑倒在地。

如果不是依旧是人形，胡灵予甚至觉得下一秒他就会咬上对方的咽喉。

"那几个人干什么呢——"校门口保安发现异常，大声嚷嚷着过来。

路祈动作一顿，被扑倒的男生趁机将他掀翻，狼狈地站起来："你有病啊？有病就回家治！"骂骂咧咧，却不敢再动手，不知道是因为保安过来了，还是被路祈的疯劲吓着了。

路祈维持着被掀翻的姿势，仰面躺在地上，过了几秒，才长舒口气，翻身站起来，特乖地朝保安笑笑："闹着玩呢。"

保安也不想把事情搞大："行了行了，都散了。"

胡灵予看着那张漂亮的笑脸，一时竟不确定刚刚那双眼睛里的疯是真实的，还是自己的幻觉。

魁梧男生闷着气走了，边走还边和几个伙伴回头瞪路祈，像在说"你给我等着"。

路祈视若无睹，转身离开。

等两边人都走远了，胡灵予才敢出来，捡起地上的鸭舌帽，再次确定路祈今天真的不正常。

不去打飞跳球而是离开了学校，不正常之一；遇见挑衅突然发疯，不正常之二；以及，帽子就那么显眼地落在地上，他竟然也能忘了。

胡灵予抓心挠肝地想知道路祈离开学校到底干什么去了，后者的反常绝对和学校外的事有关。

路祈越走越远，眼看背影就要消失在视线里了，胡灵予连忙快走两步遥遥跟上，满心疑问也没忘了自己的"盯梢"大业。

就这样跟了一会儿，他忽然闻到一种味道，丝丝缕缕、若有似无地往鼻子里飘，不难闻，淡淡的，让人不自觉地平静下来。

是香火的味道。

胡灵予终于反应过来，是寺院里或者拜祭时的那种燃香。

他停下脚步，低头看向手中不属于自己的物品。微风停歇，鸭舌帽沾染的气息变得明显起来，也不知它的主人在香火缭绕中待了多久。

解围

　　周一，晴。距离志愿填报截止日只剩五天。

　　胡灵予上课越来越听不进去，心浮气躁，这感觉就像你捧着个炸弹，知道它要炸了，可倒计时究竟还有多久，炸点又在哪一分哪一秒，全然不知。

　　他不是一般慌。

　　每到这时，他就会从手机里默默翻出两个班的课程表。

　　已知路祈出事时自己在上课，又已知路祈不是在课堂上出的事，那么路祈出事的时间只能是自己有课，而路祈没有课的时间段。将两张课表在脑内叠到一起，符合条件的只有——周三下午。

　　反复确认了这一点，胡灵予才能稍稍缓解自己的心慌。

　　在桌下收好手机，胡灵予重新抬头，假装听课，余光却瞥到了大黄。后者一脸古怪地盯着他，也不知道看了多久。

　　胡灵予询问性地挑眉："怎么了？"

　　"你是不是遇见什么事了？"黄冲也压低声音。

　　"没啊。"胡灵予想也不想答道。

　　"那怎么坐立不安的？都好几天了，"黄冲摆明不信，越发担忧道，"不管遇见什么事，做兄弟的都能帮你一起扛。"

　　胡灵予抿了抿嘴角，一瞬间真有种冲动把什么都跟黄冲说了，可话到嘴边还是咽了回去。他不怕大黄不信，怕的是将大黄无辜卷进自己的"复仇旋涡"。

　　他现在做的每一件从前不曾做过的事，都可能改变命运的走向，胡灵予自己一人尚且谨小慎微，何况再加上大黄。

　　抬起眼皮，胡灵予翻了个标准的白眼："我坐立不安是想赶紧下课，你有这脑补的时间，多注意听讲好不好？"

　　大黄将信将疑，但从胡灵予脸上又看不出破绽，最终只得闭嘴。

　　下课铃响，班长廉荫第一个站起来了："刚接到通知，李老师生病了，今天的兽化社会学课取消。"

　　"哇哦——"王则轩兴奋地一拍课桌，毫不掩饰内心的狂喜。

其他同学也有不少高兴的，平白少上两节课，但没王则轩那么直接，都是偷偷地喜上眉梢。

胡灵予却第一时间拿出手机翻课表，他记得鹿科班今天也有"兽化社会学"。

果然。

自己这边是上午的三、四节课，路祈那边是下午的一、二节。如果鹿科班的课也取消，那么下午一、二节课的时间，也符合自己有课而路祈没课的条件。

胡灵予眉头深锁，不自觉地将拇指抵到下唇上，难道真这么邪门？仿佛是老天爷故意搞了个特殊标记来提醒你：看见没，就是今天。

七年前的今天李老师到底有没有生病请假？胡灵予努力回忆、绞尽脑汁、苦思冥想……算了，别和自己过不去了。

中午十二点半，学校食堂附近一块公共展示牌后。

胡灵予一边盯着食堂出口，一边跟班长廉荫讲电话："真的……我也不知道，就是突然肚子疼……不用不用，我自己能去校医院，就是……下午的头两节课恐怕要请假……"

挂上电话，胡灵予心情复杂地叹口气：别人都是为爱撒谎，他是为恨翘课。路祈，最好今天就被揍，别让他失望。

刺眼的日光下，一个小脑袋从展示牌后面探出来，像钻出洞穴的狐狸，警惕地盯着不远处。

展示牌遮住了大半阳光，只一束落在胡灵予左肩，没两分钟，就晒得他肩头发烫。

夏天真的来了。

路祈也来了，从食堂出来的他没回宿舍，而是去往飞跳球场的方向。

刚吃完饭就打球？胡灵予疑惑地跟上。那么多树荫，路祈偏偏走在太阳底下。正午日光下的影子很短，从胡灵予这里看过去，像在跟着一个没有影子的人。

望着那颀长的背影，胡灵予不知怎的，忽然生出一种很荒诞的想法。路祈不走树荫，不是想晒太阳，而是在和烈日对抗。

不知不觉到了秋鸯湖。

路祈的脚步没有任何变化，仿佛满目湖光都与他无关。

胡灵予一直跟他保持着大约二十米的距离，奈何湖边草木繁茂，跟着跟着视野中的背影便有些模糊。他赶忙加快速度想缩短一些距离，前方树林里突然出来几个人，没发现他，因为那帮家伙都在死死盯着刚走过去的路祈。胡灵予数了数，一共六个人，带头的果然是熊科班的那家伙，剩下的人中也有几张脸是在周六那场冲突中见过的。

心脏开始突突地跳。

胡灵予深呼吸，知道这场冲突终于让他等来了。

快走远的路祈无知无觉，熊科班的六人交头接耳了两句，便大步流星往前追。胡灵予摘下胸前的班徽，绕到旁边离岸稍远的地方，以平行线路径同步追。

因为岸边地势稍低，六个人又都盯着路祈，没人注意另一侧的高处还有人。胡灵予也不敢跑太快，怕弄出声音被提前发现，于是熊科班六人叫住路祈的时候，胡灵予离他还差四五米。

眼看路祈转过身，两边对上。

胡灵予也顾不了了，边跑边拿出手机拨通早已设置好的号码，一个斜向滑铲便从坡上滑下来直抵对阵双方中央，因为没把握好力道和尺度，一脚直接铲在了熊科魁梧男的脚踝上。

熊科男穿着背心短裤，脚踝毫无防备便遭到了来自硬底滑板鞋的攻击。晃一下没倒，是熊科最后的尊严。但是疼啊，脸瞬间扭曲仿佛下一秒就要熊吼。

"不好意思啊，我一着急就没控制住，"胡灵予连忙收腿爬起来，单手将握着的电话往路祈面前送，"马主任找你——"

路祈眼底闪了闪，面上不露声色地接过电话。

胡灵予抱怨似的捶了他一下，给自己加戏加得肆无忌惮："你小子真是的，出门不带电话是什么鬼习惯。"

语毕不等路祈接茬，又拉过他的手凑近电话说："马主任，我找到路祈了！"

开了外放的手机里直接传出一年级系主任马涛的声音，语气很不好："路祈，你现在立刻来我办公室。"

熊科班的几个男生根本没时间消化这一系列的突发情况，就在马主任严厉的声音里条件反射地定住了。

一年级系主任马涛，科属斑鬣狗，江湖诨名"新生梦魇"，据说没有一年级新生在经过他的"教导"后还能全身而退，保持身心阳光，所以即便是全年级最刺儿头的傅西昂，都不愿轻易招惹他。

"愣着干吗？"胡灵予再度凑近手机，朗声回道，"好的，马主任，我们这就过来！"说完一把抓住路祈，大大方方地拖走。

徒留熊科班六位同学呆在原地，好半天才缓过神。

"刚才那个谁啊？"

"鹿科班的吧。"

"好像没看见班徽。"

"别管这些没用的了，今天这事怎么算啊？"

"今天算他走运，但他不能总走运吧？"

"对，明天继续堵他！"

"咱们能等到明天吗？会不会等下见到马主任他就打咱们小报告了？"

"要不先放他一马，下个月再说？"

胡灵予一路将人带到飞跳球场入口，眼见同学进进出出，场内打球的热闹声不绝于耳，这才长舒了口气。

"他们肯定还要来找你麻烦，"胡灵予一心想让路祈避开这件祸事，心急地叮嘱道，"你记住那几个家伙的脸了吧？没记住也不要紧，反正以后遇见熊科班的，你绕路走就对了。"

一口气说完，发现对方没声音，胡灵予疑惑地抬起头。

路祈比他高了至少五厘米，这样近距离面对面站着，才有清晰的感受。

不喜欢身高差带来的压迫感，胡灵予下意识松开手，微微后撤。路祈低头看看刚刚被抓的手臂，脸上的神情明晃晃都是可惜："我就知道我一说话，你就要松手。"

胡灵予真想说：我不仅不会松手，我还要抓着你到牢底坐穿，地老天荒。

整理整理跑乱的衣服，胡灵予朝路祈伸出手，掌心朝上。路祈笑眯眯地伸手拍下来，两人掌心相击，一声清脆回音。

胡灵予道："……我让你把手机给我。"

"哦，我还以为你想和我庆祝逃跑成功呢。"路祈一脸单纯的明朗。

胡灵予真觉得应该让大黄过来看看，在"装无辜"这条路上，人外有人，狐外有鹿。

"给我啊。"胡灵予手都伸酸了。

路祈却将电话举高，说："你先回答我两个问题。"

"不就是为什么会出现？为什么要帮你吗？"胡灵予不用听题，直接抢答，"碰巧路过，还你人情。"

路祈道："那我换两个问题。"

胡灵予不服道："我都答完两个了。"

路祈道："你那是自问自答，我又没问。"

胡灵予深吸口气，又慢慢呼出，然后微笑道："路祈。"

"在呢。"路祈也笑，清澈漂亮。

胡灵予道："你被人揍真的一点都不冤。"

路祈道："我没被揍。"

胡灵予道："那是因为我救了你。"

路祈忽然不说话了，只是笑，本就清澈的眸子在望着人的时候，有一种天生的专注。

胡灵予就没见过这么犯规的眼睛，都不用对着人，哪怕让他望着一根木头，胡灵予都坚信他能望出氛围感。

"你要没话说了，就赶紧把手机还给我。"胡灵予忍住了想蹦高去抢的冲动，万一抢不着，太丢人。

"你刚才叫我路祈。"笑着的人突然开口。

胡灵予一怔，本能装傻："啊？"

路祈歪头："我好像没和你说过我的名字。"

"哦——"胡灵予拖长尾音，小脑瓜转速到位，"你那天不是在飞跳球场收拾了傅西昂吗？都传遍了，9班路祈，飞跳球战神。"

"哦——"路祈也拖长尾音，"那马主任呢？"

胡灵予皱眉，来了气焰："我不搬出马主任，怎么帮你解围？"

路祈道："你碰巧遇见我被人找碴，于是在千钧一发之际，临时找了一个可以互动的AI①通话，将马主任的声音数据录入进去再生成，然后拿着电话过来给我解围，并且及时赶上了。"

胡灵予："……"

胡灵予的气焰虽然来去匆匆，但仍倔强地仰起头："做到这些很难吗？"

"还好，"路祈忍不住笑出声，"就是时间稍微紧点。"

晒太阳

太阳晒得人头大，胡灵予深感今日状态不佳，决定在脑袋彻底昏过去之前三十六计走为上。

"总之你以后躲着那几个人就对了。千万别大意，一定要躲啊。"为避免今天的努力白费，胡灵予又唠叨了一遍。

趁路祈认真听他说话，胡灵予突然踮起脚伸手从对方那里抢回了手机。

路祈愣了下。得手的胡灵予嘿嘿一笑，对路同学晃晃手机，眼睛得意地眨啊眨。

"厉害。"路祈立刻认可，点头称赞。

胡灵予："……"这种哄孩子的微妙感是自己的错觉吗？

不管了，胡灵予将手机塞回口袋，便错开身准备闪人②。

未料路祈也往相同方向闪了半身，轻轻挡住了路："我还没和你说谢谢呢。"

"不客气。"胡灵予再往旁边走。

路祈跟着挪，继续挡，但动作和身形又不会让人觉得粗暴，远看就像是在配合胡灵予的双人舞步。

反复几个来回，胡灵予终是忍不住抬起头："你到底想干吗？"

路祈一脸真诚："光嘴上说谢谢没有诚意，请你喝饮料。"

---

① AI：人工智能。
② 闪人：网络流行语，指快速离开、走人。

少来，绝对在打什么鬼主意。

"不用。"胡灵予拒绝得飞快。

"喝个饮料而已，"路祈放缓语气，软言细语地跟他商量，"反正你都翘课了。"

胡灵予一惊，错愕地瞪大眼睛。路祈只笑不说话，安安心心随他看。

胡灵予还是没忍住："你怎么知道我的课表？"

路祈不答反问："那你为什么翘课过来帮我？"

云走风停，时间静止。对视的短短几秒，漫长得恍若一个世纪。

路祈先弯了眼睛，仿佛什么都没发生，亲亲热热地揽过胡灵予的肩膀，带着还在发蒙的小狐狸往自动贩售机走："想喝什么？汽水还是果汁……"

湖边树下，胡灵予直到坐上长椅，还是没明白怎么就跟着路祈过来喝饮料了。

明明一点都不强势，可就是那样笑着笑着，便将你带进了他的节奏里。

"喝哪个？"不远处的自动贩售机前，路祈回头问。

胡灵予想都不用想："凶狼——"这完全就是他现在的心境。

路祈拿着两罐冒着凉气的饮料回来，一罐递给胡灵予。

胡灵予看看易拉罐上的"野果汁"三个字，再抬眼看看路祈……"凶狼"和"野果汁"，先不说字像不像，字数都不一样好吗！

"那些功能性饮料对身体没好处，"路祈将野果汁放到胡灵予手里，放完还轻拍了罐身两下，仿佛在跟不听话的孩子说"你要乖""以后少喝，最好别喝"。

向来吃软不吃硬的胡灵予怀疑路祈就是来克他的。

气鼓鼓地拉开拉环，胡灵予一口气喝掉半罐，然后咂摸咂摸嘴，丝丝凉气带着甜。

好吧，原谅他。

下午的秋鹜湖很安静，没了周末的热闹喧嚣，几只白鹭在湖中央的浅滩上散步，太远看不清脚上的身份环，不知是几年级的学长学姐。

路祈放松地靠在长椅上，喝着他自己的青草汁，望着波光粼粼的湖面出神。

胡灵予偷偷看他。树的影子正好遮住一半长椅，胡灵予在树荫这边，路祈在灼烈的日光里。炫目的强光模糊了他侧脸的轮廓，生出一种不真实感。

胡灵予很难将眼前的路祈和那个干练果决的路队长联系到一起。后者之于胡灵予，更接近于一种象征，一个用来证明非强势科属也能登顶的标杆人物，他遥远地仰望着，不曾也不敢靠近。

可是这个十八岁的路祈，就坐在他身边，会打飞跳球，会喝青草汁，会一直对着人笑，也会在汹涌人潮中格格不入，一言不合就发疯打架，未卜先知般点破他的翘课行径。

有正面，有反面，有谜团，一个无比鲜活的人。

凉气仍存的易拉罐贴上胡灵予脸颊。

胡灵予一个激灵，回过神，发现路祈不知何时转过头来。他的睫毛很长，在阳光下根根分明，漂亮又撩人："你一直盯着我干什么？"

胡灵予扶额："你能不能说点有营养的？"

路祈道："行。你报完专业了吗？"

正经得太快，胡灵予愣了好一会儿，才点了下头。

路祈问："报的什么？"

"管……"胡灵予及时收住，"我为什么要告诉你？"

路祈反问："为什么不能告诉我？"

胡灵予发现路祈很喜欢用提问代替回答，而且每次还都狙得很精准。

"我报的侦查学。"路祈先表示诚意。

"管理学。"胡灵予假装看湖，语气轻快，怕泄露差生在好学生面前那种微妙的低落。

路祈静静看了他片刻，忽然问："为什么不报侦查学？"

胡灵予以为自己听错了："我？报侦查？"

路祈点头，表情仿佛在问：有问题吗？

"路同学，我是赤狐。"胡灵予语重心长地道。

路祈抬手一丢，喝空的易拉罐轻松进入垃圾桶："这和科属有关系吗？"

"……你说呢。"不怪傅西昂想揍路祈，胡灵予现在都想揍他了，这人真的每时每刻都在致力于怎么让人手痒。

"没逗你，"路祈从胡灵予手中抽出喝空的易拉罐，以同样漂亮的抛物线丢了进去，"认真问你呢。"

那行，胡灵予也认真回答他："跑步、游泳、跳跃、越野、对抗……体能考试的哪一项和科属无关？退一步讲，就算考进去了，顺利毕业了，以后工作呢，进入兽控局行动队？兽化犯罪分子可不跟你讲客气，我一个赤狐，你让我去跟狮、虎、熊、象搏斗？"

许是一口气说得太多，到后面他语气有些不稳，像是委屈，又像不甘。

"我不是这个意思。"路祈认真听完，神情微妙，他慢条斯理地道，"我是想说，报什么专业跟科属没关系，只和你自己想不想有关系。"

胡灵予："……"

是该说他遇见路祈，智商就直线下滑，还是路祈本身有毛病，不按套路出牌？

"不过我现在明白你强烈的意愿了。"始作俑者认真地点点头，"管理学挺好。"

胡灵予再也忍不住翻白眼："你就不该问。"

路祈无辜地道："我以为你会考侦查系嘛。"

胡灵予道："谁给你的错觉？"

"你啊，"路祈笑，"一个敢当着八个班的面大喊'傅香香'的人，没道理不敢报侦查系。"

胡灵予："……"

日影偏移，新的树荫遮住了路祈，胡灵予陷入刺眼的阳光里。

"我不行的。"他讷讷地道，像说给路祈，又像说给自己听。

路祈"嗯"了一声："我现在知道了。"

怎么和路祈分开的，胡灵予已经没了印象，反正那人胡乱搅和别人的心情，溜得比兔子都快。

野果汁的微凉还在胃里回荡，胡灵予学着路祈走在大太阳底下，抬头看天……眼要瞎了。

果断挪回树荫里，胡灵予充分意识到了自己和路祈间的差距。不是谁都能扛得住夏季的太阳，也不是谁都能刻苦努力一下就当上行动队队长。

计算着时间，胡灵予赶上了后两节课。

夏天的白昼格外长，及至五点下课，日照仍然强烈得让人眩晕。

大黄去训练，胡灵予自己在食堂吃了饭，又漫无目的地逛了逛，才沿着林荫路回宿舍区。不想他刚走近宿舍楼，就听见好像有人在叫"黄冲"的名字，声源较远，听不太真切。

胡灵予四下张望，顺着声音的方向一点点走到宿舍楼后，就看见1班（大型犬科）的四个男生正围着黄冲，嬉皮笑脸地说话。

两个班总在一起上课，互相都认识，四个男生里三个的科属都是狼，还有一个是阿拉斯加雪橇犬。

"要我说你也别白费力气了，天天这么辛苦练干吗？"

"我们也是为你好，希望越大，失望越大。"

"哎，和你说话呢。"

黄冲的前襟都被汗水浸透了，和平日训练回来的样子差不多，但从训练场回来是不需要经过宿舍楼后的，也就是说黄冲原本就在宿舍楼后面练习。

胡灵予没想到自己随口一句搪塞的话，大黄竟然当真了。

其实在宿舍楼后能练出什么呢，真正让你变强的永远只有你自己的决心和意志。

"行了行了，还不许我们大黄有理想了。"其中一个人打趣地搭上黄冲肩膀，拍了拍，"不过话又说回来，心怀理想就够了，做人还是得认清现实。"

黄冲克制住了甩开肩膀上爪子的冲动。

但胡灵予克制不了，本来他在路祈那儿就憋得够呛，现下彻底压不住火了："谁跟你'我们'？"他三两步上前，把黄冲从包围圈里拉到自己的阵营："大黄也是你叫的？"

阿拉斯加犬乐了："怎么不能叫，申请专利了？"

胡灵予把大黄护到身后。这几个人也就是动动嘴皮子，不敢动手的，偏偏大黄嘴笨，还特容易把垃圾话听进心里，自己扎心，胡灵予每次都恨不能匀出十分之一呛人的功力给老友："说这些没用，有时间劝别人改志愿，不如想想自己怎么考。"

说完他不等四个人回嘴，径直看向其中一匹狼："你还行，考上了。"然后再转向另外三个："你们仨侦查学没戏，趁早改志愿，不然就等着分到管理系吧。"

胡灵予说得过于斩钉截铁、理所当然，以至于四人恍惚了半天，总觉得自己已经被命运之神拍板定案了。

被命定可以考上侦查系的那匹狼率先回过神，脸色变得极其难看："你俩一个狐狸一个狗，蹦高也摸不到侦查系，还是先操心操心自己吧。"

旁边的阿拉斯加不乐意了，踢了他一脚。

狼同学连忙安抚道："你不算你不算，你是半狼。"

胡灵予不知怎么就想起了路祈说的话，开口道："报什么专业跟科属没关系，只和你自己想不想有关系。"

狼鄙夷地嗤笑道："那你怎么不报？"

胡灵予道："我……"

整个2班只有大黄报了，这才让他成为大型科属班奚落的对象。

阿拉斯加犬又贱兮兮地凑过来："说别人的时候挺能耐啊，怎么一到自己就不行了？"

大黄绕到胡灵予身前，挡住那帮家伙，面对面和胡灵予道："别搭理他们。"语毕便要拉胡灵予走。

胡灵予脚下没动，伸手拨开大黄，定定地看向那四个人，道："我报。"

四人："……啥？"

胡灵予道："我报侦查系。"

"真的？"大黄惊喜道，"你真决定了？"

胡灵予道："我……"

"太好了！"大黄用力抱住他，兴奋地咣咣拍他后背。

"别光说不练，"阿拉斯加犬不依不饶，"有能耐现在就报。"

报就报。胡灵予直接掏出手机，调出已经提交的志愿，选择撤回，修改成了侦查系，重新提交。

阿拉斯加犬道："别回去又偷偷改回来啊。"

"你瞧不起谁呢，"胡灵予彻底冒火了，"明天上大课，我当众宣布！"

阿拉斯加犬被他震住了，没想到胡灵予居然这么英勇，这等于完全不给自己留后路。

剩下三人也没话了，你看我，我看你，场面一时尴尬。互呛叫板就是这样，谁下得了狠手，谁就拔得头筹。

　　胡灵予叉腰昂头，一副狐仙降临的气势。

　　黄冲的高兴劲一直持续到晚上，躺在宿舍床上了还忍不住问胡灵予："你怎么就改主意了？"

　　已经冷静下来的胡同学仰望天花板，心如止水："太阳晒多了是会上头的。"

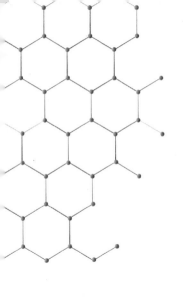

第二卷

追梦前行

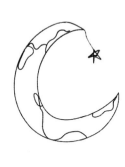

GREAT

AWAKENING

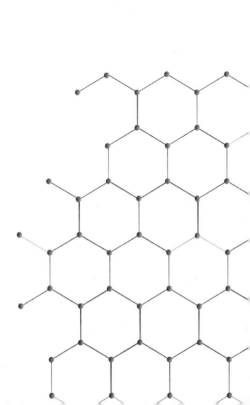

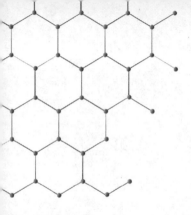

训练

翌日清晨，五点刚过胡灵予就睁开了眼睛。

黄冲每天晨练的闹钟设定在五点半，这会儿的中华田园犬还在自己床上打着小呼。夏日的天已亮，金色晨曦洒下一片温热。

胡灵予蹑手蹑脚地下床，声响细微，不料黄冲还是醒了，睡眼惺忪地拿过手机看看时间，疑惑地咕哝道："你咋起得这么早……"

"不是起得早，是一夜都没睡踏实。"胡灵予歪着脑袋，有点无奈。

"怎么了？"黄冲彻底清醒，担忧地坐起来。

还能怎么，胡灵予又坐回床上，托腮叹了口气："从今天开始我也要跟着你一起训练了。"

大黄乐了："不是昨天晚上就说好了吗？"

就是说好了才让人头疼啊。决心易下，恒心难守，一想到以后都要和自然醒无缘，世界都灰暗了。

"别忘了上午大课你还要当众宣布考侦查系。"大黄在胡同学本就不明亮的前路上雪上加霜。

胡灵予挑眉瞪他："你是不是就等着看我笑话呢？"

"怎么可能，"大黄把他的调侃当真了，立刻严肃起来，"我是高兴。虽然不知道你为什么改主意，但我昨天做梦都是咱俩一块儿训练！"

他的目光真挚，是对朋友全然交心的赤诚。

"跟你开玩笑呢。"胡灵予收敛起戏谑，声音软下来，"大黄，你有没有想过以后？"

黄冲问："以后？"

"就是说，如果我们两个真的都考上了，多半也是压着线吊车尾，"胡灵予说的是假设，却混杂着曾经发生过的现实，"以后很可能我们每学期的成绩都在班级垫底，一直被强势科属奚落，一直被嘲笑，你做好心理准备了吗？"

黄冲被问愣了："我没想过这些……"

"那就从现在开始想，"胡灵予认真看向友人，忍着心疼，说着最刺耳的话，"如果考上侦查系的代价是被排挤、被孤立，自信心被摧毁、人际关系全搞砸，你还会考吗？"

黄冲沉默了。良久，他郑重而坚定地点头："我会。"

人们总是用付出与收益来衡量一件事值不值得做，可在追梦者眼中，梦想本身便值得义无反顾。

六月的风从半开的窗扇进来，一派暖融融的生机。

"好吧，"胡灵予忽然不纠结了，甚至对前尘往事的酸楚都释然了几分，他"腾"地站起来，高举手臂往左弯腰，再往右弯腰，来了个战前热身，"我也只能陪你疯了，谁让我交友不慎。"

大黄撇嘴"喊"一声："像谁勉强你了似的，昨天明明是你自己发的豪言壮语。"

胡灵予道："我那不是被那四个人激的吗？话赶话说到了，我总不能尿。"

大黄问："所以从本心上说，你还是不想考侦查系？"

胡灵予道："当然。"

大黄道："可是你现在看起来好开心。"

沈漱台前，胡灵予一边刷牙一边望着镜中的自己。

大眼睛亮亮的，小脖子也支棱起来了，根本看不出一点昨夜没睡好的痕迹，反而神采奕奕，满嘴的牙膏泡沫都没影响他精神抖擞的样子，分明是一只准备出去撒欢儿的小狐狸。

这么……快乐吗？如果不是大黄说，胡灵予自己都没发觉。

原来一整夜的辗转反侧，不是因为冲动而后悔，其实是忠于本心后的兴奋。原来一直以为的"不愿",只是畏难后的自我催眠。

"一个敢当着八个班的面大喊'傅香香'的人,没道理不敢报侦查系……"

路祈清朗的声音,萦绕耳畔。胡灵予忽然觉得路祈看出来了,看出了那颗种子一直就埋在他内心深处,被厚厚的土层掩盖,被不断的自我催眠夯实,然而仍旧躁动着。

所以他心疼大黄,却还是忍不住羡慕那样冒着傻气的勇敢与执着,所以他崇拜路队长,将一个根本都谈不上认识的人放在仰望的山巅。

晨光灿烂,校园刚刚苏醒,公共训练场里已经热闹非凡。

"你以前都怎么训练?我跟着你的训练计划来。"新手胡完全信任前辈黄。

黄冲道:"晨练时间短,所以我一般就不练对抗,只练跑步和跳跃。"

胡灵予问:"多少量?"

黄冲道:"跑十圈,剩下时间就在跳跃场。"

胡灵予点头:"行。"

侦查学专业的体能考试分六大项目——跑步、跳跃、对抗、游泳、越野、野性之力。

其中前三项都可以在公共训练场完成,游泳和野性之力只能去训练中心,越野因为是分组考核项目,以小组成绩为个人成绩,所以除非能聚到足够多的人,不然很少有人去户外练这个。

作为犬科,胡灵予的奔跑能力尚可,十圈,小意思。

一圈后。胡灵予道:"你跑得太慢了!"

三圈后。胡灵予道:"前面我冲得好像有点猛……"

五圈后。胡灵予道:"大黄……呼呼……咱们商量一下……"

七圈后。黄冲茫然地回头:"人呢?"

遥远的跑道那边,一个软趴趴伏在地上的人形狐狸:"死了,勿扰。"

事实证明,在绝对的信念者面前,假死博同情是没有用的。最后三圈,中华田园犬愣是拖着赤狐完成了。

待到跳跃场地,别说一个来回,就是一个台阶胡同学都蹦不上去了,他从来没有像此刻这样羡慕那些在耐力上天赋异禀的科属,比如7班的那些"千里马"。

靠着跳跃高台滑坐到地面上，胡灵予耷拉着脑袋气喘吁吁。

什么"我陪你疯"，说得漂亮，结果人家大黄还没怎么着呢，自己先累疯了，胡灵予实在不好意思抬头看好友。

"胡灵予？"一个常常晨练的1班同学看见大黄身边多了个人，意外地问道，"昨天晚上他们说你要考侦查系，我还以为开玩笑呢，你来真的啊？"

这人的科属也是狼，但性格不坏，平时大家一起上课，相处得还可以。

胡灵予很想昂首挺胸地说"当然"，可眼下自己这狼狈的状态，实在是底气不足。

没承想大黄接了口："当然来真的，你不知道我说动他有多难，你可别把我好不容易找的训练搭档搅和黄了。"

"行行，不搅和。"男生没再调侃他，转身自己练去了。

等男生跳远，胡灵予伸腿踢了黄冲一下，故意道："什么时候变成你'说动'我了，明明是我自己下的决心。"

黄冲一脸被辜负的表情："我替你扛，你还不乐意。"

胡灵予当然知道黄冲是在帮他解围，把"我想考"变成"我陪室友一起练"，性质就从不自量力变成了兄弟情深。

可黄冲越是认真，胡灵予越想逗他："谁用你扛，天塌下来有狐狸顶着。"

黄冲定定地看了他一会儿，欣慰地点头："行，我明白你的决心了。"

胡灵予疑惑："……啊？"

"来，"黄冲不由分说一把将他拉起来，"先跳五个来回。"

胡灵予赶忙道："不是，我还没……"

黄冲说："放心，我不敢说能让你练得有多好，但我是什么水平，我就一定能把你带到什么水平。"

胡灵予道："我相信你，但是大黄，咱们可以循序渐……"

黄冲道："跳起来！走——"

热血青春，挥洒汗水，满场朝气蓬勃的年轻人，只有科员胡想哭。

嗯，那一定是激动的泪水。

上午九点，下课间隙，胡灵予当着两个班同学的面宣布自己要考侦查系，在1班那四个家伙难看的脸色里，彻底断了自己的后路。

傍晚五点，全天课程结束，他跟着大黄再度回到训练场。

终于不用跑了，黄冲把胡灵予带到训练场西南角的宽敞区域："咱俩练一练对抗。"

胡灵予晨练的"伤害"还没消化完呢，胳膊腿疼了一天，现在看着跃跃欲试要扑过来的田园犬心里就一个念头——自己该不会熬不到分专业考试就阵亡了吧？

"等……等一下，"胡灵予必须说了，"我改主意了。"

黄冲错愕道："才一天你就打退堂鼓了？"

"谁要退了，"胡灵予拍他脑袋，"我是说我不能按照你的训练计划来了。"

黄冲疑惑道："我的计划有问题吗？"

胡灵予道："如果'特别不科学'不算问题的话，那没有。"

黄冲："……"

把憨头憨脑的室友扯过来，胡灵予语重心长道："体能考试一共有六大项，就算是强势科属都无法面面俱到，咱们俩更应该认清自己的长处，该把握的不遗余力，该放弃的也不要犹豫不决。"

"放弃？"在黄冲的直线思维里，长处要发扬，短处要弥补，就没有放弃这个选项。

"我要是你，就听他的。"不远处的上方突然传来温柔轻快的声音。

胡灵予和黄冲同时抬头。只见对抗场边，路祈惬意地坐在休息台上，穿着兽化觉醒课的夏季服，两条无处安放的长腿优哉游哉地晃。

路祈慢条斯理地解释："兽化侦查学按录取人数设置考试分值，本届录取80人，所以每一项的基础分值为80分，""但对抗、越野还有野性之力三项，因为更重要，计分时会在单项基础分上翻倍，今年也不会例外，即这三项每一项的满分都是160……

"单项得分以名次计算，第一名满分，之后依次递减，也就是说，如果在单项考核中没有进入前80名，那么这一项的得分就是0……

"与其在不擅长的领域白白消耗体力，不如抓住自己擅长和分数高的项目，进行针对性训练。"

话是说给大黄听的，可路祈一直对着胡灵予笑。胡灵予警惕的雷达嘀嘀响："你怎么在这儿？"

路祈轻声叹气，仿佛被胡灵予的嫌弃伤到了："我不能在这儿吗？"

胡灵予才不吃这套："你不是应该在训练中心？"

路祈慢慢弯了眉眼："你怎么知道？"

胡灵予怔住，然后就知道完了，他又说漏嘴了。

也不知道是他和路祈气场不和，还是路祈真有某种潜移默化的话术，总之一对上这家伙，他的节奏莫名其妙就乱了。

"路祈，"梅花鹿同学从休息台上跳下来，走向黄冲，他指指自己胸前的班徽，"9 班的。"

黄冲茫然的视线在两人之间来回走，面对友善的招呼，还是本能地回应："你好，我叫黄冲。"

胡灵予这才意识到，自己好像还没跟路祈报过姓名，鬼使神差地，他便问出了口："你知道我叫什么吗？"

路祈看过来，神情有些微妙，但在短暂对视后，还是坦然承认了："胡灵予。"

果然。胡灵予彻底证实了自己的预感。不是他多心，飞跳球场外和傅香香冲突时帮他解围，湖边熊科班事件时知道他翘课，这些刻意到难以忽视的"关注"与"接近"，路祈根本没有掩饰过。

包括此时此刻，在训练场上的"偶遇"。明明是狐狸，胡灵予却感觉自己更像是被狐狸盯上的兔子。

伸手抓住路祈的胳膊，胡灵予用力将人拉到一旁，无视大黄追随过来的迷惑眼神，直截了当地问他："你到底想干吗？"

路祈道："我也要考侦查学，咱们可以一起训练。"

谁要听这些鬼话。胡灵予抬起头，压低声音："我是问你，为什么接近我？"

这是路祈第一次在这双乖巧的狗狗眼里，看见真正的敌意。

小狐狸露出尖牙了。梅花鹿眉心轻蹙，眼底染上一丝不解："明明是你先跟踪我的。"

游泳

胡灵予的大脑有两秒的空白，到第三秒，他的意识转过弯来了，神情却一丁点都不敢改变，仍维持着纯良无辜的茫然："跟踪？"

路祈低头同他对视。

胡灵予忍住后退的冲动，全身戒备。

路祈忽然笑了，语气带了讨好的意味："就让我和你们一起训练吧，好不好？"

这家伙总是这样，点到为止，让你明白他什么都知道，却从不乘胜追击，非要问出个所以然来。胡灵予解释不清自己的事，反过来，也就没法再追问路祈更多。

"我保证不拖后腿。"迟迟没等来对方点头，梅花鹿同学干脆举手保证。

胡灵予心情复杂，难得说了句实话："但我们会拖你的后腿。"

路祈当年的成绩是侦查系第一，一个第一带着一个吊车尾和一个车尾都可能吊不上的，这性质基本等于扶贫。

路祈道："没事，我有心理准备。"

胡灵予不满道："喂——"那也不用接得这么自然吧！

"我能把你俩带进侦查系。"路祈淡了笑意，笃定地看着他，"给自己一个机会，反正不吃亏。"

胡灵予动摇了。自己怎么样都无所谓，但如果有路祈陪练，也许大黄就不会以最后一名进入侦查系，那么未来一切的灰暗坎坷，是否也会跟着改变？

"为什么帮我？"

"你怎么总有那么多'为什么'，"路祈抱怨道，眉宇间却是轻轻浅浅的笑，"学学我，不该问的不问。"

无人在意，中华田园犬已经被晾在一旁几个世纪了。

黄冲就那么眼巴巴地看着这两个人窃窃私语，莫名觉得自己好像有点多余。

两个人的说话声音很低，却还是有"侦查学""一起练"这样的只言片语传过来，加上路祈一副商量的样子，黄冲推测，八成是路祈想跟他们一起训练。

这倒不算什么事，多个人多个伴儿，练对抗的时候还可以一打二这样增加强度。真正让黄冲困惑的是，这两个人什么时候认识的？

黄冲不认识路祈，也从没听胡灵予提过这个人，但眼下就他所见，两人分明很熟。

9班，路祈……9班？

他第一次认真打量起路祈。修长的四肢与脖颈，兽化服下依稀可见薄肌肉的线条，鹿科班的很多人在身形上都有一种轻盈灵动的美感，路祈更甚。黄冲没见过路祈运动起来的样子，但可以想象他跃在高空时的飘逸与舒展。

这就是胡灵予最羡慕的那种身材，作为室友，黄冲完全可以做证。还有路祈那张脸，柔和的轮廓，漂亮的五官，一双弯弯的笑眼，抛开性别不谈，不，就算带上性别，他也得凭良心说一句——真的好看。

斜阳将归，中华田园犬在布满晚霞的天空下，完成了对室友新伙伴的魅力鉴定。

胡灵予最终还是被路祈绕了进去，转身回来传达信息："大黄，他想和咱们一起训练。"

"行啊，"黄冲不假思索道，下一秒却又像想到什么似的，犹犹豫豫地改了口风，"呃，要不你俩一起练，我自己练就行。"

"你自己练？"胡灵予莫名其妙。他答应路祈的很大原因就是希望能借助他的能力改变大黄未来的轨迹，结果正主① 要跑？

黄冲道："那不是……你……他……"路祈就在旁边，他也不好说得太直白，出园犬同学只能一个劲儿对胡灵予使眼色。

胡灵予完全蒙了："什么你我他，我就问一句：你想不想考侦查系？"

黄冲点头："当然。"

胡灵予道："那就明天开始咱们三个一起练，有问题吗？"

---

① 正主：网络流行词，一般指粉丝喜欢的明星本人，泛指一件事关涉的主要对象。

黄冲条件反射般立正："没有！"

旁边插进来不和谐的声音："别明天了，现在就开始吧。"

胡灵予转头。

路祈眨了下眼睛："我才发现，你还挺凶的。"

胡灵予忍住蠢蠢欲动的小爪，看向得了便宜还欠揍的某人："现在退伙还来得及。"

路祈坚决摇头："凶也挺好的。"

　

白昼的最后一丝光从天际退去，训练场的灯亮起，视野依旧开阔清晰。

路祈没有直接带着两人训练，而是先找地方坐下来，进行考核项目的梳理："越野、对抗、野性之力，这三项都是双倍的基础分，必须抓住，剩下跑步、游泳和跳跃，我个人建议你俩先放弃跳跃。"

胡灵予问："什么叫先？"

路祈道："就是剩下的五项中也许还有你们怎么练都没用的，到时候继续砍掉。"

胡灵予："……"他就多余问。

"但练也是有技巧和针对性的，"开始专心分析的路祈，一改调侃胡灵予时的玩笑与戏谑，目光清澈而认真，"要根据自己的特质来选择最佳取胜方案。"

黄冲道："取胜？"

"训练不是只为了'练'，更是为了在体测考试中战胜你的对手。"路祈看向黄冲，"你会比熊科更强壮吗？"

黄冲道："怎么可能？"

路祈点头："对，你的身体永远练不到熊科那样强壮，"他声音平静地说道，"但这不妨碍你战胜他们。"

黄冲怔在那里。

校园广播在放晚间时分的轻快乐曲。路祈就坐在训练场最亮的灯光底下，胡灵予却怎么也看不清他。

　

鹿科班的管明旭同学最近发现了一个现象，他的室友似乎心情非常好，而且不是只好一天，是好了有一阵了。

路祈的好心情不能从脸上看，毕竟这是个逢人就爱笑的鹿，得从他的行为上看。比如每天天刚亮便早早出去晨练，练完了回来还会顺手给他带早餐；再比如每天傍晚下课就消失，熄灯前再迟迟归来，十次里有九次会汗水淋漓又眉眼带笑。不是平日那种笑，是眼里真的有光的开心。

这天傍晚下课，管明旭实在忍不住了，叫住正准备撤的路祈，偷偷地问："老实交代，你是不是谈恋爱了？"

路祈愣了愣："是什么让你有这么大胆的想法？"

猜错了？管明旭问："那你急着去干吗？"

路祈一脸善良："欺负人去。"

游泳馆。

胡灵予和黄冲下午第三、四节没课，提前到了，在更衣室里换衣服。

按照路祈制订的训练计划，五大项中，跑步和游泳是要最先练习的两项，因为考试中这两项基本都玩不出什么花来，就是老老实实靠自身水平，放在前面练，可以提升基础体能。

前些天一直练习的都是跑步，今天是他们第一次来游泳馆。

至于为什么明明说好的三个人一起训练，结果却变成了路祈理所当然地制订训练计划，胡灵予和大黄毫无怨言地执行，只能说实力等于一切。

在第一天见识了路祈的奔跑和对抗能力之后，黄同学就无条件"入坑"[①]了，后来又得知他的野性之力是4级，便彻底将其当成了努力道路上的榜样。

胡灵予想到了黄冲的沦陷，虽说慕强是人类本性，但也别沦陷得那么快啊！

于是当时的他忍不住提醒道："我的野性之力还5级呢。"

黄冲沉默良久，带着一点不忍心道："你只有野性之力是5级。"

之后胡灵予就消停了，因为他已经清醒地认识到，自己在战斗力这方面，的确找不出第二个闪光点。

外面酷热，游泳馆里却凉风习习。

---

① 入坑：网络流行词，指因对某样事物的喜爱而追随。

胡灵予对游泳谈不上热爱，但犬科天生会水，尽管游泳能力没水栖科属那么厉害，也还算有不错的基础。

两人在泳池边等了不到十分钟，路祈便到了，只着泳裤的他，四肢修长得更明显。

"直接下水？"大黄就像上课最积极的同学，迫不及待地问。

路祈摇头："这里不行，去波浪池。"

胡灵予明白他的意图。侦查学的游泳考核场地不在泳池，而是第四大外面的一条河。那是一条极宽的河，水流湍急，还有暗礁和漩涡。哪怕学校会尽量选择危险系数较低的河段，每年的游泳考核依然十分惊险。

尽管如此，学校依然没有改变考试场地。因为未来进入兽控局，没有哪个犯罪分子会跟你在泳池里周旋，真正的追捕都发生在野外。

游泳训练才刚开始，路祈自然不可能带他们直接去河里，波浪池算是游泳馆里唯一有训练价值的场地了。

"先游一个来回，适应水流和浪，不追求速度。"波浪池里还有其他人在练，早到的已经占据了适中的位置，路祈只能选择浪最大的一处跳了下去，然后从水中冒出头，以眼神示意他俩可以下来了。

大黄早等不及了，一个猛子扎进去。胡灵予自然也不能示弱，紧随其后。

"扑通——"

翻涌的波涛盖过了入水的水花，胡灵予却在没入水中的一瞬间，浑身僵硬。

世界突然安静，四面八方涌来的水封闭了他的五感。世界又很喧嚣，海浪在拍打礁石，咸涩的风里夹着海鸟的悲鸣。死亡的恐惧卷土重来。又或者，它从未走远，只是暂时蛰伏在灵魂深处，等待这一刻的复苏。

胡灵予拼尽最后一丝力气，挣扎着睁开眼，和那时一样，只看见了一片幽暗的混沌。

可是这次，混沌中游来了一个身影。

阴影

那人准确地找到胡灵予，并将他往水面上带。

胡灵予开始上浮，像跌落进黑洞的星球终于有了承托，甩开致命的旋涡引力，重新回到星宇中飘浮。

新鲜空气入肺的一刹那，胡灵予的视野重见光明。

眼前一同清晰的还有路祈。他头发湿漉漉的，鼻尖和睫毛挂着水珠，一只手臂稳而有力地托着胡灵予，另一只划开水浪将两人送到泳池边。

等在那儿的大黄赶紧把胡灵予拉上来，急得语速飞快："你没事吧，怎么到里面不游呢，脚抽筋了？"

胡灵予瘫坐到地上，还没从死亡回忆的恐惧中缓过来，只能看见大黄嘴巴在动，根本听不见他说什么。

路祈紧跟着上岸，来到胡灵予面前蹲下，见他身体没大碍，只是一副吓傻了的样子，忍不住调侃道："怕水？"同时抬起手，想在他眼前晃一晃提醒他回神。

可张开的手才往前伸了一点，胡灵予浑身一震，猛地向后躲开："别碰我！"

骤然提高的声音引得附近的人侧目。

路祈的手停在半空，他从胡灵予的眼神里读出了真实的恐惧，这是演不出来的。巨大的疑惑在他心中生出，胡灵予这一刻的本能反应，远比之前那些"跟踪""翘课解围"更让他介意。

"你是怕水……"他上半身前倾，将两人距离重新拉近，"还是怕我？"

胡灵予在刚刚躲了那一下后，本在慢慢清醒，可当路祈重新靠近时，眼前这张朝气的脸和记忆中那张沉静的脸再度重叠。

咬紧牙关，他忍住没再往后躲，努力扯出不那么自然的笑："你说什么呢？"

路祈静静地看他两秒，突然再次伸手。

胡灵予猝不及防地被拍上肩膀，整个人明显瑟缩了一下。

路祈得到想要的结果了——胡灵予怕他，非常怕。

然而在今天之前，他竟然从没察觉到这种情绪的存在。他一直以为胡灵予跟踪自己、观察自己，甚至不惜暴露行踪来替自己解围，是出于某种"兴趣"，可以是好奇，是探究，是一切解释得通又无伤大雅的驱动力。

但现在，路祈发现自己好像猜错了。

"好了，"胡灵予有些狼狈地甩掉肩膀上的手，自顾自站起来，"不是练游泳吗？抓紧时间。"

大黄不明所以，认真地担忧道："你能行吗？要不今天别练了。"

胡灵予很想说"我能行"，可目光一扫到翻滚的池水，又怂了。

"干脆放弃吧。"路祈起身。

胡灵予下意识地转头，紧盯他的一举一动。

路祈的神情却已恢复自然，仿佛先前两人间的暗流都是幻觉："我之前说过，剩下五项中如果还有怎么练都没用的，到时候继续砍掉，所以你就算放弃游泳，我也可以在其他方面帮你想办法。"

胡灵予最烦他的"收放自如"，弄得好像只有自己一个人傻乎乎、紧张兮兮的，于是故意跟他唱反调："谁说我要放弃？"

"那就继续。"路祈重新跃入池中，然后游着转过身来，等着。

胡灵予紧张地咽了咽口水。

路祈在起伏的水浪里，对着明显怕自己多过怕水的赤狐同学，弯弯一笑："放下心来吧，有我在呢。"

胡灵予："……"

这世界上最损的一头梅花鹿，让他遇见了。

逞强也好，赌气也罢，战胜恐惧唯一的方法，只有面对它。这是胡灵予在波浪池里扑腾两小时后，得出的人生感悟。

心理阴影并没有完全消失，巨浪迎头打来时他还是会战栗，但每每在这时，他就会听见一个初闻明朗如玉石落盘、细品字字皆欠揍的声音："别害怕，游起来！只要你比浪还浪，浪就浪不过你……"

让胡灵予坚持下来的不是求生欲，是复仇心。

一直在水里扑腾到晚上九点，其他同学陆陆续续走了，游泳馆开始变得冷清。波浪池里就剩他们三个，胡灵予气喘吁吁地游到池边，抬头看了看远处的时钟。训练时间差不多了，他正想回头跟"鹿教练"申请结束训练，忽然看见临近的泳池里一个刚上岸的男生，一个劲儿地往他们这边看，末了还直接走过来了。

看样子他应该是认识路祈，还没走到跟前就朝路祈的方向抬了抬下巴，打招呼："还练呢？"

路祈游到胡灵予身边，手一撑直接上岸，和对方道："练完了。"

胡灵予偷偷打量那位男生，慢慢有点想起来了，应该是马科班的，自己跟踪路祈的时候，总能在飞跳球场看见他。

"我看你半天了，"马科男说着，眼神微妙地扫过胡灵予和黄冲，"你带着他俩一起练？"

路祈大方点头。

"你们班的吗？"马科男一时认不出两人的科属。

刚游到池边的大黄听见这话，立刻热情地自报家门："我俩是2班的。"

"2班？小型犬？"马科男有些意外。

黄冲想纠正他是"中小型犬"，可对方根本没有跟他聊天的意思，听完直接打闹似的碰了路祈一下，说："你考侦查学就够难的了，怎么一个青铜还带俩废铁？"

路祈笑笑，说："单打独斗拼不过强势科属，只好抱团取暖了。"

"那你也往上抱别往下啊，"马科男瞥了胡、黄两眼，压低声音真心给路祈建议，"木桶效应知道吧，能装多少水取决于最短的那块板，你和两个都不如你的人抱团，水平只能是被拉得越来越低。"

胡灵予、黄冲："……"真想说悄悄话敢不敢躲远点！

两位犬科同学正在磨牙，就听见路祈满是真挚的声音："我好不容易才申请到和人家两个组团的资格，珍惜还来不及呢。"

马科男无语了，话不投机，悻悻离去。

黄冲不高兴地从池子里出来，经过这些天的训练，他不仅见识到了路祈的水平，而且已经把这个鹿科班的同学当半个师父了，这会儿就忍不住替路祈抱不平："你这么厉害，怎么就是青铜了？"

胡灵予叹了口气，得，他俩是废铁就不用争辩了呗。

"我都不生气，你们气什么？"路祈慢悠悠地道。

"别带上我，"胡灵予赶紧澄清，"我觉得他对你是青铜的定位挺准。"

路祈眨眨眼："那我吃亏了。"

胡灵予："……"

路祈道："这种时候，你不是应该问'为什么吃亏'吗？"

胡灵予认命接茬道："因为你从来没拿我们两个当废铁，而是当成璞玉。"

"我本来想说的是金子，"路祈微笑，"但璞玉更好。"

没有一脚把梅花鹿踹回池子里，是赤狐最后的温柔。

"你俩心态真好。"周围同学都走光了，只剩自己人，黄冲难得袒露真正的心情，"我以前自己练的时候，总有这些说怪话的，什么'你不用练了，根本考不上，你水平不行'……"他越说越低落，像狗狗耷拉下了耳朵："我每回都告诉自己别生气，但根本做不到。"更别说像胡灵予和路祈这样，丝毫不受影响地继续谈笑风生、吵架斗嘴。

胡灵予心说：我也做不到，要不上回能一个冲动夸下考侦查学的海口吗？不过今天他对马科男的阴阳怪气还真没什么感觉，难道是路祈自带的欠揍气质已经盖过了其他路人带来的负面情绪？

"生气是这个世界上最没有用的东西，"路祈甩甩头发，水珠溅得到处都是，"对于歧视和恶意，要么认命接受，要么就想办法让自己变强。"

大黄道："对，强到让他们闭嘴。"

路祈歪头空一空耳朵里的水，才又慢慢把头正回来："是强到把他们击倒在地，永远不敢再在你面前爬起。"

是夜，胡灵予躺在床上久久未眠。

一闭上眼，他就想到路祈最后说的话，和说那番话时一霎淡漠的脸。

尽管在那之后，在回宿舍的路上，都是笑容漂亮的路祈"在线执勤"，可胡灵予独独在意那个瞬间。

刹那显露的真实，就像巨岩裂缝泄出的一丝天光。

"胡……"另一张床上传来极轻的声音，小心翼翼地试探道。

"干吗？"胡灵予翻身侧躺，于黑暗中对着大黄床榻的方向。

"我就知道你没睡着，"黄冲松了口气，不再压着嗓子，但语气开始微妙起来，"给我讲讲呗。"

胡灵予一头雾水："讲什么？"

黄冲道："路祈啊。"

胡灵予问："讲他什么？坏话？那你这个晚上别想睡了，我能讲到天亮。"

"啧，跟我你就别瞒着了，"黄冲嘿嘿地笑，"你俩什么时候认识的，怎么熟起来的？"

大黄激情澎湃的尾音在宿舍里打个转，渐渐消失。

世界彻底安静。

黄冲道："胡灵予？"

胡灵予道："我和他一点关系都没有。我和那家伙连朋友都没的做！"

黄冲道："你俩一点关系都没有，他为什么主动帮我们训练？就为了让我俩耽误他自己的训练时间，连带着拖后腿？"

"黄——冲！"胡灵予腾地坐起来，看向黑暗中那一床"人影"，气呼呼地抱起双臂，"我发现你呛别人不行，呛我出口成章、层层递进、穷追不舍、一气呵成。"

"行行行，我不说了。"黄冲见好收兵，但几声笑泄露了他圆满的睡前快乐。班里同学很少有能见到他这一面的，也就对着胡灵予，他才会这么肆无忌惮地闹。

夜色清明，空调的阵阵凉风里，田园犬同学已经睡着了。

胡灵予还坐在床上，抱着薄被，呆呆地看着窗外的月亮。

"我和那家伙连朋友都没的做！"

这话说得很自然，可以肯定就是自己的心中所想，真情流露。

然而现实呢，他不清不楚地跟路祈混了这么多天，还带着大黄，周围同学都已经默认他们是三人组了，好几个人还说要在体能考试时过来给他们加油助威。

蝴蝶轻轻扇动翅膀，命运就有了巨大转向。

酷暑

无边黑幕笼罩苍穹，没有灯塔的荒凉海湾，连夜空都啬得不肯给出一丝幽光。

汹涌的海浪里有什么在挣扎，一点棕红色时而艰难地露出水面，时而又被巨浪拍下。惨叫声撕心裂肺，于无垠的汪洋里却渺小得几不可闻。

一只溺水的赤狐。

它拼了命地想要游向岸边，可弱小的身躯抵不过波涛的推阻，被咸涩的海水糊住的眼睛也辨不明岸的方向。

不想死，胡灵予一点都不想死。

可体温在急剧流失，身体越来越僵硬，水漫过眼耳口鼻，渐渐停止挣扎的赤狐一点点沉入海底。

世界变成一片混沌的幽蓝，胡灵予看见了神明，披着光而来，游向他、捞住他，带他一起重回人间。

破水而出的一霎，天上忽然有了璀璨星河。

紧紧扒在神明胸前的赤狐抬起头，看见了路祈的脸。二十五岁的路祈。

第四大 406 宿舍，胡灵予从梦中惊醒，头发里都是汗，湿得像刚从海里捞出来。

天还没亮，他在静谧的黑暗中轻轻喘息，惊魂未定。海水的潮湿、路祈的温度，仿佛都还残留在皮肤上。

坠海后的记忆在胡灵予这里是模糊的，只残留一些窒息和恐惧的碎片，再度醒来已是七年前。可刚才的梦境逼真得让人后怕，醒来的一瞬间，胡灵予甚至觉得那些都是真实发生过的。

难道是昨晚在游泳馆被路祈救过一次，所以日有所遇夜有所梦？那为什么他梦见的不是十八岁的路祈，而是二十五岁的路队长？

不知是不是想得太用力，胡灵予突然感到一阵晕眩，天地颠倒，头重脚轻。

他用力抱住被子，像溺水者紧紧攀着浮木。好一会儿，极度的难受感才慢慢消失。胡灵予出了一身虚汗，抬手摸自己的额头，微微凉。

接下来的一星期，胡灵予都泡在游泳馆里，或许是渐渐克服了心理障碍，他再没有做过诡异的梦。这也让他在和大黄一起用狗刨式扑腾磨炼泳技时，少了几分负担，多了些许欢乐。

中途他也曾想过换一换泳姿，来个帅气的自由泳什么的，毕竟考试时那么多人看着，狗刨终归不体面。奈何他刚偷偷改变动作，就被鹿老师抓包了。

"别自己乱改，最接近天性的姿势最舒服。"鹿老师如是说。

狐同学当时还挣扎了一下，用的理由很高大上①："但是自由泳的划水效率比狗刨高。"

鹿老师说："那是对长手长脚的科属来说。"

狐同学不服："我也有大长腿呀。"

鹿老师道："按狐科的标准确实算，但按鹿科的标准……"

狐同学问："怎样？"

鹿老师道："我去把人造浪调大一点。"

那之后胡灵予再没提过改泳姿的事，怕被如此直接的转移话题方式伤害第二次。

七月上旬，酷暑来临，一连几天气温都直逼40摄氏度，热得人走在外面都呼吸困难。

屋漏偏逢连夜雨，犬科常用教学楼的空调主控系统出现了故障，这两天犬科班的同学们不分年级，上课时统统如坠地狱。

"不行了，不行了……"

下课铃刚打响，便有好几个受不了了的同学出去找水龙头冲凉水。第二节还要继续上，大家只能生无可恋地坚守火焰山般的教室。

"天咋这么热啊，北方都这样，南方怎么活？"

"你别替人家操心了，这两天整个南方普遍降温，平均才30摄氏度。"

"不可能。"

"自己看天气预报去。"

"这温差太诡异了。"

"找看过一篇研究文章，说是自大雾之后，北方逐年升温，南方逐年降温，气候异常的情况早就有了，只是今年特别明显。"

"那具体是什么原因呢？"

"不知道。"

---

① 高大上：网络用语，指"高端，大气，上档次"。

"二十多年了，连大雾的原因还没找到呢，就别指望其他了。"

"你们说以后要是夏天热到 50 摄氏度，咱们还怎么活？"

"去南方啊。"

"南方要是冷到夏天都结冰呢？"

"那就谁都别活了，看过电影吗？极端天气就是直接末日的前兆。"

聊天扯得越来越远，胡灵予倒听得津津有味，甚至认真思考起来，如果真到了世界末日，他该怎么绝地求生。

路祈在这时发来信息：六点，训练场，今天练对抗。

今天？胡灵予看看外面因为蒸腾暑气而微微变形的景色……

胡灵予：六点太阳还没下山。

路祈：所以？

胡灵予：太热了，要不去游泳馆再练一天？

路祈：考试的时候只会更热。

胡灵予语塞，不得不承认，路祈说得有道理。

对面似乎误解了他的迟疑，又发来了一条：别耍脾气，六点见。

胡灵予默默看着信息，心情复杂。

一起训练这么多天，他依然没搞懂路祈。那人时而说话欠揍，时而又温柔包容，指导他和大黄训练一丝不苟，但他若真想刺激你，轻飘飘的三言两语就能让你上头。

但总的来说，路祈对他们笑的时候多，严肃的时候少；包容的时候多，毒舌的时候少。

胡灵予坚信路祈的主动接近，一定有其不为人知的目的。但即便有所图，也不是谁都能做到这种程度。他牺牲了自己的备考时间，但并不会获得相应的训练收益——和比自己差的人训练是无法提升的，一如水往低处流，在这段所谓的互助关系中，路祈理所当然是付出方。

六点，训练场。

虽然一年级禁止兽化，分专业的对抗考试也是以人类的形态完成，但训练中难免会有失控的情况，以防万一，胡灵予和黄冲还是换上了兽化训练服。

太阳果然还没下山，空气热得吸一口都觉得嗓子眼发烫。

训练场上放眼望去一片空荡，显然没几个人愿意在这个时候折磨自己。

好几块对抗场地都有树荫，路祈偏偏选了最秃的一处，毫无遮挡，阳光直射。

大黄有些狼狈地抬手遮挡太阳，商量着问："咱们能不能换块场地？"

"不能。"胡灵予替鹿教练回答了，"他喜欢晒太阳。"

这叫晒？这叫烤吧！大黄看路祈的眼神带上某种不可言说的敬仰：果然不是一般人。

路祈微微侧目，像是对胡灵予的直率表达有些意外。

胡灵予故意朝他挑眉，自己跟踪他的事都暴露了，跟踪成果还有什么可隐瞒的。

两人心照不宣地对视片刻，路祈向后退，拉开与他们的距离，上半身微微放低，是对抗的姿态："一对一，大黄先来。"

也不知道从哪天起，路祈就跟着喊起了大黄，等胡灵予发现时，已经习惯成自然了。

黄冲不浪费时间，立刻进入备战模式，目光紧盯路祈，全身蓄力，下一秒直扑过去。

他的身材比胡灵予大一圈，但在路祈面前又不够看了。路祈宽肩窄腰，修长却不失力量，在黄冲接近的一瞬间，敏捷地抓住其手臂，一个灵活闪身，转守为攻。

"不要被对手干扰，"路祈飞快地道，"想办法脱身，找回主动权，继续执行自己的战术。"

黄冲认真听取技巧，奋力将被擒的手臂往外挣脱。

奈何路祈钳制得极紧，没放一丝水："如果无法脱身，就直接执行自己的战术，没有条件也要自己杀出血路，"他紧紧盯住黄冲的眼睛，带着某种有力的鼓动，"只要你不怕死，怕的就是别人。"

"喝！"黄冲忽然发出一声呐喊，竟以头重重撞向路祈的胸口。

路祈立刻后退，手也跟着松了。

黄冲没有减速，明明是犬科，却像一头铆足了劲儿的斗牛，疯狂地顶了过去。

路祈被扑倒在地，却顺势翻身闪到一旁。

黄冲则在惯性冲力下滚出了场地边缘。

在对抗考试里，"出界"就算输了。黄冲终于从热血出击中恢复了冷静，忙不迭地爬起，跑回来拉路祈："你没事吧？我刚才脑子一热就……"

"脑子热就对了，"路祈借他的力起身，"想战胜野兽，就得先把自己变成野兽。"

拍拍身上的土，他朝大黄一笑。

"再来，什么时候能让我'出界'，你才算疯到位了。"

胡灵予不知道是路祈太会撩动人心，还是大黄天性傻白甜①，反正一个敢说，一个敢信，两人还真就这么对着疯起来了。

田园犬一次次出击，梅花鹿一次次防御，到后面田园犬疯出了水平，几次险些让梅花鹿出界，于是梅花鹿也认真起来，亮出了鹿角，如刀般锋利。

第二十五次出界后，大黄再也爬不起来，鼻青脸肿，腰酸背疼，气都喘不匀。

"还能继续吗？"路祈除了呼吸和头发乱了点，连衣服都没怎么脏。

"我脑子觉得能……身体跟不上……"大黄筋疲力尽，说话都不利索了，"这辈子……这辈子打的架……呼……都没有今天一晚上累……"

"是半晚上，"路祈纠正道，然后看向胡灵予，笑眼明亮，"另外半个晚上留给你。"

胡灵予："……"他其实并不是很想要。

太阳落山多时，夜色终于让天气不再炙热，却依然燥热。

"我来。"胡灵予认命地踏上场地，目光渐渐收紧，直视路祈，"先说好，我不擅长发疯，所以……"

路祈道："没说让你疯。"

胡灵予顿住动作，有些迷惑："你不是说要想战胜野兽就得自己先变成

---

① 傻白甜：网络流行语，指没有心机、单纯、天真的人。

野兽？"

"哦，"路祈一副刚刚听明白的样子，耐心又纯良地解释，"这个对抗战术只适合意志坚定、对目标有超强执行力的人，不适合你。"

胡灵予："……"莫生气，莫生气，气出病来无人替。

"那么请问，"胡灵予绽开灿烂微笑，"我适合什么样的对抗战术呢？"

路祈露出洁白的牙齿："钻空子，抓漏洞，一切规则没禁止的都可以做，以巧取胜。"

胡灵予道："就是投机取巧、歪门邪道呗？"

路祈点头："也可以这么概括。"

胡灵予问："因为我狡猾？"

路祈答："因为你聪明。"

牙印

小狐狸被一秒顺了毛。

"算你看人准，"胡灵予双手交叉握住反向前推，拉伸手臂，脑袋左晃右晃活动颈椎，"能智取的，干吗用蛮力？"

默默围观的大黄不忍戳破好友扯的虎皮：你那是不用吗？你是压根没有。

路祈没再接话，而是毫无预警地伸手向胡灵予用力一推。

胡灵予热身动作还没结束呢，猝不及防就被推出了场地，一屁股摔在边界之外，完全蒙了。

路祈甩甩手："对抗法则第一条，没人会等着你做完热身。"

胡灵予清醒过来，摔倒的疼和脸颊的烫同时蔓延，火烧火燎的。

他咬牙起身，两大步跨回场地："再来。"

路祈二度欺身，动作和上一把如出一辙。

胡灵予敏捷闪开，让路祈推了个空，得意地翘起嘴角："同样的套路，还想坑我两次？"

不承想话还没说完，突然被路祈以侧肩用力撞击。胡灵予一个踉跄，未等站稳，路祈已经转过身来毫不留情地将他扑倒。

梅花鹿压着赤狐，如果不知道科属，这就是一场典型的致命猎捕。

"对抗法则第二条，少说话，多动脑。"路祈声音淡淡的，眼里的最后一丝笑意消失。

胡灵予试着挣扎，发现他拼尽全力竟然挣不开哪怕一分。

"永远不要被抓住，"路祈松开胡灵予，起身，目光平静，"一旦被抓，你没有任何胜算。"

胡灵予问："就只能一直躲？"以巧取胜明明是自己认可的，他却还是不甘心面对这样直白的劝诫。

路祈连眉毛都没动一下："你的目标是赢，至于手段，不重要。"

"躲就能赢？"

"不能，但至少可以让你别输得那么快。"

胡灵予从地上爬起来，拿手臂蹭了一把脸上的汗，渐渐冷静的目光里，生出一把火："再来。"

闷热夏夜，赤狐在狭小的对抗场地里一路逃窜，却屡逃屡败。无论过程长短，最终都一定会被梅花鹿钳制在身下。

黄冲从坐着看，变成站着看，神经越绷越紧，心也越揪越紧。

他既没见过这样冷酷凌厉的路祈，更没见过这样宁死不服输的胡灵予。有好几个瞬间，他都觉得这不像是一场对抗练习，而是真正的顶级掠食者对食物链末端弱势者的绝对碾压。

又一次将胡灵予逼到场地边缘，路祈紧紧盯住狼狈喘息的赤狐："躲是主动的，是有技巧和下一步想法的，你现在做的只是在盲目逃跑。"

胡灵予牙根都要咬碎了。他也想有战术有章法，但路祈根本不给他思考的时间好吗！钻空子，找漏洞，调戏规则、调戏对手，这些高端玩法都要建立在身经百战的基础上，然而今天才是对抗练习的第一天，他就是天资再聪颖也得有个成长过程吧？

路祈显然不打算等他循序渐进，甚至每次出击都比前次更快、更凶。

胡灵予一个失误，又被抓住了脚踝，直接让人扯倒，脸着地，啃了一嘴沙子。

怒气值爆表。

　　胡灵予再不挣脱，反而借着拉力撑起上半身，在被路祈拉到身边的一瞬间，猛然转过来抓住对方的另一只手臂就狠狠咬了上去。

　　路祈穿着短袖兽化服，手臂被锋利的犬齿深深刺破。这样的反击并不在他的预料之内，突如其来的疼痛里，他有片刻的错愕，身形也跟着顿了顿。

　　就是这个瞬间，让胡灵予抓住机会，猛然抽回脚踝，如一尾滑溜的鱼从路祈的钳制中脱了身。

　　整个晚上，这是胡灵予第一次在被路祈抓住之后，全身而退。

　　"你不是说一切规则没有禁止的都可以做吗？"胡灵予嘚瑟地站起来，感觉人生又有了光明和快乐，"规则只说了不可以攻击要害，没说不许咬人。"

　　黄冲看得瞠目结舌。

　　规则是没说，但"不见血"几乎是历届对抗考试的潜规则，他看过往年的影像资料，根本没有胡灵予这样打不过就上嘴咬的。

　　路祈缓缓起身，平静地看过来。胡灵予以为他要生气，蓦地心虚。

　　路祈却笑了："干得漂亮。"

　　弱者想同强者抗衡，就只能用精神层面去弥补身体层面的不足，要比对方更豁得出去，更狠，更不要命，才有可能争得一席之地。

　　胡灵予突然被夸，有些不知所措，然后才发现，自己在路祈手臂上咬出的一圈齿痕，已经开始冒血。

　　……咬得那么深吗？

　　胡灵予充血的脑袋迅速降温，想也没想便上前捞起路祈的手臂，好像这样托起放平就能止血似的："疼不疼？我……我不是故意的……"

　　路祈不说话，就微妙地看着他。

　　"好吧，我是故意的，"胡灵予认命承认，歉意里还是忍不住有委屈，"谁让你一直逼我，兔子急了还咬人呢，何况狐狸。"

　　路祈被他极力掩饰慌张的模样逗乐了："我什么都没说，你能不能别给我加戏？"他满不在乎地蹭掉血迹，转头问大黄："几点了？"

　　大黄还在愣神呢，闻言条件反射地拿起手机："八点五十五。"

　　他们这些天的晚间训练通常从六点开始，九点结束。

　　路祈点头，将自己和胡灵予的距离重新拉开："最后一回合，来。"

　　谁跟他来。胡灵予果断拒绝："今天不练了。"

　　路祈眼尾微微上挑，带着点打趣道："才夸完你，就又缩回去了？"

　　"我是怕伤到你，"胡灵予睁眼说瞎话，一点不心虚，"我现在见血上头，状态全开，再练对抗容易没有分寸，造成不可挽回的后果。"

　　路祈听得一脸认真，还勤学好问道："会有多不可挽回？"

　　胡灵予气结，这家伙绝对是故意的，还能不能好好玩耍了！

　　眼看小狐狸濒临炸毛，路祈见好就收："行，不练了。"

　　这还差不多。胡灵予松了口气，不由自主地又去看路祈的手臂。刚擦掉血迹的齿痕，又渗出了新的血珠。

　　说不后悔是假的。路祈一而再，再而三地逼他，就是故意营造真实的对抗氛围，最大限度地激发他的战斗力。明明冷静下来很容易想通的事，他竟然上钩了，那毫不留情的一口，是真把路祈当敌人咬下去的。

　　训练场上几乎没人了，风终于稍稍降了温，夜静谧下来。

　　明亮的灯光里，路祈周身被镶上一层朦胧的金边。

　　胡灵予愣愣的，忽然脱口而出："还有不到一个月就期末考试了。"

　　期末考试的成绩就是二年级分专业测试中笔试的成绩，侦查学的体能考试则在期末考试的一星期后。

　　路祈看过来，神情似乎在问：所以呢？

　　"你应该找个更厉害的人一起训练。"再不济也该独自一人坚守在训练中心，而不是把一天又一天的时间浪费在当他们俩的陪练上。

　　路祈曾经是以第一名考入侦查系的，现在无缘无故带上两个拖油瓶，曾经耀眼的轨迹会有怎样翻天覆地的变化，胡灵予忽然不敢去想了。这种心虚远比咬路祈一口来得汹涌而猛烈，快要将他吞没。

　　"我找到了啊。"路祈抬起手，晃晃牙印，骄傲得仿佛在炫耀勋章，"你是第一个敢咬我的，还不够厉害？"

　　胡灵予："……"

　　黄冲看天，看地，看训练场外，努力降低自己的存在感。

几天后，七月终于迎来第一场暴雨。

雨水冲走了盘桓多时的酷暑，校园里打蔫儿的叶子都绿油油地重新精神了起来，一片繁茂的生机。

"这些就是期末考试的重点，"兽化生物学老师合上教材，满眼希冀地看向自己的学生们，"大家好好复习，争取考出好成绩。"

犬科1、2班八十名同学，七十九个双眼放空，木然回望。

画重点画了整整一本书，老师是真心希望他们考好吗？

唯独胡灵予目光炯炯，胸有成竹，如果仔细看，还能捕捉到他藏在眼角眉梢中的得意，倘若狐狸有翅膀，他现在已经上天了。

在画重点之前，他只想起了三道大题，结果老师竟然真跟当年一样，领着他们画完了一整本书，完全相同的过程和话语激活了他的记忆库，因而后面分值高的大题基本回忆起了七七八八，前面的一些题目也有了模糊的印象，虽然不能说准，但可以圈一圈范围。

黄冲察觉到了胡灵予诡异的情绪，拿肩膀撞他："偷着乐啥呢？"

赤狐看向田园犬，慈爱的眼神就像绝世高手在看青涩的晚辈："哥带你飞。"

生物学只是一个开始，后面各科老师陆续跟上，纷纷开始为期末考试圈重点，胡灵予也就跟着一点点寻回了曾经的记忆，尤其是那些当年他答不上的，失分最多的，或者解题思路要绕三绕坑死人不偿命，以致时隔多年回想起来仍咬牙切齿的，全部清晰地浮现出来。

最终他将这份全科复习重点，对大黄倾囊相授。

大黄起先很惊恐，以为胡同学走了什么歪门邪路："你从哪儿搞来的这些？"

胡灵予的理由堪称敷衍："第六感。"

然后大黄的惊恐就变成了无语："求你别抽风了，我把每本书看一遍好歹还能记住点，万一你这些重点完美避开了考试范围，我就瞎了。"

胡灵予皱眉凑近老友，眼观鼻鼻观心："你信不信我？"

大黄垂死挣扎："信任也得有理据支撑啊。"

胡灵予道："狐狸的第六感。"

大黄无语道："我还田园犬的第六感呢。"

胡灵予摇头："狐狸的第六感可以信，田园犬的不行。"

大黄不服："凭啥？"

胡灵予答："从古至今有拜狐仙的，你听过谁拜犬仙？"

大黄："……"

于是406宿舍的复习大纲，就在这场伤害性不大、侮辱性极强的谈心后达成了一致。

期末考试

要不要把复习重点也分享给路祈，胡灵予犹豫了好几天。

第一次冒出该念头的时候，他几乎想也不想就摁灭了，因为做多错多，在已经起疑的路祈面前，要怎么解释他的"神奇第六感"？狐仙这种话也就忽悠忽悠大黄。

可这个心思就像是野草，火烧不尽，风一吹又会冒出嫩绿的芽。

路祈开始闪耀光芒的起点，就在二年级分专业考试，胡灵予永远记得当分数线公布，第一名考入侦查系的是鹿科班的同学时，他心中的惊叹和与有荣焉。

那份所有弱势科属都能感受到的荣光，永远印在了十八岁的胡灵予心里，被封存、珍藏，即使多年后偶像光环破灭，都没有牵连到它。

重来一次，胡灵予也不想毁掉。

午休时间，路祈宿舍。

一年级的大部分男生都住在同一栋楼，只有鹿科班和医学班因为住不下了，被分到了另外一栋，和高年级的学长们混搭。

管明旭躺在床上玩手机，路祈单手撑着平板电脑不知在看什么视频，耳机戴得严实，放在床头的手机响了两声都没听见。

管明旭只得放下手机，大声提醒道："路祈，你电话响了。"

管明旭叫了两遍，路祈才把耳机摘了。

"看什么呢，那么投入？"管明旭隐约瞧见路祈平板里播着的视频，单调的背景和几乎不怎么动的人，看起来像是讲座或者脱口秀一类，不过路祈很快就把平板反扣到一旁，他也就言归正传："你手机好像来信息了。"

路祈拿起手机。还真是，好好学习里，有两条私聊。

胡灵予：[分享文档]

胡灵予：各科复习大纲。

路祈将文档打开，索引栏里，兽化生物学、兽化社会学、兽化心理学……一年级的公共课程，一科不差。

往下浏览，这大纲可够精简的，每一门列出的复习范围顶多能出两套卷子，有些可能连两套都出不到。

路祈：老师给的重点？

另一边宿舍，胡灵予在大黄午睡的绵长呼吸中，全速警戒。

制造完美谎言的第一宗旨，千万不要随便被人递个台阶就往上跳，尤其是眼前这种找个犬科班同学就能破的说法。

胡灵予：不是。

路祈：那怎么来的？

制造完美谎言的第二宗旨，能少说就少说，能不说就不说。

胡灵予：不可说。反正都是书上的内容，您重点看看也没损失。

路祈：我可以把它分享出去吗？

胡灵予：不行！

这个回复可比前面都快。路祈眉梢微挑，眼底的得意像成功挖到了狐狸洞。

路祈：为什么不行？非正常渠道得来的？

手机另一端的胡灵予烦恼地咬住嘴唇，直到屏幕都灭了，映出一张皱巴巴的脸，都没想好怎么回。

他之前不是一直点到为止吗？怎么突然就开始打破砂锅问到底了！

仿佛感受到了他的纠结，路祈又回了一条：别生气，我不问了。

胡灵予怔住，立刻心软了。明知道这是狡猾鹿的以退为进，却还是鬼使神差地生出了愧疚。

会因为欺骗仇人而愧疚，天底下可能就他一个。

他傻到家了。

可夜深人静的时候，胡灵予总会忍不住去想，现在的路祈并没有对不起他，至少在十八岁的这个年纪，还没有。虽然对方某些刻意的接近始终透着可疑，但记忆中的校园里两人几乎没有交集，很可能是自己的改变带来了后续的蝴蝶效应，是自己藏着秘密、连瞒带骗，携着难以言说的复仇目的将两人本应平行的青春轨迹交叉到了一起。

换他是路祈，可能早把自己拖出去逼问个清楚了。路祈却反其道而行之，看破不说破，还主动帮他和大黄训练。

什么都可能是假的，路祈付出的时间和陪练他们时的认真是实实在在的。

胡灵予：我做梦梦来的，预知梦，行了吧！

胡灵予：不过，虽然我个人坚信复习提纲靠谱，但以防万一，老师画的那些重点你也别落下，能看就尽量看。

赤狐同学态度的软化清晰地流露在字里行间。

路祈就没见过这么好哄的人，顺一下毛，就乖得不得了，让人都不忍心欺负。

路祈：虽然不知道你关于"靠谱"的自信源自哪里，但是我会优先按提纲复习的。

胡灵予：而且要保密。

路祈：嗯，保密。

胡灵予：不能告诉别人。

路祈：好。

胡灵予：如果试卷出来真是提纲的范围，不许再回头问我哪里来的。

路祈闷声笑，过几秒笑完了，才又回复了一个：好。

小狐狸安心了，再没骚扰他。

路祈看着聊天记录，微微摇头。有代价的承诺都能违背，没代价的承诺更不可信，能轻飘飘地应，就能轻飘飘地毁。

管明旭偷偷往这边瞟好几眼了，路祈放下手机，偏过头看他："怎么了？"

"和谁聊呢，这么高兴？"实在很少看见路祈这样，管明旭好奇得要命。

路祈问："高兴？有吗？"

管明旭点头："嘴角就没下来过。"

路祈微微怔住。心里常年阴霾的天气，似乎真的出现了难得的晴朗，天空湛蓝，软乎乎的云朵在慢悠悠地飘。

七月最热的那天，期末考试来了。

考场空调强劲，门窗紧闭，不敢给外面火焰般的空气留一丝乘虚而入的机会。

室温过于凉爽的结果，就是好多备考不足、信心更不足的同学，对着卷子上那些它认识我但我不认识它的题目狂冒冷汗。

向来考试心态不稳的大黄，原本也该是其中的一员。

可当他摊开卷子的一瞬间，就有了一种家的归属感，每一道背得滚瓜烂熟的题目都是一列特快列车，送他回到心灵安全的港湾。

胡灵予是神，狐仙本仙！

别人还在审题思考，他已经开始快速写答案；别人还在争分夺秒做最后的大题，他已经检查完毕准备交卷了。

幸而关键时刻，想起了狐仙的叮嘱——低调，必须低调。沉住气，黄同学重新在座椅上坐稳，努力板起脸。

这才只是第一门。

后面每考一科，黄冲都要心颤一次，到最后一天的时候，他甚至认真思考了要不要故意答错几道题，不然分数太高，怎么跟同学、老师解释呢？

唉，真是闻所未闻的烦恼。

同一时间，鹿科班考场。

这也是路祈期末考试的最后一天，和幸福节节攀升的大黄正相反，每多做一份卷子，他心中的疑云就更深一层。

起初他只是觉得胡灵予可能藏着小秘密，有什么渠道，从老师或者别的什么地方打听来了考试范围，共享给他作为训练回报。

但几乎每一科的复习提纲都很准，有些科目甚至准确押中了几道大题，这就不是通过一个老师或者简单打听能达成的了。

难道是学校或者院系高层有人给他透题？还是真像他说的……预知梦？

路祈正在答题的笔尖蓦地停顿，立刻驱散这诡异的想法。让那个小骗子拐带的，自己都有点犯傻了。

作为本次"天眼答题"的正主，胡灵予同学此时此刻正在复杂的心海里煎熬。

他现在就是后悔，非常后悔，他把范围划得太窄了，题给得太准了，虽然他后面给路祈的那份，其实已经悄悄将提纲的体量扩大了一倍，把一些其他的知识点填充进去混淆视听，但离谱的是这些他认为无关的知识点，卷子发下来一看，竟然也在考卷上。

换句话说，他以为是随意填充的内容，其实都是自己潜意识里残留的考点。

胡灵予现在都不敢去想路祈拿到考卷的心情。为今之计，他能走的只剩一条路——必须把"预知梦"这一神技咬死了，再不科学、再不合理，反正他就是预知了，天赋异禀，祖上流传！

做足了心理建设，胡灵予就等着路祈找上门，可期末考试结束后，路祈那边没有任何动静，只是发了几条信息，让他和大黄记住训练时的技巧和感受，调整好身体和心态迎接一星期后的侦查学体能测试。

真正的假期要在分专业考试全部结束后才开始，之前任何人不得离校。于是那些没报考侦查学的一年级学生也要待在学校里等，每天没课，又没有体能考试的压力，就待在宿舍或者满校园闲逛。

四天后，期末考试成绩出炉。因为一年级除医学班外，剩下二十个班学的课程都相同，所以这二十个班排的是全年级的大榜单，公布在"好好学习"里。

班长通知大家看成绩的时候，正值傍晚，天边只剩半个太阳，却依然将世界烤得火红。

胡灵予和大黄白天抱了个西瓜回来，正人手一块啃得欢。

"赶紧看。"胡灵予舍不得放下瓜，便催大黄。

黄冲三两口啃干净西瓜，洗了把手，迫不及待地拿过手机打开榜单。

出于隐私考虑，成绩是不公示的，榜单上只有排名，让大家明确自己的成绩在全年级的位置，至于各科的具体分数，需要账号密码去个人页面查询。

胡灵予凑近黄冲，一犬一狐的脑袋靠在一起，聚精会神查看榜单。

第一眼就看见了熟悉的名字——

第1名：路祈（9班）

黄冲的眼睛险些瞪出来："路祈是全年级第一?!"

胡灵予也惊了一下。

前一次路祈是以第一名考入侦查班的不假，但如果只论期末考试成绩，他并没有进前五，记忆中不是第六就是第七。

"帅!"不停滑动手机的大黄突然站了起来，动作猛得差点把凳子碰倒。

胡灵予差点被吓掉魂儿："你能不能别一惊一乍的?"

"你全年级前二十!"黄冲激动地指着屏幕上某一行。

赤狐同学定睛去看。

第19名：胡灵予（2班）

这个前二十还真是卡得很惊险。

黄冲继续往下滑了好几下，总算找到了自己——第34名：黄冲（2班）。

胡灵予皱起眉。全年级不算医学班，有八百人，如果没记错，前五十名很够看了。前一次大黄的成绩是二百名左右。至于自己的成绩……咳，好狐不提当年勇。

但这次不一样，他把范围划得明明白白的，自己都能进前二十，大黄怎么才三十四?

笔试成绩越好，越能给体测减轻压力、争取空间，胡灵予恨不得和大黄换一换名次："你怎么回事，同一套复习提纲，成绩还能跟我差十几名，你是不是没认真背?"

黄冲对自己成绩满意得不得了："你不也和路祈差了十几名?"

胡灵予道："那是因为我给他的……"

黄冲问："什么?"

给他的提纲内容更多、更准。但这要怎么解释? 胡灵予赶紧把尚未说出来的后半句话咽回去。

"你别说半截话啊，"大黄还等着呢，"你到底给他什么了?"

胡灵予沉吟半晌，抬起头："鼓励，我给了他鼓励。"

大黄了然道："懂了。"

盛夏残阳。

胡灵予默默看向窗外，感觉手里的瓜都不甜了。

舒适区

公示的成绩单迅速传开，胡灵予和大黄的宿舍这两天就成了中小型犬科班同学的"热门景点"。

别看全年级排名两人一个十九、一个三十四，乍看也不算太惊艳和顶尖，但这是八百人的大榜单，真落实到2班，他俩的名次就格外醒目了，在班内一个第二，一个第四。

第一是廉荫，这位班长兼学习委员在高中时便是学神，到了大学依旧发挥稳定。如果说廉荫是保持住了人设，那胡灵予和黄冲就属于人设崩得稀碎，再奇迹般重塑。

一个平日成绩中上游的田园犬，一个永远在后半区晃荡的赤狐，毫无征兆地飞跃式进步，左邻右里的同学们都想来一窥究竟。

黄冲应付不来，早早溜走了，胡灵予闲着也是闲着，兴致勃勃地迎接四方客。对真心来取经的，他便做一番学海无涯的教导，对怀疑作弊的，他便随人深挖浅扒，反正也没证据。当然"狐仙说"这种只能骗骗大黄的，胡灵予没再拿出来和其他同学胡诌。

善意也好，恶意也罢，到了体测前一天，这波热度也基本退了。就在胡灵予和大黄以为能安安稳稳地等待明日战斗时，班主任邓筱婷却通知他们去办公室谈话。

接完通知，两人互相看了一眼，顿觉不妙。

"该不会也是成绩的事吧？"大黄虽然不认为自己作弊了，但顶着个远超正常水平的分数加上近两天来各路同学的搅和，他现在的确有点心虚。

"估计是。"胡灵予烦恼地叹了口气。不然以他和大黄平时在班里低调的存在感，实在找不到突然被班主任点名的理由。

"那就走吧，"黄冲站起来，"早去早解脱。"

胡灵予没动，看着大黄，欲言又止。

黄冲纳闷："干吗？"

"你想好怎么说了吗？"胡灵予问。

大黄道："就实话实说啊，狐狸的第六感。"

胡灵予："……"

气氛在安静中变得微妙。迟钝如大黄，也感觉到了。

他看了胡灵予片刻，忽然严肃起来："胡灵予，我就问你一个事，复习提纲是正道得来的不？"

"当然。"对这个胡灵予没半点犹豫，曾经的自己帮现在的自己，都没麻烦别人，还有比这更正的道吗？

"那就行了。"黄冲干脆利落道，"别的我不多问，到了办公室我也不开口，你全权控场。"

胡灵予愣了下："你就不怕我给你带沟里去？"

"要让我带路，可能就不只掉沟里了。"黄冲的自我认知十分明确。

胡灵予不想乐，可心口冲上来的暖意，终是让一双狗狗眼笑眯眯成了小狐狸。

"行吧，"他潇洒地起身，拍拍黄冲的后背，一秒肩负起大哥的责任，"一切交给我。"

一年级犬科办公室。

四人间的工位，只有一个年轻女老师在，个子娇小，一张娃娃脸，要不是佩戴着老师的工作徽章，她看起来就像是校园里随处可见的同学，还是低年级的那种。

中小型犬科班班主任邓筱婷，科属北极狐，去年刚毕业入职，一年级2班是她带的第一届学生。

在兽化大学里，一年级通常会设置班主任，由相同科属的老师担任，其实更像是科属对口的辅导员，主管生活上的事，一些杂七杂八的事都要操心，学习成绩方面反而不会管得太细，把握大方向即可，除非是挂科过多、学习态度很有问题的同学，才会被找来聊聊人生。

此时，就有两位同学乖乖坐在她对面，眼睛都不敢乱眨，聚精会神准备兵来将挡，水来土掩。

"放轻松，"邓筱婷让他俩带得状态也有点紧张，推推娃娃脸上的眼镜，说，"老师就是想问问你们体测准备得怎么样了。"

"体……测?"胡灵予偷瞟大黄,心道:好像和想的有点不一样?

"对啊,"邓筱婷乐了,她一笑更显年纪小,像没毕业似的,"你们是咱班仅有的两个报侦查学的,不管能不能考上,老师都为你们的勇气骄傲。"

"老师,"胡灵予软绵绵地叫了一声,紧绷的神经松弛下来,不自觉地用上了从前在办公室里和同事姐姐聊天的语气,半玩笑半撒娇,"哪有还没考试就提前开始安慰的?"

大黄十分同意:"邓老师,你现在应该坚信我俩能考上,并且为我们助声威,敲战鼓!"

"敲,必须敲。"邓筱婷毫不犹豫地道,"明天体测老师会组织班里的同学去给你们加油,不管成绩如何,只要发挥出最好的水平就……"

"老师——"胡灵予和大黄几乎异口同声。

邓筱婷立刻收声,有些尴尬,但无比真诚地道:"反正老师就是很高兴你们愿意冲一把,也想让你们知道,老师永远站在你们身后,不管有什么问题,都可以来找我。"

"嗯。"胡灵予用力点头,心情说不出地复杂。

这其实不是一场必要的谈话,邓筱婷潜意识里也默认他们没办法考上,可从主观上讲,同为中小型犬科,邓筱婷还是希望给予他们最大的鼓励,甚至希望他们能抓住那万分之一的机会,上岸成功。

考入侦查学专业未必是每一个弱势科属的追求,但能在强势科属占据绝对优势的领域脱颖而出,却是每一个弱势科属的梦想,哪怕是靠别人实现的。

所以邓筱婷会鼓励两个不自量力的学生,所以自己会仰望在山巅闪耀光芒的路队长。

当年的大黄也曾像今天这样被班主任找来谈话吗?胡灵予不知道,因为他一直躲在弱势科属的群体里。

重来一次,踏出舒适区,原来世界是这样的。

侦查学的体能考试为期三天,第一天上午跑步、跳跃,下午游泳,第二天野性之力、对抗,第三天团体越野。

早晨八点，距离第一项跑步考试开始还有一小时，训练场上已经聚集了很多同学。有来参加考试的，有来看热闹的；有人形的，有兽化的。趁着考务老师还没过来清场，大家随意打闹，嬉笑喧哗遍场内，鸟羽兽毛满天飞。

训练场的外圈是跑道，内部则有跳跃场、对抗场等各区域，还有一块供大家休息的草坪。

胡灵予和大黄此刻就坐在草坪上，有一搭没一搭地聊着，不时看看周围，提前观察对手。

是来考试还是来看热闹的很容易分辨——看号码。每一位考生不管穿着什么样的运动服，后背都贴着同样款式的醒目考号。本次报考侦查学的共有 342 人，以班级顺序从前往后排，胡灵予和黄冲分别是 39、40。

太阳晒得人睁不开眼，坐着不动，胡灵予鼻尖都渗着一层汗。

路祈还没来。胡灵予偷偷环顾了训练场好几次，也没发现那个熟悉的身影，想发信息问，又觉得多余，显得自己多着急见他似的。

"黄冲……"一个温柔的女声在二人背后响起。

胡灵予和黄冲一同回头。是自己班的一个女同学，平时很文静，大家交流不多，此时拿着两罐汽水，有点紧张羞涩。

胡灵予一瞬间就看明白了，自己不该在草地，应该在草底。

女生飞快地将汽水塞到黄冲手里："那个，给你们的，考试加油！"

胡灵予看着黄冲手里的两瓶汽水，心说：给我们的你倒是分我一瓶啊。

"谢……谢谢，"黄冲有点蒙，先本能道谢，又马上认真起来，"可是运动前不能喝带气的饮料，容易让胃不舒服。"

女生脸上的红晕还没散尽，就变白了。

"别听他的，"胡灵予连忙把他手里的饮料抢过来一瓶，朝女生笑笑，"谢谢，我们一定会考出好成绩！"

女生没说话，直接转身跑掉了。

胡灵予无语地望向田园犬："活该你一辈子单身。"

大黄虽还没弄明白情况，但对单身狗的命运判断必须抵抗："我才十八，你就看出一辈子了？"

"二十五也这样。"胡灵予小声咕哝。

大黄没听清:"啊?"

"还真是你俩,"一个细高个的男生踏入草坪,"我还以为看错了,你俩要考侦查学?"

男生一袭青衫,手持折扇,像刚拍完古风写真,没卸妆就跑来了。

此人为莫云征,医学班二年级,科属红腹锦鸡,校文学社社团骨干。就是这位学长,以"每个鸟科心中都有一个凤凰梦"这样的金句,在胡灵予的记忆中留下了浓墨重彩的一笔。

大一刚入学的时候,胡灵予和负责迎新的这位学长恰好遇上,莫云征极其热情地给他介绍校园,引他找到寝室,还附赠了一路的古诗词。后来在校园里经常遇见打招呼,连带着大黄也跟他熟了。

"学长,你怎么跑这边来了?"黄冲纳闷地问。

高年级侦查班的学长学姐倒是有一些过来围观的,估计是好奇学弟学妹们的质量,但医学班在第四大里自成一派,平时和其他班级、专业都没有太多交集,分专业考试也和他们没什么关系。

不承想莫云征闻言重重一叹,像被戳中了伤心事:"南有乔木,不可休思,汉有游女,不可求思。"

大黄茫然地看向胡灵予。

胡灵予也是半蒙半猜:"失恋了?"

莫云征拿着折扇正摆忧郁的造型呢,一秒破功:"我还没追呢!"

"哦,"胡灵予懂了,那就是想追的人在训练场呗,"哪个班的?"小狐狸的八卦雷达立刻上线,左顾右盼:"你给我指指。"

"不必。"莫云征悠悠眺望训练场入口,"秀色掩今古,荷花羞玉颜。只要她一出现,定然是全场焦点。"

胡灵予:"……"

姑娘有多美他不知道,他就知道莫云征要是还像这样不说人话,追上对方的希望将十分渺茫。

承诺

"也是医学班的吗？"大黄还在好奇。

莫云征点头。

大黄疑惑地道："那她怎么会来这儿？"

"她是一年级的，"莫云征解释道，"今年报考侦查学。"

胡灵予和大黄同步惊讶。

分专业考试中，每一届都有扛不住繁重课业的医学班同学转考其他专业，很正常，换专业的同学普遍管这个叫"逃出生天"。但转出来之后考侦查学的，几乎没听说过。

一眼看出两个学弟在想什么，莫云征摇头："你以为她是学不好医才换的专业？恰恰相反，她期末考试全班第一，因为转专业的事，医学系的主任都找她谈了，希望她再考虑考虑，但她就是坚持要报侦查学。"

医学班第一？

胡灵予问："那她为什么要换专业？"

"听说是不喜欢，"莫云征一脸郁结，仿佛被否定的不是本专业，而是本人，"心无所恋，分数再高也枉然。"

"好有性格。"大黄就佩服这样勇往直前的人。

胡灵予却还在感情领域抽丝剥茧："听说？你和她还没到可以直接聊天的阶段？"

莫云征点头："没有。"

胡灵予问："只是互相认识？"

莫云征道："不，单方面认识。"

胡灵予："……"

"什么意思？"黄冲没明白。

胡灵予默默接口："意思是人家女生现在都不知道有我们莫学长这号人。"

黄冲看看完全没有反驳意思的莫云征，再想想自己好歹手里还有瓶汽水，末了认真望向胡灵予："就事论事，我是不是比他强点？"

"强点，有限。"胡灵予实在不想搭理这俩恋爱苦手①了。

训练场入口终于出现了熟悉的身影。

胡灵予一直注意着呢，第一时间便望了过去。

几天没见，路祈好像白了些，又或者从他身上流泻下来的阳光太耀眼，驱散了一切暗淡。无意识中，胡灵予便举起了手，想要告诉对方，他在这里。

草坪的位置很远，被人群、兽群层层遮挡，胡灵予还是坐着，举起手都很难让指尖冒头。路祈却一眼就看见了他，微微挑了挑眉，故意不跟他打招呼，却又一直对着胡灵予笑。

胡灵予翻了个白眼，用另一只手把不争气的主动打招呼的手扯回来，暗暗告诫自己下次绝对不能这么主动，每次路祈冲着他笑，他都有一种被耍了的微妙感觉。

"你认识贺秋妍？"身旁传来莫云征疑惑的声音。

胡灵予一愣，转头问："谁？"

"贺秋妍，我刚才和你说了半天的就是她，"莫云征拿折扇一指训练场入口，"你刚才不是在跟她招手？"

"她叫贺秋妍？"大黄罕见地跟住了话题，目光紧紧锁定相同方向，情不自禁地道，"真好看。"

胡灵予再次把目光投向训练场入口，这才发现，跟路祈一同进来的，还有一个女生。

身材窈窕，体态也特别漂亮，像是练过舞蹈的那种气质，微卷的长发瀑布般披散下来，打理不好很容易像女鬼，在她身上却是浑然天成自然系的森女②感，五官清丽雅致，有一种不染凡尘的美。

胡灵予现在相信莫云征的那句"只要她一出现，定然是全场焦点"不带任何水分了。这么漂亮的一个女生，没有谁忽视得了。

所以自己刚才为什么完全没注意到，只看见了路祈？

---

① 苦手：根据日语演化的舶来词，表示在某方面不擅长。

② 森女：指崇尚简单的生活方式，气质自然纯净的女孩。

胡灵予一边在迷惑中反思，一边视线跟着继续移动。

贺秋妍和路祈并肩而行，不时交谈，很明显认识彼此。不多时，路祈抬手往这边指了一下，像是准备跟贺秋妍分开，不想后者坚决摇头，路祈似乎皱了皱眉，但最终还是一起过来了。

莫云征连忙立正，瞬间站了个挺拔军姿。胡灵予和大黄也从草坪上起身。

"我还以为你真打算踩着最后一分钟来呢。"大黄看看时间，跟路祈打趣道。一起训练这么久，他已经不把对方当外人了。

不过黄同学这话虽是对着路祈说的，眼睛却总控制不住地往贺秋妍的方向看去，加上他又不懂掩饰，明亮的眼睛里满满地写着"她好漂亮"。

要是在莫云征和大黄里选，那胡灵予肯定帮自家兄弟，他立刻露出灿烂的笑容，主动和贺秋妍打招呼："你好，我叫胡灵予，2班的，这是我室友，黄冲。"

"我知道你，"贺秋妍活泼的声音瞬间把她文静素雅的气质破得灰飞烟灭，"2班的小狐狸对不对？路祈把你藏得可紧了，我提了好几次想跟你们一起练，他都不答应。"

胡灵予的视线在两人之间来回，总觉得他们熟悉得不像一般同学，两人之间的气氛……有点像自己和大黄？

他正琢磨着，贺秋妍突然凑近，故意瞟一眼路祈才说："这家伙可不是什么好鹿，你现在跑还来得及。"

胡灵予心头瞬间淌过暖流，仿佛在茫茫人海中寻到知音，但又不好附和说"对，我也觉得他不是好鹿"，只能忍着心潮澎湃，忍得那叫一个辛苦。

殊不知他这种表现，已经足够旁人解读成"默认"了。

贺秋妍万万没想到两人还能达成共识，愣了两秒，爆发出银铃般的笑声，转头和路祈说："我知道你为什么一直藏着他了，他太可爱了！"

路祈直接上前，用半个肩膀将胡灵予挡到身后，以防贺秋妍一个冲动，再拉着胡灵予结拜，毕竟她干得出这种事："我劝你适度快乐，不然容易提前消耗体力，影响接下来的成绩。"

"我是心情越好成绩越好。"贺秋妍晃晃脑袋，蓬松的长发随风飘。

有几根发丝飘到大黄面前，他下意识地抬手想去碰，贺秋妍像是察觉到了，忽然抬头。

大黄立刻收手，一脸紧张，疯狂地想要找话题，最后磕磕巴巴地憋出来一句："那个，你……你就这么考试吗？"

"这么？"贺秋妍没听懂。

"头发，"大黄总算把话理顺了，"头发不用扎吗？"

"我扎了呀。"贺秋妍说着就抬手摸脑袋，结果摸到一手蓬松，如梦方醒，一边咕哝着"怎么又绷断了"，一边从运动服口袋里拿出新的发圈，三两下就把长发扎成了高高的马尾，露出漂亮的额头和天鹅颈，清爽利落。

大黄看得有些移不开眼了，真是觉得她怎么都好看，闪闪发光的那种。

莫云征则是另外一个极端。

虽然倾慕佳人许久，但之前一直远观，今天反而是他距离贺秋妍最近的一次。结果佳人过于活泼，笑声过于清脆，神经过于大条，发圈绷断了还得上手摸才发现。

莫云征长期在心里给贺秋妍描绘了一个温婉清丽的女神形象，结果让女神亲手……不，亲脚踢了个稀碎，还是回旋踢。

贺秋妍压根没注意到莫云征，经黄冲提醒扎完头发后，便和他聊起来："我的科属？丹顶鹤。"

大黄问："仙鹤？"

学校里很少有人这样叫，但贺秋妍还挺喜欢听。她的情绪都写在脸上，笑靥如花。

她笑，大黄也跟着笑，两个人看起来都有点愣头愣脑，倒异常合拍。

"莫学长说你在班里的成绩是第一。"

"对，"贺秋妍点头，压根没在意哪个是莫学长，"但大榜不算我们班，所以也不知道我在全年级是什么水平。"

肯定也是名列前茅，所以黄冲才不解："为什么要转专业呢？"

贺秋妍道："我喜欢侦查学啊。"

黄冲问："那怎么进了医学班？"

"还不是我爸妈，非说学医有前途，"贺秋妍说起这个就郁闷，至今都为当年的不够坚持而耿耿于怀，"不过现在好了，"她的郁闷来得急，走得也快，眼睛瞬间又明亮起来，"只要我考上侦查学……"

黄冲问："他们就同意？"

贺秋妍答："先斩后奏就成功了。"

黄冲："……"

　　胡灵予侧着耳朵偷听了半天，发现人家大黄根本不需要助攻，自己单枪匹马就打开了局面，跟人聊得好着呢。

　　在他的记忆里，黄同学可是单身到二十五岁，连个心仪对象都没听他提过。两人的大学生活包括后面在兽控局里共事的三年，也从没出现过贺秋妍或者类似的倩影，就像他们的青春也从未和路祈有过交集。

　　一个谎言要一千个谎言来圆，一个改变也会引起一千个改变。

　　胡灵予看回路祈。那人好整以暇地站在旁边，像在等着他主动说话。

　　胡灵予相信复习大纲的事情肯定在路祈心里留了巨大的疑影，但对方在考试后只字不提。

　　越不提，越让人不安。

　　路祈就像一个没有尽头的迷雾隧道，胡灵予走了进去，便连原本能看见的东西都看不清了。

　　"马上就要清场考试了，"终是路祈先开了口，"你不准备和我说点什么？"

　　对，眼下最重要的是体能考试。

　　胡灵予抛开杂念，问了个最实际的："我要是考不上怎么办？"

　　"这不是正常结果吗？"路祈接得那叫一个顺溜。

　　胡灵予想踹他："喂——"

　　路祈乐不可支，少见地流露些许幼稚："你要担心的是万一考上了，怎么办。"

　　胡灵予莫名其妙："都考上了，还担心什么？"

　　路祈说："考不上是难过三天，考上了是难过三年。"

　　第一种是情绪难过，第二种是日了难过。胡灵予秒懂，因为他也曾这样劝过大黄。

"不过如果你不跟我绝交，"路祈话锋忽然一转，"那这三年就不用担心了。"

胡灵予挑眉："你能一直带我飞三年？"

路祈耸肩："没问题呀。"

一个没当真，一个说着玩。

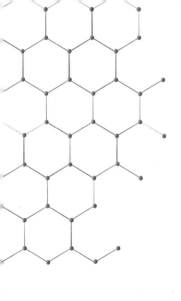

第三卷

放手一搏

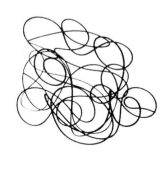

GREAT

AWAKENING

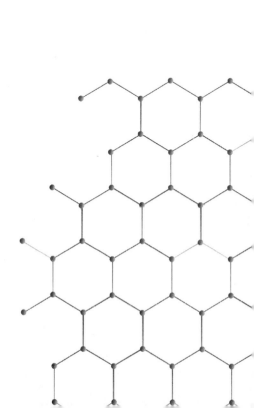

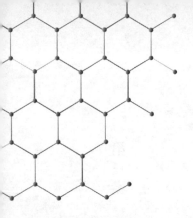

体测开始

　　离草坪不远的对抗区，傅西昂和四个跟班席地而坐，他们无一例外都穿了贴着号码的运动服，百无聊赖地等着开考。

　　1、3两个班几乎全员报了侦查学，从往年的录取人数分布看，大型犬、猫考入侦查班的比例很高，所以对他们来说，体能考试更像是走个流程。

　　"我怎么好像看见那只臭狐狸了……"跟班2号朝着一个方向盯了半天，其实看清了脸，但依然不太敢认，因为，"衣服上还贴着考号？"

　　"你眼花了吧，"跟班1号嗤之以鼻，"他疯了来考侦查学？"

　　跟班4号循着跟班2号的视线看过去，然后冒出一句："我……？"

　　"还真是他。"跟班3号一锤定音。

　　傅西昂一开始没信，听到这里才抬起头，视线穿过草坪上乱跑的兔子、孔雀、小矮马等一群同学，捕捉到了胡灵予。

　　他穿着赤红色的运动服，短而利落的竞赛款，衣服有些宽，风一吹，在他身上微微晃荡，白皙腰身若隐若现。

　　红似火，白如雪，于傅西昂眼中映成一抹最亮的色。

　　"旁边的是不是路祈？"跟班1号率先发现赤狐好像不是一个人在草坪上。

　　跟班3号道："我就说他俩是一伙的吧，要不然打飞跳球那回，咋就那么凑巧，我们刚把臭狐狸摁住，他的球就飞出来了？"

　　跟班2号点头："你别说，他后面打球那疯劲儿，还真挺像给臭狐狸报仇。"

跟班 4 号默默看着傅西昂的脸色从阴天变成了雷暴前兆，咽了下口水，用最大的求生欲把那仨作死的兄弟往回拉："哎？他俩周围那几个是谁啊？"

"周围？"三个跟班扩大视野范围，终于把聚在那一堆的人全收拢进来了。

一个梅花鹿，一个赤狐，一个田园犬，一个仙气飘飘的小美女，一个手持折扇奇装异服的迷惑男子。

这是什么混搭阵容？

不过迷惑男子看起来很孤单，两边在成双成对地热聊，就他执扇独立，听听左边，听听右边，寻不到接入口，后来可能也觉得自己过于凄凉，安静转身，默默离去。

他前脚刚走，后脚考务组的广播便响彻训练场。

"侦查学体能考试即将开始，请参加考试的同学到指定区域集合，其他同学退到考试区域之外。考试期间，请各位同学遵守纪律，公平竞争，文明观考……"

与此同时，考务组的老师也陆续就位，引导同学去到相应的位置。

很快，训练场便清整完毕，跑道最外围拉起了隔离线，前来看热闹或者助威的，管你是人形还是兽形，都只能乖乖站在线外，342 名报侦查学的同学则进入了训练场东面的准备区。

因为没要求列队，三百多个同学松松散散地聚在准备区，虽无人大声喧哗，窃窃私语声依然足够嘈杂。

胡灵予、路祈、黄冲、贺秋妍四人仍凑在一起，但没开小会，而是纷纷抬头盯着准备区上空悬挂着的大屏幕。今天上午的第一项是跑步，此刻屏幕上已经开始滚动考核分组的信息。

【400 米】

第 1 组：……

第 2 组：……

【3000 米】

第 1 组：……

第 2 组：……

因为科属的耐力差异，为了公平，跑步是所有考核里唯一给了考生两种模式选择的项目。大家在短跑和长跑中选择一项参加，每个项目取前四十名，第一名80分，第二名78分，按名次以两分依次递减，总计下来和其他项目一样，会有八十人得分。

一狐一犬一鹿一鹤，选的都是3000米，不过因为考号隔开了，胡灵予和大黄的小组排在很前面，路祈在中间，贺秋妍作为21班的选手，基本靠末尾了。

每八人一组，名单滚动完，屏幕上出现参加跑步的总人数统计：275人。

报考侦查学的总人数是342，也就是说有67人在跑步这一项中选择直接弃权——考核项目是在体测细则下发后另行填报的，并允许弃权。毕竟六个项目，每项只有80人能得分，绝大多数人都无法做到技能满点全面开花，倒不如保存体力专攻优势。

"3000米，啧，跑得下来吗？"背后传来阴阳怪气的声音，语调稍微提高，像是刻意想让别人听见。

胡灵予回头，对上五张相见不如不见的脸。

阴阳怪气的是2号跟班，傅西昂站在旁边，双手插兜，一身黑色运动风的短衣短裤，不知是什么材质，带一点绸缎式的亮光，让人不禁联想起黑色美洲豹的皮毛。

"和我说话呢？"胡灵予转过身来，礼貌地询问，不想显得太自作多情。

2号跟班翻了个白眼，废话，不然他嚷那么大声干啥："就说你呢，3000米跑得下来吗？"

说话的动静引得路祈、贺秋妍、黄冲也回过头来。见是傅西昂，路祈不易察觉地皱了皱眉，眼底闪过厌烦。

大黄知道傅西昂和胡灵予不太对付，立刻全身戒备。

只有贺秋妍对情况完全不了解。医学班和其他班有壁[1]，她根本不认识傅西昂，但这不妨碍她直观感受到了来自对面的恶意，于是忍不住问胡灵予："你们班的同学？"

---

[1] 有壁：网络流行词，指差别太大，本质不同。

胡灵予答："不是。"

贺秋妍问："朋友？"

胡灵予答："怎么可能？"

贺秋妍迷茫地歪歪头，马尾轻晃："那你搭理他们干吗？"

胡灵予："……"

傅西昂及四个跟班："……"

大黄情不自禁地道："有道理。"

路祈没言语，直接上手搭住胡灵予的肩膀，将人揽着转回身来，眼不见为净。

胡灵予完全配合，心情莫名地好，好到甚至没注意路祈的搭肩。和记忆里的都算上，这是他面对傅西昂，己方最"人多势众"的一次。

"400 米，第一组同学上跑道准备——"

考试开始了。

准备区渐渐安静下来，每个人都望向赛道。

梅花鹿、赤狐、田园犬、丹顶鹤随意站着，有前有后，烈日下，四个影子交错成一片。

400 米的考试进行得很快。选择短跑的多是爆发力强的科属，转眼一圈便跑完了，考务组那边衔接得又很流畅，一组结束，下一组立刻上场，几乎没有浪费时间。

大约十五分钟，就轮到了傅西昂他们，五人考号连得比较近，遂一同前往跑道。

他们一走，胡灵予顿感后背轻松下来。

傅西昂和跟班 4 号一组，同组的都是大型猫科班的同学，八个大猫在跑道上以斜线排开，科属特征在他们身上尤为明显，身高一律不低，身材比例也都不错，宽肩长腿。

野性觉醒刚发生的时候，人们的外表和科属还没有太大的关联，但是到了"雾二代"，越来越多的科属基因开始于外在显露，比如大型科属的体格会偏向健硕魁梧，小型科属的体格则相对单薄。当然这并不是绝对的，后天的习惯与锻炼也会让身体产生改变。

"预备——"发令枪举起。

全场一霎安静。

"砰！"

枪响，傅西昂第一个冲了出去，起跑反应和速度都极快。

即使是在一群大猫中，这家伙也是醒目的存在。

蜜色的皮肤，矫健的四肢，出挑的身高，如果不是他实在太嚣张跋扈，眼里还时刻烧着"老子想干架"的火，估计能收割一片迷妹①。

路祈不关心赛况，原本是在晒着太阳放空自己的，忽然听见身旁胡灵予的一声叹息。

顺着小狐狸的目光，他看见了奔跑中的傅西昂。

路祈莫名有些不爽，语气里却一点没流露出来："他的速度很快。"

"嗯，"胡灵予点头，客观评价道，"而且跑起来很帅。"

路祈不可理解地看他："这就是你叹气的理由？忽然发现了仇家的美？"

胡灵予摇头，字字感慨："我是忽然明白了，老天真的很公平，给了你英俊的外表，就不会再给你出色的人品。"

路祈："……"

胡灵予回味两秒，发现自己好像把路祈也算上了，连忙找补道："我没说你，你是……"

路祈耐心等待。

胡灵予继续："你是……"

路祈眉梢微挑，继续等。

准备区内忽然一片骚动——大屏幕上滚动出了刚结束这组的成绩，傅西昂不仅是小组第一，在目前结束的 400 米考试总成绩里，也排到了第一。

"有两下子嘛，"贺秋妍就事论事，然后自言自语咕哝道，"不知道他是什么科属……"

胡灵予立刻主动接话茬："美洲豹。"

路祈就静静看他转移话题，不急不躁，等他跟贺秋妍把有用的没用的都聊

---

① 迷妹：网络用语，指女性忠实粉丝。

完了，才问："我们能继续了吗？"

胡灵予装失忆："继续什么？"

路祈微笑："刚才的话题。"

胡灵予眨巴眨巴眼睛："刚才？"

"你说英俊和人品不可兼得，然后说没包括我，"路祈难得地求知欲上线，"那我属于什么？"

胡灵予的嘴唇抿了又抿，还是没出声。

路祈一副很受伤的样子："说一句我又好看又有人品，就这么难？"

梅花鹿没掩饰眼底的打趣，胡灵予却不想开玩笑。

"我看不透你。"他听见自己说。

对着十八岁的路祈，他第一次说了真心话。

路祈脸上的表情一瞬间淡了。

新一组考生在跑道就位。

枪响。

路祈重新换上笑容："你的秘密我也一个都没找出来呢，你不吃亏。"

3000 米

那之后，两个人都没再说话。

跑道上考试进行得如火如荼，没人知道他们的心思飞往了何处。

400 米考试全部结束后，3000 米紧跟着开始。考号按班级顺序往下排，没过几组便轮到了胡灵予和黄冲。

大屏幕上滚动出两人所在小组的名单，以及"请下列同学去考核区准备"的字样。

"走！"黄冲深吸一口气，率先启程。胡灵予神游太久，眼睛看见了自己名字，反应和身体却没跟上。

"暂时把我的事情从你的脑海中移除，先考试，"路祈见状微微侧身低头，视线故意绕到胡灵予面前，规劝得十分善解人意，"考完了你愿意怎么想怎么想。"

赤狐瞪了梅花鹿几秒，无情地将人撞开："少自作多情。"昂着小脑袋大踏步地去往战场。

路祈看着胡灵予故壮气势的背影，忍不住弯了下眼睛，阳光洒在睫下顽皮的影子，都透着欺负人得逞的快乐。

没等小狐狸走远，路祈忽然察觉到异样，敏锐地转头，就见贺秋妍盯着他，满眼不可置信。

路祈道："怎么了？"

贺秋妍道："你跟他在一起的时候就像换了个人。"

"胡说，"路祈不赞同，"我明明一直很温柔。"

贺秋妍道："你那甜腻甜腻的假温柔谁稀罕，我说的是幼稚。"

路祈愣了愣。

"你对着他的时候就像个幼稚鬼，"贺秋妍满是嫌弃，又莫名怀念，"我好多年没见过你这样了。"

跑道上，气氛有些尴尬。

作为中小型犬科班唯二报考侦查学的人，胡灵予和大黄的考试编号同 1 班（大型犬科）紧密相连，好巧不巧，他这一组正好卡在他和黄冲上，于是六个大型犬和两个中小型犬站一块儿，泾渭分明。

曾在兽化觉醒课上质疑过胡灵予野性之力成绩的 1 班班长潘昊，也在其中。

自那次野性之力测试后，整个 1 班的同学看胡灵予的眼神都或多或少带了点微妙，恶意的直接把他当成"作弊分子"，非恶意的也很难相信他是靠正常手段获得那么高的野性之力成绩的。

胡灵予理解，强势科属的自尊心被伤害后，往往比弱势科属更难修复，说白了就是挫折教育太少。所以自那之后，他尽量低调，然而这份低调在他当众宣布报考侦查学以及期末考试成绩出炉后，就彻底成了幻影。

有些人生来就是会带光芒的，如果第一次不带，那就再来一次——胡灵予现在已经坦然接受了自己的镀金人设。

黄冲见气氛有些冷，率先递出友谊的橄榄枝："等下大家一起加油，跑出好成绩。"

潘昊旁边一个矮个笑了一下："说到成绩，你俩这回期末考试真是一飞冲天。"

黄冲不知道怎么接了，愣在那里。

"看见成绩的时候我们也吓了一跳，"胡灵予靠住老友肩膀，满眼真诚的震惊，"我俩明明没怎么复习，就随便翻了翻书，没想到看哪个知识点，就考哪个知识点，神了。"

矮个被秀了一脸，估计是从未见过如此厚颜无耻之人，本来想说的话都忘了。

"随便翻了翻书？"另外一个大高个立刻顶上，"我也翻书了，怎么就没你翻得那么准呢？"

胡灵予为难地看着他："这我就不好说了……"

大高个："……"

无限的内涵，人品的攻击，尽在不言中，懂的都懂。

另外那几个本来还想助阵，但在近距离见识到了胡灵予的伶牙俐齿后，理智地选择不染战火，以免体测还没开始，心态先崩了。

胡灵予望向唯一还看着他的潘昊，像是在说：我都准备好了，你不讲点什么吗？

对视良久，潘昊只说了一句："体测成绩作不了假的，有没有硬实力，终点见。"

"上跑道——"考务老师的声音传来。

八个人进入跑道，各自就位。

黄冲在最外道，于起跑点蹲下后，他还是忍不住转头看了看第七道的胡灵予。

他认识的胡灵予，从来都喜欢靠一张脸忽悠人，或卖萌，或耍小机灵，面对再大的恶意也可以巧妙周旋，轻松逃脱。然而不知从什么时候开始，胡灵予好像变了，那是一种隐约的、模糊的微妙感觉，黄冲形容不上来。

就在刚刚，他终于知道那是什么了——现在的胡灵予，有了锋芒。

依然古灵精怪，依然喜欢剑走偏锋，可他的目的不是溜掉，而是迎战。

"准备——"

发令枪举起。

胡灵予微微抬头，眼中只有自己的跑道和前方。

"砰！"

八个人几乎同时起跑。准备区的大屏幕上，变成了跑道的实时影像。

3000 米不同于 400 米，大家的起跑线一致，出发便可以全部压入内道，此时，跑道内的占位已经清晰，大型犬科班的其中一个领跑，潘昊跟在第三位，胡灵予和大黄因为往内道压的时候被他们协同阻挡，最后只能在倒数第一和第二。

八个人紧密跟随，像一条小龙，绕着训练场游走。

中小型犬科班今天来了不少人，在隔离线外挤了半天终于等来了自己班的同学，立刻摇旗呐喊："胡灵予！黄冲！冲冲冲——"

也不知道谁定的口号，简单粗暴又质朴。

他们的声音也传到了准备区，贺秋妍立刻被感染，也跟着喊："小狐狸加油！田园犬冲冲冲——"

自己喊不算，还急得直推路祈："你怎么不喊？"

路祈的目光紧随大屏幕："长跑需要的是平稳和耐力，一惊一乍的加油只会帮倒忙。"

贺秋妍受不了了："你这是什么鬼理论，加油可以把我们的力量传递出去，给他们增强信心！"

路祈道："信心是靠实力给的。"

贺秋妍道："精神力也很重要。我要是在上面跑，下面的朋友和同学一个给我加油的都没有，我会伤心死的。"

懒得再和她争辩，路祈专心看赛场。

贺秋妍气得直翻白眼，又无可奈何，路祈这家伙不想做的事，你就是拿刀逼着他都没用。

"小狐狸加油！田园犬冲冲冲——"没辙的丹顶鹤，只好努力一个人喊出双人份。

3000 米过半，跑道上渐渐拉开了距离。

潘昊到了第一位，矮个落到了最后一位，剩下黄冲、胡灵予和另外四个大型犬，挤在第二集团。

胡灵予已经感觉呼吸开始变乱了，眼看着和潘昊的距离越拉越远，说不着急是假的。但每当他想加速冲出第二集团时，路祈曾说过的话就会在耳畔回响。

"永远保持自己的节奏，不要被任何人干扰……

"你的目的不是争小组第一，是跑出自己的最好成绩……

"不要看别人，专注自己，什么时候你觉得世界安静了，静到你可以听清自己的心跳和呼吸，你的专注度才算合格……

"胡灵予……"

烦死啦，知道啦！胡灵予在心里没好气地喊。他是把世界跑静了，是听见自己的心跳和呼吸了，可这心跳和呼吸声里还有路祈的碎碎念，这是什么魔鬼教练留下的水印！

最后三圈。

潘昊仍然领先，第二集团却有不少掉队了的，现在只剩下胡灵予、大黄和一个大型犬。

最后两圈。

大黄忽然开始加速，短短几秒就把胡灵予和另外一人甩开，自成第二梯队。

潘昊也开始加速，始终和大黄保持着一段距离。

见前面两人都进入冲刺阶段了，跟胡灵予并肩的这位耐不住了，也开始冲刺。

胡灵予咬紧牙关，权当看不见，直到最后一圈。

听见末圈提示铃的一刻，胡灵予终于将压抑多时的能量全部释放。他的胸腔已经跑得发疼，身体却如利剑般急速向前冲，转眼便追上了比他早一圈冲刺的那位。

追上，超越，继续。

所有围观的同学，包括中小型犬科班的，都没想到胡灵予会在最后一圈有这样的爆发力，事实上跑到一半时，他们虽然还在加油，但心里已经基本默认就这样了。

最后半圈。

潘昊的冲刺开始慢下来，有些跑不动了，黄冲还保持着速度，胡灵予竟然还在提速。能看出来他明显已经累极，呼吸和步伐都很乱，可他愣是凭借意志死撑下来了，且还在不断将自己和前面两人的距离缩短。

很多离得远的同学看不清他的样子，只能看见他运动服的那抹赤红色，像团火，在骄阳下飞驰，誓要燃烧到最后一捧灰烬。

最终，胡灵予还是小组第三，但他已经将自己和大黄的差距缩小到了两个身位。

一过终点，他便瘫到地上，大口大口地喘气，心脏都要蹦出来了。

大黄赶忙去拉他："刚跑完……刚跑完不能躺着，呼……起来走……"

胡灵予道："走……走是走不动了……呼呼……"

黄冲道："你最后，也冲得太猛了……厉害……"

胡灵予道："那也没……没跑过你，你是不是……是不是变相夸自己呢……"

黄冲道："大哥，我从上学期……上学期就开始练，你才练多久……"

胡灵予道："在恒心和毅力上……我确实不如你……"

"你俩能换个地方互相吹捧吗？"潘昊双手叉腰，好不容易才把气喘匀，终于能说出一句完整的话。

胡灵予循声抬头："你要有需求，我也可以夸你……"

"谢了，不用。"潘昊无情拒绝道，但脸色并不难看。

胡灵予一边调整呼吸，一边观察着这位大型犬科班班长，终于品出点微妙的感觉来："是不是忽然发现，我和大黄还行？"

潘昊沉默半天，僵硬地说道："凑合吧。"

胡灵予明白："那就是很行了。"

潘昊："……"

加油

赛道附近也有大屏幕，和准备区的屏幕同步滚动出小组成绩，潘昊第一，黄冲第二，胡灵予第三，在已经跑过的几组 3000 米中，他们的个人成绩暂列第四、第十、第十三。

后面还有那么多组没跑呢，这个名次肯定还会往后顺延，胡灵予和大黄不敢高兴得太早，结果一抬头，发现在遥远的准备区，某位仙鹤姑娘一个劲儿地蹦高朝他们挥手，兴奋得像她自己跑了小组第一。

胡灵予和黄冲被她的快乐感染，也情不自禁地用力挥手回应，隔着半个训练场，两边越互动越 high①，跟小学生似的。

路祈没眼看，继续凝望大屏，假装自己和那三个加起来不到十岁的同学不熟。

犬科班之后的大型猫科班、熊科班，基本都选的短跑，故而很快到了牛、马、羊、鹿四个班。这四个科属都是草食性的，和大型猛兽比较弱，但在弱势科属里又是身体素质和运动力较强的，因此这几个班报考侦查学的人数明显比其他小型科属班多一些，牛科、马科两个班各有十几人报名，羊科、鹿科两个班则分别有七到八名。

胡灵予和黄冲考试结束后没有离开，而是在起跑点附近混入了围观同学的队伍，等待路祈和贺秋妍上场。

从牛科班开始，大约过了四组，便到了路祈。

他们这一组是两个羊科，六个鹿科，清一色是身材高挑的类型，大部分偏清瘦，但骨架舒展，不至于单薄，只是直观看上去就能感觉到和凶猛科属的明显区别，身姿偏轻盈灵动。

唯独路祈，在这之上多了一分力量感。

灼热刺眼的阳光里，他从容地走来，自信而不轻慢，像晨间湖边漫步的鹿。

"路祈——"

一声来自田园犬的激情呐喊，无情打破了美好的氛围，一下将梅花鹿拖回了接地气的热血青春。

生怕路祈找不见后援团的大黄，连蹦带跳，手臂在高空狂舞。胡灵予比他矜持些，没贡献音量，但两只小手活泼地摇啊摇，应援之热烈比田园犬有过之

---

① high：兴奋之意。

而无不及。

同组而来的小羊小鹿们没太听清，只看见两位应援异常热烈的同学，好奇地问路祈："给你加油的？"

路祈正想糊弄过去。

"路祈，路祈，勇往无敌——"口号都出来了。

路祈："……"

发令枪响。

路祈率先冲了出去，速度极快，转眼就跑过了半圈，完全不像要给后面漫长的赛程保存体力的意思。

围观同学一片哗然。

"这是什么战术？"

"一开始就冲这么猛，后面还跑得下来吗？"

只有中华田园犬同学若有所思："我怎么感觉他是为了尽快躲开我们的加油助威？"

"你想多了，"胡灵予善解人意地拍拍老友的肩膀，"他是迫不及待地想跑完一圈，再次听见我们的呐喊。"

黄冲醍醐灌顶。胡灵予遥望路祈，觉得自己真是贴心的小棉袄。

一圈。两圈。三圈。

路祈的速度稳定下来，没有刚起跑时冲得那样猛了，但仍然比前面大部组的同学都快。

有他在前面带着，这一整组的平均速度都维持在高水平，不过冲前几圈的时候，后面的七位同学都没有盲目跟随，所以现在第二集团还是落在他后面较远处。

在长跑中，论身姿之潇洒程度，除了马科便数鹿科了。前者迅驰，后者优美。

凶猛科属奔跑时有一种与生俱来的捕猎感，他们却只是在奔跑，纯粹而自由。

当路祈第四次从他们的面前跑过时，胡灵予连加油都忘了，目光追随着那个身影，像多年前在校园运动会，像兽控局的每次大练兵，从稚嫩追随到成熟，从遥望追随到仰望。

路祈以比起跑时更快的冲刺速度第一个闯过终点，汗水从他脸上滑到下巴，日光里，亮晶晶的。

大屏幕上滚动出成绩，路祈看也不看，直接望向胡灵予。

胡灵予特配合地竖起拇指。路祈眉梢微挑，仿佛在问：你就没有看起来漂亮一点，不那么傻的祝贺手势？

胡灵予心领神会，把另一只手也举起来，双手大拇指！

路祈："……"

随着这一组成绩的出炉，目前 3000 米的总成绩排名，路祈第七，黄冲和胡灵予则已经被挤到第二十一和二十四。

前五名里，马科占据了半壁江山，其次是狼科。

新一组同学就位，路祈下场，径直来到胡灵予和黄冲这里，后两者也很自然地让开一点位置给他，双方好像都没觉得有什么问题，会合得天经地义。

"后面还有十一个班的人呢，"黄冲忧心忡忡地看着大屏幕上自己和胡灵予的排名，"也不知道咱俩最后能不能保住前四十。"

前四十名才有分。

"不好说。"胡灵予心里也没底。

路祈分析道："后面报侦查系的，主要集中在 14、15、17 班……"

蛇科，鳄鱼，猛禽。

"14、15 班不会在跑步上费力，剩下就看 17 班的发挥了。"

"贺秋妍不是也跑 3000 米吗？"黄冲立刻发现了问题，"她是 21 班的。"

胡灵予道："……大黄，路祈说的是'主要集中在'那几个班。医学班报侦查系的就她一个。"

黄冲点头："哦哦。"

胡灵予摇摇头，心想没救了，不管说什么话题都能第一时间跟另外一个人联系上，就是沦陷了。

让田园犬沦陷的仙鹤姑娘被分到了最后一组，跟 17 班的六个猛禽和 18

班的一只大鹅，同场作战。

她一进跑道，已经快被晒蔫儿的大黄立刻支棱起来，但又莫名羞涩，不好意思喊对方的名字，只能高高举起双臂倾尽全力挥舞。

奈何赛场嘈杂，一个静了音的"舞动彩带"，实在难以分散跑道上参赛者的专注度。

为了兄弟，胡灵予这时候就必须义不容辞了："贺秋妍——"

跑道上的姑娘闻声望过来，看见他们三个，清丽的脸庞一下子亮了，明明都准备好了起跑姿势，愣是不顾一切地举起手臂，和他们快乐互动。

她喜欢这样。

胡灵予一下子就感觉到了，立刻又响亮地喊了第二声："贺秋妍——"

有人天生就是能量满满，能敞开了接纳，也不吝释放，比如贺秋妍："然后呢，光喊名字不加油呀？"

发令枪都举起了，她还在执着地扭头等待。

黄冲用双手拢成扩音状，铆足了力气："贺秋妍，飞起来——"

发令枪响，夏风吹起她的马尾。

鸟类科属的奔跑其实都不能算奔跑了，更像是在平地上滑翔，如果说马科奔跑是迅驰，鹿科是灵动，他们就是飘忽，在所有科属里他们的骨骼最轻，稍没控制住就能从地面起飞到几米高，经常跑着跑着便在半空划出一道弧线。

跑步考试对他们来说最大的困难不是速度，而是逆风，再有就是控制自己千万别追风追得太猛，忘形兽化。

分专业体能考试禁止兽化，如在考核中违规，当前项目成绩作废。

眨眼间，八位鸟科同学已经跑完了三圈。

每次经过起跑点，贺秋妍都会往他们这里望一眼，胡灵予和大黄一直在加油，但贺秋妍一次比一次看得用力。

大黄摸不着头脑，以为她是对加油口号不满意，于是绞尽脑汁，每圈都换一种风格，欢脱的、卖萌的、押韵的，连谐音哏都用上了。

胡灵予第一回还有些茫然，但在第二回、第三回顺着贺秋妍的视线落到路祈那张稍显平静的脸上后，悟了："你愣着干吗？加油啊。"

路祈不为所动，熟练地拿出先前应对贺秋妍的说辞："长跑需要的是平稳和耐力，一惊一乍的加油只会帮倒忙。"

胡灵予沉吟片刻，道："有道理。"

路祈意外，其实他已经做好了糊弄不过去就说实话的准备——加油什么的，太幼稚、太傻了——却没想到小狐狸比贺秋妍还容易被说服。

半分钟后，仙鹤再次经过起跑点。

胡灵予立刻道："快喊。"

路祈疑惑："欸？"

胡灵予拿手肘撞他："喊加油！"

路祈猝不及防，低头看手臂被撞的地方。

"你说得是有道理，但谁要跟你讲道理呀？"眼看贺秋妍一圈比一圈落后，胡灵予直接抓住路祈的手腕，举起来跟自己一起挥舞，"贺秋妍，冲冲冲——"

路祈的视线愣愣地跟着自己的胳膊一起往上走，最终停在被胡灵予攥住的手腕上。

胡灵予其实攥不住他，手太小，在他腕子上握紧了也还差那么一点。但那只葱白的小手好像有源源不断的热度，穿透皮肤，进入血液，随着脉搏跳动回流到心口。

滚烫，胜过酷暑最烈的太阳。

贺秋妍最终也没跑过一众猛禽，排在小组第八，但最后几圈收获了三重加油，心满意足。而且在所有参加 3000 米的同学里，她的成绩还是相当不错的，速度比胡灵予和大黄都要快。

随着她这一组的结束，参加跑步考试的 275 名同学，成绩全部出来了。

【400 米】

第 2 名：傅西昂，78 分。

第 14 名：跟班 4，54 分。

第 18 名：跟班 1，46 分。

第 21 名：跟班 2，40 分。

第 22 名：跟班 3，38 分。

【3000 米】

第 12 名：路祈，58 分。

第 25 名：贺秋妍，32 分。

第 29 名：黄冲，24 分。

第 36 名：胡灵予，10 分。

跳跃

胡灵予在跑步一项上的目标是进入前四十就行，现在拿到了 10 分，算超额完成任务。

黄冲 29 名的成绩也比记忆中往前提了不少。

至于路祈，虽然胡灵予不想承认，但曾经围观体测时，他的确记住了这人的全部成绩。在跑步上，路祈前一次是第 14 名。

把备考时间都搭在了训练他俩上，路祈的成绩竟然不退反进？胡灵予迷惑地偷看路祈的侧脸，难道自己和大黄的加入反而刺激了路同学的潜能？

他前些天竟然还在担心路祈会因为训练他俩而影响这次的体测成绩，是他杞人忧天了，忘记了路祈当年是以多么绝对的优势胜过一众凶猛科属，挺进的侦查系。

"一小时后进行分专业体测第二项，跳跃，请参加该项考试的同学前往准备区——"

训练场上空响起考务组老师的声音，考试项衔接得十分紧密。

周围不少刚跑完没多久的同学不乐意了。

"这不公平吧？"

"对啊，他们 400 米都跑完半天了，咱们 3000 米还没缓过来呢。"

也有认命的。

"行了行了，还能弃考咋的？"

"不是'一小时后'吗？别说那些没用的了，赶紧去准备区找个舒服的位置休息才是真的。"

附近的同学已经骚动起来，参加考试的去准备区，不参加考试的也有不少跟着移动，寻找适合围观跳跃比赛的新地点。

胡灵予他们四人没跟着人群挤，准备等一等再转移阵地，反正还有一小时。

不过他们的去处并不相同——胡灵予和黄冲负责围观助威，路祈和贺秋妍才是需要去准备区的那俩。

犬科的跳跃能力基本等于零，因而胡灵予和黄冲并没有报这项，准备保存体能，全力应对下午的游泳考试。

路祈和贺秋妍与他们正相反，跳跃是两个人的优势项。

越是擅长的，越不容闪失，对每个人都是如此。最后总成绩的高低，很大程度上取决于个人能否在优势项上抓住机会，尽可能多地攫取分数。

然而两个人的脸上都看不到严阵以待的紧张，一个慢悠悠地眺望准备区，一个将跑松了的发圈扯下来，甩甩蓬松的长发，重新扎紧。

黄冲光盯着贺秋妍了，原本是担心对方连轴转会累，却发现在她身上几乎看不出刚跑完3000米的样子，下意识问："你都不累吗？"

"我是鸟科，"丹顶鹤给了田园犬一个"你傻不傻"的眼神，"这是不让兽化，如果让，我飞好几个3000米大气都不带喘的。"

不过经黄冲提醒，贺秋妍倒是想起身旁的梅花鹿来。

路祈脸上的汗未消，浅灰色运动衫的前襟和后背都染湿了，明明比贺秋妍先跑好几组，一呼一吸间还是看得出运动后的痕迹。

"喂，"贺秋妍有些担心地看他，"等下你不会坚持不住吧？"

路祈微妙地蹙眉，像是听到了什么迷惑发言。

贺秋妍不管那个，自顾自道："坚持不住也要坚持，这一项如果不能得高分，你后面就悬了，知道吧？"

路祈老神在在："有时间替我操心，不如想想等下万一来了强风，还是逆风，你该怎么办。"

鸟科偏轻的体重和又高又飘的运动习惯，在跳跃时最易受风速影响，顺风容易偏航，逆风直接减速。

"怎么就偏要来强风，还是逆风，"贺秋妍立刻忘了一秒前她还在"关怀"对方，现在只觉得路祈浑身上下都欠揍，"你是不是诅咒我？"

路祈不和她斗嘴了，转身走向一狐一犬："你俩直接回宿舍休息吧，下午还要游泳，别在这里待着浪费体力。"

胡灵予不太想走，但非要留下好像又显得自己太积极，正犹豫着，大黄已经挺身而出。"不用，"他拒绝得那叫一个斩钉截铁，"我们等你们考完！"

路祈看胡灵予。赤狐同学点点头，一副勉为其难配合室友的样子。

路祈似乎不太满意："就这样？"

见他俩聊上了，大黄悄悄走开。

那边的贺秋妍像是要甩掉路祈独自前往准备区，已经走出去好几米了，大黄连忙追上，对还耿耿于怀的丹顶鹤宽慰道："今天一天都没有风，等下考试的时候也不会有，你别担心。"

贺秋妍停下脚步，将信将疑道："真的？"

"真的，"大黄立刻道，"我早上看过天气预报。"

贺秋妍的眉间总算稍稍舒展。大黄也踏实下来，终于可以替"教练"解释两句："路祈就是嘴巴毒一点，其实人挺好的，像这回考前训练，他完全可以单独带胡灵予，我和他又没什么关系，但他还是捎上了我。"

贺秋妍以为他还要说什么，听到最后乐得快直不起腰："我和他都认识十几年了，当然知道他是个什么样的人。"

"十几年？"黄冲以为她和路祈这么熟，两人要么是高中同学，或是进入第四大后有其他交集，怎么都没想到两人的渊源如此久远。

"对啊，从小就是邻居，要不是后来……"贺秋妍说到一半突然停住，脸上刚才还洋溢着的笑容一瞬暗淡。

"后来怎么了？"黄冲听得认真。

"哎呀，反正他说话一直是这个调调，可欠揍了！"贺秋妍强行糊弄过去。

大黄完全没觉得哪里不对，特配合地点头："可能实力强的人都这样，也未必是故意的。"

正巧两人同时没说话，胡灵予和路祈的声音便隐约传过来。

胡灵予问："需要吗？"

路祈答："当然。别人都知道替我担心，你连问都不问一句。"

贺·别人·秋妍："……"

胡灵予道："担心倒没有，提醒有一条。"

路祈点头："洗耳恭听。"

胡灵予道："低调点，别把第二甩开太多，容易拉仇恨。"

路祈问："你怎么说得好像已经默认我跳跃能得第一了？"

胡灵予答："一定能。"

路祈："……"

胡灵予问："你干吗这么看我？"

路祈答："第一次被你当面肯定，有点激动。"

胡灵予道："少来，我让你训练了这么多天，不是因为你能力强，难道是因为你长得好看吗？"

路祈道："我以为这个原因至少也会占一成。"

胡灵予无语道："……同学，你赶紧去准备区吧。"

路祈笑答："收到。"

梅花鹿真正开心的时候，笑声低缓而温柔，像清澈的溪水，流过山涧低谷，流过芳草萋萋。

黄冲同贺秋妍肩并肩，沉默良久。

黄冲道："他好像也不是对谁都毒舌……"

贺秋妍点头："刚才加油的时候我就该醒悟的，老'双标'了。"

黄冲也同意："嗯。"

无人在意的角落，莫云征学长遥望四个十分和谐的身影，默默摇头，彻底死了最后一丝"插足"的心。但毕竟来都来了，至少将贺秋妍的考试看到最后，也算对自己的心意有始有终。

沉浸于自我感动的红腹锦鸡悄悄转移到新的围观地带，不想动作稍慢了些，视野好的位置都让人占满了，前后左右都没有合适的去处，那就只能"鸟往高处飞"了。

几分钟后，莫云征上了树。虽然离跳跃考试场地有点远，但视野高而开阔，竟然比挤在人群里的时候看得还更清楚些。除了环境稍微吵了点——早在他之前，已经有不少高年级鸟科立在树上看热闹了，莫云征现在是左耳金丝雀，右耳啄木鸟，上方猫头鹰，下方草原雕，被各种鸟叫声全方位环绕。

本以为跳跃比赛开始之后能好些，结果这帮"鸟人"反倒更加兴奋了，也不知道是在加油助威还是喝倒彩，反正吵得莫云征脑袋嗡嗡的，要不是心疼今天为了女神……呃，前女神，特意穿的纯手工定制古风青衫，他真就也跟着兽化了，看是你的鸟鸣响，还是我的鸡叫强。

被闹得彻底无心观战，莫云征想撤了，周遭的鸟儿们却突然安静下来，像被什么震到了似的，全一动不动地紧盯赛场。

莫云征再次将目光投向跳跃区，耀眼的阳光下，一个极舒展的身影，跳跃，落地，再跳跃，再落地。

跳跃考试考核的不是单纯的跳跃，而是跳跃式行进，既要满足高度，越过起伏的障碍与遮挡，又要追求速度。

那人比别人起得都高，腾空高度甚至超越了人形状态下的鸟科，且腾空时完全没有鸟科的轻飘感，动作流畅连贯，控制力游刃有余。

这是莫云征见过的最漂亮的跳跃，漂亮到你根本不会再想去看他周围的任何人。

竟然是路祈。

不止这几棵树，整个训练场都在惊艳中屏息。哪怕是经常和路祈一起打飞跳球的同学，也没见过这样的他，即使是和傅西昂打的那场。

所有人的目光都追随着那身影直到终点，大屏幕上滚动出实时结果。

路祈的成绩在所有已完成跳跃的同学中暂列第一。说是暂列，但他的成绩几乎是断层式领先，莫云征不觉得后面还没上场的那些同学里，有谁能撼动他的名次。

难以想象，这是一个鹿科。

莫云征深呼吸，平复了一下情绪，虽然他也不知道为什么看别人考试，还能把自己看得这么有沉浸感。

目光无意中扫到旁边的树。

斜出来的枝丫上，一个二十出头的青年，吊着一条腿，漫不经心地望着跳跃场。

莫云征太过惊讶，没过脑子就喊出了声："师兄？"

青年看过来。

他的头发似乎许久没打理，长到有些遮眼睛，微微歪头往上吹了两下，然后半探究半迷茫地看了莫云征好一会儿，终于似笑非笑地眯起眼："哦，小莫。"

莫云征："……"敢情差点没想起来自己这号人。

青年名叫李倦，比莫云征大三届，目前是医学院研一在读生，带他的导师是医学院的一个教授，这几年都在做一个科研项目，莫云征因为成绩优异，也被允许参加该项目，不时过去打下手，说白了就是出苦力、蹭经验，于是绕来绕去，跟这位学长就成了师兄弟。

师兄科属白兔，莫云征和他说过几次话，却对其印象深刻。可能因为对方身上完全不同于兔科的怂气质，也可能是那白到发青的皮肤，或者眼底透着神经质的血丝。

其实就后悔了，现在只好继续尬聊[①]："师兄，你也过来看热闹啊。"

见他俩隔空聊上了，附近的鸟科同学自动飞到别的枝头，给人方便，也给自己清静。

李倦目送最后一只画眉飞走，睡眠不足地打个哈欠："热闹有什么好看的，我来看人。"

莫云征一听这个可来了精神，心说：原来咱俩的目的一样啊。"看人？学弟还是学妹？"

李倦耸肩："谁科属弱我看谁。"

莫云征以为他在开玩笑："能报侦查学，哪有几个科属弱的？"

"不有的是吗？"没想到李倦认真数起来，"牛、马、羊、鹿……啃草的都算。"

莫云征一个吃五谷杂粮的科属，虽然归不到"啃草的"一类，但也觉得这

————————

① 尬聊：网络用语，指尴尬地聊天。

样的称呼有些不尊重人，而且虽然这几科跟大型野兽比确实弱势些，但在白兔面前还是很够看的吧。

李倦毫无所觉，视线转向远处大屏幕，轻佻的语气仿佛一个凶猛科属在评头论足："可惜都是废物，没一个能看的。"

"还好吧，"莫云征不敢苟同，"也有一些排在前面的……"

换组间隙，大屏幕上正重复滚动截至目前的成绩榜单。虽然满眼望去强势科属占了绝大多数，但也不乏草食科属的身影，有几个还比较靠前。

李倦嗤笑道："你再仔细看看，跳跃开始之后还有多少能排到前面的？"

实时更新的成绩榜，排的是跑步、跳跃两项都考核完的同学的名次。跳跃每三十人一组，考试速度比跑步快很多，截至目前已完成三分之二。草食科属排在前面的以马科居多，但仔细看，他们倚仗的还是跑步所得的分数，随着结束跳跃的人数不断增加，他们的整体排位在急剧下滑。

如果单看跳跃的成绩更惨烈，除了路祈一枝独秀，前几十名就找不出第二个非凶猛科属的。

"这也是没办法的事，"莫云征很能体谅，"就像打飞跳球，你再能跑能跳，面对一群猛兽的干扰，总归心有余而力不足。"

和跑步不同，跳跃没什么跑道的区分，大家都在一块场地，只要在抵达终点之前完成足够的跳跃次数，没有人管你选择什么路径，跳跃哪个定点。

于是跳跃路线交错和肢体碰触几乎是必然发生的。

"力不足我看出来了，心有余我可没有。"李倦撩起前额的头发，特地露出眼睛装模作样地眺望考试场上交替腾空又落下的身影，"这不都紧着躲呢吗？有一个撞了路线不躲硬刚的吗？"

"师兄，你这个就有点……"面对凶猛科属时的闪躲与避让，几乎是非强势科属的本能。

"有点强人所难？"李倦勾了勾嘴角，斜瞥着莫云征，"所以我才说都是废物，注定一辈子被踩在脚下。"

他脸上的血色太浅了，脸色苍白得像吸血鬼，撩起的头发还有几丝未落下，没了遮挡的眼睛泛着一丝……邪性。

莫云征被盯得浑身不舒服，勉强扯出个僵硬的笑："师兄，别这么说吧。换位思考，要是咱们在上面竭尽全力了，还要被骂废物，心里得多难受。己所不欲，勿施于人。"

"换我在上面也一样，"李倦完全无所谓，"兔子急了也会疯，如果疯都不敢疯，活该被撕碎。"

站着说话不腰疼。

"师兄，"莫云征故意问，"难道你当年也报了侦查系？"

"嗯哼，"李倦晃荡悬下来的那条腿，踢踢下面的树叶，"就是分数差得有点多，边儿都没捞着。"

莫云征惊住了，本来意图嘲讽，万万没想到对方还真考过？以白兔这样的科属，放着稳当的医学班直升不要，考侦查系？！

"对抗考试的时候我跟一条鳄鱼分到一组，"李倦忽然开心地笑了，仿佛陷入了有趣的回忆，"你猜最后怎么着？"

"怎么着？"

"他赢了。但一直到毕业，只要在学校里看见我，他都绕着走。"

莫云征信了，并且一点都不想问李倦当时到底做了什么。

几天之前，他只知道这位师兄在科研上比较疯，因为过去帮忙的时候偶尔听过几次别的师兄、师姐吐槽。但今天之后，莫云征完全相信了李倦的"疯"是人生观、世界观、觉醒观、科研观等全方位的。

这种疯并不一定不好，它让李倦成了项目组里最受导师器重也最出成果的人，让一只白兔在针锋相对中给一条鳄鱼留下了不可磨灭的阴影。

但作为向往天际的红腹锦鸡，莫云征可以肯定这位师兄跟自己合不来："呃，师兄，我有认识的学弟学妹在那边，我先过去看看。"

说完标准的转场话，莫云征便要下树，却被李倦喊住了。

"认识的？"发丝后若隐若现的眼睛流露出好奇，"也是鸟科？成绩出来了吗？"

"不是鸟科。"莫云征否认得极快，本能不想让贺秋妍跟这人沾上关系，哪怕只是知道名字。"是……"他下意识瞄了一眼大屏幕，"是鹿科，现在跳跃第一名那个。"

说路祈，还有点反击的成分在。他不是说草食科属都是废物吗？偏就有人一枝独秀，跳跃项目都快考完了，依然强势占据榜首。

果然，李倦的表情变了，浮现出些许兴趣："第一这个路祈，你认识？"

"啊，9班的，"其实今天才认识，但不妨碍莫云征理直气壮，"他刚才的表现你也看见了，前半程对上同场那些凶猛科属可是完全没尿，硬跳硬闯，后半程一骑绝尘，赢得漂亮！"

"是挺漂亮，"李倦幽幽地看向跳跃场，似乎还能望见不久前的那抹惊艳身影，"今天的意外之喜。"

莫云征听着这话有点怪，那语气就像是教练来选人，看了一堆垃圾后终于有了个能入眼的，但一想到是李倦，又觉得怪也正常。

"师兄，那没什么事我先过去了。"莫云征还想着溜。

"这就走了？"李倦眯了眯眼，"我刚发现跟你聊天还挺有意思的。"

苍白的脸，发青的眼底，恍若缠上活人的邪物，恋恋不舍地汲取着生气。

莫云征甩掉诡异的联想，发誓以后少看那些志怪古籍。

"你叫莫什么来着？"李倦忽然道。

莫云征："……"

无视来自学弟的无语，李倦自顾自推进："莫——"

"莫——云——征。"一字一顿，缓慢清晰得堪比发声练习。

李倦笑，随手扯一片树叶，捻烂了又丢掉："这回记住了。"

临近中午，跳跃考试全部结束，取前80名，满分80，后面以1分依次递减：

第1名，路祈，80分。

第9名，傅西昂，72分。

第19名，跟班3，62分。

第23名，跟班2，58分。

第27名，跟班1，54分。

第30名，跟班4，51分。

第67名，贺秋妍，14分。

路祈的第一以绝对的优势保持到了最后，他的表现也惊艳了全场，直到最后一组比完，很多人还在讨论这个突然从鹿科班冲出的猛人。

路祈倒十分淡定，在贺秋妍结束考试后，立刻让他们抓紧时间回宿舍："游泳考试下午四点，三点出发，别休息过了头。"

胡灵予见他没有同行的意思，疑惑道："你不回宿舍？"

"去游泳馆待会儿，"路祈煞有介事道，"提前适应适应环境，笨鸟先飞。"

胡灵予翻白眼。

大黄都有点听不下去了："你要是笨鸟，我们就是走地鸡。"

"谁跟你是走地鸡，"贺秋妍才不干，"我是仙鹤！"

胡灵予也不干："你自己溜达，别拉上我们。"

"行了，"路祈开始后悔没有极力避免这仨人凑一起，太闹，"我回宿舍也待不住，反正体力足够，就当热身了。"

胡灵予道："……你还真是一点不谦虚。"

路祈摇头："能换来分数的从来不是谦虚，是实力。"

胡灵予领略过路祈的实力。

在自己的记忆中，他曾以跳跃、野性之力、对抗的三料第一，和跑步、游泳、越野的不俗表现，最终六项总成绩第一，以夺目之姿进入侦查系。

但也因为高调，进入二年级后的很长一段时间，他都被班里的强势科属找碴。胡灵予不时就会从大黄那里听来路祈又怎么被人针对了，以及又如何漂亮地摆平。

虽然这些事情并没有持续太久，路祈就用绝对的实力在侦查班站稳了位置，据说还收获了不少同班的迷弟迷妹，可很难讲那些曾经明晃晃的恶意，会不会给梅花鹿本就不一定在正道上的灵魂雪上加霜。

胡灵予陷入了思绪，路祈也不急，耐心地静静等。

黄冲跟贺秋妍就站在他俩旁边，但莫名有一种自己被狐鹿结界屏蔽了的感觉。田园犬本来还想问路祈一些游泳考试的事，可张了几次嘴都没有引起注意，有些尴尬地小声问仙鹤："我存在感这么低吗？"

贺秋妍虽然也想吐槽，但看在多年交情上，还是决定替梅花鹿辩解两句："理解一下吧。"

注意力都在赤狐身上的梅花鹿，观察良久，突然问："你在担心什么？"

胡灵予刹那间回神，本能掩饰道："没有啊，我在想你的话。"

路祈不拆穿他，顺着问："想出什么了？"

"现在这些人中，以后有七十九个都是你的同学，"胡灵予也不知道为什么，就是忍不住希望他能有些心理准备，"我就是想，假如他们被你一路碾压，估计你以后在班里的人缘不容乐观，至少前期堪忧。"

路祈莞尔，眼里带着欣然："所以你还是担心我。"

胡灵予笑得温柔，语气甜美："请停止你的自作多情，我是怕万一我不小心也考讲去了，被你连累。"

"我曾经看过一本书，"路祈淡淡地道，"书名忘了，但书中有句话我一直记到现在，要不要跟你分享一下？"

胡灵予问："什么？"

路祈低头，声音轻若呢喃："这是野性觉醒的时代，城市变成丛林，人类化为野兽，低调和谦逊再无用处，锋利的牙齿和爪子才能让你活下来。"

暴雨

下午三点半，第四大外，某河边。

暴晒了半日的天在两小时前突然开始阴沉，狂风大作，厚重的乌云以极快的速度自天边卷来，犹如黑城压下，吞没所有的光。

参加考试的 179 名同学已抵达岸边，等待考务组老师做最后的准备工作。

"这什么鬼天气……"上午在烈日里闷到窒息，下午在狂风里东摇西摆，两极体验引来不少同学抱怨。

第四大本就地处偏僻，这条河所在的片区更是荒凉，平时鲜有人来，岸边灌木杂草横生，此刻阴霾压抑的天空底下，风声如鬼哭，水浪似狼嚎，氛围感拉得很满。

"我现在退出还来得及不？"有同学敏锐地感知到了前路的不祥。

也有同学从实际出发考虑："确定是这个河段？水流有点急啊……"

游泳考试不分组，所有人在同一起点下水，游过规定的河段，在设置标志的位置上岸即完成考试，最终取前八十名，计分方式和跳跃考试相同。

"一会儿不会下雨吧？"贺秋妍抬头看看天，有些忧虑。丹顶鹤虽然喜欢在浅滩走，但并不是真正的水系鸟类，游泳其实是她的弱项。

"不会的，"黄冲一门心思替她解压，"天气预报说的是晴转阴，没有雨。"

贺秋妍半信半疑："真的？"

假的，因为记忆中胡灵予就是在暴雨中陪伴大黄考完的全程，人黄在水里游，他沿岸走，到终点的时候两人也说不清谁比谁更惨。

"不只会下，还会下得很大，"胡灵予不想拆大黄的台，但现在情况特殊，"最好有心理准备。"

笃定的语气引得路祈微微挑眉。

胡灵予本来还要说，瞥见路祈的神情，突然顿了下，后面的话就飞快转成了："反正我是这么觉得，凡事要想到最坏的情况才比较稳妥。"

路祈没作声，胡灵予也不知道自己找补的有没有破绽。

另外两人毫无察觉。

贺秋妍忧心望天，为方便游泳扎得一丝不苟的丸子头，被风吹散下来几丝碎发。

黄冲真心实意地开解道："没事的，就算这项考不好，后面还有三项呢。"

丹顶鹤瞪了田园犬一眼，完全没有被安慰到。

"参加考试的同学请就位，其他同学退到线外——"考务组在岸两侧拉起隔离线，一切准备就绪。

相比于上午，特地跟到河边围观的同学数量大幅度减少，来的基本都是考试者的亲友团。大家稀稀拉拉退到两岸的考试线外，踩着灌木陷入繁茂草木的包围圈，为了看清入水点的情景，有一个算一个，都抻长了脖子，像一群翘首以待的狐獴。

179 名考试的同学则来到入水点。

虽说大家起点相同，但 179 号人不可能真的完全卡在分毫不差的位置，所以入水点共划分出了四个区域，左岸两个，右岸两个，同位相对。

大家按考试编号顺位分，胡灵予和大黄分到 1 号区域，路祈跟贺秋妍则分在 2、4 区域。

1 号区域基本是前五个班的同学，以大型犬、大型猫和熊科为主。考务组老师一宣布就位，不少人就蹭地蹿过去了，等胡灵予和大黄进入区域，靠近岸边的好位置已经被挤得满满当当，后来者还在不断往前涌，大家互相挤着摩肩接踵，气氛顿时紧张起来。

游泳的河段不算短，可以和"长跑"类比，入水的先后顺序对结果的影响并不大，但大家都想争先，胡灵予和大黄也只能暗暗和周围的人较劲，不图往前，只图别被挤到后面。

挤着挤着，两人就散开了。

考务组老师开始宣布纪律："听到发令枪响后入水，考试过程禁止互相攻击，禁止兽化，违规者成绩作废……"

胡灵予正认真听着，后方突然伸来一只手将他用力扒开，动作十分野蛮。毫无防备的赤狐差点被扯倒，踉跄几步站稳，原本的位置已经被后来者取代。

一般同学就算较劲也不会如此过火，这分明是故意的。

胡灵予扶着肩膀皱眉去看。果然是熟人——之前带头堵路祈的那个熊科。

占位成功后，熊科男故意挑衅地笑："反正你也考不上，还不如给我让让地方。"

他魁梧的身材将胡灵予头顶本就发暗的天光遮得更加昏沉。

这是还记着仇呢。

胡灵予忽然就不气了，因为又回顾起了自己当时替路祈解围时的聪明才智，简直是集帅气与智慧于一身。"让，都让给你，"小狐狸不光好说话，还人美心善地送祝福，"等下一起加油。"

熊科男："……"

"考试河道复杂，水流湍急，随时都可能有意外情况发生，"考务老师说完纪律，又追加提醒，"请大家注意安全，生命第一，成绩第二……"

"知道危险就不能选个风平浪静的河段？"有同学偷偷吐槽。

胡灵予当年也这么想，但后来明白了，侦查系考的就是野外涉水能力，真挑风平浪静的河段还不如直接在游泳馆考了。不过大黄考那年，确实是历届最

"地狱"的，风高浪急加暴风雨，他在岸上围观都险些被浇飞。

如今地狱重现，他终于不在岸上了，准备下水。胡灵予在心里拍拍那个科员的灵魂：小胡，你很勇，真棒。

"准备——"发令老师举起枪。

"砰——"

枪响的同时，急骤的暴雨倾泻而下。

胡灵予瞬间从头湿到脚，眼睛直接被雨打得睁不开，艰难地抹着脸上的雨水，脚下一点点跟着往前挪。

前排同学扑通扑通都下水了，终于轮到胡灵予，他没半点犹豫，立刻扎进河里。

经过波浪池的训练，他现在对扎猛子这一标准入水动作已经完全克服了心理障碍，但相比于水下，他依然喜欢把头一直露在外面的游泳方式——比如狗刨。

所以一入水，他便立刻用两条腿往下蹬，让身体上浮。

很快他的脑袋便露出了水面，水汽迷离的视野里，前后左右挤满了扑腾的同学，根本看不清谁是谁。

瓢泼大雨在狂风中斜打下来，盖住了其他一切声音。

胡灵予奋力摆动四肢，在湍急的浪里努力控制方向，寻找人少的、可以穿梭的路径，尽量减少自己前进的阻力。

然而刚找到空隙往前游了没几米，一波浪涌起来，把周围的同学又拱到了一起。

胡灵予想冲出人群，但旁边的同学比他动作更快，手臂用力一划水，正打在他的胸口，混乱中那同学也没注意，反正自己是游出去了，胡灵予直接被抡到了水下。

身体下沉的一刹那，胡灵予迅速屏住呼吸，尽量让自己不要慌，不要乱。

"入水后要做的第一件事就是突围，"路祈在波浪池边每天都叮嘱着同样的话，"如果冲不出来，根本没机会得分，也就不用考虑后面怎么对付水流突变和暗石了。"

胡灵予头几天还乖乖听，后来实在忍不住了，问："如果就是冲不出来呢？

大家挤在一起，水流瞬息万变，又不是跑步，可以外道超越。"

路祈说："为什么不能？跑步有内道外道，游泳也有水上水下。"

胡灵予问："水下？"

路祈点头："如果从水上行不通，你就憋足一口气，去水下潜泳。"

胡灵予："……"

路祈道："把最开始的一段游过去就行，只要能突围，后面你可以尽情狗刨。"

胡灵予说："我不喜欢水下。"

路祈问："那你想不想赢？"

有时候胡灵予不得不怀疑路祈能看透人心。他不问你想不想进侦查系，他问：你想不想赢。

赢过那些嘲笑你、看不起你、自诩强势科属的家伙。

当然想。

胡灵予放松下来，任由身体在水中继续下沉，一直沉到接近河底，远离所有正在水面游泳的同学。

水下的视野反倒比暴雨滂沱的水上清晰些，水草跟着河流漂动，大小石块散落，还有不知名的小鱼。

潜泳的不止胡灵予一个，水性好的科属们，如鳄鱼、水蛇、河马等，早就深谙窍门，在水下开辟出了新的赛道。

虽然每个运动项目都会有科属擅长与否的差距，但在游泳这件事上，科属天赋彰显到了极致。都不用是海洋类科属——这类科属过于罕见，以第四大为例，目前全校没有一个海洋类科属的学生，老师队伍中也仅有两名，一个是在图书馆工作的海豚科，一个是教兽化医学的海豹科——仅仅是鳄鱼、水蛇、河马这样习惯于水栖环境的科属，游泳机能便足以对普通陆地科属形成降维打击。

胡灵予身旁不断有流线般的身影迅捷游过，他想道，却只能望影兴叹。

赤狐飞快调整心态，不看别人，专注自己，一鼓作气向前游去。大约游了几十秒，氧气耗尽，胡灵予不得不上浮。

"哗啦"一声，脑袋顶出水面，世界的嘈杂汹涌而来。

水声、风声、雨声、呼喊声、鸟鸣、兽吼。

"考场"已然乱成一锅粥。

奄拉着半个翅膀的白头鹰在空中歪歪斜斜地盘旋，不断嘶鸣的骏马正在老师的帮助下努力从河中上岸，已经放弃的水獭后仰漂着随波逐流，湿透的袋鼠一拳打飞刺激他兽化的竞争者，然后往回游。

上一次也如此。

越危险的环境，越激烈的竞争，越容易激发兽化觉醒。

胡灵予没时间耽搁，深吸了一口气，准备继续下潜，余光里忽然掠过一道白影。隐约间，他好像在暴雨里听见了大黄的声音："贺秋妍……"

一只羽毛湿透的丹顶鹤吃力地飞过暴雨，勉强停在考务组搭的临时休息棚下，扑扑拍打的翅膀，透露着她的不甘心。

鸟类游泳太吃亏了，来河边的途中路祈就说过这个问题，还劝贺秋妍干脆节省些体力，直接放弃。

贺秋妍当然没听。

胡灵予这时想的却不是鹿和仙鹤谁对谁错，而是大黄。

在这么严酷的考试环境里，还能第一时间注意到贺秋妍兽化了，得有多喜欢？那么喜欢一个女生，大黄又是那种什么心思都写在脸上的人，为什么自己曾经和他一个宿舍住了四年，却从来没发现他有过心动的表现？

退一步讲，就算自己的记忆中两人没有在侦查学考试中认识，如果后来一同进入了侦查班，以大黄上午对贺秋妍一见钟情的模样，在班级内朝夕相处，即便是单恋也该恋上了。但凡恋上，自己就一定看得出大黄的状态变化。

除非，两人从头到尾就没机会认识——贺秋妍根本没考进侦查班。

恍惚

"胡灵予，别发呆——"

路祈的声音从前方传来，比大黄清晰多了，无视鸟鸣兽叫，刺破雨浪喧嚣。

胡灵予在汹涌的河水中吃力地抬头望，路祈早领先他许多，只剩个模糊的黑点，这样了还不忘回头凶他，教练本能是刻在灵魂里吗！

深吸口气，赤狐再次潜入水中。

感谢暴雨，让他的眼睛一直处在水流的侵袭中，无形中提高了水下睁眼的适应力。

世界重新归于静默。

见胡灵予在水面上消失了，路祈的神情才稍稍舒展，正准备转身，忽然看见在胡灵予入水处的附近，另外几个人也有样学样，跟着没入水里。

随着考试的进行，会有越来越多的人发现潜泳在这鬼天气里的优势，路祈早有预估，但这几个依葫芦画瓢的家伙离胡灵予太近，而且，有一个熟人。

闪电划破阴霾天空，映出梅花鹿眼底的不安。

暴风雨来得更凶了。

水面之下，胡灵予绕过纷杂乱石，拨开恼人水草，艰难向前游行。

他不知道自己现在处于整支考试队伍的什么位置，最后能不能捞到前八十名，但尽力而为，便是得不到分，也不留遗憾。

周围同样潜泳的身影开始慢慢增加，胡灵予无暇顾及。

随着体力的消耗和换气次数的不断增加，胡灵予能在水下坚持的时间越来越短。又一次换气后，前方出现了一处漩涡，湍急水流裹挟着河中的碎石、枯枝不断打转。

胡灵予记得这里，大概是考试河道的三分之二处，记忆中有不少同学折在这儿，不是被卷得晕头转向溺水弃权，就是直接兽化挣扎上岸，大黄都险些在此处失败。

水流强大的吸力已经开始显现，胡灵予与之对抗着一点点游到离岸近的地方，放弃潜泳，直接冒出水面，迎着暴雨贴紧河道一侧，以期能最大限度避开漩涡，宁可牺牲一些速度也要小心翼翼地往前游。

可就在他即将经过漩涡的时候，水下不知道哪个潜泳的王八蛋直直撞上了他。

胡灵予猝不及防被带入水中，一瞬间便被漩涡卷了过去。

水中的旋转比在陆地上还要遭罪，胡灵予又呛了一口水，难受至极。漩涡中心有块巨石，它成就了漩涡，却也是漩涡中唯一岿然不动的定海针。

胡灵予挣扎着想要攀住，伸出的手却几次从布满藻类的石块表面滑开。

胸腔憋得快要炸了，胡灵予濒临绝望。

一只手忽然紧紧抓住他的手臂，以不容抗拒的力道将他往旁边拽，直到拖离了漩涡中心，便带着他飞快往上游。

浮出水面的瞬间，胡灵予猛地咳出来一大口水，然后便迫不及待地汲取空气，如重获新生。

逐渐清晰的视野里，是一张虽湿透了却更漂亮的脸。

"路……喀喀……路祈？"胡灵予怀疑自己眼花了，"你怎么才游到这儿？"

以记忆中路祈的成绩，此刻早该把自己远远甩开了。

"虽然很高兴你能关心我的进度，"梅花鹿在起伏的河水中转向前方，"但如果想得分，你最好抓紧接下来的每一分每一秒。"

说完，他便丢下胡灵予，径自继续往前游，完全没有同舟共济的意思。可要真不打算同舟共济，干吗拉自己一把？

胡灵予心情复杂地跟上。

奇怪的鹿。

平时举手之劳都要大肆邀功，真到雪中送炭却别扭起来了。

路祈的游速是真的快，一眨眼便与他拉开了距离。

游过漩涡河段的胡灵予奋起直追。

两人都在水面上游，仅有的区别是一个快，一个慢，一个优美自由泳，一个放肆小狗刨。

到了这一阶段，大部分潜泳的同学都回到了水面，一来体力和闭气时间撑不住，二来最后三分之一的河段相对平稳，人也开始变少，正常游泳的效率更高。

不远处，又一位同学从水下出来，健硕的双臂奋力划水。

竟然是熊科男。

胡灵予无语，在入水点前后脚启程，快到终点了又前后脚出水，这是什么孽缘。

身后涌来水浪，将胡灵予直接往前推了一大截，几乎到了熊科男身后。熊科扑腾出的恐怖水花"啪啪"全打在胡灵予脸上，比暴雨还猛。

"你是游泳还是闹海——"连喝了好几口水后，胡灵予实在忍不住了。

熊科男闻声回头，看清身后人，粗壮声音里满是错愕："你怎么还在？"

胡灵予心说：我怎么不能在，你是黑熊又不是北极熊，咱俩游泳技术还不一定谁高呢。可深陷"熊造浪"，一波又一波的水扑在脸上，他根本张不开嘴。

也幸亏没张开，他才能在风雨交加的嘈杂里听清熊科男那句："漩涡里都能游出来，什么狗屎运……"

胡灵予刨水的两只小手骤然停顿。前后语境全连上了，一切明朗。

哪有什么再次偶遇，两人根本是一路同行，或者至少在漩涡附近是同行的。他被撞时已近岸边，那个位置即使熊科男想超越，也根本不必撞他，这家伙就是故意的！

胡灵予气得浑身发抖，牙齿都在打战。

就在这时，他又一次听见了路祈的声音。

"胡灵予——"在远处，却是昏沉天幕下唯一的清朗。

胡灵予怀疑对方在自己身上藏了感应器，不然为什么每次都提醒得那么及时。

翻涌的愤怒冷却下来，速度快得胡灵予自己都觉神奇。

身体随着情绪的平复重新舒展自如，胡灵予眯起眼，四肢飞快刨水，溅起的浪花比熊科男有过之而无不及，游行速度大幅提升，前所未有。

能不能进前八十他已经无所谓了，但必须把熊科男甩到身后。

必须！

终点就在前方，多说还有两百米，岸边跟了一路的围观同学看得清楚，成功在终点上岸的已经有 52 名了，现在正向着终点接近的这三个人，板上钉钉就是 53 到 55，游快游慢也不过一两分之差，没有冲刺争夺的必要。

三人中游在最前面的鹿科班那位应该也是这样想的，所以游速平稳。

落在他身后大约三米的熊科班那位想来也明了局势，划水的动作渐渐不再凶猛。

就一位同学反其道行之。

"哗啦——哗啦——哗啦啦——"狐科游出了鲸鱼巨尾拍水的气势。

距离终点只剩一百米。胡灵予追上了熊科男！

两人水平距离不到一米，齐头并进。

熊科男本来没把胡灵予当回事，谁能想到终点就在眼前了，居然真的被追上。

上回对方半路杀出把路祈带走，自己还没找他算账呢，蹬鼻子上脸是吧？

熊科男重新提速。

"鲸鱼"变成了两条，在路祈身后，溅起的巨大水浪就像两个喷气式螺旋桨。

屯闪雷鸣。天气仿佛也在给你争我夺的两人敲战鼓。

岸上的同学兴奋起来，虽然不知道兴奋什么，但就是上头："加油！快！冲刺了——"

距离终点只剩三十米，两人依然难分前后。

路祈已经顺利游过了终点前的最后一关——一处布满怪石，中间空隙只有一人宽的狭窄弯道。

转过弯道，便是终点。

可路祈突然放慢了速度，他优势明显，本来就没拼全力，这一放慢，看起来就像停在了水中。

岸上同学的注意力大部分在胡灵予和熊科男身上，只有第 47 名上岸的黄冲，和提前飞到终点棚下的丹顶鹤看见路祈减速了，不光减速，还明显地在回头望。

黄冲一脸费解。丹顶鹤也停下正在梳理羽毛的喙，疑惑地歪头。

同一时间，胡灵予和熊科男抵达弯道，谁先游过去，基本就能锁定胜局。

两人互不相让，几乎肩并肩挤向窄空。

但临到关头，胡灵予还是快了半个身位，加之他的身形轮廓本就秀气，不用侧身改变，正面便能穿过弯道。

胜负已分。

就在岸上的所有同学都这样想时，胡灵予和熊科男忽然同时沉入水中。毫无预警，速度极快，仿佛底下有漩涡将两人同步卷入。

暴雨将河水浇得浑浊，根本看不清底下的情况。

除了当事人。

胡灵予是被熊科男从身后抓住腿，一带一生生拖进水里的。

阻碍视野的大雨和遍布周围的乱石成了最好的掩护，弯道处的水流又急，在这里"翻车"的同学不比之前的漩涡处少，合情合理。

因为前面已经吃过一次暗亏，胡灵予这次其实是有心理准备的，在被熊科男抓住腿的瞬间就知道不好，立刻闭气，准备先随对方下沉，总归他不可能一直抓着自己不放，只要自己保持好状态，鹿死谁手尚未可知，到终点还可以投诉对方恶意攻击。

然而对方的力道太大了，胡灵予是失去平衡入水的，速度又快又猛，头直接磕在了石头上。

顷刻，他的意识就开始迷离。

身体在朦胧间变得很轻，很轻，像飘浮在没有重力的宇宙。周遭的一切变得虚幻，乱石飞走，水草消失，只剩无边无际的黑暗和冷。

再然后，他听见了海浪潮汐。

"胡灵予，胡灵予！"

谁在叫他？

语气很急，声音却压得很低，像是害怕被第三人听见。

海浪声更清晰了，那是再湍急的河水都没有的声音，开阔、包容、永不停歇。

胡灵予看见了夜空下的海岸，看见了礁石，看见了路祈。

不，路队长。

他浑身湿透，头发都贴在脸上，是胡灵予从未见过的狼狈。可他全然无觉，只专注地对躺在地上的自己进行胸外按压。

一下，一下，胡灵予能清晰地感觉到那力量压动肋骨，直抵心脏。

"胡灵予，"路祈的声音变得沙哑，"醒过来好不好……"

报仇

岸上，风雨交加，满目茫然。

围观的同学们先看见胡灵予和熊科男同时被弯道内的急流吞没，紧接着有人发现前面的路祈也没了影。两个位置相隔五六米，这也能被牵连？

"什么情况？怎么三个人都沉了？"

"不知道，这雨也太猛了，根本看不清。"

"估计底下是个大漩涡。"

"能吗？前面那么多人都平稳过去了，不像啊……"

"老师呢，仨都没影了还不管？"

为保证考试安全，河段从起点到终点，每隔十米便设有一名考务组的老师，随时准备跳河捞人。

负责弯道这里的老师叫卫桥，是兽化侦查系的，男，三十岁，单身，科属黑凯门鳄。别的老师都伫立在暴雨中，目光紧盯河中，一刻不敢放松，唯独卫桥老师在自己的责任点支起了一把户外巨伞，跟凉亭似的，又张开一把便携钓鱼椅，于伞下悠然而坐。

"卫桥！"即时通信器那边的考务组总负责人，看着监控都快急疯了，"你等什么呢，下去捞人——"

"才过了十秒，主任，你要对我们的学生有信心。"卫桥五官清俊，皮肤偏冷白，精致的鼻梁上架一副金丝眼镜，很是斯文。

但在经常被他气得游走在心脏病边缘的侦查系主任眼里，斯文后面可以加"败类"："让你在那儿是负责安全的，不是做极限测试的，赶紧给我下去！"

伞沿落下的雨随风飞溅到镜片上，卫桥将通信设备放到腿上，摘下眼镜不紧不慢地擦："再等等吧，我下去他们的成绩可就作废了。"

侦查系主任道："你不下去他们人就废了。"

卫桥道："万一他们可以自行脱离困境呢？"

侦查系主任道："你拿学生的命赌万一？"

"好吧，我更正，"卫桥将金丝眼镜重新架上鼻梁，望向汹涌的河面，"他们可以自行解决。"

因为前面那个根本不用一同沉到水下的鹿科班选手，已经揽过了救援的任务。

水下。

熊科男烫着似的飞快松开使绊子的手，看着失去意识的胡灵予慢慢往河底沉，脸色变得慌张。

他只是想搞点小动作把人拖下来换自己先过弯道，没想真弄出意外啊。

不不，不会出意外的，老师肯定会下来救他，对。

熊科男在自我安慰里稍稍宽了心，接下来只要在上岸后不承认就是了，反正水底下发生了什么谁也看不到，就算胡灵予说是他干的，也没证据。

熊科男彻底没了思想包袱，再不管胡灵予，脚下一蹬，奋力往斜上方游。

可就在这时，前方突然游来一个身影，速度极快，鱼雷似的径直扑向熊科男。

后者毫无防备，在冲击力的作用下不受控制地往后沉，直到后背结结实实贴到河底，才看清身上的家伙——居然是路祈！

路祈并不恋战，一触河底便迅速转身，游向胡灵予。

"醒过来好不好……"

胡灵予在路队长的声音里霍地睁开眼。

先前的一切霎时消失。再不见夜空、海浪，只有溺水般憋闷的胸腔、浑浊的水流与暗石，还有十八岁的路祈。

那个明明早该到终点的家伙，此刻却牢牢托着自己的身体往水面上游。

胡灵予立刻配合着开始划水。

路祈察觉，立刻转头。

四目相对，胡灵予先看见惊讶，又看见安心。但水下浑浊，他也不能确定那真是路祈的情绪变化，还是自己想得过多。

转瞬，两个脑袋便冲出水面。

胡灵予顾不得暴雨砸脸，立刻急促地大口呼吸，让胸腔重新舒展。

"抓紧时间去终点。"路祈催促道。

不用他说，胡灵予记着自己还在考试呢，虽然先前如梦境般的种种仍在脑海中闪回，但终点就在前方，拿下分数才是当务之急。

狐式狗刨重新登场，在疾风骤雨中扑腾出独属于自己的高调水花。

岸上揪着心的同学总算松了大半口气，仨人上来了俩，另外那个应该也没问题吧？

伞下的卫桥重新拿起通信器，冷冷的声音里带一丝得意："主任，我说什么来着，要相信这些可爱的孩子。"

主任道："还有一个学生在水下呢。"

卫桥刚想说也会上来的，身体却忽然坐直，冷淡的眼眸极快地眯了下，染上一丝玩味的兴致。

那个应该跟着狗刨同学一起冲刺的自由泳选手，又不见了。

所以他折回来不光是为了救同窗，还要连本带利地算账吗？

全神贯注冲刺的胡灵予毫无察觉，岸上同学也没搞清楚这又是什么情况，只有熊科男在即将浮出水面时，又被人撞回水底。

第二次了。

熊科男的憋气时间濒临极限，怒目圆睁，下意识攥起的拳头狠狠朝路祈脸上挥过去。

水的阻力减缓了拳头的速度。路祈轻松躲开，突然兽化。

熊科男看着前一秒还在和自己纠缠的人以极快的速度变成了一头漂亮而矫健的鹿，身上的浅白斑点像落进水中的雪色梅花。

反击般，鹿角狠狠顶上他的胸口。

熊科男在缺氧、愤怒和剧痛中，彻底失去理智，野性之力再不受控，骨骼变形，身体肌肉急速膨胀，化为黑熊。

胡灵予冲过终点，第 53 名，计 28 分。

回头，却发现路祈并不在。

两岸响起围观同学的惊呼，胡灵予抬头往更远一些的河面上看，倏地瞪大眼睛。

跑过来准备拉胡灵予上岸的大黄也忘了伸手，扭着脖子直直盯着那激烈的场面。

一头梅花鹿和一头黑熊打起来了，从河里打到岸上。

或者说是黑熊单方面想去攻击梅花鹿？

在水中的时候还不明显，但上了岸，梅花鹿立刻在雨中飞奔，黑熊则在后面穷追不舍，谁打谁一目了然。

"王老师、杨老师、刘老师，help（帮忙）。"卫桥谨守爬行动物的本分，不去做无谓的追逐，直接求援。

很快，一熊一野牛一骏马将黑熊围住，连吼带哞加嘶鸣，追红了眼的熊科男面对三位老师，总算冷静下来。

梅花鹿早跑回了岸边，在暴雨中，悠然自得地往终点散步。

从伞下路过，卫桥突然道："你俩都没成绩了。"

梅花鹿转头望他一眼，雨中漫步却没停，视线也很快收回，看起来并不在意。

抵达终点的梅花鹿立刻被刚上岸的同窗和另外一个男生迎接，临时棚下还有一只丹顶鹤抖抖翅膀，悠扬地叫。

鹿科、犬科、鸟类，如果都能考入侦查系，那还真是有趣的组合。

卫桥老师忽然对即将到来的新学年充满期待。

熊科男变回人形后，极力向考务组控诉是路祈先兽化攻击的他，自己的成绩不应作废。然而水下发生的事既无人证也没物证，负责该河段的老师也心态十分良好地待在伞下，在该突发事件中基本是个吉祥物，于是考务组最终只是判定双方违规兽化，取消成绩。

最终，黄冲第 47 名，获得 34 分，胡灵予第 53 名，获得 28 分，贺秋妍和路祈没有分。

一场暴雨搞得所有同学筋疲力尽，学校派了十几辆校车来接，回去的路上没人说话。

胡灵予四人坐在最后一排，赤狐和梅花鹿各靠一边窗，中间是田园犬和丹顶鹤，累极的两人头碰头睡着。

车窗被雨水不断冲刷，胡灵予望着玻璃，世界一片氤氲。

好多疑问在他脑袋里，搅和得乱七八糟。

那个在海边拼命给他做急救的路队长，是意识模糊时的幻象吗？就像上回他在游泳馆被路祈救起来后，晚上就做了被路队长救的梦？可是路祈从来没给他做过心肺复苏，日有所思夜有所梦解释不通，况且那也并不像梦，真实得仿佛现在还能听见海风在耳畔呜咽。

还有路祈的兽化。

这是记忆中根本不存在的事件，路祈理应在游泳中取得不错的成绩和分数。

胡灵予忍不住偷偷转头，路祈也在看窗外，安静得不知在想什么。

校车内一片静默，只有车辆行驶的噪声和雨声。

路祈口袋忽然振了振，拿出手机。

胡灵予：为什么？

梅花鹿挑眉，上半身微微前倾，避开两个睡得东倒西歪的家伙，对上小狐狸的狗狗眼。

胡灵予晃一晃手中的电话，无声催促。

路祈笑，低头看回那没头没尾的三个字，却完全清楚对方在问什么：给你报仇呀。

胡灵予抿紧嘴唇，因为不赞同，摁手机都格外用力：你是小学生吗？拿自己的成绩开玩笑！

路祈：我也没想到会兽化嘛，本来打算在水底下偷偷教训完他，再游到终点的。

胡灵予顿住，极其缓慢地瞥了他一眼，眼神复杂。

路祈的眼睛闪了闪。

胡灵予：我看起来是不是很好骗？

路祈低头看着新信息，所有的情绪敛进长睫的阴影里，迟迟未回。

胡灵予：你根本不是失控，你是故意的，故意折回去找他，故意攻击他，因为只有你以兽化的状态攻击，他才会应激兽化。

胡灵予：让他的成绩作废，从折回去的那一刻开始，你就是这么打算的。

路祈牵起嘴角，没有被戳破的狼狈，反而生出些奇妙而陌生的欣喜，是他从未有过的体验：为什么你总能看懂我心里在想什么？

胡灵予险些翻白眼：我在和你说正经的！

路祈：我现在特别正经。

胡灵予：所以你到底是怎么想的？为把他拖下水连自己的成绩都不要了。不许说为我报仇！

路祈：我真是为你。好吧，一半为你。

胡灵予：另一半呢？

路祈：你觉得他这样的人适合进侦查系吗？

胡灵予：当然不，现在就能暗中对同学使坏，以后到了行动队，谁敢把后背交给他？

路祈：所以啊，从源头切断可能性。

胡灵予：……

路祈：至于我的分数，你不用担心，后面还有三项呢，都是翻倍基础分。

胡灵予：说得你都能拿第一似的。

路祈：对抗和越野可以拼一拼，野性之力有你的 5 级在，确实希望渺茫。

胡灵予：要不我让让你？

路祈：行啊。

胡灵予：你答得会不会有点太快了！

路祈低笑出声，肩膀一抖一抖的：算了，你现在才 38 分，野性之力还是努力冲第一吧，这样我能跟你在同一个教室上课。

觉醒场

这晚，第四大的同学们是枕着雷雨声入梦的。天气预报说第二天转小雨，考务组连夜开会研究要不要把翌日的考试向后推迟，结果清晨太阳就出来了，碧空万里，夏雨洗过的校园连暑气都温柔起来。

兽化觉醒训练场临时搭建的主席台上，不少提前过来的老师已经就座。除了考务组是工作职责所需，剩下都是主动过来观考的，有一年级好几个班的班主任，也有侦查系和一些其他专业过来看热闹的老师。

"老杜，天气预报害死人啊……"科属欧亚野猪的兽化侦查系主任兼分专业考务组组长冯燎原，一想到昨夜那些毫无必要的殚精竭虑，让本就不富裕的头发雪上加霜，"我这边开了一宿的会，它那边倒好，雨停了！"

被喊老杜的是兽化侦查系教授杜维，比冯燎原大四岁，今年五十二，但清瘦儒雅，看着反而比中年发福的冯燎原还显年轻。两人共事二十多年，一个走仕途，一个走学术，利益上的牵扯不多，关系便一直处得不错："天气预报不准，恐怕是以后的常态。"

冯燎原听出了深意："怎么说？"

杜维道："近半年异常天气越来越频繁，城市还好，有些偏远的地方更极端，现有的气象监测手段已经失去了准确性，根本无法做出有效判断。"

他这语气专业得仿佛气象局官方来答疑，冯燎原一听就知道又是杜教授神通广大的"老同学圈"透出的信息。

杜维毕业于当年全国顶尖的学府，彼时大雾还没来，他的同学、校友遍布各个领域，如今很多都是行业内的专家、大牛[1]。

或许正因为人脉广、信息多，杜教授时常陷入对全人类未来的忧虑。

"气候轮不到咱们操心，专业的事就交给专业的人解决，"冯燎原忙把话题扯回，"你还是看看这一届的学生里有没有可造之才。"

兽化觉醒训练场上，参加考试的 342 名同学陆陆续续抵达，人头攒动中，有神情严峻的，也有轻松打闹的。

"现在哪里看得出来？"望着这些可爱的学生，杜教授暂时搁置人类未来，目光中流露出慈爱。

"现在是看不出，"冯燎原道，"等下考完野性之力，就一目了然了。"

"不，"杜维摇头，"可造可造，先可，再造，品性比能力重要。"

卫桥老师恰好坐在两位领导的斜后方，顺耳听了几句，差点被无聊死，果断将注意力重新转回身旁两位可爱的女同事身上。

一年级犬、猫科班兽化觉醒老师，邱雪。

一年级中小型犬科班班主任，邓筱婷。

一个前辈姐姐，一个后辈妹妹，单是听她们聊天，都如沐春风。

邱雪道："我相信他们两个可以发挥好。"

邓筱婷说："黄冲我不担心，成绩一直踏踏实实的，但胡灵予……"

邱雪道："虽然他的飞跃式进步有些惊人，不过上次测验完之后，他就一直很稳定了。"

---

[1] 大牛：网络流行语，指某个领域成就很突出的优秀人物。

胡灵予?

金丝眼镜后的冷淡眸子,终于在长久的乏味后掠过一丝兴趣。昨天熊鹿大战的导火索,终点上岸时卫桥特意看了眼成绩公示屏,刷出来的名字好像就是胡灵予。

兽化觉醒训练场分为六个区域,一、二区各设一间野性之力测试屋,三到六区是日常上课的场地。但今天反过来,为了节省时间,提高考试效率,三到六区布置了满满一片野性之力简易测试装置,每区五十台,共计两百台,一、二区则成了"准备区",三百多名同学和两个测试屋,在这片区域里和谐共存。

为了防止非考试同学离场地过近,影响设备,考务组还在主席台旁边搭了几个观众台,过来围观的同学只能在此就座。虽然失去了昨天跑步、跳跃那样近距离随行、加油的沉浸感,但高出不少的看台让围观视野豁然开朗。

"还好今天来的人不多。"黄冲望着看台上稀稀拉拉的同学,考试心态轻松不少。

"肯定是昨天被雨浇怕啦。"贺秋妍松松扎着头发,干净利落的兽化训练服勾勒出她曼妙的曲线,漂亮又清爽。

"同学是不多,老师可不少。"胡灵予遥望主席台。

"紧张了?"路祈站在他身前,影子正好帮小狐狸遮光。

胡灵予一开始觉得两人离太近,向后退退,后来让太阳"毒打"几秒,又默默往前,回到阴凉里:"你太不了解我了,我的字典里就没有'紧张'。"

路祈好奇:"那你现在想什么呢?"

胡灵予昂起小脑袋,胜券在握:"想着怎么惊艳觉醒场。"

路祈一本正经道:"这还用想?正常发挥不就行了?"

胡灵予深以为然地点头:"也是。"

路祈笑弯了眼睛:"我看你的字典里不光没有'紧张',还没有'谦虚'。"

"你说的,在这个时代谦逊没有用,锋利的牙齿和爪子……"胡灵予不假思索就拿了路祈的话回呛,呛到一半才反应过来不对,突兀地停住。

"安静,考试即将开始——"觉醒场响起考务组老师的声音,"考号到200的同学进入考试区,对号佩戴设备,未轮到的同学原地等待。考试过程中,请非考试同学保持肃静,不要干扰……"

考试大军开始流动。

路祈拍拍胡灵予的肩膀，很高兴他记得自己说过的话："亮出你的爪子吧。"

两人在不同的考试区，等胡灵予回过神，已经被人群推着跟一鹿、一鹤走散了。

他想，也许应该找个机会和路祈好好聊一聊，有些秘密虽然不能说，有些想法却可以碰撞。比如，这种带着以暴制暴危险导向的话，还不如跟书名一起忘了。

四个考试区内，几百名同学全部站好，自行佩戴上测试设备的感应片。

傅西昂及他的四个跟班和胡灵予在同一区域，但隔了些距离。其中跟班2号和傅西昂相邻，贴片途中发现老大好像有点心不在焉，顺其视线一瞧，果然在看胡灵予。

昨天之前，谁要说胡灵予能考上侦查系，2号跟班是不信的。臭狐狸除了野性之力能看，其他都不咋样，哪怕是前一天拿到名次的跑步，也不过才得了10分。

但昨天路祈的"护狐行动"，让评估的基础发生了巨大变化。如果后面的越野，路祈依然坚持带胡灵予，而对抗考试中胡灵予又能抽到好签，多坚持几轮，最后的总分说不定真能挤进前八十。

2号跟班对于有可能跟胡灵予同班这件事，内心毫无波澜，但他觉得自己的老大可能不这么想。

毕竟昨天，是傅西昂一眼看出了路祈在"带"胡灵予。

彼时，两个大型猫科刚刚从终点上岸，傅西昂第24名，跟班2号第31名，而路祈和胡灵予，连影子都没见着。

由于前一天的跳跃，路祈出尽了风头，2号跟班就想趁这个机会帮老大解解气："那个梅花鹿刚下水的时候游那么快，我还以为多有能耐呢，也不行啊。"

不料傅西昂却在雨中幽幽望着远处的河面："他等狐狸呢。"

后来2号跟班才想明白，不是路祈游不快，而是他一直控制着自己的速度，始终让胡灵予在自己的视线范围内。

所以后面临近终点发生变故时，梅花鹿可以第一时间折回帮忙。

但这种自己都要想上半天的事情，老大怎么一眼就看明白了呢？平时也不是这么观察入微心思细腻的人啊？

2号跟班很困惑。

更困惑的是，胡灵予和熊科班那个人一起沉下水时，老大的脚下居然动了。如果路祈没有折回去，2号跟班怀疑下水的可能就是自己的老大。

乱，太乱。

2号跟班收回前言，他现在一点都不希望胡灵予考入侦查系了，最好路祈也别来，还他一个正常的老大和快乐的、不用带脑子的跟班人生。

大屏幕上显示，所有测试仪连接完毕，准备倒计时。

觉醒场的空气变得安静，只剩200台机器同时运转的声音和树上的蝉鸣。

每个区域内都有十几名考务组老师严阵以待，随时准备应对测试中可能发生的失控兽化状况。

临时看台上，王则轩不自觉啃着拇指指甲，嘀咕："我怎么都跟着紧张了……"

"早说了没必要来，我帮你黑进训练场监控看直播。"陈祝佳无精打采地道，黑眼圈重得像化了烟熏妆。

"那能一样吗？要的就是临场感，"王则轩说，"咱班好不容易有俩敢报侦查学的，还可能有戏，我必须……"

"嘘，安静——"后面有同学提醒。

王则轩立刻噤声，回头抱歉地举举手，才重新压低声音，靠近陈祝佳："我必须过来支持。"

陈祝佳面无表情，藏狐附身："难道不是因为你赌了一箱凶狼吗？"

"啧，"王则轩挑眉，"我愿意拿一箱凶狼赌他俩考进去，这也是真爱。"

"二位学弟……"后方再次传来声音，还是刚刚提醒的那位，但语气亲切了许多，"难道是胡灵予和黄冲的同学？"

两位犬科闻声回头，王则轩这次才认真看他，然后发现……好奇怪的家伙。

"你这一身是哪个朝代的？"

"不要在意这些，"莫云征轻摇折扇，"我也是来给他们四个加油的。"

王则轩问："四个？还有谁？"

"鹿科班的路祈，医学班的……哦对，你们应该不认识，"莫云征说，"没关系，那咱们算半个亲友团。"

"他们不认识我认识啊。"莫云征后面又有一个声音响起。

回头，一个发型放飞却依然难掩稳重气质的卷毛学弟。

"路祈，我室友，医学班那个是不是叫贺秋妍？跟路祈很熟。"

莫云征问："同学你是……？"

卷毛学弟道："管明旭。"

惊艳

虽是露天测试，但在设备就绪的那一刻，考试区域内的每个同学都开始屏蔽外界，全神贯注进入独属于自我的觉醒进程。

胡灵予也不例外，但对野性之力的娴熟掌控，使他调动身体机能时心理状态比大部分同学松弛，脑内甚至还可以闪念一下，要不要给梅花鹿同学放水。

他记忆中的路祈野性之力考试第一，傅西昂第二。两人都是 4 级，但路祈达到 4 级的速度更快，用时更少。

游泳上路祈已经失掉了应得的几十分，要是野性之力再……

"……你现在才 38 分，野性之力还是努力冲第一吧，这样我能跟你在同一个教室上课。"

某条信息不合时宜地在眼前浮现，甚至伴着暴雨打在车窗上的水花。

胡灵予嫌弃地皱起脸，十分想把这些没营养的记忆洗掉。

梅花鹿的嘴，忽悠人的鬼。从飞跳球场围墙上开始，两人能有现在的交集真是靠路祈一句句忽悠成的。就是你明知道他说的不是真话，甚至另有所图，可最后还是莫名其妙就顺了他的意，同步了他想要的频率。

兽控局里好多曾倾慕路祈又最终死心的同事，无一例外给了路队长"太直男了""性格暖，但是真的不会谈恋爱""根本接收不到暗示信号"等评价。胡灵予当时居然还信了，现在真恨不得回去跟全局通报，路队长要是想忽悠，能把仇人忽悠瘸了。

“嗷呜——”

突如其来的狼嚎打破了觉醒场的寂静，有同学调动身体机能时用力过猛，失控兽化了。

附近的老师立刻冲过去安抚、处理——一旦兽化，成绩即刻作废，并失去考试资格。

胡灵予瞬间回神。明明只是闪念，却不知不觉分心出去好远，果然梅花鹿有毒！

幸而身体的肌肉记忆没有停，设备显示屏上，自己的野性之力已到 3 级。

小狐狸一清醒，聪明的智商终于占领高地了。要么他第一路祈第二，要么他第二路祈第一，左右不过是 160 分和 158 分 2 分的差距，这有什么好纠结的，冲就是了。

觉醒场的平静就像初春河面的冰层，一旦打破，滚滚水涛再难阻挡。

“测试完成。”

“测试完成。”

“测试完成……”

兽化的同学还没有被带离，考完提示音便接二连三地响起。

三百多人的大型考场，无从判断这些声音都来自哪个区域、哪台设备，好在高空悬挂的超大屏幕上，实时准确地滚动出成绩——

1. 姓名：×××；考号：183；野性之力：3 级；用时：42 秒 58

2. 姓名：××；考号：291；野性之力：3 级；用时：42 秒 76

3. 姓名：×××……

考场上一热闹，临时看台上的同学们就有点耐不住了，纷纷开始交头接耳。

王则轩干脆以一个别扭的姿势回过身，跟莫云征和管明旭讨论：“42 秒有点慢吧？我到 3 级都不用 40 秒。”

虽然云征学长遣词造句偶尔会有些奇怪，管同学对路祈怎么会跟胡灵予交上朋友莫名地十分好奇，但总体来说，两位都比自己身旁那个眼皮灌了铅、一直打瞌睡的宅男室友好聊。

“他们的成绩先出来，只能说明他们是最先选择结束测试的，并不代表他们是最快达到 3 级的，”去年分专业野性之力考核的时候，莫云征就过来围观过，清楚其流程和模式，"当身体调动到相应水平的那一刻，设备就已经将达到这一等级的用时记录了，只不过有的人选择早'交卷'，有的人还想试试向更高等级努力。"

声音未落，莫云征的话便得到了印证。

又有十几个同学主动结束测试了，成绩出炉，一大半都在 40 秒内，当前排名立刻风云变幻。

不过无论用时差异多大，大家的野性之力水平倒是出奇一致，都是 3 级。

"想冲 4 级很难。"管明旭望着大屏长长一叹，他按着路祈分享的经验试过无数回，依然屡战屡败，已经认清了这是天赋的差距。

几分钟后，觉醒场上迎来最大规模的"交卷"，一时间无数"测试完成"的提示音交错，吵得厉害，大屏幕飞速滚动的成绩都快让人看出重影了。

名次列表从 30 人排到 50 人，又从 50 人排到 100 人。

觉醒场的气氛随之陷入混乱，剩下还在坚持的同学心态逐渐不稳，失控兽化的人数也开始增加。

设备音、兽吼叫、越来越响的蝉鸣、逐渐刺眼的烈日。

主席台上一直比较沉得住气的老师们，神情也或多或少有了改变，他们清楚，接下来才是最有可能出好成绩的阶段。

"测试完成。"

早就达到 3 级的黄冲，在漫长的冲 4 未果后，不甘心地结束了测试。如果不是感觉身体吃不消，随时可能兽化，他恐怕还不会放弃。

3 级，24 秒 54。

黄冲一边摘感应片，一边盯着大屏幕，他的成绩暂时排进了前二十，但后面肯定还会往下掉。

正想着，成绩榜再次滚动刷新。贺秋妍的名字也出来了，3 级，22 秒 98。

截至当下，200 名同学中的 159 名已经结束了考试，除了因兽化无成绩的，剩下的无一例外都是 3 级，全部靠用时来排名次。

这是意料中的结果，因为兽化觉醒课上早就进行过考核，整个一年级能达到 4 级的不超过十个人，分到这一拨测试的有四五个，目前还都在场上。

随着交卷大潮过去，觉醒场的嘈杂渐渐平息。

为了不影响仍在测试的同学，完成测试的人也不能离开，必须在原地等待，于是百来号人就这么直直地站在自己位置上，遥望大屏，翘首企盼——盼没交卷的赶紧交。

某台设备前，一滴汗水从赤狐同学的额心滑下，停在鼻尖，要落没落。

苦苦坚持了近十分钟的胡灵予决定不装了，摊牌了。

"测试完成。"

唯一的提示音在安静的觉醒场中格外清晰。

大屏幕上的第一名立刻让位。

1.姓名：胡灵予；考号：39；野性之力：5级；用时：33秒44

全场哗然，连打瞌睡的陈祝佳都醒了。

哪怕是早就知道2班有个野性之力5级的选手，甚至连王则轩和陈祝佳这样亲眼见过胡灵予水平的，也没想到他现在冲到5级居然只需要33秒，当时在野性觉醒课上明明用时很久。这样的速度就算结果只有3级，都可以稳稳排进前80了。

仅有的三位没有惊讶的——

班主任邓筱婷，只顾着激动了，甚至没注意自己握疼了邱雪老师的手；邱雪，在胡灵予的课堂测试后，她曾分析过设备上的数据，发现这位同学测试的时候实在不算专注，似乎总在东想西想，这些分神带来的波动都可以从身体机能参数的变化上反映出来。今天他应该是终于意识到考试重要，开始认真了。

路祈同胡灵予和黄冲一起练过几回野性之力，已见识过小狐狸在5级的"炉火纯青"。不过看见大屏幕上刷出胡灵予成绩的时候，他眼底还是若有似无地闪过一些东西。

至于当事人胡同学，现在就是后悔，非常后悔。早就该认清5级才是自己的宿命，33秒44交卷不好吗？为什么非要奢求6级，白白消耗后面九分多钟的体力！

胡灵予惊艳的成绩犹如一记暴击，让后面的同学再无念想，纷纷交卷。

一时间4级扎堆涌现。

路祈是倒数第二个交的，等级 4，用时 17 秒 36，直接跃至第二，比同样是 4 级的第三名用时少了近一半。

傅西昂是最后交的，等级 4，用时 18 秒整。

成绩刷出来的时候，2 号跟班都不敢看老大的脸。飞跳球输，野性之力也没赢。关键是 18 秒的成绩比老大平时提速了接近三分之一，他都不知道老大是什么时候偷偷练的，就这样居然还能被路祈压过。

第一组考试结束，四个区域内的同学开始退场，给后面还没考试的 142 名同学腾地方。

看台上的同学们终于从震惊中回过神，认不准人的开始到处问胡灵予究竟是哪个。

王则轩捡起掉在自己背后的扇子，拿起来故意往莫云征脸上扇风，流露搞怪本性："学长？怎么的，丢魂儿了？"

"不飞则已，一飞冲天，不鸣则已，一鸣惊人……"莫云征思绪万千。这还是他认识的那个喜欢念叨"及格就行""知足常乐"的佛系狐学弟吗？

王则轩受不了地把扇子塞回莫云征手里："你说话能不能别总文绉绉的，我……"

话到一半，他突然停住，警惕地向四下看。

就在刚刚那个瞬间，来自猎犬科属的直觉感知到了某种正在靠近的危险。

可搜寻了半天，除了不远处一只溜着墙边蹦跶走的白色兔子，再无其他发现。

觉醒场上，考试设备重新检查完毕，剩下的 142 名同学进入考试区。

十二三分钟后，这一组考试平稳结束，没再出现胡灵予那样惊艳的成绩，甚至连达到路祈和傅西昂速度的都没有。

最终，在参加野性之力考试的全部 342 名同学里——

第 1 名，胡灵予，160 分。

第 2 名，路祈，158 分。

第 3 名，傅西昂，156 分。

第 14 名，跟班 1，134 分。

第 16 名，跟班 4，130 分。

第 20 名，跟班 3，122 分。

第 28 名，跟班 2，106 分。

第 33 名，贺秋妍，96 分。

第 39 名，黄冲，84 分。

两组野性之力考试，算上中间换场的时间和考后兽化同学平复情绪重新变回人形的时间，加起来也没超过一小时。

树叶间残留的潮湿水汽，在太阳底下逐渐蒸腾。

上午才刚刚开始。

"参加下一项对抗考试的同学请先不要离开，15 分钟后将按照野性之力的成绩进行对抗分组的第一轮抽签——"

大天鹅

参加对抗考试的同样是 342 人。

作为体测考试的后三项，野性之力、对抗和越野向来都是全员参加，无人弃权。一来这三项基础分翻倍，对最终成绩至关重要；二来，野性之力几乎没有考试成本，对抗和越野则存在不少偶然性，并不会像跑步、跳跃、游泳那样，弱的人完全没有得分的机会。

15 分钟对于觉醒场上的同学只是短短一瞬，刚够他们从三到六号考试区回到一、二区域。

考务组的老师们正以最快的速度，将三到六区的 200 台测试设备拆卸装车，大屏幕上已经开始公示考试内容、流程、纪律等。

【考试内容】1vs1 对抗

【考试流程】

第一轮：342 人按照野性之力的排名，分为 A（1—171 名）、B（172—342 名）两组，由系统在两组间各抽一人随机配对，胜者晋级。

第二轮：171 人不再分组，由系统随机配对，胜者、配对轮空者晋级。

第三轮：86 人，其余同上，但本轮淘汰者统一按第 60 名计 42 分。

第四轮：43 人……本轮淘汰者统一按第 40 名计 82 分。

第五轮：22 人……本轮淘汰者统一按第 20 名计 122 分。

第六轮：11 人……获胜及轮空同学统一按第 1 名计 160 分；淘汰者统一按第 10 名计 142 分。

【考试规则】

对抗区域内，一方成功抢下另一方的生命体征臂环即为胜利。禁止离开对抗区域，禁止兽化，违者自动淘汰。另，生命体征臂环会实时监测对抗者的身体状况，如超过安全警戒值，对抗将被强制结束，另一方晋级。

鉴于信息量比较大，相关内容在大屏幕上缓慢而重复地滚动了多次。

"请各位同学认真阅读相关内容，有疑问可随时提出——"还有考务组老师的贴心提醒。但基本没人问，能报考侦查学的人，自然早早就把规则了解清楚了。一句话概括：冲过前两轮就有分，一直冲就能一直提分。

胡灵予暗暗深呼吸，感到了考试以来最大的压力。放眼望去，三百来号同学哪一个是善茬，更别说第一轮就要淘汰这里的一半人。上回大黄就是一轮游，还冲过前两轮？能冲到第二轮都要烧高香了。

"现在开始第一轮系统抽签——"

大屏幕上开始分出 AB 两组，密密麻麻的名字在其中飞速滚动。

场上、看台上的同学均全神贯注，空气顿时安静，连在那四个区域里搬设备的老师们都暂停了手上工作，尽量不造成干扰。

野性之力并不完全等于对抗能力，就像 5 级的蜜袋鼯也很难打过 2 级的老虎，B 区里有不少野性之力成绩不理想，但科属彪悍的同学。

所以——千万别在第一轮就遇见猛兽、猛禽，胡灵予握紧双手，诚心祈祷，给他个上上签吧！

终于，抽签完成，171 组配对开始在屏幕上滚动浮现。第一组就是胡灵予，作为野性之力的第一名，相当有排面。

第 1 组：胡灵予（赤狐）/ 刘悍翔（大天鹅）

大鹅，算不算猛禽？还没等胡灵予深想这一高端学术问题，后面的配对已经跟着显示上来了。

第 2 组：路祈（梅花鹿）/ 王一帆（双峰驼）

第3组：傅西昂（美洲豹）/吕特（野水牛）

第33组：贺秋妍（丹顶鹤）/隋文斌（西伯利亚雪橇犬）

第39组：黄冲（中华田园犬）/窦洋（非洲鸵鸟）……

胡灵予先是微愣，接着眉头越锁越紧。贺秋妍和大黄都目不转睛地盯着大屏幕，只有路祈发现了小狐狸神色的异样，但他没出声，静静观察着，像在探究一个有趣的谜团。

黄冲看完自己的分组配对，转头想跟胡灵予讨论，终于发现了不对劲："怎么了？"

"乱了，"胡灵予喃喃自语，"都乱了……"

在他的记忆中，路祈的第一个对手应该是羊科，现在却变成了身体素质更硬朗、对抗难度更大的骆驼科。大黄首轮本该面对红隼，小型猛禽，对抗能力一般，现在却变成了一脚能踢倒一头狮子的鸵鸟。

一切，皆因配对抽签里多了个自己。

"什么乱了？"大黄完全一头雾水。

胡灵予看向老友，忍不住问："如果让你选，红隼和非洲鸵鸟，你更想和哪个对抗？"

"这没法选吧，"黄冲道，"不是系统随机抽的吗？"

胡灵予不说话了，心灵的窗户里全是愧疚。

黄冲被凝望得浑身不自在，直挠头："你干吗？跟做了什么亏心事似的……"

胡灵予深深叹了口气，无意中抬眼，却对上了路祈的目光。

路祈站在大黄另一边，要特意偏过脸来，两人的视线才能相撞。胡灵予不知道路祈这样看过来多久了，又听见了多少。

上一秒还松弛着的神经刹那间绷紧，胡灵予飞速回顾自己有没有说什么不该讲的，还没"检查"完，就听见路祈问："我的选择是什么？"

胡灵予茫然地看了他两秒，弱声道："啊？"

"你不是让他在红隼和鸵鸟中选吗？"路祈认真得像个讨糖的孩子，"那我呢，我应该在双峰驼和什么之间选？"

胡灵予硬着头皮，粗声粗气道："别闹，都配对完了。"

黄冲道："那你还让我选。"

胡灵予默默看向干啥啥不行、接茬第一名的田园犬。

路祈被逗得笑出声。

贺秋妍莫名其妙地看他们仨："怎么了？"

"没事。"胡灵予赶紧把危险话题收了尾。

路祈不太满意，总觉得自己好像马上能捕捉到一些东西，可真等他伸手去抓，却只有淡淡的雾。

三到六区撤走设备，收拾完毕，又变成了平整开阔的觉醒训练场。平时大家上兽化觉醒课便在这里，包括课堂对抗，故而地面上都有明晰的对抗场地划分线，每区域被平均划分成10块对抗场，也就是说，4个区域，可供40组同时进行对抗考试。

太阳越来越烈，气温以极快的速度升高。

临时看台上的同学有点扛不住了，打伞的打伞，戴帽的戴帽，遮扇的遮扇，没伞、没帽又没扇子的，比如王则轩同学，只能拉高T恤领子蒙住头，徒留一双法老王猎犬的眼睛，偷偷摸摸地眺望。

40组同学平均分布在4个区域内，组与组之间只有地面上的双线分隔，并没有实物遮挡，所以从看台上望过去，一马平川。

实际上身处其中的感受，也是如此。

胡灵予站在第三区域1号对抗场上，环顾四周，每个方向都能望见一片同学。

"别东张西望。"负责这一组的老师将臂环递过来。

胡灵予赶紧接过，左手从中间穿过去，一直将臂环套到上臂，收紧、固定。

他的对面，距离约5米，是一个身材高挑又不失矫健的男同学：大天鹅，刘悍翔。

"我是真没想到能碰上你。"戴完臂环，刘同学抬头，先寒暄道。

胡灵予一时判断不准对方的心情："那是好还是不好？"

"野性之力第一，不太好，"刘悍翔实话实说，"但是赤狐，其实还行。"

对手诚恳，胡灵予也拿真心换真心："我是希望别遇见凶猛科属，但也没想到会配上大鹅。"

刘悍翔无语道："……你把中间那个'天'字带上行吗？"

"我有一个问题，"胡灵予虚心求教，"大鹅到底算不算猛禽？"

刘悍翔双手握拳对了两下，像即将上擂台般，直视胡灵予："这场对抗完你就知道了。"

语毕，刘悍翔忽然直冲而来。

胡灵予立刻想要后退，却马上回过神，他本就在场地边缘，后退即出界。抬起的脚生生换了方向，从后退改为往旁边闪。

尚未站稳，头顶忽地一暗。

胡灵予抬眼，刘悍翔已跃至半空，完全就像一只扑棱着翅膀的人鹅，凶悍地向下扑来。

逆光里，路祈的声音又在耳畔，如期而至："鸟类科属在对抗时不喜欢直接来地面战，而是普遍喜欢跳跃和滑翔，利用空中优势寻找对抗的主动性，这是他们的本能……"

胡灵予时常怀疑，自己的脑袋里被移植了一块专属于路祈的无限存储卡，只要路祈说过的话、做过的事，随时随地会被自动存储。曾经的记忆中就是这样，哪怕当时的路祈只是一个从自己的世界边缘路过的人，那些闪过的剪影都一清二楚。现在更夸张，不光会存储，还会自动输出。

"对付他们，两个方法最有效。要么把他们拖入地面战，绝对不要给他们'飞翔'的机会，要么让他们尽情'飞翔'，乐极生悲。"

阴影降落，"咚"的一声，胡灵予被结结实实地扑倒。倒地的瞬间，刘悍翔立刻伸手去扯他的臂环。

对手的重量远比看着沉，胡灵予被压制住了大半，左臂艰难地扭转闪躲，同时右手也向对方的左臂环伸去。

两人在地上扭打成一团，跟麻花似的，都想扯对方的臂环，又还要护着自己的。

周围场地上的其他组也都还没分出胜负，但要么是野狼对烈马，强强搏斗、力量冲撞，要么是金雕对岩羊，滑翔迅猛、跳跃灵巧，即便是最不乐观的蟒蛇对鳄鱼，也贡献了"死亡绞杀"和"致命翻滚"这样精彩的地面技术。

唯独狐狸和大鹅，对抗场面那叫一个通俗、质朴、接地气。

"歇一歇，歇一歇，"再次陷入互相抓手腕的僵持状态，胡灵予气喘吁吁道，"咱俩这样不行，三天三夜也分不出胜负。"

刘悍翔顺势跟着休息，但手上丝毫未松，满眼警惕："你别出鬼主意，我可太知道你们狐狸了，个个一肚子坏水。"

胡灵予不乐意了："你这是科属歧视。"

刘悍翔问："那你想怎的？"

"这样，"胡灵予真诚建议道，"我说一二三，大家一起松手，接着后退拉开距离，重新开始。"

刘悍翔道："我凭什么信你？"

胡灵予道："那就你喊一二三，我这个人很好说话的。"

刘悍翔说："……不是谁喊的事！"

胡灵予"啧"了一声："你这个鹅，同学之间能不能有点信任？"

同学之间有没有信任不好讲，但"监考"1号场地的老师是肯定没什么耐心了："胡灵予、刘悍翔，你俩要是再光唠嗑不对抗，我就判定你们消极应考了！"

"老师，不是我——"挨批的大天鹅这叫一个委屈。

胡灵予不委屈，甚至还在刘悍翔告状的时候寻到了机会，抓着对方小臂的手突然往上，去够臂环。

不料刘悍翔反应极快，一个翻身，直接滚到了旁边地上。

胡灵予虽然没抢到臂环，却得了自由，立刻起身蹿出去好几米，歪打正着完成了想要的"拉开距离"。

地面战已然行不通了。

"……要么让他们尽情'飞翔'，乐极生悲。"胡灵予嘴唇微动，无声默念。

规则

对抗场上考试进行得如火如荼，临时看台上的同学们却如坐针毡。

"这啥玩意也看不清啊，"王则轩急得都想站起来了，但站起来也没用，他们缺的不是高度，是距离，"谁出的主意把看台搭在这儿的，当我们都是鹰科呢？"

　　鹰科，所有科属中公认的视力天花板，考试需要单独设置隔挡，演唱会永远不怕买到最后一排。

　　其实不必竭力去眺望现场，大屏幕上有实时直播。只不过40组同时对抗，为了兼顾，每隔30秒便会切换一组画面，频率快得令人目不暇接，对于大部分带有"亲友团"属性的围观同学，等上半天无关人等，才能收获30秒有效信息，观战情绪被切得支离破碎，简直不能忍受。

　　但也有老僧入定的，比如陈祝佳同学，全程45°仰望大屏，静如止水。

　　一组30秒，40组20分钟，然而第一个20分钟还没轮完，就有场地分出胜负了。

　　大屏幕上的画面立刻中断，变成醒目的胜者通报——

　　第3组：傅西昂（晋级）

　　还没等画面切回对抗场，第二条通报几乎无缝衔接而来——

　　第2组：路祈（晋级）

　　美洲豹战胜野水牛正常，梅花鹿战胜双峰驼也不能说太"爆冷"，但牛科和骆驼科都不算完全意义上的弱势科属，40组里还有不少科属实力悬殊的，他俩赢得实在算快。要是考虑到梅花鹿的科属，那路祈的确是战斗效率惊人。

　　一豹一鹿拉开了晋级的序幕，待到直播画面开始放第二轮，已经有十几组分出了输赢。

　　大屏幕终于又切到了胡灵予。

　　王则轩立刻安静，目不转睛地盯着，后方的莫云征和管明旭，也因"爱屋及乌"投入关注。

　　只见原本在地面纠缠的两个人，不知何时变成了追逐的状态，胡灵予东逃西窜，极其狼狈，刘悍翔南追北扑，看起来已经不打算扯臂环，一门心思要将胡灵予撞出对抗区，短短30秒，便差点成功两次。

　　直到切换画面前的最后一秒，也没看到任何情势扭转的可能，赤狐完全被动。

　　"不会真就一轮游吧？"王则轩开始急了。以胡灵予现在的积分，如果在对抗一项上完全没收获，后面的越野就算满分都不一定能进前80。更何况

"越野满分"也是个希望近乎渺茫的假设,"他到底怎么回事,一个犬科让大天鹅追着打?"

"你上去也不一定能行,"陈祝佳的语调毫无起伏,仿佛参透了人生的贤者,"那毕竟是大鹅。"

"我就不明白了,鸡鸭鹅同属一类,身体素质也没差到哪里去,怎么就鹅的战斗力那么强?"王则轩说着,忽然想到背后坐着个专业鸟科呢,立刻回头,"老莫,你们禽圈内部有没有讨论过?"

半个上午就从"莫学长"变成了"老莫",好好的红腹锦鸡成了"禽圈"。

不要跟学弟计较,不要跟学弟计较,莫云征摇动折扇,防暑降火:"鹅算是鸟科中的异类,他们的战斗力不依托身体,而是来自精神层面。天生好战,无惧强敌,别说狐狸,就是面对老虎也敢追着咬。"

王则轩问:"这么不怕死的吗?"

莫云征目光悠远:"我愿意称之为,斗气。"

王则轩:"……"

相较于临时看台上的焦躁,主席台上的人就从容许多,老师们都有权限,可以通过手机或其他电子设备进入考务系统,随时选择想要关注的对抗组,进行单独围观。

邓筱婷拿着平板电脑,几乎全程在胡灵予和黄冲两块对抗场地的画面之间切换,后来见黄冲那里比较稳,便专心致志为胡灵予揪心了。

卫桥也在看胡灵予这场,倒没有什么关爱之心,完全是想看看野性之力第一的同学对抗如何,结果很失望。

"邱雪老师,"他微微向前,视线越过邓筱婷,去找真正相关的教学责任人,"你在看1组吗?"

邱雪没有完全锁定在胡灵予这组,但也明白卫桥的意思,放下手机,侧目:"卫老师想说什么?"

"5级的野性之力,对抗成这样,有点可惜。"卫桥直言不讳。

邱雪还没说什么,低头看平板的邓筱婷先愣了。对抗能力是兽化觉醒的教学内容,卫桥这是在质疑邱老师?邱老师可比卫老师大十岁啊,教学经验不知多了多少,不说职场礼貌,就是从资历出发,这话也说得不太妥当吧?

"我不觉得，"邱雪的回应温和有力，"野性之力在对抗中的应用，是二年级才开始学的内容，他们现在发挥不出来很正常。"

"课纲是死的，但教学尺度可以灵活把握嘛，"卫桥半认真半玩笑地建议，"对于天赋优秀的人，就该让他们早一点上到起跑线。"

邱雪道："卫老师的意思是，我应该就野性之力的应用，单独给胡灵予开小灶？"

"从教育公平的角度，失之偏颇，"卫桥耸肩，"但从培养人才的角度，未尝不可。"

邱雪眼中闪过不认同："二年级，且必须是侦查系，才可以学野性之力的操控与应用，卫老师知道原因吗？"

卫桥莞尔，不知是否因为科属鳄鱼，金丝镜片后的眼睛即使在笑，也挥不掉爬行动物的那种无机质感："因为野性之力一旦真正激发，会对生理、心理造成双重的冲击和影响，心智不成熟或野性之力基础未稳就学应用，容易出事。"

邱雪静静看了他片刻："我以为你不知道。"

夹在两位前辈同事间的邓筱婷，想抬头又不敢抬头，多希望此刻自己可以逃离地球。

第二轮直播画面结束前，黄冲和贺秋妍也相继胜出，一个用持续的主动攻击和充沛体力，将非洲鸵鸟对手耗到撑不住，一个用轻盈的闪躲和出其不意的滑翔，将西伯利亚雪橇犬的臂环扯下。

只剩胡灵予了。

刘悍翔已经扑红了眼，但就是这样，竟然还能全程注意着对抗场边界。

胡灵予服了，要不是抽不开身，他现在就想回去找路祈算账。还"我带你飞"？自己就是太相信他，现在已经到了盆地了！

不能再寄希望于对手犯错了，否则把体力都耗费在这场，赢了第一轮也没有第二轮。

刘悍翔再度腾空，大鹅对飞扑的渴望简直无穷无尽。

胡灵予深吸口气，漫长的对抗以来，破天荒地第一次脚下没动，不闪不躲。

正面迎敌，拼一把！

"规则，永远不要忘记利用规则……"梅花鹿的声音又开始自动播放。

胡灵予极力隐忍，濒临暴走："路祈，你够了……"

欸？赤狐蓦然一怔，思绪犹如划过闪电，破暗迎光。

头顶，刘悍翔再度飞扑而下，犹如一团凶猛的乌云。

胡灵予飞快回头瞄了一眼，接着便伸出双手。

刘悍翔扑了无数次，却是第一次面对热情的迎接，顿觉不祥，但想撤已经来不及了。

胡灵予牢牢接住大天鹅，即使在冲击的惯性下狠狠摔倒了也没撒手，并顺势带着对方往旁边滚。

刘悍翔一霎领悟，胡灵予这是想借由"滚地龙"的方式让自己先行出界。

对抗规则：如双方都出界，先出界一方输，无法判断时，则双方都出局。

刘悍翔现在压在胡灵予身上，怎么滚都是自己先出界。反应过来时，胡灵予已经带着他往外滚半圈了，眼看就要将他完全掀到边界线外。

刘悍翔立刻发力，硬生生将已经倾斜的身体重新压了回来。

胡灵予累得胸膛剧烈起伏，却再也没法撼动身上已经回过神的大鹅。

力量的悬殊在这里是不可逾越的。

刘悍翔居高临下，喘着粗气，咬牙切齿："这回真要说再见了。"

语毕，他忽然带着胡灵予往场内半圈滚，轻而易举完成了胡灵予刚刚未遂的动作，只不过他的目的是将胡灵予带到背对边界线的位置，然后四肢一并用力，将胡灵予狠狠往外一推。

小狐狸蹭着地面直接出了边界。

考务组老师像是预判到了对抗结果，在胡灵予刚要被推的那一刻，便响起了哨声。

哨声落下，胡灵予才滑出边界线。

刘悍翔从地上起身，望着赤狐一脸痛快："早该这样，我之前就是对你太手下留……"

考务组老师："胡灵予晋级——"

刘悍翔的胜利宣言戛然而止："啊？"

胡灵予慢悠悠地从地上爬起来，扑扑身上的灰，也瞪大无辜的双眼，一脸真诚的茫然："啊？"

考务组老师看向大天鹅，耐心解释："你先出界的。"

"不可能，"刘悍翔激动起来，"我从始至终都在对抗区内！"

考务组老师不多说，直接在手中的监考平板上调出回放，对刘悍翔展示。

大天鹅飞速靠过去，小狐狸也凑过去，两颗脑袋挤在平板电脑前。

只见回放里，胡灵予正企图带着身上的刘悍翔往边界外滚，当然最后未遂，被刘悍翔用蛮力压了回来。然而这段在回放里是慢速的，可以明显看到，刘悍翔在反压回来之前，斜着的一只脚已经微微悬到了边界线外。尽管没落地就随着反压收回来了，但——

对抗规则：非鸟类科属，脚踩到边界线，即视为出界；鸟类科属，脚的垂直线在边界线外，即视为出界。

"这不公平！"刘悍翔心态崩了。

对抗规则是全国兽化觉醒高校联盟统一的，从低年级到高年级，一以贯之，高年级对抗可以兽化，出界的规定在鸟科这里自然不同。事实上即便不兽化，鸟科对抗者仅凭滑翔和滞空能力，也可以大幅度降低"脚落在界外"的概率。

考务组老师理解同学受挫的心情，但没办法："规则就是规则。"

刘悍翔猛地看向胡灵予，几乎可以肯定了："你故意的。"

胡灵予可怜巴巴地往旁边撤，再撤，一直撤到安全距离，眼神弱小而无助："路祈指使的……"

第二轮

对抗结束且晋级了的同学，需要回到一、二区域继续等待下轮。胡灵予迅速返程，然后发现路祈、大黄、贺秋妍都已经在那儿等他了。

意识到这代表什么的胡灵予，心情一瞬飞扬起来，比自己获胜还开心的雀跃像灿烂的阳光，铺散在他亮晶晶的眼睛里："你们怎么都这么厉害！"

骆驼、非洲鸵鸟、西伯利亚雪橇犬，哪有一个好对付的？尤其是前两者，之于路祈和黄冲都比曾经对手的难度翻了几番。

黄冲憨憨一乐，被夸得有点小骄傲，也有点小害羞："我虽然没他力量大，但他对胜利肯定没我执着，我就全程主动出击，硬耗，后面他就没体力了。"

贺秋妍没大黄那么顺："哈士奇太难捉摸了，根本不知道他下一秒要干吗！攻击像突发奇想，防御像临时抽风，要不是后面他自己乱中出错，我都不一定能找到机会扯臂环。"

一犬一鹤都是连说带比画，活灵活现的可爱，胡灵予乐得不行，转向路祈的时候，眼睛还是眯成缝的。

路祈怎么看都觉得这仨人傻兮兮的，可一对上小狐狸的脸，他便控制不住地也跟着弯了眼睛，水平握拳向胡灵予轻轻递出，停在半空："恭喜晋级？"

胡灵予欣然伸出小爪，同他碰拳庆贺："也恭喜你。"

路祈故意困惑道："我这场没什么难度，所以不是很理解你对我获胜的恭喜……"

胡同学从开心的眯缝眼转变成无语的眯眼，只需一秒。

"但你为我的晋级高兴，让我比晋级了还高兴。"路祈慢悠悠地说完后半句，长睫因为忍笑轻轻一抖，带着阳光在眼下扫过浅淡的影。

胡灵予实在受不了了。之前出于自己那不可言说的目的，为了维持跟路祈的关系，他还客气客气，现在直接冲梅花鹿鹿翻白眼："咱俩打个商量，为我的战斗力着想，在我被淘汰之前，能不能停止散发你过剩的魅力？"

路祈像被如此直白的吐槽打击到了，有点可怜地蹙起眉："有吗？"

"……默认了是吧。"胡灵予佩服得五体投地。

路祈努力压住又要上扬的嘴角，认识胡灵予以来，他的快乐触发线好像越来越低："那你觉得什么样的气质好？"

胡灵予没好气道："把这些有的没的都甩了，给点真话真反应。"

路祈调侃的表情怔在脸上，有意外，也有猝不及防。

反应过来自己说了什么的胡灵予，同样愣了。

不可深究的双向巧合，疑点重重的互相接近，他和路祈一路变成像现在这样"团结友爱"，本来也和真诚没半毛钱关系，靠的是心照不宣，靠的是看破不说破。

旁边的黄冲和贺秋妍，一开始以为两人又要开始"假拌嘴，真秀默契"，可听着听着，就发现气氛有点微妙，好像有暗流涌动，但过于苍白的情感经历阻碍了丹顶鹤和田园犬的深入思考。

没过多久，前40组的最后一个晋级名额出炉。对抗区域重新清空，41到80组的同学奔赴"战场"。

随着时间流逝，一、二区域渐渐安静下来，晋级的抓紧休息，还没对抗的更要保存体力。

胡灵予和路祈没再交谈。

快到11点时，第一轮的171组终于全部对抗结束。距离正午虽然还有些时间，但热浪已经扑面而来，暴雨残留的最后一丝温柔也被蒸发殆尽。

"请还留在对抗场地的晋级同学抓紧时间回到准备区，马上要进行第二轮抽签——"

短短几分钟内，考务组老师催了三遍。

按照原定流程，上午就是要进行两轮对抗的，但第一轮对抗的耗时超过了预期，晋级的同学们多少抱有一些侥幸心理，以为第二轮能挪到下午，他们正好可以提前回宿舍午休。

可惜，现实总喜欢在最掉以轻心的时候拍到你脸上。

"从第二轮对抗开始，不再按照野性之力成绩分组，所有同学随机抽签。本轮171名同学中将有一人轮空，直接晋级……"

明确重复过考试细则后，抽签开始。

大屏幕飞速滚动，快得让人担心是否会信息过载。

兽化觉醒场再度安静，等待区、主席台、临时看台上所有人的眼睛，都聚焦在多面环绕的屏幕上。

席地而坐的胡灵予将放在腿上的双手偷偷交叉，做祈祷状。

轮空，轮空，轮空……

85组一对一抽签结果逐个浮现，在屏幕上拉出长长的列表。

第13组：安铭（瞪羚）/ 路祈（梅花鹿）

第27组：黄冲（田园犬）/ 贾俊鹏（红袋鼠）

第55组：胡灵予（赤狐）/ 王晏宁（刚果狮）

第56组：……

安静稍纵即逝，新的抽签结果让场上重新嘈杂起来。

胡灵予默默松开双手，凝望大屏幕，眉头不时轻蹙，目光隐隐闪烁，正在内心进行一场灵魂对话——

科员胡：早就跟你说了，不要妄图抄捷径。

胡同学：嘤。

科员胡：侦查学的征程没有近路，只有汗水和付出。

胡同学：嘤嘤。

科员胡：甩掉幻想，全力备战。

胡同学：嘤嘤嘤。

科员胡：知道王晏宁是谁吧？

胡同学：……嘤？

烈日下的胡灵予猛然回神，正对上黄冲、贺秋妍两张忧虑的脸和路祈重新温柔下来的目光。

胡灵予立刻找准自己的定位——不幸抽到大型猫科，喜获全员怜惜疼爱。

"有信心吗？"路祈问。

这是胡灵予这辈子，不，两辈子听过的最无语的问题："你说呢！"

"没有就对了，"路祈轻轻拍拍小狐狸的肩膀，"既然肯定赢不了，就更不必有心理负担。"

胡灵予："……"

路祈："……"

胡灵予问："这是激将法吗？"

路祈道："我说真的。"

难得梅花鹿有全然真诚的时刻，胡灵予竟一时不知该高兴还是心酸。

"不过输不是目的。"路祈话锋一转。

胡灵予撇撇嘴："知道，别输得太难看对吧？"

路祈道："别受伤，越野的时候还要一起冲呢。"

胡灵予蓦地抬头。路祈却已经起身，穿过人群，毫不迟疑地往某个方向走。

贺秋妍也看见了，纳闷地问："路祈，你去哪儿？"

"找人。"路祈头也不回。

一狐一犬一仙鹤面面相觑，六道好奇的目光默契投向路祈的背影，随着他一路去往远处。终于，路祈停在一个皮肤黝黑的男生旁边，两人应该认识，很快交谈起来。

胡灵予望着那位男同学，总觉得那张脸似曾相识，应该在哪里见过，可记忆又太过模糊。

觉醒场上空响起考务组老师的声音："第二轮对抗即将开始……"

路祈似乎加快了语速，基本都是他在说，男生听得特认真，不住点头。

胡灵予眼中一亮，想起来了。是那天，路祈沾染着香火味道从外面归来的那天，他因遍寻不到"跟踪对象"而去飞跳球场询问，被好几个男生误会成他是路祈的球迷，这个皮肤黝黑的同学就是其中之一。

终于，路祈赶在进对抗场前的最后几分钟回来了。其实他本不用回来，直接从那边去对抗区也一样，但他好像知道此地还有三位茫然者等着他解惑呢。

"球友，"不等他们问，路祈便直接给了答案，"平时关系不错，考前辅导辅导。"

"考前辅导？"贺秋妍微妙地审视他，眼中万分怀疑，"你什么时候这么热心……"

考务组："对抗考试第二轮，1 至 40 组同学请到对抗区就位——"

路祈转头，看胡灵予。

胡灵予道："欸？"

路祈不语，眼睛一眨不眨地看着他。

胡灵予败下阵来，认命地笑对他道："加油，等你凯旋。"

路祈心满意足，欣然上阵。

没几分钟，80名同学便抵达了各自的对抗区。胡灵予一直惦记着那位被路祈"辅导"的球友，此刻发现对方已经不在准备区了，显然也在前40组。

"安静——"

随着考务组老师严肃的提醒，第二轮对抗开始的哨声响彻觉醒场。

大屏幕上立刻出现第1组对抗场地的画面，然后30秒后，第2组……

胡灵予片刻不放松地紧盯着，等把那位黝黑的球友盯出来的时候，眼睛都快看重影了。

但他还是一秒就看清了实况画面中的熟人。

球友的对手居然是熊科男，那个前面在游泳考试中攻击他，后被路祈刺激到兽化的家伙。

短短30秒内，球友完全没跟熊科男正面接触，上蹿下跳，左闪右躲，跟田里的地鼠似的。明明体格在熊科男面前并没有太明显的劣势，可他就是不和对方拼力量，哪怕看起来有值得一拼的机会，他依然全力贯彻"避战"二字。

可躲避不等于消极对抗，黝黑球友在闪避中移动灵活，走位风骚，一有机会就去扯熊科男的臂环，好几次差点抓住空子偷袭得手。

短短半分钟，画面开始时熊科男只是稍显暴躁，画面切换前却已经气急败坏，完全靠蛮力横冲直撞了。

新一组的画面刚直播没几秒，第二轮首位获胜的同学便出来了——第13组：路祈（晋级）。

又是路祈。

临时看台和准备区的同学几乎同时窃窃私语起来。哗然倒不至于，毕竟上轮对阵双峰驼，他都能第二个结束，这轮面对更弱的瞪羚，更快些好像也顺理成章。只是作为一个鹿科，这么强势的冲出来还是挺不可思议的。

画面切回对抗场没几秒，又来通报——第7组：傅西昂（晋级）。

上回的第一，这次变成了第二。

"他俩这是准备把第一第二承包了？"临时看台上，王则轩回头伸长脖子去找隔了一排的管明旭讨论，毕竟他是当事人之一的室友。

"你这个说法，我估计傅西昂不能乐意。"管明旭中肯发言。以傅西昂的自负与跋扈，和一个鹿科争一、二，本身就很没面子了。

王则轩秒懂，更加幸灾乐祸："关键他还没全赢。"

知音难遇，讨厌傅西昂的好寻，临近座位立刻有同学加入王则轩的幸灾乐祸小阵营。

看台上欢乐的气氛没有传递到对抗场。胡灵予甚至顾不上傅西昂，在短暂地为路祈的晋级而放心后，便全力关注起大黄、贺秋妍，以及球友和熊科男那组。

路祈返回，在他身边坐下，肩并肩一起望着大屏："他俩没问题的。"

梅花鹿根本看不出刚对抗完的样子，就像在小树林里慢跑了一圈，除了身上蹭了点土，连呼吸都没乱。

这就是路祈的实力，胡灵予曾经羡慕了很久，现在已经淡定了。

没解释自己其实还关注着球友和熊科男，胡灵予仰头再次锁定大屏幕。第二轮的每组 30 秒已经开始，不时有新的晋级名字切入。

黄冲还在和袋鼠相互拳击，贺秋妍依然借助着鸟类优势，四两拨千斤地应战。

第 32 组：田锐铭（晋级）

——球友和熊科男的直播画面还未轮到，通报先到了。

每个直播画面上都会标清组别，32 就是他们组。

胡灵予转头，向对抗区实地眺望。望是望不清的，眼花缭乱全是人。

幸而晋级者总要归来。

漫长的等待后，一抹矫健的身影返回准备区，不知是不是胜得太开心，球友步伐轻快，好似乘风踏浪。

胡灵予没再去寻熊科男的身影，因为意义不大了。

熊科和犬科一样，基本不会参加跳跃考试，现在他游泳没成绩，对抗又没成绩，尤其后者是熊科最倚重的得分项，失了这个，进侦查系基本没希望了。

路祈：你觉得他这样的人适合进侦查系吗？

……

路祈：所以啊，从源头切断可能性。

胡灵予无声看向身旁的人，梅花鹿微微仰着的侧脸，轮廓漂亮。

"想说什么？"路祈忽然问，明明望着屏幕，却好像对周遭的一切全然洞悉。

"没事。"胡灵予淡淡摇头。

路祈笑了，但是太浅，转瞬即逝："一件事，要么不做，做就要做到底。"

应用

黄冲和红袋鼠同学的"拳击赛"在还剩下十几组未结束的时候，分出了胜负。大黄昂首归来，高强度的对抗不仅没让他疲倦，反而越发亢奋，回到准备区了还意犹未尽地对着空气挥拳，恨不得立刻投入下一轮。

就算没有兽化，胡灵予都能看见田园犬那摇上天的尾巴。

这样的大黄，在他记忆里的体测中从没出现过。之前大黄在这个时间点同样连胜两轮，但情绪一直不见放松，给自己的压力反而越来越大，中午根本没回宿舍，而是在对抗场里一直待到了下午考试继续，终是在第三轮中输掉。

"行了行了，"胡灵予拉老友坐下，"省点体力给下午。"

"我体力好着呢！"黄冲声音洪亮，字字带着丹田气。

"不用喊这么大声，谁都能看出来。"胡灵予佯装受不了，实则比大黄还高兴。

命运走向的偏差，改变的不仅是既定事实，还有当时情境下的人心。田园犬遇见了仙鹤姑娘，哪怕下午仍止步第三轮，那个身负重压艰难考试的黄冲也已封存在了曾经。

胡灵予偷偷看向身旁，忍不住想，路祈会这样吗？

正午将至，烈日下的一切都好似曝光过度的胶片，模糊了梅花鹿的轮廓。

那藏在好性格、好相处的表象下，藏在层层笑意背后的真正的内心，有没有也在悄然变换轨迹？

40组对抗临近末尾时，贺秋妍才回来。赢是赢了，但代价也不小，脸上、头发里沾的全是土和沙粒，训练服在地上滚得快要看不出原本的颜色，更严重的是右手腕在挣脱对手钳制时拉伤，场边临时医疗小组的老师抓着她喷了药，套上应急护腕，才放人离开。

"这就行了？"大黄还是不放心。

"没事，我自己学医的还能不清楚，缓一缓就好了！"贺秋妍着急打断道，飞快的语速和不自然升高的语调中透着满满可疑。

奈何大黄向来是别人说什么，他就信什么，立刻松了口气："那就好，那就好。"

胡灵予有些担忧地看了贺秋妍两眼。后者瞧见了，不自然地把手别到身后。

伤得应该的确不重，不然医疗组的老师也不能把人放回来，而且胡灵予从贺秋妍的动作上看，手臂什么的都没事。但麻烦就麻烦在，这是贺秋妍惯用的右手，拉伤势必会降低手的灵活度，无论是在激烈对抗的过程中，还是在最后扯臂环的那一刻，都会受到不小的影响。

那边最后一组也出了结果，考务组老师立刻抓紧时间道："请 41 到 80 组同学准备——"

十分钟后，对抗区清理完毕，第二拨 80 名同学前往就位。

第四区域，5 号场地。

胡灵予错愕地看着眼前的刚果狮，终于知道王晏宁是谁了："4 号？"

4 号跟班，大名王晏宁："……你这个惊讶是认真的吗？"

胡灵予眨巴眼睛，十分诚恳。

王晏宁心累道："我就想问你一句，咱们四个班一起上大课，少说一星期也有一回，这都上一整年了，还不算我们平时堵你的时候，你怎么能做到现在还没记住我们名字的？"

"凭什么不算堵我的时候？"这话胡灵予不爱听了，"就因为你们总堵我，才触发了自动打码的功能。"

王晏宁道："自动……打码？"

"一种自我防御机制，即人在面对讨厌的事物时，大脑会本能地屏蔽和抵触，"胡灵予解释得一本正经，"通常来说这种机制会让我把你们的脸和名字都打上马赛克，现在我还能认出脸和编号，已经是以德报怨了。"

王晏宁一开始只当他扯淡，后面莫名其妙就听进去了，更匪夷所思的是听到最后居然觉得还有一丝道理。

如何将枯燥的定义论述得深入浅出，科员胡是专业的，但这依然不能让胡同学灰暗的内心拨云见日。狐狸遇上狮子，还是有前仇旧怨的狮子，这都不仅是冤家路窄了，这是死亡相逢。

哨声响彻觉醒场，开局。

胡灵予的目光锁定王晏宁，不敢轻举妄动。

王晏宁也没动。

不同的是一个严阵以待，一个完全不急。

"咱俩也不是第一回干架了，"王晏宁直截了当地道，"你主动认输吧，还能少吃点苦头。"

胡灵予意外道："不是应该让我多吃点苦头才对吗？还是说……"一抹警惕从他眼中划过："傅香香又有新的坏主意？"

"你是不是有被害妄想症，"王晏宁难得好心，还被当了驴肝肺，"这是我的对抗考试，和老大有什么关系？"

胡灵予道："你敢说你抽签抽到我的时候，没问他？"

王晏宁："……"

胡灵予道："是不是问怎么收拾我？尺度怎么拿捏？是往死里揍还是留条命，是一招搞定还是慢慢折磨……"

"打住，"王晏宁实在听不下去了，"除了问了老大，剩下一个字都没猜对。"

"不对？"胡灵予压根不信，"那你还能问什么？说来我听听。"

王晏宁没法说。

他当时看见抽签结果的第一个反应，居然是问傅西昂："要不要给胡灵予放水？"

问完这话他自己都有点怀疑"狮生"，傅西昂好像也被问得措手不及，神情怪异地反问："你想放水？"

不是王晏宁想放水，而是他潜意识里莫名觉得傅西昂似乎……好像，有那么百分之一的可能，想跟胡灵予一个班。

但看见傅西昂的反应，王晏宁就知道自己应该是哪根神经没搭对，立刻改口："老大，你就看我怎么收拾他吧！"

另外三个跟班立刻来了劲："必须收拾，不然臭狐狸还真以为他能考上侦查系呢！"

傅西昂敛着眸子没反应，过了好半天，才哼了一声："一个狐狸进侦查班干吗，被一群野兽追着打吗？"

这话不是跟仁起哄的跟班说的，是和王晏宁说的。

也就是在那一刻，4 号刚果狮同学终于确认了，不是自己多心，老大真想过和胡灵予一个班这件事，只不过结论是：不能把狐狸扔进猛兽窝，欺负胡灵予的，有美洲豹一个就够了。

这是什么幼儿园孩子的逻辑！

四区五号对抗场地，胡灵予和场边的考务老师，两双眼睛直勾勾地盯着刚果狮，生生看着王同学走神了好几分钟。

并且这个时间还在继续增加。

"老师，"胡灵予弱弱地举手，"他这个走神的时长，是不是可以判定为考试态度不端正，直接取消资格？"

考务组老师双手抱臂，教学多年，早历经世事沧桑："他都走神成这样了，你怎么不抓住机会主动攻击？"

胡灵予激烈摇头："我不能乘人之危。"

"很好，"考务组老师赞许地点头，"我这就把他叫醒。王晏宁——"

胡灵予："……"他并没有这个诉求啊！

神游的刚果狮一秒回魂，马上意识到刚刚的自己有多离谱，立刻沉心静气，眼中蓄起独属于狮科的凶光。

那是大天鹅武力值全开也远远碰不到边的气场，是浑然天成的强悍与压迫感。

食物链顶端的，兽群王者。

胡灵予浑身战栗，来自狐科本能的危险感应窜遍全身，如果兽化形态，他现在的狐狸毛应该都竖起来了。

主席台上，卫桥拿着手机滑了几个场地都没什么看点，百无聊赖。身后几个一年级的老师正在聊天，隐约传来"路祈"的名字，黑凯门鳄眼中一亮，回身很自然地加入："路祈，9班的孩子吧？"

9班班主任没来，只有教9—12班兽化觉醒的老师在，但同样骄傲："对，梅花鹿，我实话实说，教了这么多年兽化觉醒，这是我遇见过的最有天赋的孩子。"

卫桥客气地笑了，委婉道："最有天赋吗？好像他的野性之力不是最高的。"

"不能光看等级，5级那个刚才对抗咱们都看见了，不……"兽化觉醒老师忽然意识到了什么，瞄一眼前排的邱雪，生生止住话头，议论别人学生毕竟不好，他清清嗓子转回自己门下，"兽化觉醒看的是觉醒加对抗的综合能力，路祈他在对抗上特别开窍，一点就透还会举一反三，而且这孩子有毅力，第一节课上我就跟他们说，鹿科天生对抗性差，想跟强势科属较劲，只能苦练，然后他就……"

卫桥强忍着掏耳朵的冲动，微笑听着这停不下来的"自卖自夸"，心思早飘远了。

一个在野兽环伺的体测里脱颖而出的鹿科学生多有趣，非加上冬练三九，夏练三伏，生生给搞没劲了。

总算挨到对方啰唆完，卫桥再没有聊天的欲望，果断把头转回来，却碰上了邱雪意味复杂的目光。

卫桥微微偏头推了下眼镜，安抚一笑："放心，邱雪老师，我也关注胡灵予的。"

邱雪忍耐了许久，换平时她没有这样的冲动，实在是卫桥总能精准踩在她的雷区："卫老师，考试进行这么长时间了，你就只看这两个学生吗？"

卫桥怔了几秒，而后立刻举起手机："好的好的，我这就把所有场地看一遍，一定向邱雪老师学习，把每个孩子都放在心上。"

大屏幕上突然传出一串惨叫，响彻训练场："啊啊啊啊——"
声音之悲切，声调之凄厉，闻者皆悚然，扎心刺肺。
整个觉醒场、准备区、临时看台、主席台，甚至是其他场地正在对抗中的同学，都不约而同心灵巨颤，整齐划一地看向大屏。
只见屏幕中一个身形稍显秀气的男同学被另外一个人高马大的男同学狠狠压制在地，看双方姿势应该是一方出击，成功将另一方扑倒。然后……没有然后了，很正常的对抗局面。

主席台、看台、准备区、对抗场的所有人："……"

就这样？那他叫这么悲惨干吗！

当事人之一也吓着了，王晏宁压在胡灵予身上，本来打算伸手扯臂环，愣是让胡灵予这惊天地泣鬼神的惨叫给吓得没敢伸手，眼神都缩了一下，以为自己真把对方打坏了："你……你……你什么情况？"

胡灵予喊得嗓子生疼，难受地吞了下口水。

其实也没什么情况，就是实力不够，喉咙来凑嘛，这刚对抗没几分钟就让人一爪子拍住了，他还不能悲伤一下？

不过4号的反应有点出乎他的预料。喊一嗓子就能吓住，这么有同学情的吗？

胡灵予脑袋瓜飞速运转，脸却越来越白，血色急速消退。

王晏宁压制着胡灵予呢，是全场最清楚臭狐狸的变化的，他就这样近距离眼睁睁看着那张巴掌脸变得煞白，身体逐渐变软，就像一具生命迅速流失的躯壳。

"你！"4号跟班忙不迭捞起软绵绵的臭狐狸，又不敢使劲晃，"你别吓我啊……"

胡灵予似想说什么，但嘴角抽搐，仿佛已经失去了说话的力气。

更恐怖的是，王晏宁原本清晰听见的臭狐狸的心跳，正一下一下地减弱，连呼吸都似有若无了！

"老师——"王晏宁再不敢轻举妄动，抬头求助场边老师，声音都是抖的。

考务组老师双手抱臂，教学多年，早历经世事沧桑："臂环没有发出警报，生命体征正常。"

王晏宁要疯了："这还正常?!"

"4号……"赤狐终于成功发出几个音节，气若游丝。

王晏宁连忙低头："我在我在，你别害怕，我这就带你……"

"我不害怕，"胡灵予艰难摇头，"我就是……"

王晏宁将身体放得更低，更靠近他："就是什么？你说，我听着呢。"

"就是……"胡灵予不忍心地眨巴了下眼睛，"对不起了。"

前一秒还软绵绵的小手，下一秒就风驰电掣般攀上刚果狮的左臂，稳准狠地扯掉了臂环。

"对抗结束！"考务组老师毫无意外地宣布，毕竟从赤狐同学装相开始，历经世事沧桑的他便洞悉了结局。

刚果狮看看臂环，再看看胡灵予迅速恢复红润的脸，于赤狐有力的心跳声中，发出狮王的悲鸣："啥玩意啊——"

临时看台和准备区的人是陷入了搞不清楚状况的茫然，主席台的老师们则是有些乱了。

老师们面面相觑，都很惊讶，连冯主任和杜教授都互相看看，交换的眼神意味深长。

卫桥甚至忘了礼貌地喊一声"邱雪老师"，直接越过邓筱婷，问利落短发的兽化觉醒老师："你不是说没教觉醒之力的应用？"

邱雪也蒙了，平时那完全压得住场的声音，都隐隐有了动摇："我真的没教……"

野性之力的应用，即在非兽化状态下，用野性之力将身体机能提升到最高水平，由此激活觉醒细胞，使非兽化状态下的个体也能拥有或部分拥有兽化状态下的能力。

比如大部分科属在人类形态下的运动神经、嗅觉、听觉等，都会弱于兽化状态，但运用野性之力，可以缩减两种形态间的差距。再有一些特殊能力，如熊科，在人形状态下不会冬眠，但使用野性之力便可以做到；蛇类，在人形状态下不会蜕皮，但使用野性之力便可以做到……

每个科属都有自己不同的能力，如何去挖掘，去激活，去让这些能力更好地武装自己，便是野性之力应用这门学科的意义。

但说来说去，这些也要二年级才能学，而且仅限于侦查学专业。

艳阳的暴晒下，胡灵予躺在5号对抗场地上——被4号跟班放手摔的——凝望天空，不由得回忆起往昔。

某年某月，兽化觉醒专科医院。

行动队黄冲问："没事吧？"

办公室科员胡答："你骨折一下，看有事没事。"

黄冲问："怎么走访个外围群众还能受伤呢？"

科员胡道："谁知道就那么寸，刚从那家出来就和犯罪分子碰上了，我还没找你们行动队算账呢。"

黄冲道："二队的行动，别找我们。"

科员胡点头道："行行行，我倒霉行了吧。"

黄冲："……"

科员胡问："你看我干什么？"

黄冲答："这样不行，你三天两头被借调，得学点东西防身。"

科员胡道："兄弟，我的水平你又不是不知道，我要有本事，当年就考侦查学了。"

黄冲道："不难，就一点野性之力的基础应用，学好了可以大幅度提升你的战斗力。"

科员胡问："要是学不好呢？"

黄冲道："不用'要是'，你肯定学不好。"

科员胡一字一顿道："大——黄——"

黄冲道："所以我就教你一招，应急用，但你得先选个方向。"

科员胡问："什么意思？"

黄冲道："每个科属都有自己在兽化状态下的特殊能力，系统地学习野性之力的应用，可以把这些能力在人形状态下都解锁，但我教你的方式属于投机取巧，集中所有野性之力能激活一个能力就算很成功了，所以你得做出选择。"

科员胡道："这还用选，你难道不知道赤狐最完美的能力是什么？"

黄冲问："狡猾？魅惑？装神弄鬼？"

科员胡道："十年友谊，我就没给你留下什么好印象吗……"

赤狐，擅装死，在被捕猎者抓住时呼吸能立即变微弱，营造出奄奄一息的逼真假象，然后趁其不备，迅速逃跑。

午休

赢是爽的，难善后也是真的。

该怎么解释一个一年级的学生会运用野性之力？呈大字形瘫在地的赤狐，仰望苍穹烈日，追忆完往昔，又开始思考今生。

一道身影抵达他面前，遮住苍穹的光："胡灵予同学，你已经晋级了，可以结束表演。"

"4号……不是，王晏宁呢？"

"愤而离场，但已经向我保证不会对你进行打击报复。"

"老师……"胡灵予望着那张历经世事沧桑的脸，心中涌过无限暖流。学校有真情，人间有大爱。

感谢考场氛围的严肃和考试流程的严谨，即便全场都对胡灵予刚刚的"获胜术"无比在意，但只要还在"考试中"，便没人可以进来打扰。小狐狸安稳返回准备区，大屏幕照例在通报晋级信息后，切到新的对抗组，仍在考试中的同学们收收心，继续如火如荼一对一。

但胡灵予可以无视周围投来的所有目光——震惊、艳羡、质疑、探究，却没法假装看不见面前的三双眼睛。

鹤眼，好奇如闪烁繁星："你怎么做到的？那头狮子离你那么近，都能被骗过?!"

犬眼，惊喜如回旋飞盘："好你个胡灵予，背着我偷偷练绝招了对不对！"

鹿眼，意味深远如幽林："你身上到底藏了多少小秘密？"

冷静，冷静。

胡灵予暗暗舒了口气，先看贺秋妍，真挚的眼神里满满都是劫后余生的庆幸："我当时快吓死了，真就是一口气差点没上来。哪承想歪打正着，缓过来发现那家伙居然没摘我臂环，那我就……只能不厚道一把了。"

"原来如此。"贺秋妍疑惑顿消。

胡灵予再看大黄，眼神立刻变得无辜又受伤："我差点让狮子吓死，你居然还怀疑我背着你训练？黄冲，犬与犬之间的信任呢？"

中华田园犬低下了羞愧的头。

胡灵予再看路祈。梅花鹿微笑，耐心静待。

短短一刹，无数备选情绪从胡灵予那双狗狗眼里浮现又被迅速否决。装傻装无辜？不行，用太多次了。装受伤控诉对方？也不行，路祈的字典里根本没"羞愧"……

无声相对，时间一分一秒地流逝。

终于，胡灵予抬眸，用一双狗狗眼的上目线，痴痴凝望着梅花鹿，要多天真有多天真，要多懵懂有多懵懂："就是这样，你明白了吧？"

路祈："……"

撒谎的无敌境界，就是连谎都不撒了。

最终，梅花鹿还是配合地点点头，由着小狐狸耍赖："明白了。"

胡灵予得意地笑，完全没有察觉，自己在企图耍赖的时候，就已经认定了路祈会纵容。

全部85组对抗结束时，已经十二点半了，晒瘫在准备区的同学们像一个个融化了的冰淇淋，胳膊、腿都软得快要提不起来了，总算盼来了振奋人心的声音："上午考试全部结束，下午考试两点开始，请85名晋级的同学按时抵达，迟到15分钟以上按弃权处理——"

四人一起在食堂吃了饭，而后胡灵予、黄冲、贺秋妍都回宿舍午休，只有路祈去了训练中心。

刻苦如黄冲都觉得这样有点过，在回去的路上还忧心忡忡地念叨，什么劳逸结合，张弛有度，临阵可以磨枪，这都枪林弹雨了就得好好趴在战壕养精蓄锐。

"哎呀，他这个人就这样，"贺秋妍太了解了，"可有自己的主意啦，他想做的事没人能阻止，他不想做的也没人劝得动。"

黄冲道："可这样身体吃不消。"

"哎，"贺秋妍语调上扬，"还真不是。别管对自己狠不狠，方法科不科学，他就是有能耐把想做的事情做好，想完成的目标达到，这点你不佩服都不行。"

黄冲知道路祈优秀，但从贺秋妍口中听见又是另一番滋味，酸溜溜的："像他那么厉害的，肯定有很多女生喜欢吧？"

"唉，"贺秋妍一声长叹，刚扬起的语调断崖式降落，俨然替家弟操心的亲姐，"多有什么用，全是始于颜值，卒于性格。"

大黄没从贺秋妍的话里听出一点暧昧，笑容就有点压不住了，但还要努力保持一脸的关心和不解："路祈？他性格很好啊。"

"就是太好了，"贺秋妍嘟嘴，像学前班小朋友在跟小伙伴告状，"对谁都亲切，其实就是跟谁都不亲，对谁都温柔，其实就是跟谁都冷清，懂吧？"

大黄挠头，完全没懂。这么复杂的吗？

胡灵予却想跟仙鹤同学握个手。就是这样，现在回忆起来，他印象中的路队长也是一脉相承。全兽控局提起路队长，都是"性格好""工作能力强"，哪怕问行动队的队员，也只有一句"我们队长特厉害、特棒"。

人是那样多面而复杂的存在，但路祈把这些都隐去了，藏在只有他自己知道的地方，不给任何人看。

胡灵予在宿舍里稍稍补了个眠，睡前还在想路祈，以至于梦中都在被梅花鹿骚扰，好在悬崖礁岸没再噩梦重临，这个白日午后的梦境带着明媚的色调，醒来便忘了具体情节，只依稀残留些轻快余韵。

重新去往觉醒场的路上，胡灵予算着积分。

目前为止，他的对抗已经有了积分保底，即便第三轮输掉，也可以按第60名计，获得42分。加上前面跑步（10分）、游泳（28分）、野性之力（160分），他五项的总积分将达到240分。曾经大黄吊车尾进入侦查学时的积分是316，如果这回的录取分数线还是相同水平，那么他就必须在越野中获得第43名（76分）以上的成绩。

"43名啊……"胡灵予走在林荫大道上，抬眼望，全是阴凉，没几缕光。

下午两点，是阳光最毒辣的时候。

考生们吸取上午的教训，人人自备了防晒道具。不让打伞，那就戴帽，棒球帽、渔夫帽、宽檐贵妇大草帽……放眼望去，一片时尚的海洋，帽子荟萃，墨镜成群，防晒服大赏。

路祈仍是卡着点到的，一看就是从训练中心直接奔了过来，觉醒训练服被汗水浸透了，头发像在水龙头底下草草冲过，随性中带一点漂亮的帅气。

"你都不累吗？"胡灵予从他的脸上找不到一丝疲惫，真心好奇地问道。

刚坐下的路祈认真想了想："还好。"

梅花鹿保守了，胡灵予分明看见那双笑眼比上午还神采奕奕。

"你肯定有什么保持精力的诀窍，"胡灵予鬼鬼祟祟地凑近，小声道，"你说给我一个人听，我保证不外传。"

路祈犹豫道："保证？"

胡灵予忙不迭点头："保证。"

路祈压低声音："心里有在意的目标了，做什么都有动力。"

胡灵予："……"

他居然真以为路祈能分享什么训练秘籍，他检讨。

傅西昂的视线越过层层席地而坐的同学，定在那两个靠得过近的背影上，英俊嚣张的眉宇间因为烦躁多了几许戾气。

1、3号跟班交头接耳。

"一个中午了，老大心情还没好？"

"王晏宁输得那么丢人，能好才怪。"

"老王就是心太软，着了臭狐狸的道，你看着吧，要是我抽到臭狐狸，保准揍得他哭爹喊娘！"

2号跟班默默不语。

老王什么时候在老大心里有那么重要的位置了？老大那是看着臭狐狸和死鹿越走越近觉得闹心！咦？自己为什么会知道？不管了，反正对抗场上别碰见路祈就行，死鹿是真的不好对付。

大屏幕上开始滚动抽签分组。

一切按部就班，考务组老师的流程把控都简洁了。

每过一轮，人数便少掉一半，如今只剩86人，分43组。

抽签结果比之前更快出炉。

第4组：黄冲（中华田园犬）/郑迅（普氏野马）

第16组：贺秋妍（丹顶鹤）/孙乘风（秃鹫）

第30组：胡灵予（赤狐）/赵盛（苏门答腊虎）

第42组：路祈（梅花鹿）/潘昊（西伯利亚平原狼）

黄冲本来在烦恼如何对付一匹野马，贺秋妍本来在庆幸遇上的不是大型猛兽，结果胡灵予的分组一出来，一犬一鹤默契地暂时放下了自己，整齐划一地向赤狐投以同情的目光："怎么又是大猫……"

胡灵予也想问，他是上辈子薅了狮子毛还是拔了老虎须，要不要一个接着一个来讨账！

还有，赵盛又是谁？

远处，傅西昂沉默转头，望向跟班2号。

跟班2号，大名赵盛："……"

他刚才许愿别遇见路祈，不代表他想碰上臭狐狸啊！

"你不会输吧？"傅西昂问得轻柔。

赵盛吞咽口水："输肯定不能，就是……老大，你想我怎么赢？"

"速战速决。"傅西昂果断道，都把头转回去了，末了又瞥过来补了一句，"下手注意点。"

苏门答腊虎强颜欢笑道："好的。"

他就知道，对阵臭狐狸的尺度远比尽情揍一头鹿更难以拿捏。他为什么要那样懂老大的心？为什么不能像旁边那两个家伙一样傻呵呵的只看表面？

2号跟班遥望苍茫天际。心有猛虎，细嗅蔷薇，这可能就是他的宿命吧。

还是前40组先进场，剩下孤零零的41到43组，以及轮空的幸运儿，七位同学原地待命。

胡灵予随着大部分同学起身，抓紧时间跟仍坐在地上的路祈说话，语速飞快："潘昊很厉害的，不好对付。他是凭本事当上的班长，1班那么多狼科，比他凶的都服他。"

路祈莞尔："好像现在是该你上场。"

"你傻不傻，"胡灵予无语道，"输了不让再回准备区，我现在不和你说，哪还有机会！"

路祈本来不傻，但头一遭被人说傻，就愣在了那儿，好像真的有些冒傻气了。

　　胡灵予一步三回头地往对抗场走，满心忧虑，梅花鹿该不会真被平原狼吓着了吧？

　　5区，10号对抗场地。

　　胡灵予道："2号?!"

　　赵盛说："你能不能讲点礼貌？"

　　胡灵予问："你们几个商量好的是吧，轮班欺负我？"

　　赵盛怒目圆睁："老王都伤成那样了，到底是谁欺负谁……"

　　胡灵予错愕道："怎么可能，我一下都没打着他。"

　　赵盛道："内伤，心灵重创！"

逗猫棒

◇━━━━━━━━━━━━━

　　同样正在进行"战前寒暄"的，还有4区域，6号场地。

　　秃鹫孙乘风同学，苦恼地望着眼前气质飘飘的丹顶鹤，这辈子离漂亮女生最近的一次，居然是为了对抗，活该他"注孤生[①]"："要不你认输吧，我不跟女生动手。"

　　贺秋妍正认真谋划战术呢，闻言不高兴了："考试还分什么男女？"

　　"不是，你说你医学念得好好的，考侦查系干吗？"孙乘风自己在猛禽班，同时和另外两个鸟类班一起上大课，很清楚贺秋妍不在这三个班级里，那就只能是医学班了。

　　贺秋妍莫名其妙道："你管我，我就想考，不行吗？"

　　孙乘风明显觉得丹顶鹤不自量力，但碍于对方是女生，只得说得尽量委婉："就算考进去了，以后工作你确定能应付得来？那些兽化犯罪分子都是穷凶极恶的，你一个鹤……"

　　"你一个秃鹫怎么跟鹦鹉似的话那么多？"贺秋妍被念烦了，突然弯腰，脚下一动，敏捷地向秃鹫的左身俯冲而去。

────────────

① 注孤生：网络流行词语，形容注定独自一人生活。

左侧，正是戴臂环的那边。

孙乘风和很多鸟类科属一样，体形偏瘦长，尤其是一双手臂，展开犹如秃鹫那两米多的翅膀。

瞬间明白贺秋妍意图的他，立刻侧身，灵活躲避。

贺秋妍被闪过，但她反应极快，扑空的瞬间便右转，仍执着地向对方左臂伸手。

孙乘风看准时机，一把抓住她探过来的右手腕。秃鹫的手劲很大，且在应激反应下没有留任何余力。

贺秋妍脸色蓦然一白，隔着护腕，拉伤仍然剧痛无比。孙乘风看见了，但没时间心软，顺势就用另外一只手去扯丹顶鹤的臂环。

贺秋妍怎么也挣脱不掉被钳制的右手，无法将彼此拉开距离。

孙乘风眼看就要得手，心中已经认为十拿九稳了，不料丹顶鹤突然伸腿横扫他的下盘，是标准的格斗技。

秃鹫连忙跳起闪躲，手上不由自主松了劲。

贺秋妍飒爽收腿，向后一跃，轻松拉开绝对的安全距离，飘逸落地。

几近绝路的劣势局面被扭转回到起点。

秃鹫仍在诧异中："你练过？"

格斗与擒拿是进了侦查系才开始学的科目，一年级的对抗大家都是凭野性本能在乱打。

右手腕持续的疼痛让贺秋妍的额头出了一层薄汗，但外人无论从她明亮的眼神还是率性的声音里，都很难察觉她正被伤痛困扰："当然练过，否则你以为我凭什么闯到第三轮，秃头发长啊？"

孙乘风没话接了。

这不是脑袋一热就闹着玩般随便过来试试的女生，这是铁了心想要进侦查系的强力竞争者。

汗顺着脖子往下淌，秃鹫开始认真了。

3区域，4号场地。

田园犬黄冲同学和普氏野马郑迅同学，早就认真鏖战多时。

犬科在力量和矫健度上略逊于马科，比如两人各站在场地斜对角，郑迅扑过来只需要跃起一步，黄冲则需要倒腾两三步。但黄冲有别的优势——灵活。

这让他在对抗中坚定不移地选择了"溜底线"的战术，就绕着边界线跟郑迅周旋。而郑迅矫健的运动力让他每次只要扑黄冲，就得收着点劲，以免扑过头出界。

又要冲又要收，围着场地折腾了十几圈，普氏野马想炸蹶子了："你能不能别再溜边界线了！"

黄冲没料到会被控诉，有点蒙地"啊"了一声，老老实实解释道："这是我的战术。"

郑迅道："什么战术，这是对抗，不是我追你跑，拿出点对抗精神，行不？"

黄冲坚决摇头："不行，你别想用激将法，我可冷静了。"

郑迅："……"

冷静的田园犬对上暴躁的野马，战局还长。

主席台上。

虽然同场有 40 组在对抗，但大部分老师都将自己的设备锁定在了第 30 组。连杜教授都向旁边的考务组老师借来了平板。

冯主任通过监考设备将全场概览一遍，确认都在正常进行，之后才发现杜教授也开始拿设备看直播了，凑近发现他看的是上午那个一招"装死"反转获胜的赤狐："看好这个孩子？"

杜教授沉吟片刻："不好说。"

"老杜，你啊。"冯燎原笑，这么说其实就是没看好。

杜维是惜才之人，这辈子都是。但凡有天赋的孩子他都不吝肯定，想这么半天却只有一句"不好说"，其实就是这个学生身上并没有真值得人惊艳的地方。

"我看过他的资料，"冯燎原道，"除了野性之力，其他成绩都很一般，野性之力也是最近一两个月突然提升的，可能就是突然开窍了，才有了上午那么一出。"

"再看看吧。"杜维仍然很谨慎。

冯燎原摇头，看向杜教授设备里的直播画面，赤狐被苏门答腊虎追得满场乱窜，毫无还手之力，教过学生的一眼就能看出，力量悬殊，根本没有可比性。

至于装死那样的小聪明，也只能用一次。

"各方面还是差太多，毕竟是狐科。"作为侦查系主任，冯燎原客观评价道。

杜维在漫长的沉默后，缓声开口："但他现在还没输。"

大屏幕上，首轮直播画面终于切到了第 30 组，距离对抗开始已经过去了近 15 分钟。

一场单方面碾压式的对抗，快的甚至 15 秒就能出结果，可这都 60 个 15 秒了，胡灵予仍没放弃。

冯燎原抬起头，望着明显体力透支，却又一次从苏门答腊虎手底下逃掉的赤狐，好像有点理解杜教授的心情了，他如果还在教学口，也会在意这样的学生："还真是不服输。"

准备区里，路祈一直没等来胡灵予的结果通报，就知道那家伙根本没选择"最优方案"。

什么叫"最优"，以最小的代价获得最大的收益。除非胡灵予还有能和"装死"一拼的隐藏技术，不然在这场毫无胜算的对抗里，直接认输，为明天的越野节省体力，才是聪明的做法。

结果他等啊等，等来了大屏幕上的对抗画面。

胡灵予像从水里捞出来的一样，汗津津的，喘气急促得厉害，看得出他在努力集中精神，可炎热的天气跟透支的体力，都让他的眼神止不住地恍惚。

路祈定定看了 30 秒，脸上没有平日的调笑，这让他整个人显出一种前所未有的冷清。

可心里是软的，就像有只小狐狸在里面打了个滚。明明又乖又尿，较起真来，却意外地倔。

大屏幕的画面切走，对抗场的战火仍烧。

赵盛又一次扑空后，整个"虎"都不好了："你……你是要跟我同归于尽是不……"

论体格，狐科不行，论耐力，虎科紧张。

十几分钟里，赵盛每一次都是按照捕猎出击的强度去的，别说他现在是人形，就是兽化，哪个老虎也扛不住捕猎几百次啊。

但上蹿下跳的胡灵予根本不停，又一次从他面前"挑逗"而过。理智告诉赵盛得歇歇了，身体却随之扑了过去。

这哪是狐狸，这是逗猫棒！

暴晒的阳光强烈到令人晕眩，赵盛明显感觉到自己在中暑边缘，身体已经有些不受控，飞扑的时候全部细胞都在叫嚣着兽化，搞死这只臭狐狸，仅剩理智绷着最后一根弦。

可是下一秒，弦就崩了——胡灵予的臂环似在逃跑中松了，径直从左臂上滑了下来。

扑空在地的赵盛错愕地抬头。

胡灵予也吓了一跳，飞快抬起手，堪堪在最后一秒将臂环捞起，紧紧握在了手中。

这还等什么，赵盛立刻飞跃而起，长臂径直伸向胡灵予的手。

一切发生得太突然，胡灵予反应不及，终于被赵盛狠狠扑住，手中的臂环也被对方一同抓紧。

完全抢到对手的臂环，才算赢。

两个人一起失去平衡，摔到地上，赵盛顾不得其他，抓住臂环的手拼命往外扯。

胡灵予紧紧攥住臂环不撒手，情急之下张嘴用尽全力咬上了苏门答腊虎的手臂。

赵盛万万没想到胡灵予居然会上嘴，剧痛之中彻底失控，猛然一个翻身，力量完全爆发，将胡灵予直接甩飞出去。

胡灵予重重摔下，落在界外。苏门答腊虎一声长啸，兽化了。

虎啸声一出，全场空气安静，所有目光都集中过来。

手里仍死攥着自己的臂环的赤狐，忙不迭仰起全是土的脸，问考务组老师："我先出界还是他先兽化？"

考务组老师也说不准，拿着设备拼命看回放。

赵盛上头的状态有一丝退热，用厚实的虎爪一步步踱到胡灵予身边，歪着虎头发出一声怪异的："吼——"

胡灵予累瘫了，下巴点地："嗯，我故意咬你的。"

苏门答腊虎气急吹胡："吼吼——"

"安静！"考务组老师一声呵斥，然后吹起了自己威严的哨声，"胡灵予，晋级。"

胡灵予喜极捶地。

苏门答腊虎犹如遭到了晴天霹雳："吼？"

老师将回放递过来，慢到能看清每一帧：赵盛兽化时，斜着飞出去的胡灵予距离地面至少还有十厘米，连一根头发丝都没落地。

除了鸟科，其他科属出界都按落地算。

赤狐，胜。

胡灵予兴奋地望向准备区，忍不住期待梅花鹿的表情。

苏门答腊虎眺望宿舍区，心道：老王，我想你。

平原狼

胡灵予凯旋，满怀憧憬地坐回梅花鹿身边，等着被惊羡，被赞美，被膜拜。

结果只等到一瓶水，递过来的时候还故意往他脸上贴，带着夏日冰镇的凉气。

"你干吗？"胡灵予被凉得躲了一下，没好气地抢过水。

路祈有些无奈地看着累到虚脱的赤狐："你是把每一场对抗都当最后一场打吗？你这么个打法，明天是不准备考越野了？"

"累又不是受伤，睡一觉就好了。"胡灵予说得掷地有声，然而鼓捣半天，手脱力得拧瓶盖都费劲。

路祈把水拿过来，拧开，再递过去："行，不想明天，就说下一轮，你能撑得住？"

"放心，下一轮我早想好了。"胡灵予一口气喝掉大半瓶，总算重新感受到了人间的活气，而后才举起纯净水，纳闷地问路祈，"哪儿来的？"

考试中是不让离开场地的。

路祈道："考务组刚发的。"

胡灵予这才看见周围同学人手一瓶。还好，考务组总算没有冷酷到底。

路祈还想说什么，屏幕上突然滚动出新的通报。

第16组：贺秋妍（晋级）

梅花鹿和赤狐抬头看大屏的时候，准备区的另一处，傅西昂和两位跟班终于接受了赵盛输掉的事实。

他们三个也在前40组，但都赢得很快，返回之后就在等2号跟班，不承想等到的却是苏门答腊虎的咆哮和赤狐的捷报。

"是我疯了还是他俩疯了，怎么就能一个两个都输在臭狐狸手里呢？"1号跟班理解不了，大为迷惑。

3号跟班咬牙切齿，这辈子没这么屈辱过："就是掉以轻心，就是麻痹大意！"

1号跟班欲言又止，微妙的目光一个劲儿往傅西昂方向瞟。

3号跟班揣摩两秒，心领神会。对，也怪老大，非说什么"下手注意点"，赵盛注意了，然后悲剧了。

相比两位跟班的恼羞成怒，傅西昂看起来很淡定，不仅没暴躁，好像都不怎么生气。

1、3号跟班很快发现了老大的反常，"两脸"费解地互相看看，正欲用眼神交流，忽然听见傅西昂哼了句："还挺有出息。"

关键这一哼里没有任何嘲讽。

俩跟班惊慌地看向美洲豹，怎的，天天围堵，还堵出老父亲的欣慰了?!

贺秋妍是垂着右手腕回来的，就是走路摆臂都不敢大幅度的那种垂着，一看就是伤情加重了。更别说除开手腕伤，她的体力也明显撑不住了，一回来就瘫坐到地上，和刚才胡灵予归来的狼狈惨状不分上下。

胡灵予现在有点理解路祈了，这样的贺秋妍实在让人担心，再比下去，很可能挨不到明天，就羽化成鹤往西归去。

但路祈拦不住他，估计自己也拦不住贺秋妍。

丹顶鹤、赤狐、梅花鹿、田园犬，他们四个里就没一个是正经应该考侦查系的。不合适，偏要考，这样的家伙听劝才怪。

又过了七八分钟，绝大部分场地都分出胜负了，田园犬才在漫长却持久的"溜底线"战术中，将失去耐心的普氏野马带到出界。

黄冲是一路小跑回来的，完全看不出刚鏖战完的疲态，甚至比上场前精气神还足。

体力只剩一丝残留的胡灵予，羡慕得也想找个人单恋一下了。

胜利不能使人永葆活力，怦然心动、小鹿乱撞、春风荡漾可以。

不过在看见贺秋妍不太妙的状态后，黄冲的兴奋劲一秒消失，立刻围过去紧张地询问情况。

"请第41到第43组同学准备——"

随着前40组结束，后三组即将登场。

路祈正要起身，忽然被胡灵予拉住。

梅花鹿低头看自己被抓的手臂，赤狐却一门心思给他战前最后的情报信息："潘昊这个人虽然各方面都很强，但他性格一板一眼，路数都可预判，你不用担心他剑走偏锋，所有防守按常规的来就行。"

"你一直在想这些？"自己都对抗一轮回来了，还替他琢磨潘昊，路祈是意外的。

胡灵予却完全没觉得这有什么不对："我跟他上了两个学期大课，全是第一手资料，你偷着乐吧。"

干吗要偷着，路祈乐得光明正大："别人好歹跟你上了两学期大课，你偏心我也偏心得太明显了。"

"知不知道什么叫距离产生美？"胡灵予撇嘴，"就是每星期一起上课才更不对付。"

"哦——"路祈应得意味深长。

目送梅花鹿的背影消失在对抗场，胡灵予忽然后知后觉：不对啊，他每周跟潘昊上一两次课就没距离没美了，现在天天跟路祈训练还上赶着给人情报、参谋战术，逻辑不能自洽啊！还有，路祈那么得意地说他偏心，他怎么就能默认了呢？

雨过丛林，梅花鹿在湿润泥土上踩出一串小鹿蹄印，赤狐跟在后面，每一爪下去都是坑。

偌大的四个对抗区域，此刻一片空旷，拢共只有三组同学，考务组老师索性将他们安排在不同区域，营造专心氛围，提升考试体验。

4区，1号场地。

梅花鹿和西伯利亚平原狼隔着几米距离，互相打量。

考试已经开始，观察对手是出击的第一步。路祈比潘昊高，窄腰长腿，身材比例更舒展，但潘昊比路祈结实，贴身的兽化训练服下，肌肉有更明显的隆起。

鹿和狼，泾渭分明。

潘昊不会轻敌，路祈连续两轮都胜出极快，一定有过人之处，但他同时也不会自己吓自己。鹿就是鹿，再敏捷矫健，面对猛兽的本能也是逃跑。

眼底一凛，潘昊率先发动攻击，犹如草丛中扑掠而起的凶狼。

路祈脚下动了。

潘昊直觉他要往右边闪躲，以极快的反应力和身体控制力，竟然生生改变了路线，径直朝着路祈右侧封堵。

路祈已经开始移动，根本收不住，肩膀结结实实撞到潘昊怀里。

自投罗网的鹿。

早有预判的潘昊立刻伸手去扯路祈的臂环，这个距离，手到擒来。

然而胳膊刚伸出去，人却控制不住往后仰，原本已经控制住的身形，正在逐渐失去平衡。

潘昊一惊，对上路祈清澈的眼。平原狼顿时醒悟。

梅花鹿不是撞到他怀里，而是顶到他怀里，无从判断他是早有预谋还是顺势而为，但冲顶的力量还在继续，而且远比潘昊预估的强大。

后仰的身体已经跟跄，潘昊做好了摔地的准备，却发现路祈并不罢休，竟然反守为攻，向他的臂环伸出手。

一瞬间潘昊根本来不及多想，咬牙发力让自己更快地摔到地上，"砰"一声重而沉闷，他却忍着疼飞快滚到一旁，才翻身而起。

路祈抓了个空，也跟着向前踉跄两步，才站稳，眉宇间有一闪而过的懊恼。

潘昊惊出一身冷汗。差一点，差一点他就要在第一回合交代了。

更重要的是，这只鹿也这样想。

在一个他以为已封住对方退路的交锋里，对方想的是怎么拿下他。

"不愧是 1 班班长。"路祈后撤两步，重新拉开对抗距离，声音平稳而真诚，"再来。"

氛围突然融洽，以至于潘昊有种日常训练的错觉。

平原狼甩甩头，强迫松弛的神经重新绷紧，脚下开始以小碎步灵活移动，是自由搏击的步伐。

梅花鹿原地站定，以不变应万变。

潘昊再度出击，欺身上前，比前次更迅捷、更凶猛。

路祈上半身一偏，灵活闪过，同时抓住潘昊右臂，往后一拧，擒拿姿势之标准，完全可以上教科书。

潘昊却转身卸力，破解后一个顺势反擒拿。

路祈迅速抽身，躲得漂亮，脚下用的居然是搏击步。

主席台上侦查系老师们的眼睛都亮了，擒拿和搏击，全是二年级以后的专业课，谁不喜欢提前预习的孩子呢！

屏幕上一分半钟便能轮完三组，此刻正好是梅花鹿和平原狼，对抗的每个细节都能实时清晰传递。

准备区和临时看台的同学仰望大屏，恍若伫立在深秋，萧瑟的风卷走荒凉的叶。

这就是学霸的世界吗？你中考结束疯玩整个暑假，进了高一课堂正准备从课本第一页好好学起，人家两人把所有书都翻过一遍了，课后题都做了个七七八八。

十几分钟后，另外两组都分出了胜负，平原狼和梅花鹿却仍在鏖战。

路祈更敏捷，潘昊更凶猛，又都有格斗技巧在，你来我往多轮，还是没有谁能完全制住谁。

对抗已经进入白热化。

两个人拼力量、拼技术、拼意识，还在拼体力。

又一次从平原狼的攻击中挣脱，路祈正欲后退，一滴汗忽然滑过眉峰，落进眼睛里。

蜇得难受，他下意识闭了闭眼。

潘昊看见了，本来打算迅速拉开距离以防路祈反击，却立刻改变主意，猛然绕到路祈身侧。

等路祈意识到潘昊要做什么，已经晚了。

平原狼的手臂钩上他的脖颈，用力一带。

路祈被力量带得偏过身，后背贴到潘昊身前，脖颈被对方紧紧勒住。

勒颈，算是相对危险的格斗技了，潘昊本来没想用，但显然普通的战术已经不行了，平原狼只得硬着头皮当一把"挟持人质"的坏蛋。

"你输了。"他气喘吁吁道，一边控制着手臂勒颈的力量，不至于真的压迫到路祈的呼吸，引发致命危险，一边用另外的手去扯路祈的臂环。

可人是没办法同时给两件事都分出百分百精力的，潘昊去扯臂环，注意力自然就要被分散。

路祈双手突然抓住颈前手臂，猛一弯腰直接给潘昊来了个过肩摔。

潘昊都已经把臂环扯松了，差一点便能到手，整个人却毫无预警地腾空。

天旋地转间，潘昊咬牙愣是抓住了路祈的训练服，来吧，互相伤害吧。

"砰"一声前所未有的闷响，两人纠缠着摔到地上。

潘昊忍着头晕目眩用力睁眼，在疼痛和混乱中也没忘记去找路祈的臂环。

可还没等他看清，压在身上的人突然带着他就地滚了半圈。

原本潘昊是肉垫，滚完变成了路祈在下。

紧接着，潘昊的呼吸便猛然一窒。他错愕地往下看，梅花鹿的手臂从后方横过来，勒住了他的脖子。

以彼之道，还施彼身。

但路祈没有去扯潘昊的臂环，而是越勒越紧。潘昊已经完全上不来气，喉咙上的巨大压迫感让他第一次感觉到死亡逼近的惊恐。

"嘀嘀嘀——"

平原狼的臂环发出生命体征危险的警报，也是从上午到现在，对抗场上的第一次警报。

"路祈！"考务组老师立刻喝止。

然而在警报一响时，路祈便松劲了。

这点没有谁比潘昊更有发言权，除了第一声"嘀"，后面的"嘀嘀嘀"他都是喘着大气听的。

"没事吧？"路祈放开手，自己起来，也把潘昊扶起来。

"没事，"潘昊摇头，咽了咽口水，还有点疼，"你是真往死里勒啊。"

路祈拍拍他肩膀："对不住了。"

"别，"潘昊不轻不重地给了他肩膀一拳，"我先勒的，先动手者全责。"

考务组老师见两人都没大事，松了口气，宣布结果："路祈，晋级！"

"下一场见。"路祈朝潘昊微微颔首，准备返回。

不想潘昊直截了当地道："越野的时候我一点都不想碰见你。"

路祈愣了愣，笑："那就侦查班见。"

潘昊看着路祈走远的背影，摸摸脖子，估计得疼到明天。

性格挺好一人，下手怎么完全两个状态。

现在冷静下来再复盘，可以确定路祈的最后这招压根没打算抢臂环，从伸手时开始，他就决定勒到他的臂环报警，自动获胜。

让潘昊再重来十次，他都不敢这么做，因为要把对手的生命体征压迫到危险值，而又保证不会失手真出意外，太难控制了。

潘昊没这个自信，也没这个胆量。

但路祈有。

而且作为不幸的当事人，潘昊可以肯定地给梅花鹿做证，他把力道控制得非常精准。

整个觉醒场安静了许久，仿佛还能听见刺耳的警报声。

主席台上。

卫桥摘下眼镜，心满意足地擦拭。胆大手狠，他喜欢，即将到来的新学期，真是让人充满期待。

邱雪收回眺望大屏的目光，默而不言。

冯主任虽然这些年不搞教学走仕途了，但看见有天赋、有前途的孩子，还是鹿科，多少还是有些惊喜："这个路祈，我看可以。"

话说完，却没得到回应。

冯燎原转头，发现杜维神情凝重，有些疑惑地道："杜教授？"

良久，杜维缓缓摇头，眉心的皱纹里带上了一丝忧虑："凡事都要有个忌惮才好。"

这么冒险的手段，那个孩子从头到尾都没有任何迟疑。勇敢不等于无惧，敬畏与害怕是阻止人走向极端的两道锁。

准备区，胡灵予也给路祈递上一瓶水，迎接他的胜利归来，只是神情有些复杂。

"怎么了？"路祈坐下来，掀起训练服蹭蹭脸上的汗。

"你以后别这么弄了，很容易出事。"胡灵予真心道。路祈那种赢法，完全是在悬崖上走钢丝。

低头蹭脸的梅花鹿顿住，过了几秒，才继续擦："我下手有数。"

胡灵予看不见他的表情，但已经清晰接收到了"这个话题没劲"的意思，抿抿嘴，不再啰唆。

提前相遇

三轮过后，准备区里只剩 43 个人。

对这些同学来说，已经有 102 分保底（按第 30 名计），但几乎没有人在意，他们紧紧盯着大屏幕上新一轮的抽签结果，屏息等待通往更高分数路上的下一任对手。

为什么说"几乎"？

因为也有像胡灵予这样的，本以为能在对抗的果园里侥幸打到两个枣就好，结果不光打到了枣，还摘了一串葡萄、捧了半个西瓜，现在满心秋收的欢喜与怡然。什么分组，什么对手，尽管来吧，都不过是微风浮云。

"你别逞能了……"田园犬唯唯诺诺地劝阻道。

"哎呀！"丹顶鹤不耐烦地捂耳朵。

胡灵予根本不必用余光看，就知道身旁两位同学的表情和动作，因为这样的"互动"从大黄发现贺秋妍伤势加重时便一直持续到现在。

一个苦口婆心：身体第一，成绩第二。

一个一意孤行：被唠叨得恨不得拿翅膀把人拍飞。

其实在这个问题上，胡灵予是站大黄的。贺秋妍手腕的拉伤如果再加重，很可能会被考务组强制送去校医院治疗，到那时还能不能参加明天的越野都……

一组组抽签结果开始在大屏幕上浮现，拉回胡灵予的思绪，也止住了黄冲和贺秋妍的争执。

轮空（晋级）：贺秋妍（丹顶鹤）

第5组：张栖（紫晶蟒）/黄冲（中华田园犬）

第16组：胡灵予（赤狐）/欧阳泽（尼罗鳄）

胡灵予："……"

他还在这儿巴巴地担心人家仙鹤呢，事实证明，爱笑的姑娘运气不会差，红毛的狐狸只能靠自己。

周围突然起了骚动，临时看台那边也同步传来了惊呼。

胡灵予一愣，眼神重新聚焦到大屏幕上。

第21组：傅西昂（美洲豹）/路祈（梅花鹿）

第四轮抽签的最后一组，两个最强者，提前相遇。

路祈不易察觉地皱了下眉，这时候就碰上傅西昂，确实不是什么好签。

准备区的同学们——傅西昂及其跟班除外——显然不这样想，在短暂的惊讶后，大多或明显或隐晦地松了口气，甚至庆幸起来。强势竞争者率先遭遇，不管淘汰了谁，对他们都是好事。

路祈将四周的反应尽收眼底，心中毫无波澜，却听见胡灵予不假思索道："这不公平！"

小狐狸一脸真情实感的气愤。

他一气，路祈那点不爽反倒烟消云散了，笑眯眯地道："随机抽签就是这样。你觉得我俩遇得早，系统可不承认。"

"我不是说这个，"胡灵予急了，"你才从场上下来，傅香香都休息多长时间了，凭什么让你立刻就跟他对抗？"

上一轮傅西昂是前40组，路祈是后3组，现在抽完签马上就要进对抗场，对路祈基本等于连轴转。

路祈怎么都没想到胡灵予替他不平的点在这里："前面不都是这么过来的，每一轮排到40组后的都这样。"

"这回情况特殊啊，"胡灵予想也不想道，"你是能得第一的，提前遇见傅香香这种强势竞争者就应该给你充分的准备时间！"

情况其实没什么特殊的，特殊"双标"的只有赤狐。

路祈忽然重重"唉"了一声，难得一见地调皮道："怎么办？不得第一都不行了。"

觉醒场上空传来考务组老师的催促："请除轮空以外的所有同学，尽快去对抗区相应场地就位……"

没两分钟，准备区的人走了个干净，就剩下贺秋妍一个，孤零零的情影看起来全是快乐。

4区域，6号场地。

赤狐道："欧阳泽？"

尼罗鳄道："胡灵予？"

赤狐道："你好。"

尼罗鳄道："……好。"

其他区域还有同学在走动，趁着"开考"前的最后时刻，身板高大宽阔的欧阳泽，抓紧观察自己的对手。

身材匀称，骨架偏秀气，灵活敏捷，但力量不足，典型的狐科。

然而就是这样一个看不出任何威胁的狐科，连战连捷，从大天鹅到刚果狮，再到苏门答腊虎，杀疯了[1]。

---

[1] 杀疯了：网络热词，指某人做某事发挥出超高的水准。

一次是侥幸，三次就是实力了。

何况鳄鱼科属并不比大型猫科更强，尤其在非水系环境里，脚下移动不够迅速，身体柔韧度也远逊于猫、犬。

无意间，再次四目相对。

欧阳泽心中一震，在犬科的那双眼睛里，你看不到任何犹疑畏惧，仿佛早已看透棋局，胸有定数。

对，就是这样。力量不足，战术来补，灵活敏捷，那便发挥到极致。自己遭遇的是一对一场上最可怕的那种对手，认得清敌人，也认得清自己。

尼罗鳄感觉到了前所未有的压力。

不远处，相邻的5区域，1号场地。

路祈和傅西昂站在对角线两端，是边界之内能拉开的最大距离。相仿的身高，肩背挺直，身形颀长漂亮，但一个更飘逸，一个更有力。

"又见面了。"路祈笑笑，拉一下觉醒训练服的前襟，被汗水打湿的地方贴在皮肤上，不大舒服。

傅西昂微妙地挑了一下眉："你不用暗示，我知道你刚对抗完。"

路祈顿了顿，而后放下手，看向美洲豹的目光变得惊奇："你怎么忽然变聪明了？早说啊，害我多此一举。"

傅西昂深呼吸，扯出自以为有涵养实则完全是狰狞的微笑："别耍嘴皮子了，你要觉得不公平，等会儿我让你10分钟。"

"你也太没诚意了，"梅花鹿一双清澈的眼真诚凝望着美洲豹，"直接让我晋级不行吗？"

傅西昂道："……你是真没被揍过。"

全部21组就位，哨声响起，开考。

4区6号场，尼罗鳄紧紧盯住赤狐，浑身肌肉绷紧，脚下微抬却又不敢先动。

忽然，他发现胡灵予垂着的手在轻轻地抖，像暗自打着什么节拍。

又在谋划什么战术？装死诱敌？过肩摔？扯臂环还是搞出界？无数猜测在欧阳泽脑内疾驰而过，他心如擂鼓，从未想过自己竟然会有面对赤狐而如临大敌的一天。

赤狐抬脚了！欧阳泽全神贯注，屏住呼吸。

赤狐抬起的脚向后有力一撤，啪，稳稳当当踩到界外。

考务组老师应声响哨："欧阳泽，晋级——"

尼罗鳄呆若木"鱼"。什么情况啊！

"嘿，"已到界外的胡灵予，团结友爱地挥手提醒，"你晋级了。"

"为什么？"欧阳泽完全傻掉了。

"根本没法打，还浪费时间干吗？"胡灵予说。

"怎么就没法打了，"欧阳泽说，"你刚才不是还在酝酿战术？"

胡灵予一愣："战术？"

"手这样，"欧阳泽学他在腿侧轻轻打节拍，"不就是在思考、在谋划吗？"

"那是累得手在抖。"胡灵予没想到尼罗鳄同学如此善于脑补，"我早就没体力啦，现在腿都抬不起来，走路都快要用鞋底蹭地了。"

欧阳泽问："这么累你干脆别过来了，直接在准备区弃权不行？"

"不行，"这个胡灵予绝不妥协，"我得亲眼看看你是什么样，万一体力也透支了呢，"小狐狸嘿嘿一乐，"那我不是还能拼一拼？"

欧阳泽："……"

所以他现在是被盖章"身体不虚"了？要不要再给赤狐送面感谢锦旗？

赤狐道："你刚才好像很紧张。"

尼罗鳄否认："没有。"

赤狐问："害怕我吗？"

尼罗鳄道："不是。"

赤狐道："可你现在都没敢看我的眼睛。"

尼罗鳄道："我近视。"

大屏幕实时通报。

第 16 组：尼罗鳄（晋级）

对抗才开始不到 10 秒。

路祈和傅西昂甚至还没真正动手，听见哨声都不约而同地转头，准确锁定相隔 4 块场地的某狐狸出界的背影。

傅西昂神情诧异，路祈又好气又好笑。

"放心，下一轮我早想好了。"

小狐狸拍胸脯保证，还真一点没食言，给自己安排得明明白白。

淘汰者在考务组老师那里确认完信息，就要按照规定路径从侧门离开觉醒场了，即便想留下，也得先离开再从正门折回，才能坐到临时看台上。

胡灵予急着看路祈的战况，出了觉醒场就沿着围墙一路往正门跑。

围墙外一片夏日的繁盛景象，墙根下一丛丛金丝桃，柠檬黄的花朵开得正明艳，离墙稍远些的木槿树，淡紫色的花骨朵含苞待放。

胡灵予像一只穿梭在姹紫嫣红中的小狐狸，跑得没头没脑，蹿得风风火火，一不小心就跟迎面来的人撞了个满怀。

"扑通"两声，撞与被撞者各自向后，都跌坐到草地上。

"对不起，对不起，"胡灵予连忙说，用力眨眼甩掉晕眩的金星，"我跑太急了。"

"没事，也怪我，"对面的人自我调侃道，"反应太慢，没躲开。"

胡灵予僵住，战栗从心底最深处泛起，如挥之不去的幽灵。

这声音，他听过。

视野逐渐清明，胡灵予看见一张他永远也忘不了的脸。

比悬崖上年轻，比悬崖上稚嫩，略带血丝的双眼还没有七年后那样的狠厉与邪性，抑或，他现在还需要隐藏。

"同学？"李倦见他面色有异，微微疑惑。

胡灵予知道自己现在应该表现得自然一些，可是根本做不到。白兔怎么会在这里？他也是第四大的？路祈呢，现在和白兔认识吗？无数疑问铺天盖地而来，冲击着胡灵予混乱的大脑。

李倦率先起身，走过来伸手拉他："你撞我，怎么还把自己撞傻了？"

胡灵予一个激灵，躲开了白兔的手。

李倦歪头，过长的发丝斜开，露出故作亲切的眼："怎么，还怕人碰啊？"

"没有。"胡灵予勉强笑了笑，迅速从地上爬起，拍拍身上，"不好意思啊。"

李倦说："你刚才道过歉了。"

"哦哦，"胡灵予继续扯了扯嘴角，本能地想逃，越快越好，可残存的最后一丝勇气生生定住了他的脚，"同学，你是哪个班的？刚才那一下撞得挺厉害的，万一后面你有什么不舒服的，我也好负责。"

李倦眯了眯眼，没有血色的唇角轻轻勾起，像听到了什么有趣的话："想负责的话，不是应该你自报家门吗？"

胡灵予不想，一万个不想。

未料白兔调侃完，便痛快地道："李倦，倦怠的倦，医学院研一。"

医学院。

胡灵予眼底微闪，记忆中的弦动了。

那晚他们追踪的犯罪集团，是一个搞非法基因研究的组织。该组织研发出了一种名叫"涅槃"的非法基因制剂，在黑市流通，该制剂能够大幅度地提升弱势科属的身体素质和野性之力，但同时也会给使用者的身体带来极大的危害与风险。

奈何总有人铤而走险。因为市面上并没有其他安全合法又有效的手段能让弱势科属弥补同强势科属的差距，但处处竞争的社会，总有弱者处处碰壁。

能搞出这种东西的犯罪集团，必然有专业的技术团队，李倦的医学院背景，是单纯的个人背景，还是包含了其他千丝万缕的联系？

"你怎么好像心事重重的，"李倦双手插兜，"对抗没考好？"

胡灵予错愕地抬头，大脑有片刻空白。

"一年级2班，胡灵予，野性之力5级，"李倦堆起友善的笑，"我这两天一直在训练场看热闹，就数你最亮眼。"

白兔演技不好。胡灵予想，他肯定没有在练习假笑的时候照过镜子，否则就会知道自己这样的表情有多违和。

他们根本不是偶然撞见的，是对方早早埋伏在这里，等着猎物自投罗网。

为什么？胡灵予已经无暇去想，双重恐惧交叠到一起，如毒蛇般，缠绕上他的四肢百骸。

他忍不住想要后退。

李倦垂眼看见，忽地伸手抓住他胳膊，困惑地凑近："你怎么好像特别怕我？"

白兔的力量大到不可思议，明明看不出使劲，却捏得极疼，根本无法挣脱。

胡灵予克制不住地抖了一下，说不出话。

天气那么热，他却那么冷。

压着打

急匆匆的脚步声从后方传来，打破了凝固的空气。

白兔抬眼，赤狐回头，一个身影正溜着墙边由远及近而来，步履飞快，踩得草丛沙沙响。

"大黄？"胡灵予诧异开口，一时忘了胳膊还被白兔攥着呢，"你怎么出来了？"

光顾着埋头快走的田园犬，被喊了才发现前方的胡灵予，脸立刻垮下来："输了呗。那个紫晶蟒练过柔术，一顿绞杀差点没给我缠骨折。"

话说完，人也到胡灵予面前了。白兔不着痕迹地松开手。

黄冲这才发现旁边还有第三人，疑惑地打量了李倦一眼。

胡灵予一把将他揽过来，哥俩好地勾肩搭背，然后朝李倦客气地笑笑："学长，那要没什么事，我俩就回觉醒场了。"

李倦耸耸肩，侧身靠到旁边的木槿树上，让开路。

赤狐带着一头雾水的田园犬，看似自然，实则仓皇地逃离现场。

迟钝如黄冲都察觉出了怪异，走出李倦的视线范围后，忍不住问胡灵予："那人谁啊？"

"不认识，刚才走路太急，没注意把他撞了。"胡灵予不想大黄跟那个危险的兔子有任何牵扯。

"你不是叫他学长吗？"

"咱俩大一，学校里遇见哪个不是学长？"

"也是。可我总感觉……"

"路祈怎么样了？"胡灵予忽然问。

"啊？啊，路祈，"只能单线程思考的田园犬，立刻将奇怪学长抛到脑后，"还跟傅西昂打着呢。"

木槿树下，李倦正要离开，口袋里的电话响了。

"哪儿呢？"来电者不太客气。

"还能在哪儿。"李倦也没礼貌多少，"有进展我自然会跟你联系，别总打电话来烦我。"

来电者问："还没接触上？"

"考试中，"李倦一字一顿重点强调道，"我直接冲进考场'邂逅'？"

来电者道："你不是说有一个已经考完了吗？"

"哦，那个狐狸啊，"李倦鄙夷地哼笑，"我看走眼了，胆子小得要命，废物。"

"胆小的弱势科属，会去考侦查学？"

"头脑发热的家伙每年都有。"

"行吧，反正那个路祈你盯住了就好。"

李倦勾起嘴角，刻意压低的声音多了几分危险的邪气："你在教我做事？"

"不敢。"来电者撤得倒快，"祝你好运。"

觉醒场，返回的胡灵予和黄冲直奔临时看台。

炎热的天气劝退了不少人，观战的同学比上午少了三分之一，许多座位空了出来。

胡灵予刚想就近挑俩，就听见有人喊他和黄冲的名字。

闻声抬头，斜上方王则轩正热情洋溢地挥手，旁边的陈祝佳一脸漠然、目光迷离，看起来随时都要睡着。

"你们怎么过来了，"黄冲又意外又惊喜，"给我俩加油的？"

"上午就来了，"王则轩说，"够意思吧？"

"太够了！"虽然输了大黄有点小郁闷，但对于对抗成绩已经比较满意了，再看见过来助威的同学，立刻彻底变得阳光灿烂，几步跨上来，重重地拍两人的肩膀，"晚上想吃什么？我请！"

陈祝佳被拍得一激灵，元神才归位："啊？比完了？你俩终于输了？"

大黄道："……这话怎么听着这么别扭呢？"

"理解理解老陈吧，"王则轩出卖室友，"他预测你俩都过不了第一轮，以为在这儿坐坐就能撤呢，谁知道你俩越战越勇，从上午扛到了下午。"

大黄立刻挨着王同学坐下来："我俩争气吧！"

王则轩道："那是相当争气，我预测的第二轮。"

大黄："……"

胡灵予慢了好久才过来，因为中途一直回头看大屏幕。

上面实时是第15组，不知道画面已经直播了几轮，也不确定还剩几组能轮到路祈的第21组，胡灵予总怕错过。

就这么磨蹭到了王则轩、陈祝佳这排，胡灵予匆匆和两位同学打了招呼，就迅速坐下来，继续抬头锁定直播。

身后再往上一排，从看见黄冲就开始大幅度摇折扇的某红腹锦鸡学长："……"

一连被两人无视，是他坐得不够高，还是扇得不够猛？

"看见傅香香那组了吗？"还没坐稳，胡灵予就迫不及待地问王则轩，"现在是什么情况？"

"不太乐观，"王则轩神情立刻凝重起来，"路祈好像不太敢跟他正面对抗，一开始就采取防守策略，现在被压着打，想扭转局面，难。"

"压着打？"胡灵予变了脸色。

"没真打着，"相对于喜欢夸张的王则轩，陈祝佳还算比较实事求是，"虽然被傅西昂追得满场跑，但每回攻击都有惊无险地躲过去了。"

"被动成这样，还不叫压着打？"王则轩坚持。

胡灵予在"没真打着"这里松口气，而后连上前面的"一开始就采取防守策略"，逐渐冷静下来，微微生疑。

听了半天的大黄一直觉得哪里怪怪的，这会儿终于反应过来，胡灵予问的是傅香香，王则轩和陈祝佳回答的主语却是路祈。

"你俩也认识路祈？"大黄这一问，也点醒了胡灵予。

然后就见王则轩往背后一指："本来不认识，这不遇见老莫和老管了吗？"

一犬一狐茫然抬头，终于跟红腹锦鸡四目相对。

莫云征的手腕已经摇酸了，还坚持折扇翩翩，儒雅微笑："别来无恙。"

胡灵予、黄冲："……"昨天好像刚见完。

莫云征后方，一个卷发男生双肘贴腿，附身前倾，眼睛直直望着他们，很明显想加入谈话圈的姿态。

胡灵予想忽视都难，所以这就是王则轩口中的："老管？"

"我叫管明旭，"男生大大方方道，"和路祈一个宿舍的。"

"和路祈一个……"胡灵予顿时惊讶，紧接着便放松下来，眼神一秒就变成了看自己人的状态，"你好你好，我叫胡灵予，我是……"

"我知道，"管明旭笑，"路祈说过，你们一起训练。"

"哦哦。"胡灵予忙不迭点头。

管明旭道："有几次我看他练得太累了，还说要不要休息两天，他说不行……"

"还得一带二，拖着我俩飞呢，"胡灵予先说了，以免尴尬，却还是有点不好意思地摸上鼻子，"是吧？"

"……说你俩特拼命，他要是自我放松就跟不上进度了。"管明旭怔了怔，然后表情逐渐迷惑，"我到底该听你们谁的？"

胡灵予："……"

莫云征看着已经完全把自己遗忘的狐学弟，认命了。谁让他既不是同班同学，也没有漂亮的梅花鹿室友。

"到了到了！"王则轩忽然回身拍两人。

胡灵予和大黄立刻找位置坐下来。

大屏幕画面里，傅西昂气喘吁吁地从紧邻界限的场地底边转过身，看着又一次从自己眼皮子底下溜掉的梅花鹿，汗津津的脸上神情阴沉，目光暴躁："有能耐你就跑到底，千万别让我逮着。"

一个字一个字地从牙缝里蹦，是恨不得将猎物撕碎的愤怒。

路祈喘得反而没那么厉害，明明是被动的一方，而且灰头土脸不知在地上滚了几个来回，可一开口声音比对手还稳："来来回回就这一句，还到现在都没兑现，真不考虑换句新的？"

傅西昂的胸膛剧烈起伏，眼底发了狠，突然原地跃起朝路祈径直扑过去，明明是未兽化状态，却在空中划出了一道极漂亮的线，同扑猎的美洲豹并无二致。

速度太快了，整个临时看台的人都瞪大了眼睛。一年级的还没人见过哪个猫科能在人形状态下将身体开发到这种程度，似乎才看见傅西昂跃起，下个瞬间他就已经扑中路祈所站的位置。

可又一次，他扑了空。

没人知道路祈是能掐会算，还是真的直觉惊人，他完全是跟傅西昂同时动的，美洲豹向前扑，他向旁边扑，就地一滚飞快起身，行云流水。

然而傅西昂再度扑过去，速度比之前更快，"赶尽杀绝"的戾气几乎冲出了屏幕。

但路祈就是有本事在每次看起来要被摁住的时候，惊险脱身。

不说局面谁主动谁被动，就是这种水平的身体素质和攻防战，根本无法想象他们才一年级。

短短30秒，临时看台上的人都傻了，每秒都有同学陷入对人生的怀疑，自己和场上那俩确定每天上的是同样的课程？

胡灵予现在知道路祈那一身土怎么来的了，可看得越久，另外一种感觉就越清晰。毕竟自己对抗的时候几乎场场都要采取先防守再反击的路线，对"逃窜"颇有心得。

路祈根本不是在逃，虽然看着惊险，但若次次都惊险脱身，逃的本质下实则就是"控"了。

表面上是傅西昂主导局势，实际上是路祈控着战场。

所以傅西昂看着比他还累。

胡灵予唯一想不出的是路祈准备怎么获胜。逃只能不输，傅西昂和别的猫科不同，持久战是拖不垮这家伙的，只会让他一次比一次更凶狠。但若是反击，必然要硬碰硬，梅花鹿的赢面不大，如果大，胡灵予相信路祈不会让场面胶着到现在。

实时直播切换前的最后一秒，傅西昂彻底"暴走"了，以一个几乎不可想象的空中扭转，伸手抓住了已经闪到旁边的路祈。

胡灵予呼吸一紧，临时看台一片惊叫。

大屏幕却毫不留情地回到了第1组。

胡灵予忍不住站起来，脖子伸得像只长颈鹿，用生命在眺望。

5区域1号场地的考务组老师没有这些方面的困扰，全程近距离盯得一清二楚，在傅西昂抓住路祈肩膀的瞬间，他已经准备好要吹哨了。

万万没想到路祈突然俯身抬臂，鱼一样滑溜地从短袖训练服里脱了出来。

傅西昂莫名其妙捞到一件训练服，看着它在手里晃荡，愣了足有两秒。

路祈打了赤膊，只剩臂环还紧紧缚在左臂上，像战士的徽章，一身薄肌肉清晰可见，线条流畅，那是藏在平日飘逸舒展身躯下的矫健与力量。

他可没那么体贴地等着傅西昂愣完，突然欺身上前一拳狠狠揍上美洲豹的脸。

傅西昂"捕猎"了全场，无数次喊话让路祈是男人就正面干一架都没用，怎么也想不到到这时候了路祈居然奋起。

一拳正中左颊。

傅西昂在震惊和疼痛中，整个身体向右偏去。路祈没等他站稳，抬手又是一拳。

傅西昂醒过神，反应飞快地抓住路祈的手腕，一声咆哮："你——"

路祈眼底一凛，左手又上来，压根不去扯臂环，还是往脸上揍。

傅西昂又狠狠抓住他的这只手腕，全身用力将人死死往地上摁。

"咚"的一声闷响。

路祈的后背重重摔到地面上，然而双腿却随之抬起，稳准狠地蹬向傅西昂的肚子。

傅西昂被踹得松了手，向后踉跄了几步，脸上的木、肚子的疼，还有连挨两下的屈辱，足以让愤怒烧断他的最后一根神经："你找死——"

傅西昂发疯一样扑向路祈，双眼猩红。

路祈不仅没躲，还以同样的姿态强硬地迎了上去。但和怒火中烧的对手截然不同，他的情绪反而淡了，先前的故意戏谑、刻意挑衅、欠揍微笑等全部消失，只剩平静的漠然。

戏演完了，只差最后扯断大幕落下的那根绳。

"砰"的一声，两个倾尽全力的人像炮弹般撞到一起。

谁都想压倒对方，谁都寸步不让，即使身体在冲撞中疼到发木，也死命顶住。

但最终，还是路祈被扑倒了。

黑色美洲豹重重压在他身上，锋利的爪子死死摁住他的肩膀，致命的利齿距离他的颈动脉只剩不到几厘米。

电光石火间，一头黄色金钱豹扑过来，以绝对的力量撞开了美洲豹。

是兽化的考务组老师。

黑色美洲豹在地上滚了一圈，起身，愤怒地朝金钱豹嘶吼。金钱豹更凶地吼回去，以绝对的严厉。

路祈坐起来，摸摸脖子，松了口气。还好，没咬着，不会留疤。

别组的老师陆续过来帮忙，很快，对战结果通报在大屏上。

第 21 组：路祈（晋级）

无论是美洲豹的吼声还是大屏幕的结果，路祈的获胜都确凿无疑。

可看台上还是议论纷纷。

"真赢了？"

"傅西昂那家伙都兽化了。"

"这都能输，一手好牌打得稀烂。"

"怎么突然兽化了？"

"他那个暴脾气，一冲动啥事干不出来？"

"你少说了，不光暴脾气，还没脑子。"

"嘿嘿嘿……嘘，小声点，别让他们班的听见。"

"没事，他在他们班也没什么人缘，就那四个傻子跟他混……"

"路祈爽了，打脸傅西昂啊，能吹一辈子。"

"运气真好。"

"不全是运气吧，你对上傅西昂能坚持这么久？"

"也是……"

通报结束，大屏幕切回对抗场的直播。

胡灵予低头看看自己攥红了的手，为刚才真情实感替路祈担心的自己觉得不值。

不全是运气？根本就全不是运气！

正面对抗，乐观讲是五五开，实则可能只有四六开，路祈是四，甚至更低。这和飞跳球不一样，路祈在飞跳球上可以凭借跳跃与技术碾压傅西昂，但对抗完全是另一码事。

这是摒弃了一切可用或可干扰的外部条件，最直观的科属对抗。

路祈不要"有可能赢"，他要的是"必须赢"，所以他以最节省休力的方式逃窜了99%的时间，在傅西昂暴躁到极点时，一拳两脚，点燃引信，成功让傅西昂失控兽化。

胡灵予长舒一口气，悬着的心松弛下来，发现王则轩还在跟大黄讨论，便凑过去，将自己的心得与他们分享。

"……综上，让傅西昂兽化就是心机鹿的战术，并且从开局执行到底。"有一说一，路祈的执行力胡灵予还是很佩服的。

黄冲听完，恍然大悟。

王则轩却眼神复杂地看向胡灵予。

赤狐疑惑地道："欸？"

法老王猎犬："你又装死骗狮子又带着老虎一起出界的，说人家心机鹿？"

赤狐："……"

焦点

准备区。

早就得胜归来的跟班1号和刚淘汰对手返回的跟班3号，并肩而立，远远看着自家老大被带离觉醒场，依然难以接受现实。

3号跟班："真输了？"

1号跟班："老大都兽化了。"

3号跟班："那个死鹿绝对用阴招了！"

1号跟班："今天也是邪了门了，怎么全折在他俩手上？一个坑了老王和赵盛，一个赢了老大，唉，早上出门真该看看皇历。"

3号跟班："你说的这是什么话，搞得像我们真怕他俩似的，要看皇历也该是他们看。我跟你说，老王和赵盛纯属轻敌，老大就是没压住脾气，哪场是他俩靠真本事赢的？"

1号跟班："其实剑走偏锋更防不胜防……"

3号跟班："你可闭嘴吧。我怎么就没遇上他俩呢？要是给我遇上，来一个灭一个，来两个灭一双！"

15分钟后，最后一组对抗结束，获胜的21人连同直接晋级的贺秋妍，迎来了第五轮抽签结果。

第1组：贺秋妍（丹顶鹤）/平浩（花豹）

第2组：路祈（梅花鹿）/马谦谦（孟加拉虎）

跟班1号缓缓看向3号："这盛世如你所愿。"

跟班3号马谦谦："……"

"请各位同学尽快到对抗区域就位——"

马谦谦一掌拍上1号的肩膀，临行前，再次重复誓言："来一个灭一个，来两个灭一双，我说到做到。"

不知为何，1号跟班总觉得肩膀有些沉重。

孟加拉虎转身，先行一步。

1号跟班望着他的背影，不知为何，总觉得慷慨之中，亦有悲壮。

3区域，2号场地。

一鹿一虎相对而立，谨慎打量。

终是梅花鹿先递出了友善的橄榄枝："1号？"

孟加拉虎道："3号！"

梅花鹿答："哦。"

孟加拉虎道："不对，呸！你能不能跟臭狐狸学点好的，不认字吗？马谦谦——"

梅花鹿道："好秀气的名字。"

孟加拉虎道："有没有文化，谦谦君子，懂？"

梅花鹿："……"

孟加拉虎怒道："笑啥啊！"

梅花鹿道："一般都是人如其名，你这个，实物差距过大。"

孟加拉虎深吸一口气，完全理解老大兽化时的心情了："死鹿，你完了。"

路祈有多欠揍，谁跟他唠谁知道。

能从几百人中脱颖而出，冲进前21，理论上讲没有弱者。对抗开始，11块场地中的绝大多数人，便陷入激烈而又旗鼓相当的攻防战。

为什么说"理论上""绝大多数"？

因为也有5分钟不到就出结果的。

哨声响起。

正在对抗的1号跟班听见哨声很近，立刻往3号跟班那里瞄。他离路祈和马谦谦的场地很近，以至于迟迟不能专心投入战斗，听见动静就担心是不是马同学遭了难，虎爪难敌鹿蹄。

还好不是。分出胜负的是第1组，贺秋妍淘汰，花豹晋级。

不过丹顶鹤一点都不难过，本来做好心理准备上一轮就淘汰的，谁料一个轮空白赚了几十分。众所周知，不劳而获的快乐会加倍。

1号跟班还没来得及收回视线，敏锐的听觉已捕捉到对手靠近的风声。他凭身体本能飞快后撤，机敏地避开攻击，但也意识到不能再分心了。

马谦谦再怎么说也是孟加拉虎，路祈又在老大那里消耗了不知多少体力，即便他真能咬牙再下一城，也不至于才5分钟就……

"嘟——"

新的哨声。

第2组：路祈（晋级）

1号跟班看不见大屏幕，却看得见路祈对面完全被摔出界的马谦谦。

的确不是5分钟，6分钟不能更多了。

怎么形成这种局面的，1号跟班没看见，但此时此刻心中只有一个念头：感谢天，感谢地，感谢命运没让我和狐鹿相遇。

临时看台上，所有同学也只是通过大屏幕看见了战局最初的30秒。

但——

同学甲道："有谁和我一样，完全不觉得意外？"

同学乙道："我现在心如止水。"

同学丙道："他真不是从哪个猛兽班转到鹿科班的吗？"

同学丁道："我就想知道他是不是最后真能得第一。"

同学戊道："鹿科的第一，前无古人。"

胡灵予抿紧嘴唇，目光紧紧追随着远处那个隐约的身影回到准备区。

王则轩在兴奋地跟管明旭打听更多路祈的事情，大有从今以后路哥就是他偶像的意思。大黄和莫云征都在眺望觉醒场的入口，寻找贺秋妍从外返回的踪迹。陈祝佳是唯一沉静自制的，顶着要命的大太阳，认真思索为什么胡灵予和黄冲都考完了，他还坐在这里。

大浪淘沙，随着第五轮结束，晋级者仅剩 11 名。

这些同学将有 148 分保底，如果在最后一轮中还能获胜，便可得到满分 160。

准备区里已经没人坐着了。

跟班 1 号环顾左右，剩下的人中，有两个大型犬，算他三个大型猫，两熊，一象，一鹿，一蟒，一雕。

考务组并未因为是最后一轮，便对他们格外厚待，抽签分组依然衔接得很紧密，几乎不留休息时间。

偌大的屏幕开始滚动。

11 个名字像陷入引力旋涡的星体，无序运行变换。

1 号跟班静静凝望，脑中闪过刚刚环顾完的 10 个对手，大型犬矫健好斗，大型猫知己知彼，象科魁梧如山，蟒科柔韧难缠，金雕集轻盈、力量与凶狠于一身……抽谁都行，别抽到路祈。

滚屏悄然静止。

第 3 组：田也（阿拉斯加棕熊）/ 张琥（华南虎）

第 4 组：路祈（梅花鹿）/ 彭天举（亚洲象）

跟班 1 号张琥，默默松口气，老天还是眷顾他的。

每个人都在环顾，提前寻找并锁定自己的对手。

但彭天举不用寻找，他径直看向右前方，那是现在整个准备区里最格格不入的身影。

不算单薄但也称不上厚实的后背、窄得过分的腰，肩宽腿长但肌肉不够，无论是大型犬还是大型猫，抑或巨蟒、金雕，随便过来一个都比他魁梧，身高可能是路祈唯一不拉胯的，但在普遍逼近两米的象科眼中，就不够看了。

然而彭天举完全不敢掉以轻心。

因为这个鹿科同学几乎没抽到过什么好签，能到这里完全是凭借硬实力踏过一个又一个强劲的对手。

也因为这个鹿科同学都到最后一轮了，还只是静静地站在那儿。别人都在找对手，他在放空。

彭天举只能看见一张平静的侧脸，平静得让人害怕。

像是察觉到了目光，那张脸慢慢转过来，对上彭天举，原本淡漠的眼里开始染上笑，亲切颔首。

周围每一组互相打量的对手，都绝对没有路祈这样友好。然而彭天举只希望路祈和其他人一样。

"请各位同学进入对抗区——"

在考务组老师的催促声中，10 名同学步入各自的战场。轮空的某大型犬提前获得了 160 分，已经在登记之后幸福离场，飞往食堂。

对抗考试最后一轮，时间已是傍晚六点四十五分。

夏日白昼长，仍然明亮的天空模糊了下午和傍晚的界限。

场地内，梅花鹿和亚洲象各站一边。

彭天举的块头能装下两个路祈，二者面对面，体型的差距更为明显。

主席台上，所有持设备的侦查学系老师都将直播定在了路祈这里。

虽然没人说，但作为老师大家心里都门儿清，从战胜傅西昂后，这个鹿科班的学生就注定成为焦点。考入侦查学之于路祈已经不是难事，对于即将接收的这名学生，侦查系的老师们更关心的是他在每一场对抗中的表现，以及由此展现的潜力。

对抗开始。

彭天举按兵不动，他记着傅西昂的教训呢，绝不在频繁的无效攻击中浪费体力。

路祈却一反常态，向前助力两步突然高高跃起。

彭天举做的是对峙的打算，没料到路祈忽然主动起来，他猝不及防地抬头，梅花鹿的身影遮住了上方的光。

他有时间后退，但象科并不以灵活敏捷取胜，相比于闪躲，更喜欢先迎接，再反击，这是他们的基因里天然的倾向。

路祈扑下，俯冲之凶狠不逊于猛禽。

彭天举竟生生扛住了，连晃都没晃，反而在被冲撞的瞬间一把抓住路祈的肩膀，凭借两臂巨大的力量将人重重掼到了地上。

"砰"的一声巨响，尘土四起。

考务组老师的监控设备中，梅花鹿臂环的实时数值在他被摔的一刹那逼近警戒线，足见这一下有多重。

彭天举根本没留余力，可还没等他松手，腹部便遭到重踹。

扬尘阻碍视线，彭天举根本没看清路祈是怎么出的腿，他疼得松开手，下意识去捂肚子。

梅花鹿却忽然跃起，直接上前抢臂环。彭天举一把抓住乘虚而入的鹿手，将人用力往后一扯。

象科的力量远超过其他科属，路祈抗衡不了，随之跟跄，与边界的距离一下缩短。

彭天举看准时机松开手，接着整个人向前，准备直接用身体将路祈撞出边界。

路祈还在失去平衡的惯性中，根本做不了其他。

赢了。彭天举用力一撞。

巨大的冲撞却没有碰到任何阻拦，彭天举瞪大眼睛，在身体的急速前倾中根本无法思考路祈怎么就消失了。

"扑通——"

近两米的强壮男生摔倒在地，上半身在边界线外，双脚还在边界线内。

而路祈并没有真的消失，现场监考和主席台上的老师都看得清楚，被冲撞前的最后一秒，路祈识破了彭天举的意图，居然在失去平衡的状态下强行改变了身体的方向，闪出了对手的攻击路径。

这种高难度的运动中扭转和身体控制，即便是猫科，都未必人人能掌握，居然能出现在一个鹿科身上。

与基因加成全然无关，绝对是后天苦练而成。

彭天举倒地便觉不妙，回头，果然路祈已经抓住了他的双脚。

"想拖我出界外？做梦——"

彭天举粗壮的双腿用力往后一蹬。

路祈却忽然松手，一跃跳上他的后背。

彭天举趴在边界线上，被路祈突如其来地一压，下巴猛地磕地，差点咬着舌头。

手臂忽觉异样，彭天举顿觉不好，猛然向一侧翻身。

路祈被掀下来。

然而已经晚了，梅花鹿手里握着亚洲象的臂环。

但彭天举现在不关心这个了，他第一眼去看路祈落地的位置——恰好卡在边界线内。

考务组老师起哨："路祈，胜——"

最后一轮，没有晋级，只有获胜。

"不对！"彭天举忽然反应过来，"他刚才踩我后背上了，我后背在边界线外！"

考务组老师身经百战，且恰好前面判罚过赤狐对阵大天鹅那组，对出界的规则格外熟悉："非鸟类科属，脚踩到界外地面视为犯规，踩到背上不算。"

夜晚

只有 5 组的对抗决赛圈，大屏幕上两分半钟便能循环一轮，临时看台上基本可以拼凑出鹿象之战的全局，尤其最后路祈精彩的"反杀"，恰好卡在直播的时刻。

围观同学看过路祈前几轮的表现，虽然心中对其对抗结果已有预期，但象科彭天举也是一路碾压晋级的，单凭得天独厚、不可撼动的重量级身形，就能让大部分攻击形同虚设，面对这样的"铜墙铁壁"，路祈还能赢得干脆利落，没别的话说，就一个字：强。

全程为路祈捏把汗的"亲友团"，喜悦之情更是溢于言表。

管明旭和王则轩在看见路祈扯掉对手臂环的那一刻，差点蹦起来。前者是理所当然地为室友开心，后者也不知道自己蹦啥，可能看太久生生看出感情了。陈祝佳则是困顿双眼刹那清醒：终于可以回宿舍了？

不久前才回到临时看台的贺秋妍，情不自禁地想和旁边的黄冲击掌，黄冲手都抬起来了才发现贺秋妍举的是拉伤的右手，立刻又放下，一个劲儿咕哝意思到了就行。贺秋妍被他的傻样逗乐了，也不知道有没有领会田园犬的关心，反正笑得特甜。

后方的莫云征虽然已决定放弃，但还是被前女神和犬学弟之间自成结界的氛围扎了心。倾慕一年，不如认识两天。

算了。

莫云征抬起头，眺望路祈的战场，强迫自己从恋爱脑回到人生理想。小鹿都能从猛兽群中杀出重围，红腹锦鸡定然也有凤凰涅槃的那天。

某赤狐同学是亲友团中唯一特立独行的。打从大屏幕通报路祈获胜开始，他就立刻低头，神情严肃，口中默念有词，不时还掰手指头进行辅助——所谓"事业粉"，就是所有人都在关心你赢得帅不帅，只有我关心你攒了多少分。

六项体测中的五项已经考完，路祈跑步第12名，58分；跳跃第一，80分；游泳0分；野性之力第二，158分；对抗160分……总计，456分。

记忆中，路祈获得体测总分第一的成绩是616分，傅香香以610分居第二，若以此为参照，路祈必须在最后的越野中拿到满分160分，也就是第一名，才能达到前次的成绩。而上一次路祈的越野只有102分（第30名）。不是他不够强，相反，在强势科属纷纷抱团结盟的情况下，他能一个人单枪匹马从三百多名同学中杀进越野的前30，已经是不可想象的成绩了。

胡灵予抿紧嘴唇，如果游泳不犯规，路祈现在就该稳稳走在通往总分第一的康庄大道上。

所以，明天会有奇迹吗？

就像今天抽签全乱了，猝不及防遭遇了傅西昂，路祈不退反进，反而发挥更漂亮。

抬头望天，晚霞灿烂。

胡灵予多希望那不是夕阳最后的倔强，而是梅花鹿克服某个狐狸的干扰，给自己顽强争回的光明前程。

"他们怎么还在场上，"陈祝佳心心念念地等着路祈撤，他就可以回宿舍，但左等右等，路祈和彭天举还待在场地里，"不是结束了吗？"

"最后一轮要双确认，得等全部 5 组结束考务组再复盘，怕有遗漏的犯规没发现，"王则轩怀疑地瞥他一眼，"刚才说规则的时候你是不是又睡着了？"

睡不睡的不重要。

陈祝佳问："还得等多久？"

王则轩答："快了，另外 4 组也差不多了，依我看耗不了多久。"

陈祝佳信了。

对抗场上的风云也真如王则轩所料。

两分钟后。

第 3 组：跟班 1 号张琥同学躲过了梅花鹿，没躲过棕熊扑，憾负。

四分钟后。

第 1 组：犬科内斗，藏獒战胜北美灰狼。

第 5 组：加丹加狮战胜亚洲黑熊，为大型猫科正名。

至此，还在鏖战的只剩下最后一组，网纹蟒对金雕。

局面也就是从这个时候，开始偏离王同学推测的走向，且越偏越远。

通过大屏幕，临时看台的全体同学见证了两个科属要是打不到一块儿，将有多么心累。

蟒科同学一心想把金雕扯下来，纠缠地面战。金雕同学蹦来蹦去低空滑翔，誓死不接地气。一蟒一雕就跟海天之恋似的，拉拉扯扯，分分合合，若即若离，欲打还休。

从傍晚打到天黑，送走夕阳无限好，迎来月上柳梢头。

到最后终局哨声响起时，临时看台上的同学——包括蛇类科属班和猛禽班的几位应援亲友——都想冲过去谢谢他俩"大赦天下"。

考务组的复盘极快，最终未发现其他违规，先前判定的成绩有效。路祈及其他四名获胜者，按第一名计，160分；另外五名输掉的同学按第七名计，142分。至于最后一战还能轮空的那位幸运同学，人家才没巴巴在准备区傻等呢，早就跟考务组确认完身份信息，满载着160分的快乐扬长而去。

漫长的体测第二日，终于落下帷幕。

10名同学原地解散，临时看台上的同学纷纷跳到场内，轻松的空气随着夜风流动，觉醒场又变回了平日那个训练场。

主席台上的老师们陆续撤离，只剩冯燎原主任还在收尾："场上的同学尽快回去吃饭休息，明天还有越野考试，不要再在外面晃了——"

奈何没有几个同学在意冯主任的苦心。

"我厉害吧？"路祈歪头望着胡灵予笑。尽管迎面走来的还有三犬一鹤一鸡一鹿，可他就看赤狐，清澈的眼睛故意一眨不眨，明晃晃地求表扬。

"资深"同屋人管明旭震惊了，他那个敢跟虎狼叫板、敢掐巨蟒七寸，日常笑脸迎人，实则滴水不漏，隐藏情绪比隐藏实力还擅长的室友……在求表扬？

觉醒场的灯光打在路祈脸上，明暗交错的影，虚化了汗水和尘土，却让漂亮的眉眼更动人。

胡灵予愣了，过了好几秒，才呆呆地点头："厉害。"

路祈扬起嘴角，一个带点得意却比平日里都简单纯粹的笑："有没有觉得很迷人？"

好好一个人，可惜长了嘴。

"你不说话更有魅力。"胡灵予真心实意道。

"会吗？"路祈不同意，"他们都说我声音好听。"

胡灵予翻白眼："谁们？你告诉我。"

"这个，"路祈抬头，先看管明旭，又看贺秋妍，"还有这个。"

麋鹿、丹顶鹤："……"

敢情不是没看见他们，就是想先跟狐狸说话。嗯，就是特殊对待。

好在梅花鹿的双标适可而止，并及时发现一群熟人里还有两张生面孔。在得知王则轩和陈祝佳是胡灵予犬科班的同学后，路祈立刻恢复日常状态，社交水平全面上线，对着王则轩的各种彩虹屁①和"有聊"或者无聊的问题，都给予积极反馈和耐心回答，弄得王则轩本来只是惊叹他的能力，到后面变成对他整个人的认可，非要加他的联系方式，交定了这个朋友。

一行人从觉醒场出来，食堂早就没了饭，只剩两个校内小餐厅还在卖夜宵，但门庭冷清，因为口味实在是一言难尽。

王则轩和陈祝佳决定回宿舍点外卖。大黄在贺秋妍第二次不小心碰疼了手腕后，坚决要拉她去校医院急诊治疗，贺秋妍拗不过他，被田园犬扯走了。

莫云征目送两抹般配的背影消失在茫茫夜色中，少了伤感，多了释然："渡口双双飞白鸟，芦花深处隐渔歌。"

胡灵予、路祈、管明旭："……"他们不太懂，他们也不想问。

收回视线，红腹锦鸡和学弟们告别："我也回宿舍了。"

"也点外卖？"胡灵予问这话其实有点请客的意思，毕竟莫云征在看台坐了一天给他们助威。本来刚才就要开口，想把王则轩、陈祝佳也拉上，但老陈一脸"再不让我回宿舍我就和你拼命"的架势，胡同学就没敢吱声。

不承想学长缓缓摇头："我不吃晚饭，喝汤。"

胡灵予一愣："节食？"

莫学长甩开折扇，翩翩如风："古法养生。"

胡灵予道："……学长，你不会是在宿舍里自己煲汤吧？"

莫学长点头："清热去火，降燥润肺汤，最适合夏天。"

医学院的宿舍楼在另一个方向。

一狐二鹿原地挥手，送别红腹锦鸡。

及至对方走远，管明旭凝望前方的脸上还维持着学弟的乖巧："医学院的都这么……仙儿吗？"

胡灵予同款乖巧凝望姿势："应该……不吧。"

"好了，"路祈问，"我们现在去哪儿？"

"去哪儿？"胡灵予不明所以。

---

① 彩虹屁：网络流行语，意思是粉丝用各种方式吹捧自己的偶像。

路祈看他："你不是要请客？"

胡灵予诧异道："我还没说，你怎么……"

"怎么就知道？"路祈笑眯眯道，"心有灵犀呗。"

管明旭默默抬头仰望星空。他今天只是单纯过来给室友加个油，为什么好像一脚踏进了某个奇怪领域？他虽然总试图看清路祈，看清闪耀鹿角下的梅花，但如果每一朵花都向着赤狐开，其实不看也是可以的。

"行，我请客，"胡灵予今天经历了太多，也需要压压惊，"但先说好，就学校附近的，不能太远，早吃完早回，明天还要考试。"

"那就……"路祈抬头想，视线不经意扫过斜前方。

那是回宿舍的必经之路，两侧种满了灌木和树，不时有兽化的小型动物在其间穿过，月光和路灯的交织下，窸窸窣窣，仿佛迷你森林。晚上空气凉爽，很多同学都出来了，路上来来往往，人影、树影交错。

一抹幽暗的光从梅花鹿眼底掠过，快得根本来不及捕捉。

"那就直接回宿舍吧。"路祈不着痕迹地收回目光，露出平日里逗胡灵予的熟悉表情，"说着玩你还当真了，明天越野，哪有时间吃吃喝喝？赶紧回去把考试的东西准备齐了。"

胡灵予一心等着路祈选饭馆呢，现在只剩无语："你知道人与人之间的信任是怎么磨没的吗？"

梅花鹿忐忑地道："下次再想让你请吃饭是不是就难了？"

赤狐眯起眼："不是难，是做梦。"

最终小狐狸独自前往超市买口粮，头也不回，只留给两头鹿一个"你看我以后还理你吗"的背影。

"走，"路祈拍拍管明旭的肩膀，"回宿舍点外卖。"

问题是管明旭并没有表现出点外卖的想法，而平时的路祈是不会擅自替他决定的，更别说还拒了胡灵予的请客。管明旭倒不是贪图胡同学的一顿饭，只是总觉得在刚刚自己来不及插话的狐鹿交谈中，哪个细微节点好像有点别扭。

未及细想，路祈已经迈步向前，管明旭只好跟上。

两人很快走到回宿舍的小路上，和出来吃夜宵的同学不断擦肩。

几个兽化的鸦科立在高高低低的树枝上，发出特有的叫声，不喜欢的人觉得阴森悚然，喜欢的人却觉得悠远动听。

其中有一只雪鸮，洁白漂亮，在沉郁树影中像一抹月光的精灵。

路祈情不自禁地驻足，抬头，多看了两眼。

管明旭跟他一起停，一起欣赏，还不忘发散思维："你说这是学长还是学姐？"

路祈笑，刚想开口，两人正上方突然传来奇怪的声响。

他和管明旭一起抬头，下一秒眼疾手快地将麋鹿猛地拉到一旁："小心——"

话音未落，一个重物"砰"地落到地面，正是刚才两人站着的地方。

"抱歉抱歉，"树上飞快跳下来一个人，捡起那本比词典还厚完全可以当凶器的医学专科书籍，"我一时没拿稳，没砸到你们吧？"

大晚上坐在黑黢黢的树杈里看医书？管明旭现在对医学院彻底绝望了。

"没砸着，"路祈冲对方笑，"就是吓了一跳。"

风吹树动，落在对方脸上的阴影正好移开，夜色下，是一张苍白的脸。

"我叫李倦，医学院研一。"

螳螂捕蝉

"肇事者"的认错态度很好，好到管明旭的心中泛起一丝怪异感。在学校里磕磕碰碰很正常，好端端地走在路上还会被鸟科学长拉一头屎呢，脾气不好的互相骂两句，团结友爱的一个"对不起"一个"没关系"也就够了，没见谁上来还要自我介绍的。

"学长。"路祈客气道，算是简单回应了李倦，全无礼尚往来报身份证号的意思，迈开步子继续往宿舍走。

这才是正常反应嘛。管明旭也象征性地跟李倦点了下头，脚步跟上。

三人擦肩。

拿着医书的李倦忽然回头："你是不是……路祈？"

梅花鹿停下，重新转回身，目露困惑。

"我这两天在体测那边看热闹，"李倦解释道，"你表现得很抢眼。"

"也没有，"路祈谦虚道，略带一丝不适应被当面表扬的尴尬，随后又有些奇怪，"学长不是医学院的吗，怎么会去看分专业体测？"

李倦拿手撩了两把额前过长的头发，尽量露出一双真诚的眼睛："其实是我们项目组最近在做一个关于弱势科属体能潜力与开发的研究。体测最能激发潜力，我就……"

"去体测考场寻找观察样本？"路祈抢答。

李倦眯了眯眼，越发满意："你不光身体天赋好，脑子也很聪明。"

路祈苦笑："学长，你要再这么聊一句夸两句，我就没法接了。"

李倦也笑，几绺落下的头发又挡住了眼睛："好不容易逮住个有效样本，你得理解我。"

路祈感同身受，几不可闻地叹息道："像我们这种科属参加体测的的确不多。"

李倦注意到他避开了使用"弱势科属"一词，勾了勾嘴角。

越不想面对的东西越会回避，越回避说明在灵魂里扎得越深。那是与心脏绑在一起的不定时炸弹，脉搏每一次跳动都可能触发。

"你是鹿科，还能跟他们拼一拼，"李倦耸耸肩，叹的气比路祈更重，"我是兔科，想拼都没机会，只好搞科研了。"

"学长，"路祈忽然想起什么，"你刚才说你们项目组做的研究是……"

"弱势科属体能潜力与开发。"李倦道，"说得直白一点，就是提升弱势科属的绝对野性之力。"

一只兔子和一头老虎，野性之力都是 5 级，这叫相对野性之力。

不分科属，不论等级，只评估单个个体将野性之力运用到最大化时的身体机能，这就是绝对野性之力。一只兔子的绝对野性之力永远不可能高于一头老虎。

"真能做到吗？"路祈有些在意地问，眼中光芒闪动。

"能，"李倦没用任何不确定的词语，直直盯住梅花鹿，"那种提升，是你再怎么有天赋，再如何刻苦训练都达不到的程度。"

"冲破科属天花板？"路祈的声音变得很轻，仿佛不敢相信，又忍不住向往。

李倦欲言又止，末了摇头："不行，再说就涉及科研机密了。"

"哪有说话说一半的，"路祈不满，"而且我是研究样本，样本理应有知情权。"

"不是研究，是观察，"李倦纠正道，"我们可不敢搞人体实验。"

"都行。反正我让你们观察了，就不能给个内部待遇，再多透两句？"

李倦不语，似陷入了为难。

管明旭看着两人从萍水相逢变成相谈甚欢，现在甚至进展到"要不要跟这个人交心"的程度了，迷惑得直想挠头。

路祈什么时候变得这么爱交朋友了？先是犬科班的胡灵予和黄冲，好吧，小狐狸是挺可爱，还有5级的野性之力，值得一交，黄冲估计是"交一送一"，可现在怎么路上随便遇见个陌生学长也能聊上半天？

而且不知道是不是他多心，总感觉这位李学长怪里怪气的，但路祈好像完全不觉得，从说话方式到神情都越来越主动，隐隐有点想和对方秉烛夜谈的意思。

难道这就是传说中的一见如故，知己难求？

就在李倦踌躇之际，路祈忽然向他丢了一句"你等我一下"，而后将管明旭往宿舍区带，一直带到路尽头的宿舍区门口，才说："你先回吧，我再跟他聊聊。"

这段路走得有点远，夜色里兔科学长的身影都要有点看不清了，但依稀可辨仍在原地。

"还聊啊，"管明旭收回视线，不再掩饰，"你不觉得他有点刻意吗？好像就等着跟你搭讪似的。"

"他不是说拿我当观察样本吗？"

"真想让你帮忙，就大大方方找过来说呗，特意从树上扔书制造偶遇，太奇怪了吧。"

路祈歪头想想："搞研究的，可能脑回路就是比较不寻常。"

"你怎么一直帮他说话，"管明旭的眼中是深深的担忧，"你该不会真相信他那个什么潜能研究吧？那么多科学家都没搞出来的，你信他一个研一的？"

"他应该只是项目的一员，"路祈说，"上面肯定有导师的。"

"行，我就当他是正经研究，你完全可以先加他的联系方式，回头什么都搞清楚了，再进一步沟通嘛。"管明旭操碎了心。

路祈笑，态度良好，坚决不改："我就和他聊个天，吃不了大亏。"

管明旭眉头紧锁，莫名觉得今天不只那个兔科学长奇怪，路祈更奇怪，平日的敏锐和细心都没了，像个憨头憨脑的傻学弟，完全被人牵着鼻子走，还觉得自己很清醒："反正你长点心，这么晚了，男孩子在外面也要注意安全。"

路祈本来认真听着，万没想到他落脚在这么一句，差点乐喷了："你这是博览群书，还是经验之谈？"

管明旭翻眼皮，懒得再费口舌。

不想路祈淡了笑意，正色道："我有数。"

简单的三个字，却听得管明旭一愣。

路祈静静地望着他，眼里一片冷然清明。

熟悉的室友，回来了；又或者，压根就没走？

管明旭突然惊醒，如果用这个作为前提，那路祈今夜的种种迟钝跟反常就有了完全不一样的解释……

"行了，赶紧回吧，"路祈把人往宿舍区大门里推，"我再不过去，学长可就真跑了。"

管明旭半推半就地进了大门，却还是没忍住，回头问了最后一句："路祈，那家伙到底是谁？"

路灯昏沉，梅花鹿的笑晦暗不明："一个我一直想认识的人。"

螳螂捕蝉，蝉即黄雀。

胡灵予在超市里逛了半天，买了晚餐，还买了明天越野需要的功能饮料和能量棒。

一开始他只想给自己买，后来觉得大黄去了校医院，回来万一超市关了呢，于是一份变成了双份，接着又想，大黄买不着贺秋妍必然也悬，于是双份又变成了三份，最后想反正大黄、贺秋妍都带上了，也不差一个路祈，最终三份变四份。

手推车堆了个满满当当。或许有人说这是同学的爱，但胡灵予知道，这只是科员胡的灵魂还在发光发热。

当年在兽控局，每每有团建活动，都是他们行政办公室出去采买，以照顾到每一名同志的团建体验为己任。

结账的时候，队伍排了很长，胡灵予站到队尾百无聊赖地等，某个兔子的身影再度侵入脑海。

淡紫色的木槿、柠檬黄的金丝桃、翠绿的草、蓝色的天，盛夏所有的鲜艳斑斓只因一个不速之客，变成了一帧一帧冷色调的回放。

幸好，已经不是在海风的悬崖上；幸好，兔子也不过才研究生一年级。

下午因为太过震惊，连带着勾起了本能的恐惧，现在回过头来再想，曾经的阴影反而淡了。

犯罪分子变成了校友，就像给藏在暗处的鬼打了追光，你有机会知道他从哪里来，要到哪里去，那便好对付了。

找机会问问贺秋妍和莫云征，胡灵予想，尤其莫云征，成绩很好，依稀记得当年是被保送了研究生的，虽然现在的红腹锦鸡才二年级，但保不齐从医学院老师那里听说过李倦这位学长呢。

结完账，胡灵予拎着两大袋子食物往回走。

该想的都想定了，接下来还是要专注明天的越野考试。胡灵予把任务安排得很明白，奈何白兔那张阴森的脸仍在脑中挥之不去，且自动发散出各种危险的走向，有些完全是自己吓自己，却怎么也停不下来。

还是人多好。

胡灵予开始想念下午的觉醒场，明明那时候刚遇见过白兔，可一上看台，周围是大黄、老陈、老王、管明旭、莫云征，再望着场上的路祈、贺秋妍，什么妖魔鬼怪都退散了。阳光普照，心无旁骛。

校园比他进超市前安静了许多。回宿舍的小路上，同学已经很少了。

月华无声洒下，树冠被染上一层淡淡的银光。斜出的枝丫上，一只漂亮的雪鸮在叫，声音幽远。

胡灵予闻声抬头。

雪鸮像是察觉到了，也半歪着转回头来看他，憨态可掬。

美丽的科属大家都喜欢，胡灵予的神情不自觉柔和下来，想和这位学长或者学姐打趣，说这么晚了不要再在树梢上站岗，可刚要出声，却忽然嗅到了一丝味道。

胡灵予怔住，又用力地吸了吸鼻子，沿着那丝丝缕缕的气味一点点寻到旁边的树下，向上抬起头，气味变得明显起来。

白兔的气味，和下午两人靠近时，他闻到的一模一样。

但树上已经没有人了，胡灵予站在树下，将枝枝叶叶间看得清楚。

这样清晰的气味痕迹，说明白兔不久前才刚刚在这里待过。

为什么？一个兔子大晚上为什么要待在树上？

胡灵予想不出原因。

一件事情如果用常识想不通，往往意味着危险。

四下环顾，胡灵予继续闻。犬科的嗅觉总能在关键时刻发挥作用，很快，他便捕捉到了新的味道。

顺着白兔残留的气味，胡灵予一路闻闻走走，最终来到宿舍区后面。

那是一处背阴的休闲地，种着各种草木，其间布置有凉亭、假山、小石子路，曲径通幽。

胡灵予寻到一棵杏树下，正值果季，杏子缀满枝头，夜色里看不太出果实的明艳，只看得见它们浑圆可爱地聚成一簇簇。

杏子的果香干扰了白兔的气味，不过胡灵予也用不着了。

前面就是假山，石壁的阴影里，有人在说话。

胡灵予蹑手蹑脚地躲到一棵较粗壮的树后。

"我说的这些你好好想想，"是白兔的声音，"本来没打算跟你说这么多，你非问，这下晚上还能睡得着吗？"

"尽量。"另一个人淡淡地道，带点无奈的笑意。

胡灵予僵在树后。

一路追踪到这里，好几次险些跟丢又奇迹般地重新寻回踪迹，他以为是自己对白兔的气味敏感，才能在无数同学留下的味道痕迹中抽丝剥茧。原来却是因为那中间还混杂了另一个人的气味——太过熟悉，以至于大多数时间，成为了空气般自然而然的存在。

梅花鹿的气味。

秘密

胡灵予无论如何也想不通，这两个人怎么会在一起。

他跟踪了路祈那么久都没见过白兔，后来又天天和路祈一同训练，也从未发现路祈的社交圈有这么一个人。还是说，这层关系对路祈来讲是不宜暴露的，所以他一直都刻意隐瞒着？

夏夜太闷热，胡灵予的胸口压得慌。

找到路祈藏在伪装笑脸后的黑暗，不是值得开一瓶凶狼庆祝的重大突破吗？为什么他只觉得难受？

假山阴影里，说完话的两人分道扬镳。

李倦先走出来，防晒服的帽兜将他的整张脸罩住，白兔双手插袋，慢悠悠地踱着步，消失在了研究生宿舍区方向。

他走后很久，路祈都没有动。胡灵予看不清人，只依稀辨认出一个修长轮廓，倚着假山石壁，静静待在黑暗里。

终于，梅花鹿沉沉呼出一口气，从阴影中走出来。月光映在他的脸上，平时带笑的眼睛里，只有一片沉稳果决。

这让胡灵予想起了那个喧嚣的黄昏里，沾染着燃香味道的路祈。

远处传来狼嚎，隐约还有窸窣嘈杂的声音，那是灌木丛中夜宿在外的小型科属被惊醒的动静。

路祈拿手机看了看时间，转身往本科生宿舍方向走。

胡灵予在心里告诉自己千万不能暴露，继续暗中观察，然后下一秒双脚就踏着青草和不知名小花迈出去了。

一步一个脚印，踩得草丛沙沙响。

路祈循声而望，就见胡灵予提着两袋东西从杏树后走出来，神情和脚步一样沉重。

几抹意味不明的情绪在路祈眼中交替："你怎么在这儿？"

"我跟着他来的，"胡灵予说，"李倦。"

路祈脸色微变："你认识李倦？"

"今天刚认识，"胡灵予深深盯着梅花鹿，每个字都像一次敲打、试探，"在觉醒场外面，他很刻意地接近我。"

"刚认识"三个字一出，路祈眉宇间明显放松了一些："他和你说什么了吗？"

"你觉得他会和我说什么？"胡灵予反问。

路祈笑，又恢复了平时欠揍的模样："猜对了有没有奖？"

胡灵予不为所动，只沉默地望着他。

路祈耸肩，收敛玩笑："我猜，他和你说他们项目组最近在做一个弱势科属的什么潜能开发研究，想找几个在体测中表现好的弱势科属，当观察样本。"

意料之外的答案让胡灵予心中诧异。李倦根本没讲这些，可路祈的态度分明很笃定。

而且……弱势科属、潜能开发，虽然这是现阶段科学界的一个主流研究方向，然而一沾上李倦，总让他忍不住往"涅槃"上想。

"你怎么知道？"他顺势往下问。

路祈摊手："因为那家伙刚才跟我说的也是这些。"

"刚才？"胡灵予怔了怔。

"对啊，"路祈无奈地笑了下，"他和我也是同款'偶遇'，然后我就被拉到这里听了半天学术报告。"

胡灵予飞快联系上下文："所以，你也是今天才认识他？"

"不然呢，"路祈叹了口气，"你在树后观察这么久，该听的该看的都差不多了，我和他像是感情很深厚？"

胡灵予本能就想说：久什么久，我一到你俩都唠完了，就光听了个结束语。可下一秒忽然觉得不对劲，警惕地蹙眉："你怎么知道我到了多长时间？路祈，你套我话。"

被识破的梅花鹿，立刻弯下眼睛卖乖："我错了。总之不管你是从头听到尾，还是半路才抵达，我说的都是实话，你要不信，可以去问……"顿了一下，又笑眯眯地兜回来："咱们都认识这么长时间了，能不能给我一点信任？"

"干吗不让我问李倦？"他只说半截话，胡灵予就非要挑明了问。

路祈没辙，只得道："你都说他'刻意'了，一听就没给你留什么好印象，既然气场不和，就没必要牵扯了。"

胡灵予翻白眼："你管得也太宽了，再说……"

"等一下，"路祈忽然想起什么，语气瞬间认真起来，"你没答应配合他当什么观察样本吧？"

胡灵予的眼神心虚地闪了一下，他和李倦的所有交流概括起来就四句话：撞到你。对不起。你怕我？再见。

路祈微微歪头，似有打量。

"你答应了？"胡灵予迅速出声，以问代答。

路祈又看了他一会儿，才说："我还在考虑。"

"别考虑了，"胡灵予果断道，"拒绝他。"

路祈也才跟李倦认识，没有比这更好的时间点了。先前种种预设立场的脑补都成了浮云，安心之余，胡灵予也终于有了再来一次的使命感。

此时此刻，此月此人。回到关键节点，改变命运抉择。

"我再想想。"梅花鹿没拒白兔，婉拒了赤狐。

胡灵予着急，声音略微提高了些："还想什么啊，你都让我不要跟他有牵扯了，你自己反倒羊入虎口？"

路祈被逗乐了："哪来的羊和虎。他是兔，我是鹿，食物链上是同一层。"

"你是真傻还是跟我装傻，"胡灵予说，"他下午刻意接近我，晚上刻意接近你，还不可疑吗？他要是正经搞研究，缺志愿者，完全可以像医学院其他项目组一样，发公开招募公告，为什么要鬼鬼祟祟的？"

路祈若有所思："这就是你跟踪他的原因？"

胡灵予险些点头，在最后一刻才控制住，装没听懂地眨眨眼："什么？"

"你不是说你闻着气味过来的吗？"路祈好整以暇道，"李倦的。"

胡灵予似有所悟，沉默下来。

"你一开始的重点就是李倦，只是没想到我也在，对吗？"路祈上前一步，低头，近到可以看清胡灵予眼中的自己，"为什么要特意跟踪一个第一印象完全不好、你压根不想打交道的人？就因为你觉得他不像好人？"

胡灵予没有后退，任由路祈温热的呼吸徐徐铺洒。

"怎么不说话了？"路祈神情浅淡，"好奇，在意，正义感使然，提前进入侦查学模式，能用的理由很多啊。"

　　胡灵予嘴唇翕动，却最终说不出那句底气不足的：我不想骗你。

　　一颗熟透的杏子从树上落下来，静谧的夜里，像谁轻轻打了个响指。

　　"行了，再扯下去天都亮了，"路祈好笑地揽过胡灵予的肩膀，又变回团结友爱的路同学，"回宿舍。"

　　胡灵予却挣脱开他，反手抓住对方小臂，用力一握："是朋友，你就信我一次，别跟李倦来往。"

　　害怕来得突然又凶猛。

　　曾经的路祈对抗成绩是第一。

　　这一世他的签运坏得一塌糊涂，遇上的大半对手都比之前难缠，路祈还是第一。

　　蝴蝶的翅膀到梅花鹿这里好像失效了。

　　或者说，任你如何扇动，有些人总能凭借坚定意志和卓越实力，将偏离的命运拉回正轨。

　　好的拉回来了，坏的也要吗？

　　路祈低头看着小狐狸的手，良久，睫毛遮住了眼底的情绪。

　　胡灵予等得心焦，手上力道加大："期末考试，我划的范围那么准，你难道还不相信我的直觉？李倦这个人真的很有问题。"

　　路祈终于出声，问的却是："你是凭直觉划的范围吗？"

　　胡灵予卡壳。

　　"让我信你，前提至少是你值得信任吧。"梅花鹿缓缓抬眼道。

　　胡灵予问："……你想说什么？"

　　路祈道："自己悟。"

　　胡灵予说："悟不到。"

　　路祈道："那就算了。"

　　"路祈！"

　　夜晚容易冲动。

　　"好，那你解释一下，"路祈说，"为什么在我们还不认识的时候，你就开始跟踪我？为什么我被熊科班围堵的时候，你宁愿翘课也要跑过来替我解困？划考试范围我还可以当你是在出题组有人，前面这两个，除了你是有目的地接近我和未卜先知，我想不出其他原因。"

"你知道……我跟踪你？"胡灵予有点蒙。

路祈道："你的伪装技术实在差。"

"所以你是故意的？"胡灵予努力让自己的声音镇定下来，"故意让我跟踪，故意反过来接近我，明知道我频频去飞跳球场，偏要等傅西昂堵我的时候再假装把球打飞，闪亮登场，然后又鼓励我考侦查系，在我和大黄训练的时候主动请缨……你不累吗？"

"有点，"路祈不笑了，眉眼淡漠，"因为你控诉的这些行径，听起来好像都是我在付出。"

胡灵予觉得难堪，却仍逞强道："我帮你从熊科班脱困不是我在付出？"

"是。"路祈客观道，"熊科班的事情是，划考试范围的事情也是。所以我们两个都在为彼此付出的人，为什么要吵呢？"

"因为你说我不值得信任。"胡灵予记仇。

路祈摇头："因为你说'是朋友，你就信我一次'。"

闷热夏夜里起了一点风，吹动草尖。

"彼此藏了太多秘密的人是做不成朋友的。"路祈微笑，"但可以做搭档，明天越野一起努力吧。"

胡灵予很羡慕梅花鹿的情绪控制，他就做不到。

长时间拎着袋子的双手已经被勒得发疼，胡灵予将其中一袋重重地丢到地上，提着仅剩的另外一个，沉默着转身离开。

袋子落地就破了，一堆鹿科、鸟科的功能饮料向四面八方骨碌碌滚，还有各种口味的能量棒。

路祈怔怔地看了好半晌，才弯腰将饮料一瓶一瓶捡起，到能量棒的时候先前捡的饮料又叽里咕噜往下掉，最后他只好把衣服脱下来，兜着这些满满抱在怀里，走回宿舍。

月光下，梅花鹿小心翼翼的，像捧着什么宝贝。

似梦非梦

胡灵予回到宿舍就颓了，衣服不换，脸也不洗，把手里东西丢到桌子上，自己也跟着坐下来，俯身趴到桌面，侧脸枕着手臂，像从前上课偷偷睡觉时那样。

可惜偷偷睡觉是快乐的，胡灵予现在一点都不开心。

晚上十点，黄冲才从校医院回来，一推门就看见了趴在桌上的胡灵予，吓了一跳："你干吗呢？"

胡灵予听见声音，贴在手臂上的脸迟缓地转过来，双目无神，声音低落："回来了。"

"你咋了？"黄冲担忧地走上前，"哪儿不舒服吗？"

"没事。"胡灵予有气无力道，"贺秋妍怎么样？"

"还好骨头没伤着，"一说起丹顶鹤，黄冲就滔滔不绝起来，"本来医生说喷点药，好好休息等着自愈就行，但她非要参加明天的越野，就打了一针封闭，也不知道管不管用，会不会加重伤势……"

胡灵予问："她还要越野？"

"嗯，我劝了半天也劝不动。"黄冲捞过旁边的椅子坐下，一晚上也是累得够呛。

"又劝半天？"胡灵予叹了口气，"大黄，你怎么还没认清形势，你家女神从里到外散发的气质概括起来就四个字。"

黄冲眼睛一亮，写满"我知道"："沉鱼落雁！"

胡灵予慢吞吞地坐起来："一意孤行。"

黄冲："……"

"不过换个角度，倔强也是一种坚韧。"胡灵予又道。

黄冲立刻支棱起来："对啊，报侦查学的女生本来就少，她还不是强势科属，能拼到现在很厉害。"

"我的意思是以后你家女神认定的事，你别想着唱反调，也别浪费时间劝，全力支持就行了。"胡灵予赶紧把话题拉回来，否则黄冲能夸上一天一夜不重样。

"哎，你不要总这么说。"黄冲摇摇头。

胡灵予一时没懂："我说什么了？"

"女神，"黄冲说，"别叫女神，多俗啊。"

胡灵予道："……我说的好像是'你家女神'，前两个字你就不抗议了？"

"美好祝愿可以。"黄冲嘿嘿一笑，又腼腆又荡漾。

胡灵予感慨万千："你以前要有这种觉悟，何至于单身那么多年啊？"

"也还好吧，"大黄不确定道，"十八岁晚吗？再往前算早恋吧？"

比早恋再往前。

"说了你也不懂，"胡灵予伸手把袋子钩过来，一瓶瓶饮料往外分，"这些给你，明天的。"

黄冲一拍脑门："我都忘了！去医院的时候还想着回来要买……"

跟着丹顶鹤，能把回宿舍的路记对了就不错了："行了，赶紧装好。"

黄冲没动："小贺也没买。"

"我也帮她买了，"胡灵予起身去旁边找自己的背包，咕哝着，"让路祈带给她了。"

"哦哦，那就好。"黄冲放下心来。

胡灵予拿着背包回来，低头把饮料往里塞，一瓶接一瓶，用力到碰出咚咚的声响。

黄冲疑惑地看他，总算又想起来自己刚回宿舍时胡灵予的奇怪状态，试探性地问："你在跟谁生气吗？"

"没有！"胡灵予想也不想就道，"我气什么，我开心得不得了，悬崖勒马，回头是岸，迷途知返，及时止损！"

黄冲："……"都气得胡说八道了。

胡灵予才不认，早早看清现实有什么不好，简直是太好了。还得多谢路祈敲醒他，他鬼迷心窍了居然想跟账还没算完的家伙做朋友，大黄这么个真朋友、铁兄弟就戳在眼前，不香吗？

"唰"地拉上背包链，胡灵予调整好情绪，抬起头看自家可爱的老友，狗狗眼中多云转晴："你刚才叫贺秋妍什么，小贺？"

"啊，"大黄又开始傻笑挠头，"我觉得，那个，叫全名有点生疏。"

小贺就不生分了？不知道的还以为是单位领导叫下属。

胡灵予问："'秋妍'不好吗？"

黄冲抿了抿往上的嘴角，微表情那叫一个甜："大黄，小贺，你懂的。"

胡灵予醍醐灌顶。

他还巴巴给人支招呢，人家都知道起情侣名了。这还是他认识的那个老实木讷的大黄吗？

不，不是了。他在这个世界里唯一的友情支柱，也随着爱情鸟飞走了。

夜里十二点，水银色的月光点缀黑暗。

"呼……嗯嗯嗯……呼……嗯嗯嗯……"睡熟的田园犬鼾声四起，凭一犬之力将宿舍拖进了午夜交响曲。

胡灵予困极，却翻来覆去怎么都睡不着，一睁开眼就是四脚朝天的田园犬，一闭上眼就是字字欠揍的梅花鹿。

不过晚上那会儿心烦意乱，什么都想不进去，现在情绪稍稍冷却，开始琢磨出一点东西来。

路祈以为被他偷听了全程，或者至少是大半交谈，所以"今晚刚认识"和"开发弱势科属潜能"都不会是假话。

那么，自己和路祈认识这么久，一起训练一起考试，都没有打消"底细不清"带给路祈的疑虑，被他坚决拒在安全线外。有什么道理一个刻意制造偶遇的陌生学长，会让路祈不听自己的劝阻，非要"再三考虑"呢？

"呼……嗯嗯嗯……呼……嗯嗯嗯……"

"开发弱势科属潜能"的诱惑力就这么大？

对别人或许是，路祈还需要吗？他现在就足以跟绝大多数强势科属抗衡。

但如果不是因为这个，还能是因为什么呢？总不能白兔正好长在了梅花鹿的审美点上吧？喊，也没狐狸可爱啊。

"呼……嗯嗯嗯……呼……嗯嗯嗯……"

田园犬赢了。

胡灵予困累交加的大脑本来就不怎么好使，让大黄的鼾声一搅和，彻底罢工。

算了，不想了，先专注明天的考试。考不上侦查系，一切都白搭。

胡灵予闭上眼，努力入眠。

夜，静谧无声。

"呼……嗯嗯嗯……"

"大——黄。"认命地从床上爬起来，胡灵予困得直打晃，在黑暗中坚持摸索到黄冲床边推了他一把，带一点力道，又不至于把人惊醒。

这是胡灵予当年的惯用操作，推一把，田园犬翻了身，呼噜声就能停个十分八分钟，大学四年里一半的入眠机会都是这么争取来的。

但这次的大黄没翻身，而是直接醒了，第一个动作就是看窗外："天亮了？"

胡灵予无语，眼皮沉得睁不开，也懒得睁："你要再不让我睡，真就天亮了。"

"你说什么呢？"黄冲疑惑，"这么大的太阳，还不叫天亮？"

太阳？胡灵予转头，勉强将眼睛撑开一条缝，下一秒，倏地瞪得溜圆。

晴空万里，阳光明媚。

"你把窗帘拉上，"大黄又将空调被蒙回去，"我睡个回笼觉。"

胡灵予呆呆的，过了几秒才想起来："别睡了，今天是越野考试。"

"越野？"大黄探出半个头，莫名其妙，"昨天已经考完了啊。"

胡灵予错愕："考完了？"

"不然我干吗累成这样？"黄冲叹了口气，"你是不知道我们被整得有多惨。一开始全在沙漠区扎堆，人挤人，然后就开始沙尘暴，我拼了命逃出来，寻思到了林区能好点，他们搞人工降雨，大暴雨！简直了，不堪回首……"

"山谷区呢？"胡灵予鬼使神差地问出口，甚至来不及想为什么自己会知道越野考试的地形。

大黄也诧异地道："你怎么知道还有山谷区？哎，我最后就走的这条路，前面磕磕绊绊我就不说了，好不容易到了滑索，以为万事大吉，结果那个滑索居然……"

"汪汪汪！快起床——"

突兀洪亮的闹铃声，中断了一切。

床榻上的胡灵予睁开眼，足足望了一分钟的天花板，才从恍惚迷离中慢慢回神。

大黄在自己床上哼唧唧地翻滚，不愿起来。

晨曦洒满 406 宿舍。这回，才是真的天亮了。

原来是梦。

胡灵予怅然若失。可下一刻，他忽然转头看向田园犬，眼底渐渐清明。

不全是梦。那么真实清晰的场景，那么条理清晰的交谈，甚至现在醒过来，他依然清楚地记得每一个细节，每一句话。

是曾经的记忆！

那些曾经发生过的，又被遗忘在大脑深处的记忆，在田园犬万年如一日的鼾声里复苏了。

"你干吗一起床就瞪我……"黄冲对上胡灵予的眼，略带紧张地抱住空调被。

胡灵予深深望着老友："我现在就算问你滑索怎么了，你是不是也没法回答？"

黄冲满头雾水："什么索？"

胡灵予道："……下次别定闹表了。"

上午七点，所有参加越野考试的同学由大巴车送往"考场"。

这是侦查学考试的最后一项，前五项成绩累计下来自觉无望的已经纷纷放弃，只有 197 名同学坚持到了这里。

越野的考试地点每年都不同，且在考前保密，以免有同学提前过来踩点——考试区的地形地貌就是试卷，提前泄露等于透题。

几辆大巴车从柏油路开到凹凸不平的土路，又从土路开到盘山路，过田野过高桥过隧道，仿佛要带着学子们奔往世外桃源。

车内，大部分同学都在颠簸中闭目休息，抓紧时间养精蓄锐。他们全副武装——防晒服、防晒镜、觉醒服、户外手套、登山鞋，仿佛野外生存小队；他们物资充足——矿泉水、饮料、压缩饼干、能量棒、防暑降温贴、随身斜挎壶，塞满大包小包。

越野考试通常只有一天，但以各位同学的阵势，临时延长到三天三夜估计问题也不大。

胡灵予、黄冲、贺秋妍、路祈四人还是坐在最后一排，和游泳考试那天返程时一样。狐狸和梅花鹿各占一边窗户，田园犬和丹顶鹤在中间。

但今天黄冲和贺秋妍没有因为疲惫而睡着，于是非常明显地发现了气氛的不对。

其实从四人集合碰头时就开始怪怪的。

贺秋妍拿出手机，默默打字，趁着狐鹿各自看窗外，递给大黄：“他俩怎么了？”

大黄看完，摇头，用口型说：“不知道啊。”

贺秋妍继续打字：“从见面到现在，没说过话。”

大黄继续用口型道：“闹别扭了？”

贺秋妍疑惑输入：“昨天分开的时候还好好的。”

口型传递不了太复杂的信息量，大黄干脆也拿出手机。两人默契地调成静音，开始互发信息充分讨论。

大黄：但是我昨天晚上回宿舍，他情绪就不太高。

小贺：那就是我俩去医院的时候，他俩发生了什么。

大黄：能有什么事？

小贺：谁知道，会不会是路祈一个冲动……

大黄：啊？

小贺：不能不能，路祈不是那种人。

“……”田园犬盯着这句话琢磨了半天，决定还是不追问了。

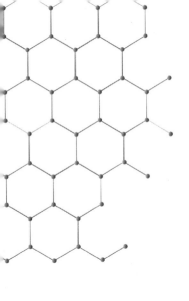

第四卷

惊心夺目

GREAT

AWAKENING

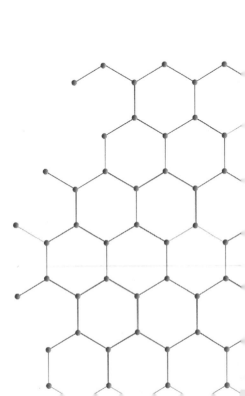

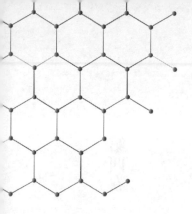

越野考场

上午九点，颠簸两小时的大巴车终于停在了一处"觉醒自然保护区"的入口。

野性觉醒后，一部分兽化觉醒者不愿再以人类形态生存于社会，他们或心之所向崇尚自然，或为逃避压力离群索居，或单纯寻找刺激想体验不同人生……总之殊途同归，坚持以兽类之姿继续生活。然而他们终究不是真的野兽，既有人类的复杂思维，也有随时变回人的能力，即便做得到真正化为野兽融于自然——其实能达到这种境界的只有极少数人——也不被允许脱离在社会秩序之外。

觉醒自然保护区便应运而生。

想以兽化形态奔向大自然的觉醒者们聚在这里，既可吸收天地之灵气，日月之精华，又不至于对真正的自然界生态平衡产生破坏，中途后悔了想"重新做人"还能随时华丽转身。

全国最早的觉醒自然保护区在长白山，大雾后两三年内建立的，如今数量众多的保护区已在各省份遍地开花，规模大小不一，自然风貌各不相同，兽化者们无论是想短期解放天性还是长期兽化生存，就近便有归处。甚至很多人还会去多个保护区体验、打卡。

但把越野考试设在保护区，还是开天辟地头一次。往年就是随机挑一处荒郊野岭，人为设置一些路线、障碍等。

　　大巴车一辆接一辆整齐停在树下，茂盛植被覆盖着起伏的远山，耸立的近岩，蓬勃葱郁的世界。

　　下车的一百来号同学交头接耳，竟谁都不知道这里还有一个保护区，自然更没人来过。心里没底的同时，又有一丝微妙的安心——在不熟悉的地形上，大家都是同一起跑线。

　　"新建的保护区吗？"黄冲抬手遮阳，原地眺望。

　　胡灵予一边调整双肩包的背带，一边走到他身旁："应该是，而且建好了还没开放。"

　　从此处根本无从窥探保护区内的情况，大黄疑惑地道："你怎么知道还没开放？"

　　"因为一旦开放里面将到处是社会兽化者，"路祈从后面走上前，"考场里都是闲人，还怎么答卷？"

　　利落的黑色觉醒服，一个背包，身上没任何多余的东西，和周围全副武装的同学形成鲜明的对比。

　　黄冲看看停在自己左边的路祈，再看看靠在自己右侧的胡灵予，闹不明白他一个田园犬怎么就成了C位：重点是我的肩膀也不是给你俩靠的啊！

　　果断撤退一步，也不管突兀不突兀，黄冲坚决脱离"夹心馅饼"的位置，然后转身往回走，热情迎接最后从车上下来的丹顶鹤："小贺，我帮你背包吧！"

　　赤狐和梅花鹿还站在原地，维持着相隔"一田园犬"的距离，谁也不看谁，谁也不说话。

　　最前方轻松跳到高处岩石上的考务组老师说话了："安静——"

　　喧闹的交谈瞬间停止。骄阳炙烤的天空底下，飞鸟掠过山林，留下清亮的啼鸣。

　　"这是刚建成还没有对外开放的觉醒保护区，经学校和有关部门协商，作为本次侦查学越野考试的考场，现在下发考试手环和越野地图——"

　　数名考务组老师将封装好的保密袋拆开，拿出一摞摞地图，同手环一起，开始逐个分发。

　　片刻后，胡灵予将其接到手中。

考试手环其实就是定制版的身份识别环，和高年级的手环材质一样，会随着人形和兽化的切换拉伸，不过和二、三、四年级的暖橙、草绿、墨蓝不同，给他们下发的考试手环是荧光红色的，可能生怕有人深陷野外难以被发现，色度那叫一个饱和刺眼，盯着多看三秒眼前就发花，在要命程度上完全可以和此刻的太阳肩并肩。

地图就正常得多，是一张特殊处理过的防水纸，试卷般大小，正面印有越野示意图，背面则是考试守则。

胡灵予先看背面，熟读规则。

越野考试守则

考试内容：完成全部三处打卡任务，并抵达任一终点。以最终用时为准，1—80 名计成绩（满分 160，每 2 分名次递减）。

考试规则：1. 路线自主，行动自由；2. 打卡处、终点处均刷脸识别，语音提示"打卡／报到成功"即完成；3. 允许兽化，但禁止以兽化形态脱离考试区（鸟科以地面垂直线为准），违者取消考试资格；4. 生命体征感应片报警，考生即刻终止考试。

其他：禁火；禁易燃易爆品；考试结束后手环、地图上交。

将守则翻面，越野示意图映入眼帘。

以保护区的地图为基础，在上面简单标明了打卡和其他重点的位置。从地图上看，保护区实际上是建立了三种形态的区域，以满足不同科属的需求。三个区域像三条贯穿东西的横向飘带，组成完整地图，从地图上方往下，也就是由北到南，依次是沙区、山谷区、林区。每一个区域内有一个打卡任务点。

保护区的入口，即他们现在站的位置，在地图的最右，是正东边；由此而入，无论选择怎样的打卡顺序，想完成全部打卡任务最终都要跑遍三个区域。地图上设置了三个终点，分别在最上端（正北、沙区）、最左端（正西、山谷区）、最下端（正南、林区），意味着不管最后一个打卡的地点在哪个区域，都可以就近寻求终点。

第一次戴上手环，不少同学都新奇了半天，但等看完了考试守则和地图，就没花里胡哨的心情了。

"老师……"一片沉默中有人弱弱地举起手机。

现在岩石就是讲台，上面的考务组老师立刻应声："有问题尽管问。"

"这里好像没有信号。"

考务组老师道："不是好像，是的确没有。"

"那遇到危险怎么办？"

老师答："我们每时每刻都有老师在区域上空巡查，并且你们身上的生命体征感应片自带定位，一旦发生意外，我们会第一时间赶到。不过考场内已经设置了保护措施，理论上讲不会发生意外。"

"会有社会兽化者吗？"

老师答："这里尚未对外开放，理论上讲不会有。"

"真正的大型猛兽呢？"

老师答："老师们提前检查过考场，理论上讲，没有。"

举手的同学绝望了："老师，有没有不是'理论上'，是'确认'的？"

老师答："这会是建校以来最难的一次分专业越野考试，可以确认。"

同学："……"

197名同学牵动嘴角，快乐得像刚交了白卷的孩子。

叹了口气，胡灵予低头拍拍左胸，隔着觉醒服按按出发前便在心口处贴好的感应片。虽然考务组老师说感应片不会脱落，但以防万一，他还是压了又压。

"好的，"岩石上的老师看看手表，一个击掌，"如果没有其他问题，现在原地休息，九点半准时进入越野场。"

紧绷的神经暂时松懈，但没一个人真的原地休息，大家都开始互相交谈、走动。

气氛重新嘈杂起来。

"都开始找人了，"黄冲环顾四周，而后看向胡灵予和路祈，"越野和其他项目不一样，人多力量大，咱仨也得抱团，知道吧？"

贺秋妍正在重新扎头发，闻言停下动作，不满地问："为什么不算我？"

"你会飞啊，"黄冲想也不想，"都可以兽化了，你还在地上走？"

"对。"贺秋妍恍然大悟。前面一直禁止兽化，她差点忘了自己属于天空。

相比于她的后知后觉，其他鸟科同学早掩不住喜悦，哪怕表情绷着，心情也从眼角眉梢泄露出来。管你沙区、林区、山谷区，一双翅膀可以飞跃万仞山，到地方下去打卡，继续飞，所谓"史上最难越野"在鸟科这里就是个伪命题。

胡灵予默默观察，疑窦丛生。

鸟科在越野考试中的绝对优势是被公认的，如果他没记错，历届越野考试的前三名，几乎被猛禽包揽了。曾有其他科属的同学抗议不公平，但都被驳回了。理由是"飞翔"本身就是一种科属天赋优势，就像跳跃力之于猫科，耐力之于犬科，不应该因为其有优势，就被人为抹平。

胡灵予基本认可这个思路，而且犯罪分子里不乏猛禽，如果在侦查学考试里把鸟科都筛下去了，未来谁去和在天上飞的罪犯斗智斗勇？

但越野的 160 分实在太有分量，又形成了鸟科必得高分的铁律，故而即便学校给的理由正当，还是被一届又一届的同学质疑着。

不过现在这些对于胡灵予都不是重点，问题在于如果越野中的鸟科都能得高分，贺秋妍为什么没有考上侦查学呢？

每个人的总分他今天早上都算过，贺秋妍五项累计 274，记忆中大黄以最后一名进入侦查系的分数是 316，即贺秋妍越野只要得到 42 分（第 60 名）就能考上。

就算她不是猛禽，凭借飞翔连这个名次都拿不到吗？

路祈一直用余光偷偷瞄着胡灵予，看小狐狸又皱眉又抿唇的，一派纠结状。路祈几次想问，可每次要张嘴，昨晚胡灵予最后看他的那个深深失望的眼神都会跳出来，堵住他的声音。

"不要飞，"胡灵予像做了某种重大决定，认真地看向贺秋妍，语气严肃，"至少最开始不要飞，先观望再说。"

贺秋妍被胡灵予的表情吓着了，也紧张起来："是有什么问题吗？"

"现在还不好说，"胡灵予斟酌着用词，"但我觉得还是要谨慎。"

"但是她如果飞慢了，就拿不到好名次了！"大黄有点着急。

胡灵予把田园犬薅到一旁，压低声音道："你还想不想要爱情了？"

黄冲这时候倒机灵了："你难道又……？"

"对，第六感，和划考试范围那时候一样。"胡灵予索性认下，"所以你信不信我？"

这就必须信了。

黄冲转身回到贺秋妍面前："你先跟我们三个走陆路吧，到时候看情况再飞。"他拿出越野图，在上面指道，"沙区应该是最费体力的，深一脚浅一脚，而且暴晒，所以我们要趁着体力充沛的时候先去这里，然后再去山谷，最后从林区去终点，"抬头看向仙鹤和梅花鹿，"你们觉得咋样？"

"先去林区吧。"安静了一早上的路祈，第一次开口。

胡灵予刚走回大黄身边，闻声抬眼，又飞快地收回视线。

"为什么？"黄冲毫无察觉，专心跟路祈讨论。

"等下一进去，"路祈轻点越野图上保护区入口往里一点的位置，"立刻就是三岔路，从地图上看去林区最远，去山谷和沙区都比较近，但是如果先去山谷打卡，再分别去北面沙区和南面林区，路线重复会绕远，所以沙区、山谷、林区，也就是北、西、南的路线最顺，没有回头路，不重复。"

黄冲问："那不还是先去沙区吗？"

"不，"路祈摇头，"正因为每个人都这样想，到时候大象肯定全在沙区扎堆，人一多效率就低，不如反其道而行之。"

贺秋妍一个准备随时扑着翅膀跑路的，听得比大黄还认真："你的意思是避开大部队，哪儿人少先去哪儿？"

路祈点头："减少竞争，减少冲突，就和早高峰一样，错开了一路畅通，错不开……"

黄冲道："万劫不复。"

"倒也没这么夸张，"路祈笑，"至少任务打卡不用排队。"

沙区会人群扎堆，先去林区——胡灵予终于知道路祈为什么是分专业考试第一了。他得靠再来一次才能掌握的信息并由此选择的路线，人家路同学随随便便就制定了，连脑门都不用拍。

人和人的差距，就像赤狐和梅花鹿的腿长。

大黄还有点犹豫，拿胳膊碰碰胡灵予："你觉得呢？"

"林区，山谷，沙区。"胡灵予给出了和路祈完全一样的答案。

路祈的眉梢轻轻挑了下，有些连他自己都没察觉的、小小的开心。

"但不全是因为人，"胡灵予扫视周围，大家都渐渐形成了小团体，专注内部讨论，很好，隔墙无耳。不过后半句他的声音还是小成了蚊子，"还有天气的问题。"

他一小声，大黄跟贺秋妍也进入情绪，立刻凑近，一犬一鹤不约而同地用上了口型："天气？"

胡灵予差点被这俩活宝逗乐，刚酝酿出的神秘气氛全没了，他整理整理表情，低声继续："沙区会有大风沙尘暴，林区会有暴雨，而且按照时间顺序应该是沙区先，林区后，所以我们先去林区，再去沙区，运气好的话，说不定能把两个都躲过去。"

田园犬抬头看着炎炎烈日："暴雨？"

丹顶鹤低头看叶尖都纹丝不动的灌木："大风？"

"不是自然天气，"胡灵予连忙解释，"考务组弄的，人造的。"

贺秋妍半信半疑，但比起天气，她更好奇胡灵予的信息来源："你怎么知道这些的？"

胡灵予沉默了。咋解释？说他做梦然后把记忆都想起来了？

抖落"先知情报"必然就要面临"群众拷问"，但胡灵予还是选择说了，只有提前说才能起到预警作用，而且不能语焉不详，必须说清、说透，才能真正增大他们考试的赢面。

"又是第六感？"大黄没等到解释，就开始自己发挥。

贺秋妍茫然地问道："什么第六感？"

"他们狐科的，不是第一次了，回回都准。"黄冲讲得头头是道，越说越觉得自己掌握了知识的金钥匙，"从古至今不是都有拜狐仙的吗？现在都有，就因为他们科属不是一般灵。"

贺秋妍嘴唇微张，半晌没说出话，仿佛看见了一个诡秘的世界正缓缓开启大门，折射出邪魅的光。

"第六感啊。"路祈淡淡重复，带一点似有若无的笑意。

胡灵予抬头看他。

路祈好整以暇，已经做好准备听他亲口再说一遍瞎话。

"考试即将开始，所有同学去入口就位——"前方突然传来考务组老师的声音。

所有同学一下进入状态，呼啦啦拥向入口。

四人也迅速跟上，大黄和贺秋妍在前面，田园犬一边小跑一边护着丹顶鹤。

世界喧嚣，阳光灼热。

胡灵予拉住路祈的衣服。

潮水一样的人群中，只有他俩停下了。

"不是第六感。"胡灵予说。

路祈先是一愣，继而眼底泛起复杂的情绪。

胡灵予定定地望了他几秒，忽然抓起他的胳膊，转身拉着他往入口跑："赶紧，不然占不着好位置了！"

路祈任由他拉着，心像一只放到河里的纸船，没着没落地漂，随时都会浸透倾覆。

不是第六感，那是什么？

梅花鹿知道赤狐在等他问。就在他望向他的那几秒，赤狐一副"豁出去了，你敢问我就敢说"的架势。

但是梅花鹿不敢问，他拿不出相同的东西交换。

疾行

九点半整，考场既开。

近二百人同时拥入，更有不少人当即选择兽化。觉醒服随着体态变换同步伸缩，挂在身上的物品如越野包等，兽化后仍背在身上，一些大赋异禀的兽化同学连墨镜都能保持住不掉，堪称神技。

人在兽群中奔跑，兽在人群中猛冲，场面蔚为壮观。

这时就显出鸟科的超凡脱俗、卓然独立了。

"扑啦啦——"

十几个什么都没携带、绝对轻装上阵的鸟科，同时兽化，同时展翅，乘风而上，由地面冲向广阔天际。

雄鹰搏击长空，猎隼势若闪电，金雕羽翼如盖，秃鹫……也飞得挺快。

贺秋妍边随着冲刺大军往三岔路去，边忍不住抬头，视线追寻着同类。

做出相似举动的还有窦洋，这个曾在对抗中输给黄冲的非洲鸵鸟，仰望苍穹，目光比丹顶鹤还向往。毕竟仙鹤想飞就飞，而他只能做鸟里面跑得最快的。

翅膀叠着翅膀的扑扑打打里，不知哪位的羽毛掉下来一根，随着人潮卷起的空气流，打着旋划过贺秋妍视野，成了撩动她澎湃热血的最后一根稻草。

脚下骤停，丹顶鹤本能调动野性之力。

"贺秋妍！"察觉到不对，胡灵予立刻停下来，回头喊她的名字。

大黄则直接掉头，几步跑回她身边："怎么了？"

贺秋妍清醒过来，想起胡灵予的叮嘱，却仍恋恋不舍地凝望空中的鸟科同类。

猛禽们还在天空中盘旋，观望寻找着最适宜的空中路线。

"信我的，再等等，"胡灵予飞快折回来，"我不敢说天上一定有问题，但鸟科总共不超过三十人，你就算半路再飞，也足以超过所有陆地科属。反过来，万一让我说中，真等你到天上了再遇见麻烦，丹顶鹤的空中对抗能力……"

话还没说完，天上突然传来几声猛禽的惊叫，响遏行云。

只见两只不知哪里来的硕大角雕，极速冲入了盘旋阵营。它们的脚上没有任何识别环，头上翎羽竖直，飞行凶猛凌厉，犹如两柄横空出世的利剑，轻而易举地撕裂了天空的和平。

一群猛禽被搞得阵脚大乱。

几只鹰隼率先进入状态，纷纷回击，可角雕占尽优势的不只体型，还有它们明显优于周围同学的飞翔和对抗能力，那不是科属差距，而是……兽化者之间的差距。

地面上的同学都被这突如其来的变故惊到，错愕的人群混杂着背着包的虎狼狮豹，纷纷减慢速度，抬头围观。

"没识别环！"

"真雕？"

"不是说不会有猛兽吗？"

"注意，是理论上。"

"我感觉像是兽化者。"

"不是说没有社会兽化者吗？"

"注意，是理论上。"

各路同学还没说两句，曾在对抗中输给贺秋妍的秃鹫孙乘风同学已率先破防，被角雕的巨翅一扇，直接晕头转向，歪歪斜斜地栽下来。

落点附近的同学和众兽连忙闪开。

秃鹫强撑着翅膀缓缓飞下，脑袋耷拉到地面上，气喘吁吁。

"真攻击？这算不算发生意外？"

"废话。"

"不是说不会发生意外吗……行行，不用说了，我懂，理论上。"

不能说考务组老师没打预防针，只能说打了个寂寞。

有鸟败北，也有鸟突出重围。

某金雕同学就是硬茬，和其中一只角雕缠斗了数十个回合，生生冲破防线，头也不回地奔向了自由的远方。

贺秋妍热血成冰，感激地望向胡灵予："三思而后飞，我觉着你说得很有道理。"

胡灵予一边庆幸自己拦住了贺秋妍，一边又觉得奇怪，因为闹出了这么大动静，不远处仍在入口驻守的几个考务组老师毫无反应。

还有，不知是不是他的错觉，在刚刚那只金雕突围前的最后一刻，与其纠缠的角雕好像忽然停顿了一下，明明尖锐的喙可以啄上金雕的翅膀，但它收住了。

"我怎么感觉角雕放水了？"同样发现端倪的还有大黄。

"放成太平洋了，"路祈以手遮额，举目眺望，"不然它们一个都飞不出去。"

"哪儿来的家伙?"贺秋妍一想到自己差点飞往"死亡天空",就心有余悸。

"三年级侦查系的兽化战斗老师,"路祈说,"如果我没记错的话。"

"老师?"大黄、小贺齐转头,异口同声。

胡灵予恍然大悟:"所以刚刚老师才会说这将是建校以来最难的越野考试,因为安排了老师在半路阻拦。"

大黄道:"这还没到半路呢,才是起点。"

小贺道:"而且只在空中拦,对鸟科恶意太大了。"

"不会,"胡灵予飞快分析,"考试最讲究公平,天上有拦截点,地上就一定也有。"

"很可能还不止一处。"路祈沉稳接口。

胡灵予点头,对着大黄、小贺放缓语气:"但你俩也不用太紧张。"

路祈向一犬一鹤补充解释:"从刚才的情况看,只要表现出被老师们认可的能力,就会放水通行。"

胡灵予拍上大黄的肩膀:"现在我们要做的就是抓紧时间去林区。"

路祈朝贺秋妍点头:"同意。"

田园犬、丹顶鹤:"……"

"你俩就不能四目相对一唱一和吗?我两脑门上有镜子能帮你们进行'话的折射'?"

"空战"还在继续,又有两名骁勇的同学突围飞走,亦有更多的倒霉蛋被迫落地,步秃鹫同学的后尘,改走旱路。

地上不管是看懂还是没看懂的,都陆续收回视线,重新启程,只是气氛多了些许沉重。

胡灵予四人很快也到了三岔路口。

茂林修竹中,还看不出三条前路的区别,但方向已然分明,一通南,一通北,一通西。

大部分同学都选择了北路。

胡灵予四人反其道行之,走向南途。

路越走越窄,最终变成了一片密林,远处隐约有溪水潺潺,但遮天蔽日的草木，既挡了太阳，也遮了水流。

"不会只有我们选了这条路吧？"周围越来越深幽，光线越来越暗，黄冲心有戚戚。

"要真是只有我们选就好了，"贺秋妍拨开前方杂草，"没竞争，没压力，打卡都是 VIP。"

草地像刚被雨淋过，松软得要命，胡灵予鞋带没绑紧，一脚踩下去，再抬起来，脚出来了，鞋还陷在泥里。

胡灵予一个侧歪，被人眼疾手快地扶住了。

路祈敛着眸子，看不清眼中的思绪，但微微颤动又竭力压下的嘴角出卖了他。

"想笑就笑，别憋着了！"胡灵予破罐破摔。

路祈乐出声，但很快就被黄冲、贺秋妍更不给面子的"哈哈哈"盖了过去。

胡灵予认命地叹了口气，准备去捡鞋，不想路祈先一步弯了腰，一手撑着他，一手将那只鞋从泥里扯了出来，还细心地甩了甩，既不刻意也不尴尬，仿佛就是很自然的举手之劳。

胡灵予飞快将路祈手中的鞋抢过来，胡乱往脚上套，甚至带了点慌张，好几下才穿好。

"鞋带再紧一点。"路祈提醒。

胡灵予照做，抬脚踏到旁边一块石头上，重新绑鞋带。

乖巧的小狐狸实在招人疼，路祈一时没忍住："你听话的时候最可爱。"

胡灵予放下腿，斜眼瞥过来："你不说话的时候最美。"

路祈果然不说话了，只剩下笑声，如金玉般低沉清澈，在林叶间跳动。

贺秋妍实在懒得看这俩人，低头望向手中的越野图，同时掏出指南针，再次确认打卡点的方向。

黄冲凑过来，想跟她一起看，忽然敏锐捕捉到空气中传来的轻微异响。

胡灵予也听见了，两个犬科同时抬头，目光警觉。

路祈见状，正色起来。

"还有别的队伍，"黄冲这回可以确定了，"和我们一样，也先选了林区。"

"可能不止一队。"胡灵予至少听见了来自两个同方向但不同位置的杂乱脚步。

"需不需要我飞过去侦察一下敌情？"贺秋妍自告奋勇。高空有老师拦截，低空穿林总没人管了吧。

"不用。"黄冲拦住她危险的想法，"现在离打卡点还远着呢，没必要理别人。"

专注赶路是对的，但——

胡灵予道："这么走太慢了。"

几分钟后。

一只赤狐在草丛敏捷穿梭，短袖黑色觉醒服像个小马甲似的，套在它赤色的皮毛上，红与黑还挺搭。

一只丹顶鹤在灌木上方低空飞行，雪白翅膀优雅扇动，仿佛翩翩起舞。

一只田园犬背着双肩包，于泥泞中矫健奔跑。

一头梅花鹿扛着三个双肩包，在林间轻盈跳跃。它每次腾空，都要专注、专心、专业，只有非常努力，才能显得毫不费力。

茂密林区仿佛没有尽头。

或许也正是因为够广阔、够幽深，一路上竟没有同其他队伍遭遇，预想中拦路的老师也没出现。

但空气中的湿度正在急剧增加，兽化后的感知更明显。

透过枝叶斑驳的缝隙，天光正在变暗。

雨要来了。

自然的降水，加上人工助力，将很快演变成一场恐怖的暴雨。

他们必须赶在那之前打卡。

胡灵予是兽化状态，无法看越野图，而且东西都在包里，包在路祈身上。他只能根据已经奔跑的时间，大概推算，当前位置距离打卡点应该近了。

像是感受到他的内心活动，前方突然传来一声狼嚎。

飞在最前面的贺秋妍一抖，紧急刹车。

田园犬、赤狐也相继停住。

殿后的梅花鹿悄然无声地来到赤狐身旁，抬头瞭望。

"嗷呜——"

"吼吼——"

"喳——"

……好像不是狼嚎，是百兽争鸣。

博弈困境

声音传来的方向，毫无疑问就是打卡点。

四人放轻小爪、小蹄、小翅膀，缓慢而谨慎地向前靠近。

穿过一棵棵高大的红松，视野渐渐有些许开阔，树变少了，更多的是灌木和藤本植物。大片大片凌霄花找不到可攀藤的架子，枝蔓厚厚松松铺满地。

橙红色的花海尽头，考场显露了它的本来面貌。

几方巨石垒成高高的平台，打卡设备立于其上，屏幕银光闪烁，远看仿佛一柄镶嵌宝石的圣剑。

倘若在游戏地图里，围绕圣剑通常会展开激烈的争夺，铁甲骑士英姿飒爽，刀光剑影血流成河。但这是现实，所以——鹰飞狼跳灰熊叫，蟒缠虎跑豹子闹，你一爪来我一脚，今天谁都别想好。

十几位戴着荧光红手环的野兽同学，在打卡台下面虎视眈眈，大有一拥而上将台子带设备连锅端的意思。可落到真章，又没一个肯正式上前，只敢咆哮、嘶吼、吐着蛇芯，爪子都把地刨出坑了，还是不敢越雷池一步。

挡在他们和打卡台之间的，是一头鬃毛凛凛的雄狮。

肩高逾一米，身长算上尾巴超过三米，体型甚至大于一般的东北虎。要知道，东北虎可是现存最大的猫科动物。

凌霄花厚厚的藤蔓成了最好的掩护，藏在后面的四位同学悄悄变回人形。

"它没有身份环！"一能说话，大黄立刻开口。

"谁还关心身份环，"贺秋妍双眼放光，"乖乖，这么大的狮子，我还是第一回见……"

路祈皱眉看她："你不是弃医从侦了吗？"

贺秋妍费解："这和我学的专业有什么关系？"

路祈道："你现在的眼神好像下一秒就要拿手术刀对其进行深入研究。"

贺秋妍瞪眼，刚要回呛，就听见胡灵予不太确定地喃喃自语："这该不会是开普狮吧？"

路祈立刻转头，眉宇舒展了，声音也柔和了："就是开普狮，教侦查讯问的。"

开普狮，曾是地球上最大的狮子，已于十九世纪灭绝。

胡灵予飞快检索记忆："是不是姓王？"当年全校唯一火绝科属的老师，想没印象都难。

路祈意外："你知道？"

"喊，别以为就你提前做功课。"胡灵予挑起下巴，一点不心虚，嘚瑟的小表情比凌霄花还绚烂明媚。

路祈一双笑眼又自然而然弯成了缝。

贺秋妍瞠目结舌地听着路祈的语气，不可置信地看着路祈已经快笑没的眼睛，再想想刚才吐槽自己的那张鹿脸，这确定是一个人?!

黄冲也一脸震惊："传说原来是真的?!"

一鹤一犬虽然惊诧着八竿子打不着的事，但在反应同步率上总是有着微妙的默契。

灭绝动物作为科属，在兽化觉醒者中极少极少，以至于虽然大家都知道这样的兽化者的确存在，但在实际生活中几乎遇不到。于是刚入校的一年级学生们，虽然不时听人说"第四大里有个灭绝老师"，也只当是校园异闻。

"吼——"

雄狮再度发出怒吼，声震林谷。

与它对峙的形形色色的野兽同学，连带周遭的草木都抖了三抖。

贺秋妍问："这什么意思？打卡还要过它这关？"

"看来我们只分析对了一半，"胡灵予沉吟道，"除了半路拦截的随机难度，还有打卡点的固定难度。"

"开普狮再难对付，十……一二三，"兽化同学共十三名，"十三打一，也稳赢吧？"贺秋妍实在看不懂，"他们怎么都不敢动？"

"谁敢跟老师真动手？"大黄人间清醒。

"老师也不能不让学生交卷啊。"贺秋妍人间更清醒。

正说着，一头毛色发亮的黑狼和一头魁梧健硕的非洲野水牛突然同时冲出兽群，像听见了来自花海的怂恿，奋力扑向开普狮。

黑狼速度更快，冲在野水牛前面。开普狮一跃而起，以惊人的弹跳力和灵活度从黑狼头顶越过，然后在落地瞬间一个转身，毫不留情地扑向黑狼的后背。

雄狮的强壮身躯轻而易举地将黑狼压到身下。

随后而来的野水牛见势不妙，一个急转弯，竟绕过开普狮，直奔高台。

黑狼一边挣扎一边愤怒地嚎叫，不是冲着开普狮，而是冲着野水牛。

说好的并肩战斗呢！

奈何狼牛殊途，语言不通，当然可能水牛同学也不想听懂，牛蹄嗒嗒嗒一路冲刺，眼看就要踏上打卡台石级。

野水牛胜利在望，围观的同学也站不住了。趁着开普狮的重量全压在黑狼身上，群兽立刻行动。虎蹿起，豹冲刺，熊直立而奔，蟒于草丛潜行，然后发现行进太慢直接扭着变回人形，飞速起身。

就在这时，一只牛蹄已经踩上台阶的非洲野水牛发出凄惨的一声"哞——"，紧接着失去平衡，重重摔倒在台阶和草地之间。

谁都没看清开普狮是如何行动的，只觉得黄光一闪，野水牛已经在雄狮的袭击中轰然倒地，黝黑的皮毛随着呼吸急促起伏。

开普狮盘踞在水牛身上，因光线暗淡而变圆的瞳孔静静望着被吓傻了的十二名同学，尾巴有一搭没一搭地甩，狮毛纷飞。

或远或近停在冲锋路上的同学，没人敢再动。

唯一变回人的紫晶蟒，是在对抗中赢下黄冲的张栖，有点紧张地咽了下口水，问："老师……他没事吧？"

他，自然是狮爪下可怜兮兮的野水牛。

开普狮的回答是，从鼻子里哼出气。

紫晶蟒、野水牛、黑狼以及另外十名同学："……"

花海后的胡灵予四人围观了全程，目测野水牛身上没伤，因为开普狮对付他和对付黑狼时一样，只扑不咬，这会儿起不来估计就是摔蒙了，又被老师压着，身心俱疲。完全可以理解，毕竟上一个被扑的黑狼同学，现在还瘫在地上没缓过来呢。

贺秋妍快急死了："一起上啊，怎么这么容易被吓住！"

大黄也越发迷惑："老师都是有分寸的，还能真下死手啊，他们到底在怕啥？"

"枪打出头鸟，"胡灵予毕竟在社会上混过几年，已经完全看明白了这些同学的小九九，"都想得利，又不想当出头那个。"

野水牛和黑狼虽然没外伤，但被那么重的雄狮狠狠扑两下也够喝一壶的，很难说后续行动会不会受到影响。

"不能把时间耗在这里，"路祈抬头，树叶在风中抖动，雨的气息在逼近，"我们……"

"说得对。"背后毫无预警地响起一个陌生男声。

四人猛然回头。

一个穿着红底白条运动服的男人，额头套着发带，中分的半长发从两边落下来，洋气中带着复古，不羁中透着考究，而将他这一套 look 推向完美的，则是运动服左胸的印花——第四兽化大学教职工飞跳球队。

"王老师——"男人举目呼唤，"这边还藏着四个！"

原来不是一狮当关，是二龙堵门。

"哦对，差点忘了自我介绍，"男人风流倜傥地一撩发带前的刘海，"我姓喻，你们叫我喻老师就行了。"

狐、鹿、犬、鹤："……"这就完了？自我介绍就是一个姓氏？

喻老师疑惑地道："嗯？"

黄冲礼貌客气："老师，您的科属还有您在侦查系教的科目……"

"嘘，"喻老师竖起一根手指，"在你们考上侦查学之前，还是让老师保留一点神秘。"

黄冲："……"他不想礼貌了。

四人被带出花海，推入战局。

打卡处的同学陆续回到人形，对喻老师的出现没有任何反应，倒是全在打量胡灵予他们四个。

喻老师圆满完成"外围增员"任务，就近上了一棵冷杉树，然后对着下面的开普狮道："王老师，辛苦了。"

王老师不辛苦，就是看着喻老师一副"这些捣蛋玩意与我无关，你赶紧收拾了"的做派，想一爪子给他从树上拍下来。

四人来回看两眼，大概明白了。两位老师应该是共同负责此处打卡点，开普狮负责"挡"，树上那位负责"外联"，官方职责应该是"实时和学生沟通"，通俗翻译就是"看热闹的"。

时间宝贵，路祈原本就不想再等，此时望向十三位同学，直截了当地问："你们是几个组？"

众同学互相看看，仿佛才想起来他们在混战前也是有组队搭档的，脚下渐渐移动，不知不觉走位成 4、4、5 的三个小团伙。

胡灵予瞥一眼路祈，好像有点明白他想做什么了。

"你们十三个，加我们四个，不用一起冲，一半人冲就能把王老师拦住。"路祈不废话，"我建议每组出一半人，先保另外一半打卡，然后换位，打过卡的下来拦，另外一半上去。"

三组同学面面相觑，气氛微妙地沉默了。

喻老师在树上晃荡着脚丫，悠哉惬意。

胡灵予忍不住上前，帮路祈一起游说："你们不就是担心打完卡的人直接跑，不会愿意再回来帮你们拦吗？那就按路祈说的，每组出一半人，能丢下别人，总不能丢下自己队友吧？"

十三张青春洋溢的脸庞，没一张写着信任。

胡灵予："……"

至少也演个一两秒吧，要不要塑料得这么真挚啊！

"算了算了，"有人开始烦躁，"要不然就还是一起冲，能不能打卡各凭本事！"

"对，就这么来吧，别废话了——"

时间一分一秒流逝，大家都焦躁，而且没有通信，不知道另外两个打卡点是什么情况，万一选择那边的同学一片坦途顺风顺水……一想到这个，心态更崩。

"嗷呜——"来自一头灰狼同学的嚎叫，再次拉起了冲锋的号角。

十几名同学迅速兽化，一拥而上。

胡灵予没想动，只是被勾得心焦，身体随之晃了晃。不想下一秒就被路祈按住肩膀。

梅花鹿以为他也要上，沉声道："别动。"

胡灵予想辩解说自己可沉着了，哪里会冲动，然而看见路祈眼里的认真，到嘴边的话又咽了回去。

被人时刻在意的感觉，好像还不赖。

黄冲和贺秋妍比胡灵予更蠢蠢欲动，但战场推进得比预想中还快，眨眼功夫已经有至少一虎一豹一熊蹿上了打卡台，剩下的有几个被开普狮扑倒还没爬起，有几个正极力闪避开普狮，也企图钻空上高台。

双拳难敌四手，一个王老师拦不住十三个同学。

打卡设备感应到活物，立刻发出语音："请面向摄像头，按照语音提示操作——"

屏幕一闪，变成实时摄像状态。

画面里，三个猛兽你拱我拱你，一会儿是虎脸，一会儿是豹头，一会儿又变成熊嘴。

设备对此很淡定："无法识别，请重新面向摄像头。"

体格最大的熊科同学一个突击，竟成功将虎豹都拱了下去，立刻霸占整个打卡设备，让摄像头里只有自己的正面免冠狗熊脸。

设备："无法识别，请重新面向摄像头。"

熊科同学再没有第三次机会，因为后面冲上来的其他猛兽，又将其撞了下去。

然后王老师也来了。

后面的同学甚至都没有听语音的机会，就被蹿下来的开普狮一举冲散，保龄球似的稀里哗啦滚下高台。

开普狮站在高台之上，张开狮口一声吼，威慑八方。

"什么情况？"率先变回人形的熊科从地上爬起来，愤怒而又不甘心，"为什么无法识别——"

树上的喻老师好像打了瞌睡才惊醒，揪了一下发带，"啪"地弹回脑门，顿时清爽，然后语重心长地向下望："同学们，这是人脸识别，人脸。"

"……"熊科捂心口。

另外十二名同学，目光呆滞。

不带这么玩的。

觉醒者的兽化信息早已成了身份信息的一部分，别说在学校里爱刷啥脸刷啥脸，就是在社会上允许自由兽化的场所，也是两种都随意。

人脸识别，就这四个字，足以把打卡作战的方式完全颠覆。

一拥而上的混战，人形根本应付不来，无论是被开普狮拍还是被虎顶熊撞，都是生命体征感应片分分钟会报警的节奏。冲上高台必须为兽形，然后再切回人形，再打卡，这需要绝对充足的时间。

只有彻底拦住开普狮，不让其冲上打卡台，台上的人才能稳稳完成这一漫长的打卡流程。

可每个人都想冲，没有人想真正拦。

"要不要再考虑一下我的提议，"路祈适时出声，没有幸灾乐祸的嘲讽，只有诚恳谦逊的商量，"这是一次信任考验，做不到同心协力，不管来多少人都是零。"

鼻尖忽然一凉，胡灵予抬手摸了摸，湿的。

雨来了。

人性

"我加入。"一片微妙的静默里，紫晶蟒张栖变回人形，率先举手。而后他用视线寻找散落在混战中的三个组队同学，一豹，一狮，一大型狼狗，号召的意图很明显。

然而三位都没接茬，反倒是从摔倒就再没爬起来，一直躺地上哼哼的非洲野水牛，在更加委屈的哼哼唧唧里慢慢抬起牛角："哞哞哞……"

三个软萌波浪音，知道的是哥要入伙，不知道的还以为是猛牛撒娇。

"剩下的人呢？"胡灵予没路祈那么好的耐心和脾气，直接环顾出声，"跟老师打过的都敢再站出来，你们一点亏没吃过的还这么尿？马上就要来暴雨了，咱们在这里耗的时间越久，后面越难。"

"算我一个！"前胸一道月牙的黑熊同学直立着结束兽化，洪亮一喝。正是刚才拱半天设备也没刷成熊脸那位。

然后，就到此为止了。

慷慨陈词一呼百应的剧情并没有发生。黑熊的呐喊消散，只剩雨水点滴，轻敲叶尖。

胡灵予抹掉脸上的雨水，怒了："喂，你们——"

"别站道德制高点！"有人扛不住狼狈，开始回撑，"漂亮话谁不会说，有能耐你自己上啊，他们仨加你们四个，七个人还拦不住？"

"我们可以拦，"路祈定定地望着他，"只要你们打完卡过来交班。"

"行啊！"那人毫不犹豫，摆明不信路祈真会先做牺牲奉献，转头看周围仍是兽化状态的九个同学，"你们都听见了，要觉得可行，就表个态。"

各种叫声同时而起，比敲锣打鼓还热闹。

贺秋妍在路祈身后嘀咕："靠不靠谱啊，我怎么感觉没一头值得信任……"

胡灵予同感，但他更懂路祈的决断："想破局，就得有人愿意先吃亏。"

点滴小雨变成丝丝细雨，风渐起，吹斜了枝丫。

开普狮在高台上舔着爪子，安静优雅。

阵势拉开，胡灵予四人、紫晶蟒张栖、非洲野水牛、亚洲黑熊，七位一体在打卡台下围拢。这轮的开局比前面更难，第一步得把王老师从打卡台上"请"下来。

剩下的十个同学散在周边，伺机而动，以确保能抓住机会，打卡成功。

"咝咝——"盘踞在草丛里的紫晶蟒，朝路祈四人吐芯子，"咝咝（你们怎么不兽化？）——"

无人懂蛇语，但临时队友飞快扭曲成 S 形又展开再扭曲的柔韧身段，完美传达了焦灼的语意。

大黄道："我田园犬，兽化力量不如做人。"

小贺道："我丹顶鹤，兽化打架只会扑腾。"

胡灵予道："我赤狐……"

"咝——（不用说了！）"紫晶蟒三角型的头倏地转向路祈，"咝——（你兽化也不行？）"

路祈道："我是最华而不实的鹿科，美丽却不善战。"

紫晶蟒、野水牛、黑熊："……"你们四个到底是怎么凑成团的，弱科波长惺惺相惜吗！

外围刚有了些许期盼的十位同学："……"前路突然渺茫。

远方天际，闪电划破乌云。

开普狮突然起身，所有同学均是一震。

狮眼看的却是冷杉树。

喻老师刚从树上跳下来，落地时没有任何声音，对上开普狮的视线，潇洒一甩沾了水珠的秀发："生活小常识，下雨天不能坐在树上，会被雷劈。"

雷声虽迟但到。

开普狮的目光还在随着喻老师走，似乎想看看这位同僚会选什么新地点继续看热闹，当然你要非说王老师的眼神是在盼望天降神雷把红白运动服的人带走，也不是没有这种可能。

轰隆声中，路祈给了三位冲锋主力一个眼色。

蟒、熊、牛立刻会意，毫无预警地向高台发起冲锋。

开普狮迅速收回注意力，一马当先的黑熊却已到跟前。他黑色的皮毛已被雨水打湿，沉重的身体奔跑起来却灵活而有力量。奔上高台的一瞬间他两腿直立，身躯的阴影几乎将开普狮完全笼罩。

"吼——"黑熊猛扑而下。

开普狮一个鱼翔浅底，从他侧翼蹿过。

黑熊扑空，熊掌重重落地，至高台的巨大石块都为之震荡。

躲过的开普狮想转身从背后偷袭，却看见了紧跟而上的野水牛，牛角随着低下的头直直前顶，尖锐如刺。

大猫犹豫刹那，忽然转身一跃，从打卡台跳下。

野水牛紧急停住，惯性作用险些撞上黑熊。

一熊一牛四目相对，不约而同地去看设备。没了开普狮，他们现在在高台上，是刷脸打卡的最佳时机。

"啊——"台下传来贺秋妍的痛叫。

熊、牛以及还差一截台阶就和他们团聚的紫晶蟒，齐齐一震，循声而望。

不知向开普狮发动了什么攻击的女生，被远远甩飞在地。她一边疼得直抽冷气，一边飞快爬起，头发在摔倒时散开了，被雨打得半湿，贴在泥泞的脸庞上，却遮不住她眼中的倔强。

行凶的开普狮也没全身而退，被路祈抓住鬃毛一个借力，翻身骑到背上。顾长矫健的鹿科男生，斗牛一般放低前半身，紧贴狮背，任雄狮暴躁，稳如磐石。鬃毛成了缰绳，梅花鹿成了御狮者。

这还不算完，犬科黄同学拔河似的紧薅着狮尾，把想给丹顶鹤报仇的心全灌注在力量上。

身板最薄的赤狐同学，翻不上背，抓不到尾，又怕被狮腿蹬，竟然直奔狮头，生生把王老师的脑袋抱了个满怀，用人类孱弱的胸膛捂住雄狮的血盆大嘴。

熊、牛、蟒都惊呆了。

"傻愣着干吗？下来帮忙啊！"胡灵予急得大喊。

这是老师，又不是犯罪分子，抱个大腿可能会被蹬飞，但狐入狮口反而安全，因为一口下去人真的会没。最危险即最安全，多么朴素而又普世的道理。

许是被贺秋妍打动，被路祈鼓励，被胡灵予吓着，被大黄……不重要，总之熊、牛、蟒三巨兽最终选择听从良心的召唤，飞奔下台，加入对开普狮的压制与围剿。

他们下，另外十位可就上了。打卡台转瞬便被蜂拥而至的同学塞得水泄不通，有已经提前变回人的，也有上了台抓紧时间变的，你推我挤你，设备语音不断在"请面向摄像头""无法识别""请重新……"之间交错。

台下，开普狮已被扑倒在地。后至的蟒蛇将开普狮的躯干一圈圈缠住，用力绞紧，黑熊和野水牛双双趴在狮身上提供了主要压制力量，狐、犬、鹿、鹤顺势按住狮子的四爪，誓要让王老师动弹不得。

可是很快，他们发现了异样。

原本奋力挣扎的开普狮突然泄力，软软瘫在了地上。

最先感觉到的是张栖，因为他整个身体都缠绕在狮身上，这种断了气般的突然脱力，吓得紫晶蟒心脏一颤。蟒科缠住猎物的终极目的便是绞杀，但他又不是真的野兽，日常训练都不伤害活物，难道真伤着老师了？当即大脑一片空白，身体也跟着软了。

路祈是紧跟着发现的，心念一闪，便道不好："张栖，别……"

他的话根本来不及说完，布满黑色花纹的蟒蛇身体已从开普狮躯干上滑走。

蟒尾尚未全然离开，开普狮便突然发力。没了束缚的身躯凶猛跃起，以不容置疑的力量将自己的狮爪收回，拱起的后背甚至顶开了野水牛，只剩黑熊还勉强扑着，但也濒临失守。

就在这时，高台上终于传来第一声："打卡成功。"

语调平平无奇，内容感人肺腑。

"快下来帮忙——"黄冲情不自禁地朝上面大喊。

混乱的高台上看不清是谁拔得了头筹，但不管是谁，按约定都应该立刻下来接班。

很快，一个短发粗眉的强壮男生冲下了石级。

同一时间，开普狮也终于扑倒缠人的黑熊，狮爪重重拍在黑熊的左前胸！

"嘀嘀嘀——"

感应片直接报警。亚洲黑熊，出局。

开普狮踩着熊肚子回头一声威吓咆哮："吼——"

狮吼震天。

阻喝冲着的是粗眉男生，可所有听见这吼声的同学都产生了强烈的不适感，轻者耳痛、心跳加速，重者头晕、恶心、天旋地转。

这才是真正的野性之力。

胡灵予在晕眩中惊觉,他们面对的不单是科属凶猛的老师,亦是高超的野性之力运用者!

粗眉男生被吓住了,眼神猛地瑟缩,在吼声的余音里,便迫不及待地跑掉了。

"我×——"大黄捂着脑袋瞄见,忍不住爆粗口。

"打卡成功。"

"打卡成功。"

"打卡……"

率先缓过来的同学挣扎着继续打卡,有了第一个落跑的,就有第二个、第三个。

非洲野水牛看看黑熊的下场,再看看一个个打卡成功扬长而去的同学,傻子也知道怎么选,当即寻找紫晶蟒,背信弃义也得拉个同伴不是?

孰料哪里还有紫晶蟒,只有大长腿张栖,奔向打卡台的背影之迅捷,堪比火箭发射。

非洲野水牛再无心理负担,扬蹄就往石级狂奔。

"吼——"开普狮从黑熊身上跳下。

路祈拦住还要上手的胡灵予,大黄挡住不甘心的贺秋妍,任由开普狮高高跃上打卡台。

台上没有兽化者,只有同学,人狮大战,战况惨烈。

"嘀嘀嘀——"

"嘀嘀嘀——"

打卡声被报警声取代,至此再无人成功。

没过两分钟,机动医疗组的几辆车便抵达,将一个又一个同学送上担架。基本都是皮外伤,有些连皮外伤都没有,单纯被定点攻击了感应片,上了担架仍愤愤不平:"我还能打,凭什么不让我考试……"

喊得再大声,依然要被塞进医疗车。门一关,车辆飞驰而去,整个过程快得目不暇接。

原来考务组的老师没骗人,靠谱的保护措施还是有的。

不过——

狐、犬、鹿、鹤看向唯一没走的医疗车，以及车窗内目光温暖慈祥凝望着他们的老师……也不用这么贴心特地剩一辆等他们吧！

"多好的计划，怎么就没坚持住呢？"后方传来深切的惋惜。

四人回头，在迷离雨气中找了半天，才看见趴在松软凌霄花藤里的喻老师，姿势之舒展仿佛身下是席梦思，头上顶着不知哪儿揪下来的宽阔叶片，与发带相得益彰。

"我们坚持住了！"贺秋妍大声驳斥。

"光你们坚持住没用呀，"喻老师轻嗅花香，不小心吸了一鼻子雨水，连打几个喷嚏，末了规规矩矩，再不敢"拈花惹草"，"成功的全跑了，出局的全撤了，你们四个折腾半天，还在原点。抓紧时间吧，我听说另外两个区域可都打卡完好几拨了。"

雨开始大了，轰隆隆的雷声越来越近。

喻老师扯过花藤给自己盖盖，看似漫不经心，实则目光就没有从四个同学身上离开过。

王老师一如既往。先前的战斗也好，现在的大雨也罢，似乎都对他没有任何影响，高台下来回踱步的开普狮，在雨中慵慵懒懒，王者风范。

"现在怎么办？"胡灵予看向路祈，睫毛被雨打成了一簇一簇的，"等后面的人过来？"

路祈示意他抹掉眼睛上的雨水："不等了，来多少人都是一样。"

人性经不起考验，给一次机会，已经够给他们脸了。

"我来挡，"路祈的眼神冷下来，左右歪头活动颈椎，几无感情的目光锁定开普狮，"你们三个找机会打卡，别的什么都不用管。"

"你一个人？"胡灵予不可置信道。

"成一个算一个。"路祈笑，却没到眼底，"我恐怕也挡不了太久。"

开普狮停下踱步，静静地转身面向路祈，幽亮的猫科瞳孔，深不可测。

胡灵予道："我和你一起。"

大黄道："路祈，我帮你！"

贺秋妍道："我……你俩嘴也太快了！"

"别浪费时间了，"路祈说，"我们四个都上，谁打卡？还想给别人做嫁衣？"

"听我的，"贺秋妍拦住还想说话的胡灵予，"我和路祈上，你和大黄打卡，打完之后换班。"

大黄道："那不还是老一套？"

小贺道："怎么能一样？你会打完卡丢下我跑吗？胡灵予会自己打完卡就不管路祈吗？"

"死也不会。"大黄一字一顿道，重得像发誓。

小贺说："那不就结了。"

"同学们，我能插一句吗？"喻老师被冷冷的雨水浇着，越发觉得眼前情谊滚烫，是真心好奇，"你们几个到底什么关系？看着可不像一般同学。"

"当然不一般，"黄冲坦荡一指自己和胡灵予，"我俩室友，入学就一个屋，"又指指贺秋妍和路祈，"他俩发小，认识多少年了！"

"难怪。"喻老师点点头，不再多言。

青春就是好啊，够傻，却也够真。

嗯？慢着。

喻老师摘掉发带，拧拧水，再戴回脑袋上，从头理一遍。田园犬和赤狐是室友，所以田园犬不会丢下丹顶鹤自己跑，丹顶鹤和梅花鹿是发小，所以赤狐不会不管梅花鹿……这里面有因果关系吗？

信任打卡

雷声轰鸣，闪电裂空。

路祈消失，取而代之的是一头漂亮健壮的梅花鹿。鹿角峥嵘，鹿眼清澈，从伏卧的草地站起，皮毛棕黄与栗红混杂，盛夏的颜色里，点点雪梅绽放。

它微微仰头，迎着风暴，宁静而骄傲。

呦呦鹿鸣，林响谷应。

胡灵予和黄冲再无杂念，同时冲了出去，直奔打卡台。

开普狮扭身欲拦，却忽然感觉雨势变小了。雄狮抬头，上一刻还相隔数米的梅花鹿竟已跃至自己上空，动作之快、跳跃力之强不可思议。

舒展的鹿身替开普狮遮住大半雨水，尖锐的鹿角可没有半点留情的意思。

随着扑跃而下，梅花鹿骤然低头，以角冲锋。

开普狮的瞳孔骤然缩成竖线，冰冷而无情。身体不躲不挡，只伸出狮爪向着直面而来的鹿角重重一拍！

梅花鹿连角带头被巨大的力道直接打偏，身体也随着惯性失衡。

开普狮看准时机，露出锋利的獠牙，直对着梅花鹿柔弱的颈部而去。

他当然不会真咬，但也要让这个不知天高地厚的小子明白，真到了性命攸关时，自以为是就等于作死。

已跑上石级的胡灵予没来由地心头一颤，猛地回头，正看见开普狮向梅花鹿反扑，是标准的猎杀姿势。

理智告诉他老师会有分寸，可谁还顾得上理智，赤狐脚下骤停，立刻想转身往回跑。

一道白光杀入开普狮与梅花鹿之间，纯净如片雪。

鹤唳长空。

开普狮没咬到鹿毛，倒被扑扇了一嘴巴鸟羽。半路杀出的丹顶鹤不光啪啪扇狮脸，还咔咔拿嘴啄它。

伤害性不大，侮辱性极强。

王老师节节败退，因为对鹿龇牙，伤害尚且可控，对付扑棱鸟却很难拿捏力道分寸，稍有大意，轻则断翅，重则会有性命之虞，不可不慎。

嗯，就是出于安全考虑，并不是因为丹顶鹤是女生，而侦查系每年能招到的女生凤毛麟角，有一个有希望的都想像宝贝一样呵护。他敢以开普狮这一物种的延续发誓。

白羽乱飞中，梅花鹿因惯性摔倒的声音迟迟未到。

视线被干扰的开普狮看不清前方状况，刚生疑惑，侧面忽然袭来阵风。

鹿角刺上狮子的侧腹。

开普狮闪躲及时，鹿角只是擦蹭而过，却还是剐到了一点，微微刺痛。

王老师心塞，得亏自己闪得快，死孩子是真没留余地，完全是铆足劲儿往前冲。

可在这样巨大的冲击惯性下，梅花鹿居然脚下急停，迅速转身，二度攻击。

开普狮这回不是心塞，而是心惊了。

他终于明白为何先前没有听见梅花鹿失衡摔地的声音了，因为"失衡"本身就是他的判断失误，那一下狮掌仅仅打偏了鹿头，并没有真的让梅花鹿破防，所以对方才能借着丹顶鹤的掩护，那么快地绕到侧翼偷袭。也就是说，即使丹顶鹤不来，梅花鹿也不会乖乖让自己咬。

大意了。

"吼——"

仰天长吼，威风抖擞。开普狮面向梅花鹿，这次不再原地迎接，而是主动跃起直扑。

万没想到，梅花鹿竟也一同跃起。

乌云密布的天空底下，暴雨滂沱的泥泞丛林，两道同样凶狠漂亮的空中弧线，竟分不清谁是猎食者。

刚放心跑上打卡台的胡灵予和黄冲也克制不住地回头，两颗心提到了嗓子眼。

趴在凌霄花藤里的喻老师也惊诧地瞪大眼睛。

丹顶鹤的羽毛被浇透了，扑腾着想加入战局，奈何被一泼大雨浇在了地上，半天飞不起来。

"请面向摄像头，按照语音提示操作……"

感应到打卡者的设备发出语音，毫无起伏的机械音调在激烈的雨声和对抗里，显得突兀割裂，又奇妙和谐。

鹿与狮在空中相撞。草食与肉食，柔美与力量。

鹿被狠狠撞飞，狮却也跟跄落地。

开普狮在草丛里晃了晃，稳住身形。不远处梅花鹿重重摔地，一声闷响。

结束。

开普狮有些惋惜地望着，迟迟不忍收回目光。这是一个比他想象中优秀太多的孩子，从速度到跳跃，从力量到胆识。可惜是鹿科。或许现在还能凭借身体素质与凶猛科属一抗，但随着年纪的增长，野性之力的进一步觉醒，科属差距的天堑是无法逾越的。

他不想伤他，但除了让体征感应片报警，根本没有别的方法能把这头偏执的梅花鹿逼退。

"请保持不动——"

打卡流程进入正轨。

王老师一个激灵，让梅花鹿一搅和，险些忘了那俩漏网之鱼。

雄狮极快地转身，风驰电掣般向打卡台冲，没冲两步便高高跃起，竟在空中跨越不可思议的距离，径直落向高台！

黄冲还在那里遵从指示保持不动呢，眼见着巨大狮影劈头盖脸而来，陷入了犬生最大纠结。

躲，打卡失败，不躲，小命终结。

"大黄，你继续！"千钧一发，同在高台的胡灵予一脚前迈，一脚后蹬，奋力跳起，张开双臂以人形向着开普狮全力拦截。

他没路祈跳得高，没路祈力量大，可那双比食草科属更楚楚可怜的狗狗眼里，是同样的无畏与坚毅。

第二次对上这样的眼神，王老师不得不怀疑这四个学生是不是加入了什么奇怪的组织，不然为什么一个比一个执拗，一个比一个冒傻气！

欸？说到这里，那个梅花鹿的感应片怎么还没报警？

事实证明，干架的时候最好别一心二用。否则就会像王老师这样，既想回头看看梅花鹿是怎么回事，又想教扑面而来的同学做人，结果就是一个犹豫，既被正面迎来的胡同学抱头呼脸，又被后面追上的路同学四蹄踏肩。

一人，一狮，一鹿，组团跌落打卡台边缘，开普狮咚咚咚地往下滚，梅花鹿灵巧地跳过"障碍狮"，以头用力将胡灵予往回顶。

滚落台下的开普狮抬起头，正看见梅花鹿的"恶行"，刚想狮吼提醒：你是不是忘了对面是人，哪禁得起你拿鹿角顶！

可下一秒胡灵予向后跟跄，跌坐在黄冲脚边，毫发无伤。

"打卡成功。"

黄冲大喜，终于解脱，转头看见胡灵予，也不管他是怎么过来的，一把将其拉起，安置到摄像头前："快！"

开普狮怔怔地望着，终于后知后觉。

同样一头鹿，顶你就是用鹿角，顶别人就是蹭蹭头。这可能就是世界的参差吧。

"请保持不动——"

胡灵予屏住呼吸，一动不动，余光也不敢瞟，但又抓心挠肝地想知道狮、鹿那边什么情况，全部的专注力都用到了听力上，竭尽所能捕捉一切。

然而除了大黄跑下打卡台的急切脚步，就只剩下风雨跟响雷。

到后面大黄的声音都没了。

"打卡成功。"

终于等来天籁，胡灵予第一时间转头往下看。

开普狮趴在地上，尾巴略带暴躁地一下下拍着地，溅起雨水和泥点。泥点落到旁边的梅花鹿身上，像给白色雪梅配了黑色。搭档田园犬压在狮背上，狗嘴可能是想啃狮头，但最终只啃了满嘴鬃毛。鬃毛的另一端吊着丹顶鹤，扑棱半天总算扑棱到了开普狮脑袋上，和田园犬胜利会师。

胡灵予有点蒙："这是……什么阵形？"

关键不管是什么阵形，至少得是动态的吧？这大家其乐融融跟要拍合影似的，是什么节奏？

"吼——"开普狮艰难扭头，不耐烦地向着凌霄花藤吼。

"来了来了，"喻老师踏着雨水一路小跑，来到跟前，"你确定？"

开普狮连吼的耐心都没了，狮爪啪唧捶地。

"OK！"喻老师比了个手势，而后抬头朝胡灵予喊，"下来吧，换他俩上去打卡。"

"换他俩？"胡灵予似乎听懂了，又不敢相信是自己理解那个意思，"老师，您能明示吗？"

"王老师累了，不拦了。"男人怜爱地拍拍狮头。

开普狮毫不留情一记血盆大口。

喻老师拍得从容，收得飞快，将早贴在脸上的头发向后拢，露出发带侧边

"第四兽化大学青年教师先进个人"这一更耀眼的印花 LOGO："其实，这是一场信任打卡，考的不是战斗，而是同伴之间的付出和信任。恭喜你们，通过了本打卡点的任务。"

四位狼狈的同学在雨中互相看看，胡灵予实在按捺不住提问的小手："喻老师，如果考的是付出和信任，第一次我们四个还有另外三个一起拦王老师的时候，不足以体现吗？为什么后面还要让我们打这么半天，一直到现在？"

喻老师道："没有战斗力的信任是空中楼阁，一敲就碎了。"

狐、鹿、犬、鹤："……"

喻老师问："还有问题吗？"

胡灵予道："正反话都让您说了。"

喻老师问："老师厉不厉害？"

尊敬师长，爱护园丁，心中默念：世界和平。

就这样，赤狐和田园犬尚未真正参与战斗，梅花鹿和丹顶鹤便被获准直通打卡。

乌云里，人工催化的作业声才起，和大自然的雷声交织，雨水陡然变猛，浇得人简直站不稳。

"等一下——"喻老师叫住打完卡正准备迅速转移战场的四位同学。

四人回头，不明所以。

男人跑步上前，问某鹿科："什么名字？"

路祈站在雨中，笔直如松："9 班，路祈。"

喻老师点头："别误会，帮王老师问的。你之前摔那一下，感应片应该报警。"

狐、犬、鹤默默望向不远处的开普狮，侦查系的老师已经厉害到能人狮无障碍交流了？

路祈笑，谦虚中又带点得意的少年气："您是不是想说'理论上'应该报警？"

喻老师被逗乐了，拍拍学生的肩膀："抗击打能力不错。"

路祈道："感谢王老师手下留情。"

"行了，"喻老师把四位同学拢过来，抹了一把脸，睁开眼睛，目光炯炯，"暴雨已至，前路难明，再无侥幸，好自为之。"

狐、鹿、犬、鹤："……"

这么中二①的NPC②台词绝对是他自己设计的，绝对。

四位同学的背影消失在氤氲水幕里，白等一场的医疗车也悻悻开走。

走之前喻老师还扒了车门："就不能留下来让我俩避避雨吗？"

校医院老师兼司机："你们多避一分钟雨，就可能有同学延误一分钟治疗。"

喻老师立刻松爪，医疗车绝尘而去。

喻老师带着疑问转向同僚："给我们一分钟，就耽误同学一分钟，那他刚才在这儿看半天热闹就不算耽误了？"

开普狮骨骼缩小，皮毛消失，随着形态切换，隐形战斗环在他周身喷涂出一套薄而韧的行动服。

新型喷涂材料的颜色可以自己选，大部分男老师都是中规中矩的黑色、深蓝色、墨绿色、棕色等，王老师不，他喜欢花花世界，一周七天不重样，今天正好是嫩粉。

肤白唇红，睫长眼亮，桃花的颜色在他身上相得益彰。与兽化后的开普狮全然不同的窈窕身形，头发和喻老师差不多长，但喻老师看着就是小流氓，王老师却一派忧郁文艺范儿。哪怕被雨淋得像落汤鸡，眼睫轻轻一抬，也温柔如风。

人和人的气质差别太大了。

但一开口，波长却十分吻合："不满你就去跟冯主任抗议，说医疗组不肯借车避雨。"

"算了，有你陪我一起浇着，也不失为一种浪漫。"喻老师贱兮兮地凑过去，跟他勾肩搭背，"怎么就突然改主意了？我还以为你铁了心不让他们几个

---

① 中二：网络流行语，对青少年版逆时期自我意识过剩的一些行为的总称。

② NPC：是 non-player character 的缩写，指游戏中一种非玩家角色类型，不受真人玩家操纵。

过呢。"

王老师一脸嫌弃地躲开肩膀:"刚才谁说的信任打卡,失忆了?"

"都进行到这种程度了,就算放水也该象征性地把人都过一遍,"喻老师灵光突然闪现,"你是不是偏爱我们犬科?不然没道理女生都让你拍了几爪子,那俩一点苦头没吃。"越分析越坚定,"你就是狗控 ①,实锤 ② 了!"

"偏爱是吧,"王老师用双手抹掉脸上雨水,露出含笑明眸,"要不要感受一下我的爱?"

"来吧!"喻老师一口答应,"不要怜惜我这朵娇花……"

遥远的空中,有两位巡视考场的雀鹰老师。

(以下为鹰语对话)

"你听见了吗?"

"听见了,在南边。"

"这嚎的,狼叫?"

"是狼,不是叫。"

"嗯,听着更像悲鸣……"

片刻之后,越野考试指挥调度中心。

"王老师,你说。"负责联络、沟通、记录的老师,一边接听无线通信平台,一边操作系统。

王老师道:"刚刚在我这里打卡的那四个……"

指挥中心老师道:"2班胡灵予、黄冲,9班路祈,21班贺秋妍。"

王老师道:"对,通过。"

指挥中心老师道:"好的。在他们之前还有四名同学打卡。"

王老师道:"无效。"

指挥中心老师道:"收到,考务组这边会去通知他们,结束越野。"

话才说完,一个新的通信插入:"指挥中心吗?"

指挥中心老师看一眼系统:"是的,吴老师请讲。"

---

① 狗控:网络流行语,指偏爱狗的人。
② 实锤:网络流行用语,指由于有确凿的证据,某些事情的定性已经不能改变。

吴老师道："山谷区除了打卡点，还有老师在别的地方吗？"

"稍等，我查一下监控定位，"指挥中心老师查看系统，很快回应，"孙老师和黎老师在，一个正飞往沙区，一个在山谷上空盘旋。"

通信另一端沉默了。

指挥中心问："怎么了？"

吴老师答："有同学反映在山谷区非打卡点遇见过草食科属的老师。"

指挥中心："……本次越野，我们没有安排任何草食科属的老师。"

交换情报

打卡之后的胡灵予四人，以兽形在雨中穿林过草，向北狂奔，终于赶在更恐怖的雷暴来临之前，翻过山脊，进入山谷区。

乌云和雷电被挡在了山的另一边，天空放晴，日光和煦。

山体南低北高，谷壑夹在其中，一条小河流经谷底，狭长蜿蜒，直到葱郁深处。

"真要跑死了……"大黄四仰八叉地瘫在河边，逐渐变回人形，即便后背底下全是碎石块，之于现在的他也是按摩床。

贺秋妍席地而坐，拧长发上的水，半跑半飞的她原本应该是四人中最省力的，结果羽毛吸足了水，地狱负重般的飞行简直不堪回首，现在沐浴着阳光仍心有戚戚地抬头望天："不会再下雨了吧？"

"不会了。"胡灵予从梅花鹿身上把三个背包全卸下来，拿出四瓶功能饮料，一瓶丢给黄冲，一瓶递给贺秋妍，"山谷是唯一没有人造天气难度的打卡区，不过我们还得继续翻过北山，趁沙尘暴没来，先去沙区打卡。"

贺秋妍接过饮料，看胡灵予的眼神仿佛在探索奥秘："我还是头一回见这么斩钉截铁的第六感，你真不是在考务组有人？"

"有人也不会告诉你，"结束兽化的路祈从胡灵予手里仅剩的两瓶饮料中拿过一瓶，"少说话，抓紧休息。"

贺秋妍掐腰："姓路的，我发现你对我态度越来越不好了，有了狐狸忘了鹤是吧？"

路祈拧开瓶盖，咕咚咚喝两口，喝完发现贺秋妍还瞪着自己，诚实点头："嗯。"

贺秋妍怒道："路祈！"

见势不妙，大黄飞速奔过来救场："小贺，你帮我看看地图。"

贺秋妍道："你别管，我要拿鹿茸泡酒——"

黄冲道："泡，考完了就泡，到时候我帮你！"

贺秋妍道："真的？"

黄冲点头："真的。"

贺秋妍道："地图给我，哪块看不懂啊？"

黄冲道："这个地方……"

眼看田园犬和丹顶鹤的脑袋瓜又凑到了一起，幼儿园小伙伴似的叽叽喳喳，胡灵予才不轻不重踢了路祈一下："我说给你了吗？"

路祈顺着小狐狸视线，看到自己手中的饮料，满眼无辜："你拿了四瓶，不给我给谁？"

胡灵予问："我自己喝俩不行？"

"行，"梅花鹿一脸受伤地把饮料递回来，"还你。"

胡灵予看着那瓶喝了三分之一，连瓶盖都不打算拧上，完全敞口送回来的饮料，十分想加入丹顶鹤的鹿茸酒后援会。

路祈在忍不住乐出声之前，收回小鹿蹄，继续滋滋润润地喝饮料。

"我现在没有多余力气揍你，"胡灵予真心实意道，"感谢越野考试吧。"

"那等考完试，你再揍？"梅花鹿诚心邀请，晴空般的眼睛里都是期待，"我保证配合，谁也看不出来我放水。"

赤狐："……"

爪子硬了，不挠他个满脸花都不解恨那种！

深呼吸，再深呼吸。

人生就像一场戏，因为有缘才相聚，共同考试不容易，是否更该去珍惜。

"你能有一秒不气人吗？就一秒。"胡灵予的要求很卑微了。

路祈闭嘴，抬手在唇前做了个拉上拉链的姿势，特听话，特乖巧。

胡灵予心力交瘁，拧瓶盖的时候差点脱手，还好最后握住拧开了，没丢人。

功能饮料带着盐分和微量元素，送入身体及时补充，胡灵予一口干掉一瓶，才终于感觉彻底摆脱了那个水汽迷蒙的世界。

天蓝，草青，山壁险峻，涧水潺潺。

他们不能在这里停留太久，田园犬和丹顶鹤已经放下了地图，准备抓紧时间休息。

胡灵予长长地舒了一口气，让僵硬的身体松弛下来。旁边，路祈以包为枕，躺在那里闭目养神。湿透的衣服包裹着他修长而漂亮的身体，发梢挂着的雨珠在阳光里闪着微光。

说话撩闲是真的，气人欠揍是真的，舍身相护也是真的。

"想偷看我什么时候都行，"路祈闭着眼，却好像知道一切，"现在，休息。"

胡灵予有样学样，以包当枕，和他并排躺下来，静静地望着天空，过了会儿，低声开口："如果喻老师没喊停，你准备怎么办？"

"就按原计划啊。"路祈答得轻巧。

"你哄傻子呢，"胡灵予嗤之以鼻，"我和大黄根本挡不住王老师。"

"那再加我一个。"路祈从善如流。

胡灵予问："然后呢？"

他，大黄，贺秋妍，都打卡了，然后呢。

"然后你们三个再去拦。"梅花鹿的后招层出不穷。

胡灵予都不知道是该生气还是该笑："你在这儿战术套娃呢？就凭我们，狐狸、仙鹤、狗，挡得住一头狮子？"

"挡不住就没辙了，"路祈淡淡地道，"认命呗，谁让我挑了个休闲组。"

胡灵予道："喂，不许科属攻击……"

路祈闷声笑，合着的长睫随着轻抖。

胡灵予转过头，静静看他："宁愿冒着自己打不上卡的风险，也要护着我们先打卡，你对搭档都这样吗？"

路祈微怔，笑意淡去，却始终没睁眼。

"我不会把自己的命运交到一个底细都不清楚的临时搭档身上，"胡灵予轻声道，"你已经拿我和大黄当朋友了，或者你就是付出型人格，总之你得二选一。"

路祈沉默。

"不用回答我，反正都是鬼话，没一句可信。"胡灵予收回目光，重新看向天空，明明没下雨，却像被水洗过，一碧万顷。别听一个人讲什么，看他做。

人语停歇，耳边只剩山风和流水。

路祈缓缓地睁开眼。

日光太清澈，尘埃无所遁形。几分钟悄然而过，就在四个人都觉得差不多可以再启程时，空气中突然传来了响动。

四人面面相觑，一跃而起，全然戒备地循声而望。

前方，在河流渐渐消失的灌木深处，兽类的跑动声越来越近，越来越清晰，而且不止一个。

茂盛的灌木开始频繁抖动，不多时，一头棕黄色的蒙古草原狼从里面冲出来，身后还跟着两匹红狼和一匹郊狼。

都是1班的同学，胡灵予和黄冲认得。而且因为这几位都属于狼科中体形偏瘦小的，日常反而跟胡灵予他们这些中小型犬科没什么摩擦，和平相处。

领头的草原狼远远看见了河边的四人，愣了一下，待认出胡灵予和黄冲，顿时更改路线，径直奔过来。

后面仨见带队的中途变路，也就跟着跑偏。

草原狼在行进中逐渐结束兽化，到黄冲和胡灵予跟前时，已完全变回了人形，双手扶膝，一边调整呼吸一边友善地打招呼："嘿，休息呢。"

"嗯，"胡灵予看一眼他们来的方向，纵深往西，山谷的打卡点，"沙区和这里都打完卡了？"

"沙区还没去，"草原狼道，"这里打完了，准备先去林区。"

说完，他才发现面前四个都像刚从水里捞出来似的："你们怎么湿成这样？"

"刚从林区跑出来，"大黄走近道，"那边现在打雷闪电，雨大得根本站不住。"

"嗷？"

"不是吧！"

"嗷！"

另外仨狼过来，一个结束兽化，两个维持狼形，但不管人狼都一脸无语。

草原狼同样："一个沙尘暴，一个下大雨，玩谁呢？"

"沙尘暴？"贺秋妍忍不住插话，"沙区吗？"

"对，"草原狼说，"我们刚打完卡就遇见两队沙区过来的，都说那边沙尘暴刮得昏天黑地，所以我们才准备先去林区。"

贺秋妍不可思议地看向胡灵予，先是大雨，再是沙尘暴，预言一桩桩命中，即使是有准备依然心潮起伏。不管是狐仙的第六感还是考务组有人，她丹顶鹤也有抱上金大腿的时候，人间值得！

胡灵予不知道自己在丹顶鹤心中已经金光闪闪了，还在暗自庆幸，果然先选择林区是对的，至少躲过了一半暴雨，现在就希望他们在山谷打完卡时，沙区那边的沙尘暴也能结束。

"这么说你们已经完成林区打卡了？"草原狼忽然抓住重点。

黄冲老实点头。

草原狼压低声音："打卡点什么样，能给我们透透吗？"

黄冲语塞，不是他不肯分享，实在是临走之前，喻老师的叮嘱言犹在耳——

"关于打卡点的情况，原则上老师希望你们能保密。当然，不是强制性的，全凭自觉，全凭——自觉。"

大黄这辈子都没听过这么沉重的"自觉"。

"老师不让说，"胡灵予替老友解围，然后问草原狼，"你们打完卡，没被要求保密？"

要求了。

草原狼无言以对，但又不肯全然死心，左思右想，豁出去了："山谷区的打卡点，我不能具体描述，但可以给你们一句话——相信自己，勇敢向前。"

胡灵予沉吟良久，抬起头："林区的打卡点，我也是一句话——相信别人，完完全全把自己交给对方。"

草原狼问："完全？"

郊狼问："交给？"

俩红狼疑惑地道："嗷？"

胡灵予道："……相信，重点在相信！"

草原狼道："我们没往坦诚相见水乳交融合二为一宾主尽欢方面想，你激动什么！"

胡灵予、路祈、黄冲、贺秋妍："……"

想的已经不少了。

同一时间，山谷区深处。

冯燎原只身抵达定位点，原地等待多时的吴老师立刻起身："主任。"

"就这个吗？"冯燎原草草点头，上前查看草丛里的痕迹。

"对，只找到这么一组比较清晰的脚印，"吴老师说着，余光往冯燎原身后瞄，有些意外道："主任，就您一个人？"

冯燎原没理睬他，蹲下拨开杂草，让兽印显露得更清晰些，仔细观察。

后部半圆，前端分开两角，体重较轻，所以脚印也留得浅。

兽印只有这一组，但周围的草丛有明显的倒伏，再往前，就变成了模糊的人类足迹，是兽化者无疑。

岩羊

"羊。"冯燎原沉声开口。

"对对，"吴老师连忙道，"我们也这样认为，但在老师和参加考试的同学里，都没有羊科。"

冯燎原皱眉："你们？这件事情还有谁知道？"

吴老师察言观色，直觉不妙，小心翼翼地道："除了那个看见的学生，就只有我和梁老师，还有指挥中心……"

"联络梁老师。"冯燎原打断他，不容置疑道。指挥中心那边，他已下过封口令。

吴老师立刻用考务组专业的通信设备联络同事，刚一接通，便主动递给冯燎原。

冯燎原走到一旁，简单和那边说了几句，吴老师听不清，只能看见主任不太轻松的表情。

片刻，冯燎原走回来，将通信设备还回："我和梁老师说过了，这件事情暂时保密。"

"保密？"吴老师一愣，"主任，如果真有社会兽化者混进来，按规定我们要上报兽控局。"

"混进来？目的呢？上报的学生受伤了？"

"那倒没有……"

"一个羊科兽化者，可能只是误入，"冯燎原皱眉，"有必要闹那么大动静吗？"

吴老师神情犹豫，想反驳，又不敢。

冯燎原缓了缓，语重心长："小吴，你还是太年轻了。首先，遇见这种事情就算上报，也是先上报学校，规定是规定，但我们可以灵活掌握。你想想，校领导是希望从你我这里先一步了解情况，还是希望一无所知地等着兽控局通报？"

吴老师道："主任，您的意思是先……"

"不，我只是举个例子。"冯燎原有条不紊地道，"再说到我们今天这个事情。有人误入，如果真是高危险性的科属，我二话不说就会叫停考试，哪怕这是重大的工作失误，整个侦查系都要跟着背黑锅，但为了学生安全，没的商量。可是你我都看见了，这是一个羊科，真的严重到需要上报学校，让其他院系看我们的笑话吗？"

吴老师点头："好的主任，我明白了。"

冯燎原满意地道："我会再派几个老师增援，咱们争取尽快将这个人找出来。"

半小时后，山谷和沙区交界处。

一头岩羊在山壁上跳跃，每一跳都很惊险，每一落却又无比稳当，就这样竟轻轻松松降到了山壁之下。

黄土漫天，飞沙走石。

岩羊在人造大风里……不，这种程度得叫邪风了，变回人形，勉强睁开眼，忍着沙粒击打脸颊的疼痛，吐出一口带沙的唾沫："你们学校有病吧？"

内置在耳道里的通信器中传来幸灾乐祸的声音："早和你说了山谷区最舒服。"

岩羊转过身，面壁背着风沙："我来这里也不是为了舒服的。"

"很好，"通信那端正色起来，"药效大概还能维持四小时，抓紧时间，我们需要更多数据。"

"我可不保证能再待四个小时。"岩羊说。

"只要你不闹出大动静，就没问题。"

岩羊挑眉道："这么自信？"

"冯燎原已经派人搜山谷了，但所有参与者都被下了封口令，禁止上报。"

"啧，"岩羊有些失望，"我还以为能等来兽控局呢。"

"最好别想这些。"通信器那端陡然严肃起来，"你找死随便，我们可还想活。"

岩羊不以为然："要我说，你们就是自己吓唬自己。这些参加考试的都是优中选优了吧，未来兽控局就是他们的。怎么样，还不是不堪一击？要不是怕伤人闹大，我能收拾得他们哭爹喊娘。"

骂着不堪一击，语气中却带着碾压强势科属后的兴奋。

通信器那端沉默了，有那么十几秒只听得见呼吸声。如果不是只有这家伙敢于亲身试药，还愿意跑到强势科属扎堆的考场里来冒险，他真的一句话都不想跟这个猪脑子说。

岩羊在一声比一声沉的呼吸里，感受到了莫名的压迫力，先前有点飘的状态开始收敛。

通信器里再开口，是勉强平静下来的僵硬语气："不要用这帮学生去对标兽控局，他们压根还没经过侦查系的正规训练。你有自信是好的，但切记不可掉以轻心，别忘了，他们都是强势科属。"

"明白了。"岩羊嘴上说得挺好，表情却不屑一顾。

他在山谷区偷袭了两头熊，四匹狼，还和一头老虎正面交了手。药物带来的野性之力提升，足以弥补他和这些科属之间的差距。当科属天堑被抹平，还有什么好忌惮的？

将通信器取出来，暂时关闭，再塞回耳道。

岩羊重新回过身，面向茫茫风沙。新的战场开始了，他可不喜欢快乐的时候还要听别人叽叽歪歪。

昏黄沙幕里，五个你扶着我我撑着你、阵形犹如"铁索连环"的同学正好走出来。

十目相对，双方同时愣住。

岩羊："……"新战场的开局略微仓促。

傅西昂、王晏宁、马谦谦、张琥、赵盛："……"这是哪个班的同学，长得实在有点老。

"他没身份环。"眼尖的马谦谦率先发现，小声提醒。

那就是老师了。

五大猫自带的嚣张团伙气焰立刻化为尊师重道："老——师——好！"

洪亮声音给岩羊震得一激灵。

"喀，"装模作样地清清嗓子，毕竟也是老演员了，"既然遇上，多余的话老师就不说……"

"吼——"

是不用说了，一声狮吼三声虎啸，凶狠齐发，转眼启动最快的美洲豹已经扑到了眼前。

最近，岩羊同那张黑色的豹脸只有一厘米，美洲豹的胡须已经碰到了他的脸，高度紧张中连微痒的触感都像刀锋划过。

五个野兽扑一人，这就是你们的"老师好"？好个屁！

岩羊紧急调动野性之力，身体几乎在刹那间完成兽化，堪堪从豹爪下逃脱。

黑色美洲豹扑到岩壁，疑惑地回头，怔怔地望着兽化后的老师。青灰色皮毛，角粗大似牛，体形偏精瘦，介于山羊和绵羊之间——岩羊。难怪出现在山壁之下，完全是主场地形。

但问题不在这里。他们五个进入沙区前后分别遇过两回"随机拦路"的老师，全是凶猛科属，就连没和他们直接交手，仅仅从天上飞过的，也都是鹰隼雕，居然还派了草食科属的老师吗？

后面跟上来的四个跟班也傻了。

本想着先发制人，给老师一个惊艳亮相，说不定就能迅速过关，奔赴下一打卡点。现在老师一秒变羊，这性质可就微妙了，他们五个大猫，别说全力以赴了，就是收着攻击力来，都容易在"欺师灭祖"的边缘疯狂试探。

岩羊可不管他们蒙不蒙，一次性遇见五个大型猫科，还有比这更好的实验机会吗？

是时候展现真正的药效了。

集中，专注，竭尽所能调动身体机能，让有了药物加成的野性之力灌注到身体的每一个细胞中。

岩羊长方形的瞳孔忽然发亮。

突来强风，狂沙吹到山壁。

岩羊一跃而起，快得根本没人看清，等傅西昂反应过来，人已经落到了自己后背上。

傅西昂不可置信，这样的跳跃力和速度绝对不是一个羊科做得到的。

美洲豹拱起后背向前扑，想用惯性将后背上的岩羊甩掉，下一秒却被羊角重重顶住头。

已腾空的美洲豹脑袋突然一木，身体随之摔落地面。

岩羊仍骑在豹背上，却不知何时变回了人形，一脸过瘾："丛林法则，强者生存。"

四个跟班震惊于岩羊兽化切换的速度，但随之而来的愤怒远远盖过了这些细枝末节。

这不是单纯的师生对抗，这分明就是羞辱。跟大型猫科讲丛林法则是吧！

"吼———"

狮虎同啸，冲破沙暴。

"吼！"美洲豹用一声更凶狠的咆哮，止住了四大猫的狠扑，而后猛地翻身。

男人被掀落，但美洲豹也露出了柔软的肚皮。

岩羊阴森一笑，人形的他，瞳孔却似有若无地在圆与方之间变换，一时竟分不清是人眼还是兽瞳，诡异而危险。

没了耳内聒噪，药性似乎让血液更热，浑身都叫嚣着发狂、攻击、撕烂一切！

双手如刀般冲向泛着暗色斑纹的大猫腹部。

下个瞬间，剧痛袭来，男人一瞬清醒。

美洲豹一口咬住他左小臂，但上下颚最终没有咬合，否则他的胳膊已经不在了。

另一只倒是成功陷入了大猫的肚皮，但羊科终究没有强势科属的利爪，开膛破肚只能是妄想。

这是他今天第一次受伤。

不，应该说这是今天，第一次有学生敢咬伤"老师"。

羊科男瘫坐在地上，精神上的打击远超过了肉体的疼痛。

美洲豹松开嘴，渐渐后退。

不是害怕，而是一种混杂着迷惑、不安的复杂情绪，既觉得伤了老师好像不太好，又觉得这个老师说不出地奇怪。

跟班中最善于看形势的华南虎张琥，率先变回人形，看着岩羊冒血的手臂，颤巍巍道："老师，我老大……不是，傅西昂他不是故意的，您身上有没有感应片，要不要叫医疗组过来？"

岩羊身上还真有感应片，只可惜数据传输的那边不是考务组。

空气持续安静，只有大风呜嗷地刮，黄沙噼啪地打。

张琥没等来老师的回应，于是默认：老师可以坚强。

"那我们就先撤了……老师再见！"

张琥大臂一挥，另外二虎一狮立刻跑离现场，奔向南方。南方，山谷在召唤。

转头，老大怎么还盯着老师？

华南虎立刻兽化，跑到美洲豹身边，拱啊拱。

美洲豹起身，随着华南虎向南跑去，跑出了很远，还忍不住回头望，但漫天黄沙里已看不清岩羊的身影。

几分钟后。

将手臂草草包扎止血的岩羊，重新启动通信，对面立刻传来了声音。

"你刚刚在干什么？"另一端的声音依旧沉稳，或者说，伪装得足够沉稳。

岩羊道："我是断了通信，又没断数据传输，一看就明白了吧。"

"遇见难缠的了？"

岩羊被风沙眯了眼，抬手粗暴地揉："你之前说这个药的效果还能更强？"

通信另一端的人勾起嘴角，看来岩羊是吃到苦头了："当然。现在连半成品都不算，等到完全研制成功，将是一个你无法想象的美丽新世界。"

同一时间，风沙里狂奔的大猫。

"吼吼？（你们还跑得动吗？）"

"吼……（阵亡边缘……）"

"吼吼。（咱们猫科耐力太差，不持久。）"

"吼！（说明白，是兽化状态不适宜长途跋涉，我纯爷们儿的时候贼持久！）"

"吼？（你俩说的是一种持久吗？）"

美洲豹："吼吼吼！（吵屁，那就变回人！）"

随机拦路

北面的沙暴被崖壁挡住，南面的暴雨被青山拦截，夹在其中的深谷水清鸟鸣，恬静得仿佛世外桃源。

然而身处其中的考生们，无暇留恋风景。

胡灵予四人循着越野图，穿过谷底，攀登岩石，顺山涧溪水逆流而上。起初他们还以兽化为主，后面路越来越陡，也越来越难走，横过来的杂乱树枝好几次刮到梅花鹿的仨背包，差点连包带鹿一起滚下去，被涧水浸润的地面和石头更是让狐掌、犬爪、鹿蹄一个接一个地打滑，最后四人无奈，只得放弃兽化，以双手拨开灌木树枝，以双脚踩稳山石瓦砾。

什么？丹顶鹤可以继续飞？

她雪白的鹤羽已经被破树枝子东剐西蹭得不剩几根了，翩然回首，鹤过留毛，再倔强下去，会秃。

胡灵予和贺秋妍从路祈身上拿下属于自己的背包，重新背好，此刻距离他们和四个狼科同学交换情报，已经过去了两个小时。

"你们听见声音没？"大黄抬头往上望。

覆盖着青苔的山石，野蛮生长的草木，隐约飘来的水汽里，是清晰可闻的瀑布声。

"是这里没错吧，"贺秋妍指着越野图上一处标明"瀑布"的位置，这是距离山谷打卡区最近的特殊标志点，心里高兴得想飞上青天，身体累得连个笑脸都扯不出来，"可算见到曙光了。"

说是山谷区，但他们除了最初从林区进入的时候在平坦谷底走了一小段路，后面都是在爬山，往北山上爬，要是再见不着打卡标志点，他们真要怀疑自己会就此翻过北山头，直接落进沙区了。

"一鼓作气，"黄冲拍拍丹顶鹤的背包，鼓励道，"最多再走二十分钟，就能到打卡点。"

"呼——"贺秋妍金鱼吐泡泡似的呼出一大口气，重新振作，"走！"

除了田园犬，再没人回应。

大黄、小贺齐齐转头看向另外两位伙伴，发现胡灵予和路祈均站在原地，眉目深敛，是如出一辙的沉思状。

"怎么了，"贺秋妍问，"有什么不对吗？"

"倒也不能说不对，"路祈语带疑惑，"就是我们在山谷区这么长时间，只遇见过一次同学，频率有点低。"

还真是。

经路祈提醒，贺秋妍和大黄才意识到，告别1班那四个狼科后，他们再没撞见过其他人。

"保护区太大，大家都被分散了吧。"黄冲猜测道。

"不对，"贺秋妍思忖着，"林区打卡的时候喻老师说过，另外两个区已经有很多人完成打卡了，那按道理，我们过来的时候应该正好赶上人员流动，不应该这么清静啊。"

在路祈的余光里，一直注意着同样在思索的小狐狸，这会儿便问他："你怎么想的？"

胡灵予缓缓抬眼："是狗。"

路祈疑惑："啊？"

胡灵予左右转头，用力地吸了两下鼻子："没错，就是狗味儿。"

路祈只蒙了一秒，便迅速警惕道："哪个方向？"

胡灵予暂时还不能确定，环顾着用嗅觉搜寻。

田园犬和丹顶鹤完全摸不着头脑，但有一件事情看懂了，就是真的感情，哪怕我说东你说西，我说下雨你说吃鸡，也能一秒合拍，默契交流。

瀑布远远飘过来的水汽被大黄吸入，鼻子一痒，打了个喷嚏。

然后，他也闻见了——同类的味道。

胡灵予和黄冲还没来得及锁定气味的方向，四人右前方的刺藤里忽然扑出一条德国黑背，皮毛棕黑锃亮，犬齿锋利冒寒光，体型比一些中型狼科还要大。

四人连惊讶的时间都没有，立刻向四面散开。

胡灵予离得最近，首当其冲，尽管反应及时，还是被扑到了一点肩膀，巨大的冲击力和狼狗自身的重量，将胡灵予撞得身体猛然一偏，摔坐在地。

他正坐到一块被溪水冲刷掉泥土露出石块的地方，摔得尾椎骨差点碎了，瞬间疼得五官乱飞。

"胡灵予！"大黄着急地叫，立刻甩下背包猛地朝黑背砸去。

黑背闪躲极快，轻松避开，再度跃起，直扑仍坐在溪水边的胡灵予，显然是打算先解决一个，再逐一击破。

然而他刚腾空，旁边突然杀过来了不速之客，同样跳起，凶猛地顶向他腰侧。

狼狗"呜"一声被顶开，飞了几米重重砸到地上，半个身子在溪水里，半个身子在岸上，身下全是滑不溜秋的圆润石块，摔落后还往下咯噔咯噔滑了一小段距离，才狼狈地翻滚，用爪子抠住岸边泥土，借力跃到旁边草丛里。

脱离险境，狼狗才发现刚才袭击他的居然是一头梅花鹿。那么凌厉的攻势，那么强悍的力量，竟是草食科属？

落地的梅花鹿迅速转向，低头再度冲向狼狗，压得低低的鹿角犹如利刃，破风而来。

会被开膛破肚。黑背一刹那生出这个念头，且确信无疑。

"汪汪汪——（我是老师！）"狼狗战术性叫唤。先声明，绝对不是他尿了，主要是学生一认真，他要应对就势必也得认真，大家都认真就容易发生不可避免的伤害，不利于师生团结。

梅花鹿已到跟前，没有半点刹车的迹象。

黑背第一次见到这样的鹿眼，清澈如水，却含冰冷杀机。

一个犹豫，鹿角已经顶上狼狗的腹部，绝大多数兽类最柔软的地方，一刺就破。

黑背战栗，浑身狗毛都要炸了，眼前忽然闪现了一抹赤红，然后就是一声娇滴滴的——"嘤嘤！"

一只不知哪儿跑来的赤狐跳到了他肚子上，几乎在鹿角刺过来的同一时间。

鹿角停住，两个最长的末端刚刚好碰到黑背的腹部。

赤狐的两只前爪扒着鹿角的分叉，毛茸茸的尾巴在狼狗脸上甩来甩去。很难说是鹿角先停狐狸再上爪的，还是狐狸上了爪，鹿角才停。

贺秋妍和大黄原本也想参加团战，但路祈动作太快了，等他俩兽化完，路祈这边都搞定了。

黑背让狐尾扫得总想打喷嚏，无奈地默默别开脸，才看见旁边还乖巧地蹲着一只田园犬，一转头，二犬四目相对，视线再往上，田园犬脑袋顶上还站着只白鹤。

黄冲："汪汪！（老师中午好！）"

黑背："……"这五讲四美的礼貌和刚才拿包砸过来的干净利落，判若两犬。

腹部的压力突然减轻，是梅花鹿和赤狐同时离开了。一个后退，撤开鹿角，一个跳离，落到地面。

两个双双变回人形。

"我就是吓唬吓唬他，"路祈朝胡灵予笑，温暖无害中又带一点调侃，"你冲过来得倒快，怕我被处分？"

胡灵予这回信他，因为自己碰到鹿角之前，鹿角就停住了，没人比他看得更清楚。于是他更后悔自己的冲动，好像特在意，特担心路祈行为过火似的。

"我是怕你连累我们都被判出局。"胡灵予梗着脖子，嘴硬道。

黑背等了半天也没等来同学的慰问，只得自己默默结束兽化。隐形手环喷涂出黑色战斗服，勾勒出一副二十年轻精壮的身材，看脸也就二十三四岁，刚毕业大学生的样子，五官端正，和同为狗狗的大黄气质倒有一丝相似。

"我真是老师。"黑背站起来，先声明身份，不然总感觉下一秒这个危险的鹿科同学又要"动角"，"任务就是随机拦路，你们的表现很好，老师予以放行。"

"老师，你这个也太'随机'了，"胡灵予真心建议，"后面对其他同学的时候，能不能别这么突然袭击？真的很容易被当成混进来的社会兽化者。"

黑背也很冤：你当我喜欢当"反派"呢？

"首先，这是考场，不会有社会人员混入；其次，这是我的职责，务必营造真实的残酷环境，让你们这些温室花朵提前感受暴风骤雨。"

结束兽化的贺秋妍听见这个，一脸无语："老师，你就庆幸路祈收手快吧，再慢一点，救援车就得过来把你拉走。"

许是黑背长得太过年轻，总让人下意识就忘了他是老师，说话都变得轻松随意了一些。

"行了，赶快去打卡点吧。"黑背揉揉肩膀。作为今年刚入职的侦查系行政老师，他其实没什么机会接触教学，这回主动申请加入考务组，就是希望能近距离接触学生，实现他"教书育人"的犬生理想。所以领导下达的"拦截精神"，他一字不差地执行，分配的"固定台词"，他也要一字不漏地重复，"抓紧时间，我听说另外两个区域可都打卡完好几拨了。"

狐、鹿、犬、鹤："……"

黑背不解地看着四张表情突然变微妙的脸："怎么了？"

胡灵予道："这都中午了，每个打卡点都打完了好几拨，不是正常的吗？"

黑背："……"

胡灵予笑容灿烂，善解人意地道："老师，你再好好想想，考务组应该按不同时间段设定至少三种说法才合理。"

黑背怒了："一分钟之内你们要是还在我视线里，统统算犯规！"

不用六十秒，四个欢快的背影拨开刺藤，逆着涧水攀登而上，三下五除二消失在瀑布声深处。

"别人早就打完卡了"是精神施压的话术，那么反过来，就是并没有多少同学真的成功打卡，大部分应该还困在各自的第一个打卡点，这样路祈关于"为什么沿路总遇不见同学"的疑问，也就迎刃而解了。

还有什么比以为自己落后，结果成绩尚可更快乐的？

收回目光，黑背感慨万千，果然还是当严师更爽。

同一时间，山谷区打卡处的蒙老师，守着下面一群打卡失败的学生，百无聊赖地用隐形手环里的通信器和林区打卡处的同事"沟通工作"："和预想的差不多，你们那边呢？"

"有一队很……特别。"

联络那端雨声嘈杂，蒙老师差点没听清："特别？怎么个特别法？"

通信忽然被另外一个更活泼的声音抢过去："反正你看见就知道了，那几个学生不一般！"

"喻老师，"蒙老师先客气地打了个招呼，然后才继续道，"你和王老师说得这么笼统，我就是见到这几个孩子也认不出来啊。"

喻老师道："这就对了，不能让我们两个的喜好影响你的独立判断，可能我俩觉得这几个学生不错，但在你那里他们的表现就不行，所以认不出来最好，一视同仁。"

蒙老师乐了："话都让你们说了。放心吧，就算认出来我也会公平公正。"

讲是这样讲，但闲聊结束，蒙老师也就把这茬忘了，没放在心上。

直到二十分钟后。

越过瀑布后，地势越来越平坦，为了加快速度，胡灵予四人重新变回兽形。

于是蒙老师就这样迎来了一队前所未有的组合。

田园犬快乐奔跑，丹顶鹤低空飞行，赤狐趴在梅花鹿后背上，左右鹿角上还挂着三个包。

为什么狐狸要搭顺风车？问就是尾椎骨疼。

"反正你看见就知道了，那几个学生不一般！"

喻老师的话犹在耳畔，蒙老师现在悟了。

勇气打卡

当胡灵予意识到他们循着越野图一路向上攀的时候，就隐约有了不祥的预感，却没想到现实比不祥更糟。

山谷区的打卡点居然设在山顶，还有比这更不科学的吗！

之前从林区到山谷区，他们虽说也翻了南山，但一直在山林中走，并没有像此刻这样真正踩在峰顶。

三面环木，一面断崖，大风吹得杂草向同一方向倒伏，夹在其中的细小沙粒不时打在皮肤上，那是来自崖壁下沙区的尘土。

赤色狐狸紧紧扒在梅花鹿后背上，脑袋、腹部、四爪都贴着，尖尖的脸用力埋进柔软温热的鹿毛里。

胡灵予不怕风沙，却忌惮悬崖。

戴一顶渔夫遮阳帽的中年男教师，站在离崖边相对比较近的一棵树下，北望断崖风沙，东迎考生抵达。附近树上树下还有草木里，随处可见同学，或坐或躺，姿势各异，或人或兽，形态不同，但无一例外都顶着一张颓然的脸，周身笼罩的气场就一个大字——丧。

田园犬和丹顶鹤交换了个疑惑的眼神，默契地结束兽化，双双变回人。

"老师，这里是打卡点吗？"黄冲上前，第一句就问到关键。

"没错。"蒙老师言简意赅。

贺秋妍四下环顾："刷脸机呢？"

"打卡设备需要你们自己寻找。"一个成熟的老师可以从容面对学生给考试仪器起的各种鬼名字。

这一览无余的山顶还有什么能藏设备的地方吗？

黄冲茫然地左右看，刷脸机没找着，却发现一鹿一狐还保持着兽形，连忙伸手帮路同学把仨包都取下来。

负重没了，赤狐还在，赤狐不下来，鹿就继续当"坐骑"。

贺秋妍见状无语道："你俩能不能等刷完了脸再凑一块儿？现在，做个人好不好？"

路祈也想"做人"，可后背上的家伙反应太奇怪。从接近山顶开始，那个嘚瑟兜风的小狐狸就不见了，他能明显感觉到后背上的僵硬，以及紧紧攀附着自己的四只小爪。

尚未琢磨出所以然来，背上的家伙已经"刺溜"滑下去了，毛茸茸的尾巴在空中一甩，稳稳落地。

胡灵予强迫自己忽略掉地形地貌。这么葱郁的树，这么亮的天，这么干燥的风，还有一个个虽丧但善的同学，所有元素都和那个黑暗夜空下的海崖峭壁截然不同，没必要过度联想。

赤狐和梅花鹿相继结束兽化，蒙老师总算见到了四位同学的人形阵容。

本能地，他便开始从侦查学专业角度评估。梅花鹿和田园犬的体格可以，但放在强势科属中，或者说再具体一点，就和现在周围这些垂头丧气的同学比，也并没有多出挑——当然鹿科的大长腿另算；赤狐和丹顶鹤则更弱了，骨架都是偏秀气或纤细，根本不适合强度对抗，很难想象会坚持到这里，毕竟如果前面五项考核的分数过低，正常都不会再徒劳地参加越野。

"别执着于眼前的风景，"蒙老师迫不及待地想看看这些孩子有何惊艳之处，忍不住提示，"发挥你们的想象，打卡设备在一个需要勇气的地方。"

胡灵予问："勇气？"

大黄道："勇气？"

贺秋妍也道："勇气？"

路祈道："想象？"

狐犬鹤默默转头看梅花鹿，好学生的重点就是与众不同。

"欸？"贺秋妍想起了什么，"之前那四个狼科，是不是也说……"看一眼老师，她又谨慎收住。

彼此心照不宣。

那四个狼科同学，也说"相信自己，勇敢向前"。

向前……

胡灵予抬头，举目只有一片断崖和崖后的空谷流云。

危险的地方才需要一遍遍强调，你要勇敢。

胡灵予咽了咽口水，刚振作起来、尚未稳固的心理防线，又开始"咔咔"裂缝。不会真玩这么大吧？

身旁有人影擦过。

是路祈，他果断上前，几步来到悬崖边，低头往下看。

意料之外的风景，让梅花鹿也愣了一下。

第一眼看到的不是打卡设备，而是固定在崖下十五米左右山壁上的安全网垫，和坐在里面的一溜同学，数量加起来能有一个班，乱糟糟散在宽阔网垫的各处，莫名让人联想到收获时节，为了摘果，果树被围一圈网兜，然后用力抖动，果子便一个个掉进网兜里。

不同的是果实成熟而落，是快乐的，网垫里的同学则人均一副沮丧面具，灰暗气场和悬崖草丛里的那些如出一辙。

顺着这些同学往上，路祈终于看见了让他们打卡失败的罪魁祸首——设在崖下七米左右山壁上的刷脸装置。和林区恨不得垒个宝座承载的打卡设备截然不同，这里的装置十分小巧，类似黑色的迷你摄像头，一共三个，每个之间相隔大约三米，水平排布在崖壁上。

"别找了，"路祈回头，喊还在检查大树和询问草丛里的同学的大黄、小贺，"在这里。"

之后他才看向胡灵予，半调侃半宠溺地笑了一下："你就是在那儿站到地老天荒，打卡点也挪不过去。"

"什么啊，我又没害怕，"胡灵予顾左右而言他，"我在思考。"

路祈歪头："我说你害怕了吗？"

胡灵予语塞，下一秒看见路祈半只脚都踩到崖边了，立刻心急道："你往回来点！"

说话间，黄冲和贺秋妍也到了悬崖边，低头往下一看，瞪大两双眼睛。难怪一路上没遇见几个同学，敢情全困在这儿呢！

"谁想的主意？"贺秋妍必须说一句，这个打卡位置，"太损了。"

"这要怎么刷脸，"黄冲找半天也没找到绳索一类，"徒手攀岩吗？"

"不然你以为我们怎么掉下来的……"底下有按捺不住寂寞的同学接茬。

"掉下去就算出局吗？"黄冲大声问。

底下同学："不算，就是三小时内不能再打卡……"

难怪。

黄冲就说怎么不管崖上崖下都在虚度时光，没一个积极再战的。

"赶紧下来吧，"另几个同学张开怀抱，独落落不容众落落，"风里沙里，我们等你！"

没人注意，路祈已经回到了胡灵予身边，简单对他说明情况。"刷脸设备在崖壁上，一共三个，应该刷哪个都行，"最后一句压低声音，只有两个人听得见，"下面有安全网。"

胡灵予怔了怔，看他。

路祈轻叹，故作惆怅："又恐水，又恐高，狐狸都像你这么胆小吗？"

胡灵予突如其来委屈："你以为这些是因为谁？"

路祈被这直白的控诉弄愣了，很荒唐，却又清晰得无法忽视："……我吗？"

胡灵予心情复杂地望着梅花鹿，良久，缓而坚定地摇头："不是，是一个坏蛋。"

"好了，"蒙老师的击掌打断了这边的悄悄话，也打断了那边悬崖上下的叫板："打卡点已明确，现在听我说一下规则……"

老师上前几步，离四人更近一些："三个设备都可以打卡，刷脸识别，兽化无效。一旦触碰安全网，感应片会将相关信息传输到打卡设备，三小时内打卡无效。注意，打卡成功之后触碰安全网，也会消除打卡信息，三小时后必须重新打卡才算完成任务。"

"老师，"大黄举手提问，"什么叫打卡成功之后再碰安全网？"

　　蒙老师回答："比如打完卡你没有力气攀登回来，直接掉下去；或者你攀回崖边了，一个手滑，重新掉下去；又或者你人已经上来，但情不自禁和底下的同学互动，于是脚滑，再度掉下去。"

　　大黄："……"

　　相比林区说十句话没一句有用的喻老师，蒙老师可谓字字干货，说完就撤："如果都听明白了，就加油吧。"他退回树下，眼神充满慈爱鼓励："老师相信你们。"

　　周围的各位同学，也满眼团结友爱：期待你们加入草丛负能量天团。

　　"我先探探路。"贺秋妍义不容辞。

　　悬崖之下，安全网里的同学们不知道上面的情况，只看见不久后，先前在崖边冒过头的三人中唯一的女生正式下来了。

　　背影窈窕，动作却利落，双手扒住崖边，两脚去寻找能踩住的岩石凸起，很快找到，落脚，再松开一只手，去寻找低一点能扒住的地方，找好了，才能松开另一只手，让身体一同往下沉。

　　徒手向下攀岩的难度比向上还要难，因为身体比向上的时候更难贴住崖壁。

　　刚才跟大黄喊过话的几个男同学窃窃私语。

　　"她和另外那俩是一队吗？"

　　"肯定是一起的。"

　　"那怎么让女生先下来？太不讲究了。"

　　几人正义愤填膺着，上面贺秋妍刚踩住的一处岩块突然断裂，脚下一空，整个人坠落下来。

　　安全网天团早见证了无数次这样的场面，中间空出来正对着三个打卡点的大片区域，就是给这些后来的同学留着的，此刻全都淡定从容，静待新成员入伙。

　　然而预期中的坠落声并没有响起，倩影在马上就要摔落网垫的最后一刻，惊鸿掠起，直上青云。

　　鹤唳风中，飘落一根白羽。

　　刚还替贺秋妍打抱不平的男生，扎心地仰望天际……居然是鸟科，不讲武德！

"吓死我了，"落回山顶的贺秋妍重归人形，捂着扑通扑通的胸口，"幸亏兽化得够快。"

仙鹤同学不只兽化快，重振旗鼓也快。

"再来！"

十几分钟后。

第五次下探的贺秋妍，终于成功抵达1号设备前，清亮双眸直视迷你镜头。

"打卡成功。"悦耳语音在峭壁回荡。

底下是几十双羡慕的眼睛，顶上是比本人都紧张的田园犬："还有力气上来吗？"

贺秋妍没力气了，四肢又酸又木，但给大黄同学一个"你就傻吧"的眼神，还是绰绰有余的。

双手用力一推。

身体腾空的瞬间，骨骼急速变轻、变空。

丹顶鹤再次兽化，轻松飞回山顶。

路祈陪着胡灵予，并排趴在一旁不影响贺秋妍行动的崖边，目不转睛地围观全程。

梅花鹿问："羡慕？"

赤狐答："为什么狐狸没有翅膀？"

梅花鹿道："你有尾巴。"

赤狐道："顶什么用？"

梅花鹿道："卖萌让别人带你飞。"

赤狐："……"

梅花鹿问："想什么呢？"

赤狐道："等会儿你下去的时候，务必小心。"

梅花鹿问："怕我失手？"

赤狐答："我怕自己忍不住蹭爪，送你一程。"

逆风

"还是 1 号比较好刷，路线上有几个相对容易抓住和下脚的地方。"贺秋妍回来第一时间分享经验，说完才翻过手心，往上面吹凉气止疼。前后五次攀爬，让她十个指肚都磨破了。

"手腕没事吧？"黄冲还记着她昨天的伤。

"没事，"贺秋妍灵活地转转腕子，"封闭针很管用。"

"再管用也是暂时的，"路祈接贺秋妍的话，看的却是黄冲，"不想落下病根，今天结束就立刻去正经治疗。"

黄冲突然有种被亲友团托付的使命感："保证完成任务！"

山顶的风好像更大了，站在崖边，有种随时会被吹下去的恐怖错觉。

哪怕只是看着别人站。

仍趴在那里的胡灵予，目光紧随路祈，看着他转过去弯腰，双手扶住崖边，整个身子缓而有控制地沉到崖外，精准找到第一个落脚点。

然后是第二个、第三个。

路祈几乎以匀速在往下降，动作与动作间的衔接稳而流畅，一直发力让他从手臂到背部都呈现出漂亮清晰的肌肉线条，阳光洒在肩胛处，随着动作起伏，像海浪的波光。

蒙老师原本站在稍远些的崖边，侧头随意观望，但很快便惊讶地挑了下眉，不知不觉来到胡灵予身边，这个离路祈最近，也看得最清楚的地点——当然他的视野对比胡同学还是有些微差距，毕竟一个站，一个趴，同梅花鹿的垂直距离有差。

底下安全网内的同学已经被路祈的身手亮瞎了。他们里面大部分都在此望天多时，也见证过若干刷脸成功的勇士，但哪一个不是步步惊心？

路祈不是。

别人深一脚浅一脚，磕磕绊绊；他下一脚再下一脚，纵享丝滑。

"从开始到现在连个碎石都没掉下来就离谱。"发出此感慨的同学在刚失败时是靠近山壁坐在网里的，后来吃了无数攀岩同学踩碎下来的石头子儿，现已有多远躲多远，挪到竖起围网的边缘。

没有被踩碎的石头掉下来，说明路祈每一次落脚点的选择，都安全稳固。

"这么顺吗？"有人不信，"是不是有人提前给他划范围了，说哪几个地方能踩？"

话刚说完，路祈的一只脚便再次向下，这回选择了一个崖壁微微凹陷的地方。

底下同学霎时安静，这位置他们太熟悉了，那地儿看着像凹陷，其实只是一个浅痕，搭脚尖都勉强，现在安全网里就有好几个是折在这儿，就算命大不折也绝对会脚下一滑，狠狠晃一下子。

果然，脚尖伸到浅痕里的一瞬间，路祈的动作第一次出现了停滞，明显实际的凹陷比他预估的浅，脚往前送的力道猝不及防地受阻。

底下几十双眼睛紧紧盯着。

鸦雀无声里，只有风猎猎地刮。

然而，路祈继续了。

是的，除了顿了这一下，他几乎没有改变任何动作，就顶着那个根本不可能搭稳的浅痕，换另一只脚继续往下了。

安全网里现在不是几十个同学，是几十个怀疑人生者。

"他怎么做到的，踩空气吗?!"

"是不是多少还能借点力？"

"借个屁，我刚才就是这一脚掉下来的，那个位置根本踩不住！"

终于，有人发现了端倪："他压根没借力。"

只见路祈另一只脚在向新位置伸的中途，那只搭着浅痕的脚，脚尖其实已经微微离开了山壁。

他的确是踩空了，之所以第一时间没人看出来，因为他单纯凭借上肢力量，就让身体保持住了稳定。

可怕的控制力。

"他是不是……对抗第一？"同学甲喃喃自语。

"好像还有……跳跃第一。"同学乙同款蒙。

"什么'是不是''好像'，就是他，连着两天出尽风头，你俩居然还没记住？"同学丙相对暴躁。

"我觉得他俩不确定的不是记忆，而是一个人怎么可能集跳跃、对抗、控制、力量于一身？"同学丁思路清晰。

"还有美貌。"同学戊就看脸。

毫无悬念，路祈一次性完成。不知是不是真有颜值分，连设备语音都好像比别人响得快。

"打卡成功。"

紧绷的气氛悄然消散，下面的几十名同学自觉或不自觉地放松了，好像沉浸式围观到此结束。

唯有路祈没一秒分神，调动的身体力量也无半分松懈，语音还在回响，他已开始向上攀，和来时一样稳。

蒙老师的惊讶，早已变成惊喜和欣赏。

有身体天赋，还有难得的专注和自信。

"哪有什么天赋，"崖边凑到一起趴着的丹顶鹤，听见田园犬嘀咕羡慕路祈"天生神鹿"，忍不住撇嘴，"他小时候可弱了，光长个不长肉，纸片似的，天天让人欺负，幸亏有我罩着。"

"你罩着？"大黄实在想象不出一个幼年仙鹤的战斗力，"路祈打不过，你就能打过了？"

贺秋妍道："打不过我可以飞呀。"

大黄问："带着路祈？"

贺秋妍道："怎么可能，我又拎不动他。"

大黄："……"很难说"被欺凌"和"目送仙鹤一飞了之"哪个留给幼小鹿心的阴影大。

贺秋妍道："但他不管怎么被欺负，从来不和家里说，后来有一次实在是太惨了，路叔和袁姨都发现了，他还是死活不讲，怎么问都说是自己摔的，我以为他是怕被那些人报复……"

"难道不是？"大黄问。

贺秋妍老夫子似的摇摇脑袋："和我一样，格局小了吧。没过一周，那几个打过他的全都是鼻青脸肿地来上课，老师问怎么了，也都说是自己摔的。那时候我们才多大，但老师都吓唬他们要找家长了，愣是没一个人敢供出路祈。"

黄冲问："真是他干的？"

胡灵予安静地趴在最旁边，实则仔仔细细听进去了每一个字，此时也忍不住偏过头来。

贺秋妍道："这么说吧，在那之后，一直到小学毕业，那几个家伙只要看见路祈，眼神都是哆嗦的。"

黄冲问："你们和他们不是一个班吗？"

贺秋妍答："是，所以后来只要一下课，那几个就往外头跑，风雨无阻，看着都心酸。"

黄冲问："……路祈到底干了什么了，再说他不是打不过他们吗？"

"你以为我没问过，"贺秋妍说，"但不管是旁敲侧击还是威逼利诱，臭小子就是不说，后来我拿绝交威胁……"

黄冲道："他才说？"

贺秋妍答："他说随便'绝'。"

黄冲："……"一飞了之的仇，记着呢，绝对。

"你没办法比别人强大，就只能比别人更狠，"胡灵予一字一顿，像在念曾背诵过的课文，"当心理上的恐惧建立时，身体的强弱就没有意义了。"

贺秋妍惊讶地看过来："你怎么知道？有次他被我问烦了，就是这么说的，不过没这么装腔作势啦，原话好像是'谁先吓破胆谁输'什么的。"

小学生路同学当然比二十五岁的路队长单纯质朴多了。

胡灵予意外于自己在兽控局里就没和路队长搭过几次话，竟然还能将某次极偶然闲聊中对方随口的一句话记得如此清楚。

更意外于，原来从小到大，路祈就没变过。

"你们这个迎接阵形还挺独特。"利落上崖的梅花鹿，低头看着"三条咸鱼"，不知该评价他们队列整齐，还是款式新颖。

"你真是太猛了。"大黄第一个爬起来，由衷赞叹。

路祈一如既往地谦虚："运气好。"

听他骗鬼。

运气不会让小鹿变成野兽，也不会踏空山壁毫发无损。梅花鹿的"运气"，是日复一日在训练中心里做力量练习，做引体向上，做速度冲刺，做耐力有氧训练。

胡灵予有些费力地歪脖子抬起头，路祈背着太阳，像一抹颀长潇洒的风中剪影。

所有人都看见梅花鹿惊艳漂亮，可他逆着风，也逆着光。

"咱俩一起？"黄冲跃跃欲试地向胡灵予发出邀请。丹顶鹤、梅花鹿的接连成功，激发了田园犬的斗志。

胡灵予看看悬崖之下，看看远处风沙，再看看大黄："你先，我殿后。"

"也行，还是1号稳妥。"黄冲以为胡灵予是为了保险，虽然两人一起进行节省时间，但这样就要选不同设备刷脸了，然而目前只有1号路线经过了贺秋妍、路祈的两次打卡，是他们最熟悉的。

"呃……对。"胡灵予其实压根没想路线的事，完全是恐惧拖延症，此刻只能心虚应和。

不料大黄刚走到"起点位"，正欲踩着崖边转身，崖下忽然传来两声不大的嗡鸣。

"嘀。"

"嘀。"

像感应片的声音，但又不是危险警告的"嘀嘀嘀"，而且两声好像不是来自一个位置。

声音刚落，又一声"嘀"，这回是山顶。

四人循声望去，发现草丛里"待机"的同学，有一位正缓缓起身，眉宇间尽是"再战必胜"……并没有。"再试一回吧""还能糟糕到哪里去呢""反正死不了"的豁达人生观，写满全脸。

第一拨铩羽而归的三小时，到了。

四个人，三个打卡点，这要怎么搞？

"犬科的——"安全网内突然传来呼唤。

大黄低头："谁？"

一个盘腿坐在网垫远端的男生，也是崖下两个到时的同学之一，半长的秀发随风飞扬，飘逸如马鬃："你刷你的，我再酝酿酝酿……"

郑迅，对抗考试第三轮输给黄冲的，普氏野马。

曾经

"你俩刷哪个？"安全网里另外一个到时间的男生，走到崖下，抬头问上面。

黄冲和草丛里过来的同学对视一眼，诚实地道："我想刷1号。"

"正好，"草丛同学心仪另一条路径，"我要刷3号。"

"我俩想刷1号和3号——"黄冲大声将结果向下通报。

"没问题，"底下人爽快地道，"那我就来2号——"

黄冲有些意外对方的好说话，毕竟一个选不好，又要仨小时："你确定吗——"

"放心吧，"草丛同学一脸复杂的羡慕之情，"他们从底下往上爬，选哪个都容易。"

对安全网内的同学来说，这次只需要一路往上攀就行了，刷脸难度和第一回比完全两个维度。

黄冲这才意识到崖上崖下的根本差距，难怪全挤在安全网里坐足仨小时："那你们怎么不在下面等？"

"脑子不够用呗。"草丛同学悔到泣血。他和草丛里那些都是失败比较早的，当时崖上崖下都还没啥人，然后风大，安全网晃悠得人头晕，他们想当然就爬回来等了，待到后面意识到底下更有"二刷"的优势，时间已经过去四十多分钟。谁也舍不得时间成本，跳下去再归零计时，最后就是现在这样。

"没事，"大黄鼓励地拍拍他的肩膀，"这回一定行。"

一分钟后。

"咚——"

草丛同学爬得潇洒，摔得利落。

才下探一米的大黄紧抓岩壁，没敢回首低头，总觉得是自己的祝福给对方送走的。

底下往上爬的那位却是截然不同的风景，一步一步稳稳向上，发力舒适，抓壁顺畅，越攀越来劲，没多久，便到了2号设备前。

牺牲三小时，二刷三分钟。

"打卡成功。"

胡灵予看得疯狂心动，如果他也能从下往上爬，一不用频频下望，恐高抵御，二不用上下折返，节省体力，地狱难度瞬间变成休闲模式，想想嘴角都要咧到后脑勺。

事实上胡同学已经咧了，只是他自己没察觉，而且不光嘴角上扬，狗狗眼也亮得一闪一闪的。如果他此刻是兽形，路祈相信两只尖尖的狐狸耳朵早就支棱起来了。

"别想了，"路祈低声开口，虽不忍心，但不切实际的幻想只会消磨斗志，"如果你在这里浪费仨小时，前面所有的努力都白费。"

"我没想……"小心思被拆穿，胡灵予有点脸热，掩饰性地咕哝，但又有点不甘心，"其实呢，话也不能说得这么绝对，你看大家都在这里付出了仨小时，等于还是同一起跑线嘛……"

路祈道："你只是和这里的几十个同一起跑线，沙区什么情况，还有林区在我们之后的同学什么情况，你清楚吗？"

沙区胡灵予的确不清楚，但："林区的话，我们后面的不就和我们待遇一样？"

"不会，"路祈耐心地说道，"随着完成打卡的同学越来越多，每个打卡点的情况和任务或多或少都会传开，打卡效率一定是逐渐提高的，就像你趴在这里看了这么半天，和你一上来就直接打卡，成功率已经天差地别。"

胡灵予知道路祈说的全是道理，但真正进耳朵的就"你趴在这里……半天"几个字，强烈怀疑梅花鹿是在内涵。

路祈还真没有，他是公开的："退一万步说，就算你对了，大家全在相同起跑线，你就一定跑得进前八十吗？"

胡灵予怔怔地望着他，说不出一句话。

一针见血到极点，反而不扎心了，只会真切感觉到彼此的差距，为什么别人能一路耀眼成为队长，而自己只是个文职科员？

"别想那些不靠谱的了，最好把山顶、悬崖还有上面下面我们这些人都忘了，"路祈的目光柔和下来，却有一种说不出的平静力量，"在哪里打卡，你只需要看着它。"

崖下又响起一声"嘀"。

短短几分钟内，到时间的人也已经增加到六七个了。

胡灵予低头，黄冲此刻已经偏离了垂直最短路线，而是下探到了1号位的斜上方，距离可以刷脸的位置，至少还有三米。

造成路线偏移的原因只有一个，路祈可以攀的位置，黄冲搞不定，只能去远处寻找更容易落脚的凸起。

"总算……"打卡成功的安全网同学终于爬上崖面，翻身在地上歇息两秒，就一个鲤鱼打挺，奔赴下一地点，"老师再见，兄弟们回见！"

草丛里几位看看彼此阴沉的脸，再想想刚才一分钟阵亡的"草丛派"，回见可以，就是希望渺茫。

黄冲的动作比刚下探的时候明显慢了，除了加倍的小心翼翼，还有体力在时间流逝中的消耗。

从崖上看不清大黄的脸，可在阳光的照射下，田园犬短发里的汗水无所遁形。

胡灵予咬住嘴唇，替大黄悬着心，也通过老友窥见了即将更艰难的自己。

"咔嗒！"

一块凸起被大黄踩碎了一点边角，好在有惊无险，脚还是落住了。

下方却传来一声不客气的："你看着点，下面还有人呢！"

原来是有五个到时间的同学，已经开始从底下往上爬了，两个朝着2号打卡位，两个朝着3号，唯一选了1号的，就是嚷嚷这位，虽然离打卡设备还很远，但和黄冲基本在一条线，上面掉点沙石下来，全到他脑袋上。

黄冲一直全神贯注，被吼了才看见下面已经上来人了，连忙道歉："不好意思不好意思。"

"你快点。"下面那位一脸不爽地催促黄冲。虽然两人进度不一，错开打卡时间应该没问题，但谁也不想攀爬的时候一直吃上面踩下来的土。

黄冲本就已经有些脱力了，被喊得一着急，动作开始不稳，下一脚便踩了空。

幸亏手上生生抠住了，踩空的身体危险地在崖壁上晃。

黄冲忍着手指的疼，咬紧牙关伸脚在崖壁上摸索能借力的位置，清晰地感觉到力量在身体里急速流失。

"大黄，坚持住——"

崖上好像是胡灵予的声音，可大黄已经听不真切。

模糊失焦的余光里，杀入一抹白。

幸运降临般，黄冲伸出的那只脚终于找到了落点，晃荡的身体刹那稳住，手臂的拉力得到缓解。

在劫后余生中转头，丹顶鹤就在他身旁的不远处盘旋，雪白翅膀无声扇动，每绕到近处，圆圆的小眼睛就看看他，头顶的一抹朱红，美得热烈。

流逝的种种好像回来了，体力、决心，呼啸的风与沙。

黄冲重新集中注意力，一鼓作气下到打卡设备的水平侧，再谨慎平移，终于来到 1 号刷脸机面前。

"打卡成功。"语音提示干脆利落。

底下的同学万没想到有鹤东来，打卡就快，他招谁惹谁了，吃完土还要吃狗粮！

打完卡就相对容易了，黄冲全力向上，安全回到山顶。

胡灵予已经起身等在崖边。

黄冲顾不上自己高兴，第一时间关心他："准备好了？"

胡灵予道："嗯！"

其实没有。但不能因为他一个人，就把大家的时间都浪费在这里。

"打卡成功。"

"嘀。"

"嘀。"

"打卡成功。"

"嘀。"

底下频繁传来声响，陆续有人打卡成功，扎堆到了三小时的同学们，则一个接一个往上攀，原本空旷的崖壁瞬间就有了黄金周的景点感。

"上面的你是龟科吗？敢不敢爬快点！"

"哎哎，别挤了，有能耐飞上去——"

"你踩着我手了！"

"我……"

胡灵予眼前一黑，这是不是就叫有得有失？他现在是不咋恐高了，反正摔下去也有人垫着，但这黑压压往上爬的一片，怎么看怎么像丧尸围城。

路祈无奈，伸手把他的脑袋转过来："我刚才说的，你都忘了？"

四目相对，胡灵予的焦躁逐渐平息："把所有都忘了。在哪里打卡，我只需要看着它。"

日光刺眼，气温逐渐升高，夹着细沙的风拍打山壁，也拍打着山壁上的人。

一群乌泱泱往上爬，一个慢腾腾往下去，人多势众的不管不顾，形单影只的唯有谨小慎微。

胡灵予挂到崖壁上，才知道这个打卡有多难，臂力、视力、位置判断力、身体协调度，缺一不可。

好在他全面发展：都缺。

才下探了一米，手臂已经开始酸，手掌则是从一扒上崖壁就硌得疼，现在已经火辣辣的。

他选的还是1号路线，但为了避开下面攀爬上来的大军，他是从打卡点水平位移两米左右的旁侧，起始下探的。这样到了水平线，他可以学刚才大黄那样，再找机会横向过去打卡。

"打卡成功。"

"成功……"

"成功……"

耳边的声音此起彼伏，余光里接连有身影擦过，那是完成打卡的同学再继续往上爬。

胡灵予收敛心神，只看下一处要踩的岩壁。

看准了，他试探性地伸过去……可以，又完成一步。

胡灵予舒口气，再提气，继续。

几个月之前，他绝对想不到自己会做这种事。全局大练兵对他的意义，永远只是每年例行修改的"通知文本"，然后在给需要参加的部门发完通知后，捧着茶杯，畅想当年本狐狸要是报了侦查系，如今也是叱咤沙场一点红。

现在机会来了。

两臂开始变沉，伸出胳膊到新的抓点开始变得艰难，胡灵予摸了几下，才抠住。

手指从疼到麻，又从麻到木，要比之前更使劲才能感受到对岩石的抓力。

汗水滴进眼睛里，蜇得慌。

"你还有这梦想呢？"曾经一个办公室的同事听见他追忆往昔的远大志向，惊讶不已。

"我说你就信啊。"胡灵予到现在都记得自己流畅无比的反应。

同事哈哈大笑："那可不一定，你这隔三岔五就被借调，说是'斗志未泯'完全合理。"

胡灵予徐徐喝一口枸杞茶，无声胜有声。

"我收回，"同事拿起自己的老年杯，也优哉游哉地品两口，"咱们这种科属，就是注定养生等退休的。"

胡灵予没等到退休。

悬崖，峭壁，罪犯，灭口。

他让那个叫李倦的男人拎着，像袋垃圾一样丢进海里。

带你飞

胡灵予扒住岩壁，鼓足勇气再次低头，寻找下一步的落脚点。

明明这样的动作已经做了几回，视线还是忍不住往崖下飘，越过一群群同学后背，越过安全网垫，凌厉陡峭，无尽深渊。

心跳得厉害，撞得胸腔都在颤，胡灵予闭上眼，努力压抑住晕眩感。

"胡灵予，歇够了吗——"

对面传来的声音打断了这一切，像堤坝拦住洪水，巨浪归于平静。

赤狐抬起头，越来越多的汗水流进眼睛，视野花得厉害。

日光绚烂如晕，梅花鹿的轮廓比那一夜清晰多了。

"看我干什么，歇够了就继续——"路祈真感觉自己先前的苦口婆心都白费了，认真考虑以后的教学方案要不要从"循循善诱"改成"严师出高徒"。

胡灵予瞬间来气了：你还跟我喊上了，分明是你上辈子欠我的，这辈子来还债，谁是甲方搞不得清！

来气了，也来力气了，不知道是什么玄学，胡灵予甚至忘了再去"欣赏山下"，胳膊腿紧倒腾，恨不能证明给谁看似的，愣是短时间内成功将自己和1号位的距离拉近到只剩三米。

斜线是三米，如果按原计划垂直下去再平移，那就是四米多了。

1号打卡位刚完成一个，目前没其他人，但下面有个熟面孔正在攀爬，见胡灵予犹豫，大声道："你磨蹭什么呢？赶紧打完给我让路……"

居然是早就到时间的普氏野马。

郑迅在大黄打完卡还没爬回山顶的时候就后悔了，因为周围开始不断响提示，准备二刷的同学呼啦啦增多，他可谓起个大早赶个晚集，还是晚高峰，没辙，硬着头皮冲吧。

目测普氏野马距离打卡位还有一段不小的距离，胡灵予深呼吸，无视干扰，继续按自己的节奏来，还是选了先直下，再横向移。

不料就在下到打卡点水平位置时，胡灵予脚下一滑，整个身体悬空，只有双手紧紧抠在岩壁上。

指头疼得发木，耳边的风声都淡了，只剩自己的心跳，扑通，扑通，像濒死之际最后的挣扎。

没人再喊他。

没人再说：你歇够了就继续。

可胡灵予费力抬起头，却轻而易举看见了想要看的人。

路祈一直在那里。

不再徒劳去寻找落脚点，胡灵予借助上肢的力量，在崖壁上艰难地往打卡设备方向一点点蹭。

终于在手臂即将抽筋之前，1号刷脸机捕捉到了新同学的脸。

"打卡成功。"

胡灵予仿佛听见了烟花绽放，而且双喜临门，打卡机下面正好有落脚点。

悬空的身体终于再次稳住，胡灵予绷紧的双臂略有松劲，但不敢全松，只是稍微缓了缓，以保证后续攀回崖面。最难的已经过去了，收尾千万不能功亏一篑。

"咔！咔啦！"接连两下岩壁的碎裂声，近得清晰。

胡灵予低头，只见郑迅大汗淋漓，单手抠着岩壁，脚下晃荡，整个身体和刚才的自己一样悬空。但他比自己更惨，自己是脚滑，还能算失误，郑迅这种连踩两处都遇上岩壁碎裂的，哭都没处哭。

而且他现在只有单臂承力，另外一只手扒了几下都扒不住崖壁。

两人距离很近，可以说郑迅就在他脚下，如果不是意外，他这边打完卡往上攀一点，郑迅就可以紧跟着上来刷脸了。

无暇再为其他同学多想，唯有祝福其能顺利渡过难关。

胡灵予收心，抬头盯住上方一个明显凸起位，伸手……

欸？脚上突然传来抓力。

胡灵予猛然低头，只见郑迅那只无处安放的马蹄终于找到了归处——自己的脚踝。

"你不能这样。"冷汗爬上了胡灵予后背。

"实在没辙了，"郑迅也是真急了，"借一把力，我不想再等仨小时了。"

脚踝的拉扯力越来越重，胡灵予咬牙："所以你就让我等仨小时？"

普氏野马心一横："谁让你倒霉赶上了呢。"

胡灵予道："咱俩未来很有可能一个班，同班同学！你就好意思？"

郑迅仰头，真挚凝望，左眼愧疚，右眼决心："亲同学，明算账。"

他用力一拽。

紧抠着崖壁的胡灵予被生生扯下，摔入安全网。

普氏野马借力悠荡起身体，终于扒住了稍远的一块凸起，缓了几秒，调整姿势继续往上。

"打卡成功。"

胡灵予仰面躺在安全网垫上，听着属于别人的喜讯，目送别人的幸福背影，一路回山顶。

傻梅花鹿还站在那儿，像是不知道某个没用的狐狸已经和前八十无缘了。

失败的不是打卡或者越野，是考侦查系。

他现在只有300分，想吊车尾进去，还得316呢。

"还看什么，我身上又没刷脸机，赶紧去沙区打卡……"胡灵予眼底酸胀，可喊出的声音却故作轻松，乍听甚至还挺元气满满。

贺秋妍和黄冲没工夫搭理他，紧盯着罪魁祸首，两双眼睛已经冒火。

郑迅深知自己拉的仇恨，距离崖边还有一臂之遥时突然发力，不单单是径直蹿上来，且伴随兽化，最后是疯马狂奔，撞开黄冲和贺秋妍跑掉的。

路祈终于回头，视线追逐着一路逃窜的普氏野马，看着它凌乱扬蹄，看着它踏过草地，看着它下山远去，目送之专注让人怀疑他把每一根马鬃的样子都刻印在了脑海里。

就在一犬一鹤以为梅花鹿有什么复仇计划时，路祈却收回目光，和二人说："别管他了，你俩抓紧时间去沙区。"

"我俩？"黄冲愣住，"你呢？"

贺秋妍想到什么，倏地瞪大眼睛："你该不会要下去陪小狐狸吧?!"

"下，"路祈说，"但不是陪。"

贺秋妍问："那你要干吗？"

"带他飞，"路祈无奈耸肩，低头看回崖下，"谁让我当时脑袋一热就答应了呢？"

贺秋妍受不了地撇撇嘴，懒得拆穿某些鹿的"茶言茶语①"。

黄冲不解其中玄妙，只觉得路祈明明语气那么不情不愿，脸上可一点看不出来，淡淡的神情在阳光的照耀下，莫名温柔。

---

① 茶言茶语：网络热词，指暗藏心机、喜欢装无辜的言语。

崖下，仍仰躺在安全网上的胡灵予，没等到三个伙伴从崖边消失，反而其中一个还又往前上了半步，整个人几乎要悬到崖外。

胡灵予傻了。

安全网里看热闹的也愣了：同学，你已经完成任务了，这是要干吗？嫌之前打卡姿势不够潇洒，主动二刷？

"路……"预感到什么的胡灵予情不自禁出声。

为时晚矣。

梅花鹿一跃而下，飘逸、舒展，像炫目烈日里划出的轻盈弧光。

山壁上一片正在攀登的，不管打没打完卡，全部定住，只剩脑袋还能动，震惊地随着"勇士"的轨迹转头，向后，再向下。

"咚。"

梅花鹿落入安全网，声音和那些不慎坠落的沉重感完全不同。像是计算过落点，顺势一滚再坐起来，正好落在胡灵予身边。

胡灵予呆呆地爬起来，心里惊涛拍岸，乱到极点呈现出来，就只剩茫然。

"还等什么，真打算在这里虚度仨小时？"路祈不浪费时间，直接开口。

胡灵予当然不想："要先去沙区吗……"

可爬上去先跑沙区，打完卡再折回山顶，这一来一回先不说路上可能发生的意外，单是多上山下山一次，浪费的时间就足以抵掉仨小时了，何况还有补不回的体力。不然安全网里这么多同学早跑了，哪会乖乖在这里等？

不料路祈果断点头："对，去沙区。"

胡灵予有无数迷惑和质疑，但有一个从中脱颖而出，一骑绝尘，不问到死都不甘心那种："去沙区去林区去什么区都行，你站在上面不能告诉我？怕一个犬科听力不够？你跳下来的意义在哪儿啊？"

路祈轻轻蹙眉，一分苦恼，三分委屈："不下来我怎么带你？"

胡灵予蒙："带我什么？"

"走捷径。"路祈说。

胡灵予四下环顾，除了顺崖爬上一条路，就只剩……

视线缓缓投向安全网外，再更缓地收回来，胡灵予偷偷往后蹭："你开玩笑。"

路祈跟着往前，胡灵予退多少，他进多少："下面就是沙区，这是最快过去的方法。"

胡灵予疯狂摇头，打卡只需要在岩壁上下探七米，这都让大家噼里啪啦往下掉，路祈现在要他直接下探到底？是路祈疯了还是……就是路祈疯了。

"同学，"胡灵予深深吸了口气，语重心长，"你仔细看看这里的高度和陡峭度，很难说是沙区先过去还是我先过去……不对，"胡灵予意识到自己的不严谨，"不难，绝对是我先过去。"

路祈上半身前倾："就问一句，你信不信我？"

胡灵予第一次这么近看梅花鹿的眼睛，漂亮得不似人间烟火："不信。"

路祈："……"

鹿眸里现在有人间烟火了，所有情绪汇成一句：想揪狐狸毛。

胡灵予没忍住，破了功："所以要干吗？"

"兽化。"路祈凶巴巴。

胡灵予豁出去了，闭上眼，提升野性之力。

转瞬，盘坐在网垫上的变成一只赤狐，硕大的尾巴包着一团小小的身体，每一根红毛都透露着"本狐很没安全感"。

赤狐突然被人捏住后颈肉拎起。

胡灵予顿时睁眼，不好的记忆凶猛来袭，本能挣扎。

然而四条小腿才蹬两下，就落到了一片宽阔的背上。

"抓紧。"是路祈的声音。

胡灵予抓不紧，除非他把自己的爪子嵌进路祈的皮肉。

以为胡灵予准备好了的路祈，松开手。

情急的小狐狸在梅花鹿的肩膀上扒了两下，最后尾巴一甩，肚皮贴到路祈后颈，尾巴和脑袋从两边绕过来，"嗷呜"一口咬住。

重量都擎在脖后，前面呼吸畅通，除了过于温暖和富贵——路同学就这么多了一条狐狸围脖。

安全网里鸦雀无声，完全被这波操作秀瞎了。现在互帮互助的标准都这么高了吗？性别不是问题，科属不是问题，你打卡失败我即使成功了也要主动失败下来陪你还不是问题，连互帮互助的方式都要推陈出新、日渐邪门？

然而很快他们就发现了更神奇的，路祈竟然走到安全网边缘贴着的山崖处，伸出双手在山壁上寻到合适的借力位置。

"他在干什么？"

"这时候爬上去又不能打卡……"

双手攀稳，两臂用力往上，身体微微腾空，路祈一条腿横跨出安全网外。

然后是另一条。

"我……他不是要从这里下去沙区吧……"

"他是。"

胡灵予闭眼，咬着尾巴一刻不敢松，身体绷住，尽量让所有重量都留在路祈后颈上，小脑袋和尖尖的耳朵贴着路祈的下巴，随着他的动作起伏。

数只鹰隼在天空盘旋、长鸣，像警告，也像鼓励。

蒙老师站在崖边，目送两个学生越下越远，眼底闪着不可名状的情绪，像担心，又像激动。

这是一场拼上性命的冒险。

至少对于梅花鹿和赤狐是。因为他们并不知道这一面山壁因为设置了打卡点，每隔数十米便有一层安全网，为了最大限度保障学生安全，一直装置到了山体彻底平缓安全处。在沙区山壁底下看不到，在山谷悬崖上面也看不到，只有翻出第一层安全网，真正往下去，方能发现。

全然不知，才难得可贵。甚至在此之前，蒙老师都没想过，会有同学真这么干。

一个敢想，敢做，且相信自己做得到。

一个敢信，敢随，愿意把自己交付。

这样的友情，这样的勇气，这样的学生，当老师的怎能不欣慰？

"蒙老师？"远在林区的喻老师收到来自山顶的通信。

"那两个孩子……"蒙老师顿住，声音里仍有些未平复的情绪。

刚送走又一拨同学的开普狮踱步而来，蹲在一块弯曲岩石底下的喻老师立刻往旁边挪，腾出地方让王老师一起避雨："啊？哪两个孩子？"

蒙老师道："就是你说很特别的，梅花鹿、赤狐……"

喻老师这回听清了，蓦地悬起一点心，能让蒙老师特地联络，恐怕不妙："他俩怎么了？出事了？"

"没有没有，"蒙老师连忙否定，"我就是想和小喻你说，这俩孩子……"酝酿良久，一声长叹，"真好。"

喻老师："……"

青年教师和中年教师的代沟，就像林区的雨，稀里哗啦的。

捷径

刀刻斧凿的山壁上，一个人正在向下攀行。山高岩阔，那身影渺小得就像巨墙上的一只壁虎，天幕间的一粒尘埃。

可任凭狂风夹沙，掠起草木，卷走土石，攀行者仍稳稳附在崖壁之上，动作的力量和节奏没有改变分毫。

他不时向崖底望，大概每下行一段距离，就要认真望一次，像在寻找什么。被汗水整个打透的黑色训练服贴在后背，勾勒出漂亮的肩胛，但发梢流下的汗一点没到身上，都落进围在颈间的蓬蓬狐狸毛里。火红亮堂的一只小狐狸，现在跟落汤鸡似的一绺一绺奓毛。

努力咬着尾巴的胡灵予不敢吭声，毕竟路祈的汗流浃背里很难说没有"同学牌保暖围脖"的功劳。

又一次攀行暂歇，路祈紧扣岩壁，低头下望，遥远的视野里，终于隐约出现了一张安全网。

但他没有立刻出声，而是继续向下了一段距离，才开口："看见了。"

随着说话嘴巴开合，下巴碰到小狐狸的脑袋瓜。胡灵予立刻警觉，微微调整，给了一声准备就绪的："嘤！"

理论上来说胡灵予是想热血男儿的，但咬着尾巴不好叫。

好在不影响路祈收到。

攀住岩石的双手向外一推。几乎同步，胡灵予张嘴松开自己尾巴，整个身体滑到路祈身前。

一狐一鹿就这样双双坠落，跌入下方安全网。

胡灵予全程紧闭眼睛，蜷缩身体，待到在网垫上骨碌碌滚了好几圈，还不敢动，最后是摔得实在有点疼了，哼唧几声，才缓缓变回人形。

"嘶——"回人形的第一口，就先倒吸凉气，安全网只管安全，不管疼，胡灵予严重怀疑自己的小胳膊小腿撑不到山底。

"没事吧？"路祈揉揉肩膀，坐起来问。

胡灵予坚强地摇摇头："就是摔得脑袋有点蒙。"

"那下回就不跳了，"路祈果断地道，"爬也一样。"

胡灵予问："你就那么肯定下面还有？"

安全网不止一层，是他们怎么都没想到的。第一次发现时路祈没敢冒进，还是按照一步步下到底，结果踏踏实实踩上了网垫。短暂休息间两人商量，如果下探后再发现，那就直接跳，省时又省力。

这里就是第三层。

至于后面还有没有，或许最初不能确定，但进行到现在，路祈有点想明白了："不只有，而且很大可能是一层一层设到了山底，或者坡度缓到他们觉得已经没必要再设保护措施。"

"他们？"胡灵予眼睛滴溜溜一转，懂了，"考务组。"

路祈点头："如果不是万无一失，哪个老师敢放学生离开高空安全网？"

没错。

这可不像对抗和冲突，老师可以掌握分寸、随时终止，还有巡考和救援车实时策应，一失足，体型最大的雕科老师也救不回。

"真这样的话，我俩不就可以一层层跳到最底下了?!"胡灵予越想越支棱，俨然忘记自己上一秒都落地了还团成团的尿样。

路祈可记得清楚，眼神有些不放心："你行？"

"不行也得行，"胡灵予毫不犹豫，吭哧吭哧爬下去和咻咻咻跳下去，差的时间足够再去林区跑个来回了，"都发现捷径了，哪有不走的道理？"

路祈问："刚才不是说摔得有点蒙吗？"

胡灵予胸有成竹地拍拍自己脑袋："全是智慧，摔蒙的影响可以忽略不计。"

路祈被他的傻样逗得直乐，明明想吐槽，嘴角却压不住。小狐狸也不是真傻，大部分时候精着呢，可越是这样，冷不丁冒傻气的时候就越可爱。

"三分钟休息。"路祈索性躺下，眼不见心不乱。

胡灵予不用休息，他全程当个挂件，除了咬尾巴和保持身体形态别影响路祈呼吸，没费太多体力。

他俯趴着，透过安全网向下望，凹凸不平的崖壁上，星星点点的植被，再往深了望，便是风卷黄沙蒙蒙一片。那个被他和路祈认为一定存在的下一层安全网，并不能从这里就看见。

胡灵予翻身仰躺，望着天空轻轻呼出一口气。

恐惧的阴霾已经比最初淡了许多，但先前毕竟是要么能看见安全网，要么全靠路祈。

接下来就要靠自己了。"你可以的。"胡灵予在心底给自己打气。

身旁人微动，随后利落地起身。

三分钟，好快。

胡灵予连忙跟着站起来，还没怎么看呢，心跳已经开始加速，却见路祈转过身，一如既往将后背朝向他："上来吧。"

这是让他兽化的意思，胡灵予知道，因为前面都是这样，但："你还要背我？"

路祈回头，微微疑惑。

胡灵予道："下面有安全网，我跳就行了。"

路祈说："要下到看得见，可以确认的时候，才能跳。"

"我知道，"胡灵予说，"那我总不至于这么一小段都爬不动吧。"

之前第一次打卡，他攀得也是挺稳的，要不是郑迅那家伙，他早就刷脸成功了。

路祈认真打量他，像在慎重评估他的体力和可能存在的安全隐患。

"啧，能不能对我有点信心！"胡灵予本来还有些发怵，现在只剩斗志。

"行行行。"路祈妥协，虽然从他笑眯眯的脸上也看不出不情愿。

没人再说话，气氛变得安静。

大风吹得安全网微微摇晃，带得人像在微茫海面上轻轻地漂。

胡灵予忽然问："路祈，你干吗对我这么好？"

路祈微愣，又很快挑起眉："背你一程就把你感动了，你也太容易收买了。"

"还有替我解围、带我训练，游泳考试你为了帮我出气，自己成绩都不要了。"胡灵予说，"你不是背我一程，是一直在背我。"

"你这就片面了，"路祈说，"跑步、对抗，还有野性之力第一，我自己都没有5级，怎么背你？"

胡灵予没有被他模糊重点："为什么？"

路祈叹口气，笑意里染上无奈："你非要在这个时候、这个地方问吗？上面是悬崖，下面是沙区，还有两个地方等着我们打卡，你挑这个时候和我谈心？"

胡灵予语塞，上下左右看看，好像……的确……不太合适。

想起以前科室主任总爱说："小胡啊，你什么都好，就是有时候太冲动。"

上头冷却，胡灵予开始感到尴尬，掩饰地摸摸鼻子，正琢磨怎么相对自然地进入"我们继续考试吧"的环节，却听见了路祈迟到的回答。

"我目的不纯。"

胡灵予蓦地抬头。

"目的不纯，"路祈朝他笑，"所以才要格外努力地献殷勤。"

胡灵予皱起眉，分不清这是实话还是玩笑："最狡猾的猎手往往以猎物姿态出现，我还第一次见自曝的。"

"就因为你们都这么想，所以我反其道而行。"路祈歪头，"你越觉得我可疑，我越不掩饰我的可疑，然后你就会开始想，是不是自己搞错了，坏人怎么可能一点不伪装呢，这时你的心理已经倾向冤枉我了。我再加倍对你好，打消最后疑虑，你的愧疚和自责就会转化为对我坚不可摧的信任。"

胡灵予："……"

你以为人家在第一层，其实人家在大气层。

"有没有茅塞顿开，醍醐灌顶？""路老师"看起来还挺期待教学成果。

胡灵予真心问："如果手边有块黑板，你是不是还准备给我梳理公式？"

路祈笑："需要的话也不是不可以。"

胡灵予："背包都在山顶，讲渴了没水给你喝。"

路祈为难一秒，变卦倒痛快："那算了。"

绕了一通，又回原点，胡灵予放弃，走到安全网边缘附近的崖壁，寻找等下攀登的位置，但想想还是忍不住叽叽咕咕："如果'糊弄学'有祖师，一定是鹿科……"

路祈跟过来，委屈地道："我都讲这么细致了。"

胡灵予一巴掌拍崖壁上，转头："有意义吗？你就告诉你刚才说那一堆有什么用？"

路祈还是笑着："套路都讲清了，我就蒙不到你了。"

越野考试指挥调度中心。

负责老师从五分钟前就不断接到来自各越野区域的"致电"。

有刚飞到崖壁上空，不明前情的巡考："山谷区和沙区交界，有两个学生一直在跳崖，一直跳！"

负责老师安抚："知道的，知道的，山谷打卡点的老师和我们说了，两个学生选择垂直下去，估计现在发现安全网了，改成分段式跳了。"

有听见信儿过来凑热闹的："山谷区抄近路的是哪两个学生？我重点关注关注。"

负责老师提供："9班路祈，2班胡灵予。"

也有脾气古板提意见的："这样走捷径可不好，如果每个学生都想着走捷径，谁还踏踏实实努力？"

负责老师一时接不住这么高的道德点："这……"

幸好通信那端又来一句："这不算违规吗？"

负责老师瞬间腰杆直了："考试纪律里只写触碰安全网，山谷区打卡成绩取消，没说不可以借网垂直跳。而且，从喻老师和当时巡空的老师反馈看，都认为两个学生感情深厚，勇气可嘉，所谓的'捷径'，又何尝不是对美好感情和品质的奖励呢？"

通信无言中断。

负责老师疲惫地靠进椅子里，揉揉太阳穴，有些后悔自告奋勇进入考务组当这个临时调度，还是回去教她的兽化思想品德与修养比较安逸。

沙区打卡

又一层安全网跳下来，胡灵予已经摔恶心了。

不是比喻，就是实际意义上的。幸好前面没吃什么东西，喝的水也随着流汗消耗得差不多，反胃感一阵阵上涌，但还压得住。

就是头晕眩得厉害，比重生回来刚从校医院苏醒那会儿还晕，看太阳像大灯，看山崖像怪兽，一片天旋地转，恍恍惚惚。

决定走捷径时他只顾着"发现迅速通关秘籍"的快乐，没考虑一般能练成绝世秘籍的都骨骼惊奇，没硬件非要上就两种结果——提前领盒饭或者走火入魔。

连续深呼吸的间隙，他偷偷看梅花鹿。

安然无恙，神情自如，脸上的汗水和灰尘折损了一点美貌，但平添一抹硬朗帅气，横竖不亏。

人比人，气死人，狐比鹿，没活路。

路祈将胡灵予的身体反应尽收眼底，毫不意外，这不是简单的连续跳摔，而是一遍遍重复高空坠落，网垫只负责安全底线，不负责抵消身体冲击。

以上山时感受到的崖顶高度和当前的山壁坡度判断，这里应该捷径进度过半了，胡灵予坚持到现在才吃不消，已经超出路祈的预期。

"追回来的时间不少了。"路祈毫无预警地开口。

"何止不少，"飞升般的效率是胡灵予最大的跳崖动力，"照这个速度，咱俩在沙区打完卡了，大黄和小贺可能也就刚跑下山。"

路祈点头："所以可以缓一缓了。"

他以为胡灵予会欢天喜地接口"就等你这话呢"，结果却只等来小狐狸疑惑的目光。

　　路祈只得再说明白一点："剩下的不用跳了，正常来就行。"

　　晕眩影响了胡灵予机灵的脑袋瓜，此刻才后知后觉，路祈是给他递台阶呢。

　　很好，不用拿镜子他也知道自己现在肯定面如菜色，还是特能博同情那种。

　　"你要是在山顶上说，我还能考虑考虑，现在都这样了，"胡灵予抬头，天上一直有猛禽在盘旋，时而三四只，时而五六只，还都不重样的，"估计全考务组都知道有俩学生发疯，要成绩不要命，你和我说停？"瞪向梅花鹿的狗狗眼里全是坚决，"必须一跳到底，名声没了，成绩就更要抓住！"

　　路祈总是很费解，胡灵予是怎么做到又招人心疼又让人想笑的："一会儿真吐了怎么办？"

　　胡灵予一赧："我离你远远地跳行了吧！"

　　路祈愣了愣："我是怕你难受。"

　　两个人最终还是选择继续"跳崖"。

　　胡灵予不想拖后腿，尤其是一个很可能被你拖后腿，第一反应却是怕你身体难受的人。梅花鹿可能是来还债的，最近胡灵予总忍不住这样想，上辈子袖手旁观，这辈子就要送他前程锦绣，送他一路青云。

　　路祈没想到胡灵予会坚持，而且是坚执到底。尽管他的脸色越来越煞白，摔进安全网的痛呼一次比一次听着疼，但只要路祈提出不跳了，小狐狸就低头抬眼，拿上目线可怜巴巴地看他，无声魔法攻击。

　　最后一层安全网设在山壁坡度大幅度减缓的地带，刚落进网内的胡灵予还不知道曙光已在前方，只觉得下面的地势陡然平缓，好像不用攀行，直接上脚走得当心些，就能一点点往下去。

　　就这样，他和路祈改攀为走，甚至还认真考虑过等下再看见安全网的时候，是向前扑着跳，还是背对后仰跳。

　　事实证明他们多虑了，缓坡一路到山底。

　　尘土蔽日，黄沙拍脸，一望无际的起伏沙丘，在狂风里流动迁徙。

　　炎热，干燥，毫无生机，哪怕连一丛可以在贫瘠沙地扎根的蓼子朴都见不到，但胡灵予感到前所未有的解脱和幸福。

什么是幸福？走平地就是幸福！

双脚陷入沙地的一瞬间，胡灵予想哭："路祈，我做到了——"

"是，你做到了，"路祈很想鼓励地拍拍他的头，但，"不用喊这么大声，也不用抓我抓得这么用力。"

梅花鹿两条胳膊快让兴奋的小狐狸晃掉了。

根本没意识到自己什么时候上手的，胡灵予连忙松开，这时候就体现出沙尘暴的好处了，完全不用担心被看清表情。

路祈问："还能兽化吗？"

胡灵予答："就等着撒欢儿跑呢。"

一路向北。一鹿一狐并肩奔跑，在沙地上留下两串形状分明的足迹，又很快被风沙淹没。

从山顶跑下山，再向北绕进沙区，至少需要两个半小时。

胡灵予和路祈完成这一切，只用了半小时。而且他俩落地位置距离沙区打卡点，比从常规路线的山谷区踏入沙区的位置要近得多。当真是用千捶百炼，换无敌短线。

沙区绿洲。

一泊湖水碧蓝澄净，像沙漠中一只明亮的眼，在阳光下闪着粼光。风沙到这里都忍不住停歇，为这片充满生机的美丽风景驻足……

"因为人造大风吹不到这里，"立在湖中唯一浅滩上的卫桥老师，轻描淡写打断湖边同学们的交谈，"考场就是考场，不要赋予它太多浪漫属性。"

湖边几个同学本来也没真的寄情大自然，现在说说话，完全是为了打卡前的解压。

"老师，我们就是随便聊聊……"虽被横加干涉，但同学们客客气气。

卫老师也笑容和煦，今天没戴高冷的金丝眼镜，显得更易亲近："好的。"

两分钟后。

"还没聊完吗？"

又两分钟后。

"老师等得好无聊。"

又两分钟后。

"来吧，老师不会为难你们的。"

湖边同学："……"

你正坐在考场里想最后一道大题呢，监考老师来回在你耳边唠叨"写吧，写吧，相信自己，老师等着收卷呢"，这种情况是不是可以投诉？

"别这样看老师，"卫老师推了一下空气眼镜，倚着打卡设备的潇洒身子像专业车模，"精神干扰也是考核的一环。"

湖边同学面面相觑。

来吗？来吧。上。

打老师不算违规吧。

胡灵予和路祈赶到湖边，看见的就是这样一番光景。

碧波荡漾里，六位同学健若蛟龙，向打卡浅滩发起冲锋。

浅滩上一抹人影气定神闲，待同学们快游到了，才左抻抻，右压压，脖子扭扭，胳膊转转，漂亮入水。

入水卫桥老师，出水黑凯门鳄。

见过冷血杀手吗？没有不要紧，就长卫桥老师这样。犹如披着黑色铠甲的水怪，巨大身躯在极速游动中毫不留情地撞向六位同学。

六条蛟龙顿时乱成一团小蛇，在水里艰难扑腾。

最终一个都没成功登陆浅滩，皆狼狈返航，挣扎着游回岸边。

黑凯门鳄大摇大摆地爬上浅滩，变回出水芙蓉般的卫老师。

"别气馁，"卫桥双手将头发向后拢，冷白色皮肤沾了水，有一种破碎的脆弱感，"老师永远都在。"

就因为老师在才气馁好吗?！

"老师，"有同学实在忍不住了，"你不是说不为难我们吗——"

卫桥不解："你们一个都没淘汰，成功铩羽而归，老师还不够手下留情吗？"

"成功铩羽而归"，听听，这是人话吗？

胡灵予和路祈不知道第四大历年评选的"最具人气教师"都是谁，但如果有"最气人教师"，湖中央这位绝对能杀出一条血路。

逗完几个学生，卫桥才发现湖边又多了两个小可爱，还是在他关注栏里留过记号的。

"新来的同学，对，别看别人，就你俩，不打算过来试试吗？老师不会为难你们的。"

胡灵予默默地看向旁边呼哧带喘的六个落汤鸡。

六双眼睛整齐划一闪烁着：信鳄鱼，就归西。

路祈略微沉吟，面向六人，说："我们刚才接连遇见两批同学，得有二十几个人，都是在这里成功打卡的，你们见到了吗？"

六人面面相觑："没有，估计错开了，你什么意思？"

胡灵予接口："意思是二十几个人，只分了两拨打卡，换句话说，想成功，得组团。"

六位同学道："我们刚才就是一起上的啊。"

路祈微微一笑："不是一起打卡，是一起打……"幽幽回眸，望浅滩，目光深远。

六位同学自觉凑近，声小如密谋："打……老师？"

"哎，"胡灵予皱眉纠正，"怎么能说打呢？是围困，一个人打卡，剩下的人围，轮流交换，依次争取时间。"

就像他们在林区做的那样。

但也正因在林区经历过，胡灵予和路祈已经做好了结盟失败，重蹈你争我抢覆辙的……

同学一道："可以。"

同学二道："我同意。"

同学三道："现在就组团。"

同学四道："我游泳好，我冲锋。"

同学五道："我攻击性强，我更合适。"

同学六道："干脆咱仨组个冲锋排，干他！"

狐、鹿："……"

同样局面，风气迥然。难道是这里水清景美连灵魂都受到洗涤？

不，是卫老师太招恨了。

眼看着各位同学噼里啪啦入水，六个增加到八个，且有组织有阵形。

卫桥轻轻挑起眉。

前面从他手上通过的几拨，都是先自顾自胡乱冲了半天，都以为能在混战中捡漏，最后发现好像真不行，才不得不拉帮结伙的。

这还是第一拨才冲了一次，就果断换战术的。

甚至新来的梅花鹿和小狐狸，连一次都没冲。

卫老师喜欢聪明的学生。

碧波荡漾，水浪翻滚。浅滩就在前方。

胡灵予游得太猛，一连喝了好几口水，呃，清甜甘洌，还挺解渴，索性趁机又咕咚了两口。

卫老师跳入湖水。

胡灵予全然无视，只盯目的地——经过投票，他荣幸当选第一顺位打卡者。

"第一轮能不能困住他很重要，得集中最强战力，你看着太弱了，先打卡吧。"先前背着卫桥商量战术顺序，这是六条蛟龙的一致理由。

胡灵予对此不想评论，就看路祈："你也觉得我弱？"

路祈语气冷静："我不会找一个弱者当搭档。"

胡灵予仍定定地望着他。

路祈继续冷静："真的。"

六位同学："……"

往事不堪回首。

六位同学专注当下，见卫桥跳水，迅速吸气屏息，沉入水下。

湖水太清，在底下都看得一清二楚。

六人中三人兽化，都是熊科，另外三人和路祈，仍保持人形，默契地游向正在兽化的卫桥。

但对方的速度太快了，几乎一瞬间，卫老师就成了黑凯门鳄，并且径直向胡灵予游去。

"天……"有人不禁出声，忘了还在水底，一张口没出声，只吐泡。

路祈反应最快，立刻去追，"咻"一下就从组团阵营中冲出，甚至看不出太大的动作幅度，身体呈流线型，速度或许同真正的水栖科属还有差距，但如果是陆地科属，这已经很惊人了。

黑凯门鳄轻松追上了胡灵予。

胡灵予距离浅滩只剩两三米了，忽地觉得不妙，来自狐科本能的危机意识让他低头往水中看，还没等看清，身体忽然下坠，被一股巨大力道生生拖入水中。

胡灵予在水下屏住呼吸，奋力蹬腿，终于转身，和罪魁祸首四目相对。

一双无机质的眼睛，冰冷，漠然。来自远古的、和恐龙同时代的爬行动物，地球的巨变与沧桑，物种的繁衍与灭绝，仿佛都被收入在那竖成细线的瞳孔里。

黑凯门鳄后方突然冲过来一个身影，直接环臂搂住鳄鱼的头，以身体和两臂的力量紧紧禁锢鳄鱼的嘴，不让它张开。

人鳄缠斗，水下混乱。

胡灵予都不用辨认，只第一眼看到身形轮廓，就知道是谁了。

除了路祈，没人在水下还能游出鹿科奔跑的优美。也没人敢单枪匹马徒手抱鳄鱼。

后面跟过来的六个也呆了，见过疯的，没见过这么疯的，直接就上手了?!那是黑凯门鳄啊，一个死亡翻滚，能给你拦腰拧断，就算是老师，谁敢保证不会兽性大发?

果然鳄鱼一个剧烈甩动，狠狠将路祈甩飞。幸好水中有阻力，路祈飞得还不太远，迅速上浮换口气，继续下来。

这时三个熊科已经补上了，凭借身体优势将鳄鱼团团围住，热烈熊抱。

"哗啦——"胡灵予终于爬滩上岸，飞快跑到刷脸设备面前。

"打卡成功。"

语音响起的一霎，胡灵予还有点不真实感，这就完成了?

放水

虽然狐疑，但胡灵予还记着自己要回去接班，语音没说完，他已经转身飞奔，不料刚跑回浅滩边，水面忽然泛起巨大的浪花。

黑凯门鳄回来了。

身后三熊四人，也陆续冒出水面，大口呼吸着，疑惑地面面相觑。

"跟上去！"路祈当机立断。

老师都退回大本营了，此时不抢滩登陆，更待何时？

六位同学心领神会，扑腾扑腾纷纷游向浅滩。

此时卫桥已经结束兽化，呼吸有些不稳，刚才的一打七还是消耗了他不少体力。

同学们在他身后陆续上岸，但都慑于凶鳄淫威，裹足不前。

"愣着干吗？"卫老师回头瞥一眼，"过去打卡啊！"

六位同学愣住："这……这就行了？"

卫老师转过身，歪头空空耳朵里的水："你们要是觉得幸福来得太容易，我也可以再追加几道题。"

"不不不……"

"不用。"

"谢谢老师。"

六位同学以最快速度奔向刷脸机，兽化的那仁熊边跑边重新做人。

此起彼伏的打卡声里，只有路祈走得不紧不慢。

擦肩之际，卫桥意味深长地看过来："你好像不怕老师改主意。"

路祈礼貌得体："我觉得老师应该不会改。"

卫桥眯起眼："这么信任老师？"

路祈没说是，也没说不是，他说："老师怕累。"

不是怕，是很怕，所以能进能退的卫老师一见七位同学打定主意围攻自己，结局已没悬念，果断消极怠工。

"你这个学生很有意思。"卫桥笑出声，少见地连眼里都染上欣慰。

路祈忽然不急着打卡了："老师，您在侦查系教什么科目？"

卫桥道："兽化犯罪心理。"

路祈道："必修课。"

卫桥问："以后要常见面了，高兴还是失望？"

路祈认真地为难："老师，我还不一定能考得上呢。"

"也是。"卫桥向刷脸机方向扬扬下巴，"去吧，刷完抓紧跑其他打卡点，老师可是很希望能教你。"

目送又一拨同学离开绿洲，重新投入风沙。

卫桥惬意地望着湖面，隐形通信设备接入指挥调度中心。

"卫老师。"负责老师很客气。

卫桥也客气："现在这些同学大概是个什么进度，能帮我看看吗？"

"好的。"通信那端安静片刻，只有操作系统的声音，不多时，传来回应，"197名同学中，61人淘汰，92人完成一处打卡点，26人完成两处打卡点……"

卫桥道："好的，那……"

负责老师："完成一处打卡点的92人中，53人完成沙区，27人完成山谷区，12人完成林区。"

卫桥可以确定负责老师听见他的"好的"了，却还执意要将打卡细分情况说完。

那么问题来了。

负责老师是内涵他放水放成了泄洪，还是暗讽在林区搭档的王、喻两位同事，对孩子们太心狠。

"卫老师？"负责老师其实啥也没想，纯粹工作细致严谨。

"哦，是这样，我想问两个同学的进度情况，一个科属梅花鹿，一个赤狐。"

负责老师乐了："又是这俩孩子啊？"

这个"又"就很耐人寻味了。

卫桥道："其他老师也问过？"

负责老师："他们是林区最先打卡成功的，喻老师很看好他俩，特意来问过后续情况。后面两个孩子又在山谷区跳了崖……"

"等一下，"卫老师怀疑自己耳朵里的水没倒干净，"跳什么？"

"跳崖，"负责老师字正腔圆，普通话可以去考证了，"据蒙老师反映，两个孩子抢时间，最终决定从崖上垂直下到沙区。"

卫老师道："他们知道下面有多层安全网？"

负责老师道："不知道。"

卫老师："……"

负责老师道："不可思议吧。而且是一个兽化、一个非兽化，梅花鹿带着狐狸下的。一个敢下，一个敢跟，蒙老师说第一次见到胆子这么大的。"

卫老师问："就是说他俩只差山谷区没打卡了？"

负责老师道："那个鹿科同学其实之前打卡成功了，为了带狐科的一起跳崖，只能将成绩作废。"

还有这么个插曲？

"感人。"卫桥说得真切，实则脸上毫无波澜，"看来他俩越野进前30没问题。"

目前完成两处打卡的只有26人，他这样判断已经算保守了，何况——

"就算不是前30，至少路祈，就是那个鹿科班的，肯定能进侦查系了，"负责老师先前帮好奇心旺盛的喻老师查过两个孩子的成绩，"他前五项累计456分，已经超过往年平均分数线几十分。"

卫桥是记得路祈前面表现不错，但可能游泳得零蛋的印象过于深刻，没料到他几项成绩叠加起来这么亮眼。

就这还和他说什么"老师，我还不一定能考得上"？

游泳打熊，越野跳崖，胆大够疯，有仇必报，嘴里没一句实话……换成别的老师怎么看这些，卫桥不管，但在他这里，妥妥的全是闪光点。

一想到要教这样的学生，黑凯门鳄竟前所未有地兴奋。

"咦？"尚未结束的通信里，传来负责老师的疑惑。

卫桥收回思绪，问："怎么了？"

"两个孩子怎么往那个方向去？"负责老师眼前的屏幕上，标明路祈和胡灵予两个考号的感应片光点正在迅速移动。

卫桥问："方向不对？"

"不对，"负责老师说，"他们现在应该去西南方向绕回山谷区，但他们走的正南方向，那里没有上山的路。"

"南面有什么？"卫桥老师连自己的沙区地图都懒得看，对保护区整体情况更是一片空白。

负责老师道："如果他们一直走，只能回到最初跳崖的山底。"

卫桥道："原路返回，也不错。"

"不可能，那是很陡的山壁，从上往下跳也就算了，怎么还会想……"负责老师不假思索的话，戛然而止。

卫桥相信通信那端已经自己悟了："跳都敢跳，还怕爬？"

负责老师："但……那么高，他们攀得上去？"

"你要是问我，"卫桥气定神闲，"万分之一的可能都没有。就算在每层安全网都休息，以他们现在的体力，也不可能攀岩到山顶。"

负责老师蒙了，所以到底是怎样？

"可是他们不这么觉得呀，年纪小嘛，都以为自己无所不能，"卫老师很欣赏十八岁的青春热血，虽然他对此毫无同情，"得放手让他们碰壁，头破血流……喀，碰疼了，吃亏了，也就成长了。"

直到通信结束，负责老师还在想着卫桥说的这些。

好像有些道理，但莫名又让她习惯用爱呵护每个学生的教学理念受到一丝丝冲击。难道因为卫老师教犯罪心理，她教思想品德，流派不同？

沙区。

赤狐顶着沙尘暴艰难前行。风把狐狸毛吹得往一个方向倒，连同两个尖尖的耳朵。

梅花鹿走在前面，给小狐狸挡着风。但沙尘暴哪里是挡得住的，不一会儿，一鹿一狐就要让沙子埋起来了。

终于，梅花鹿原地卧倒。

赤狐心有灵犀，立刻跑两步上前，拱着屁股钻进梅花鹿怀里。

梅花鹿上半身微微伏低，柔软皮毛将赤狐完美覆住。

狂风肆虐，扑面的沙浪打得眼睛根本睁不开，每次呼吸都满口沙。

短短几分钟，漫长无比。

终于挨到沙尘暴过去，大风暂歇。一鹿一狐迅速从沙堆里起身，抖搂抖搂，抓紧时间继续向着山壁奔跑。

赤狐四条小短腿已经跑得要抽筋了，还不能展望未来鼓励自己"快跑到了"，因为一旦跑到，等待的就是更艰难的长途攀岩。

怎么就脑袋一热答应某鹿原路返回了呢？胡灵予无语问苍天。

就怪鳄鱼老师。

他哗啦啦放水放成江河决堤不要紧，被得来太过容易的打卡胜利冲昏头脑的是自己，然后就飘飘然了，就觉得自己啥都行了，一对上某鹿清澈的笑眼——

"原路返回好不好？"

"没问题呀。"

胡灵予想穿越回去一巴掌：你个缺心眼的狐狸可闭嘴吧。

黄沙漫漫的视野前方，隐约出现了山壁轮廓。

胡灵予开始认真思考等下怎么说服路祈分道扬镳：你继续攀岩抄近路，我返回康庄盘山道。

毫无预警，跑在前面的小鹿蹄骤停。

胡灵予猝不及防撞到鹿腿上，晕头晕脑地停住，发现路祈正以极快的速度变回人。

不妙。

敏锐察觉气氛变化，胡灵予跟着结束兽化。

斜前方的风沙里有人，看得出身形轮廓，看不清脸。

对方也发现了路祈和胡灵予，脚下微顿，但下一秒就主动走了过来。

距离拉近，彼此终于看清。

一个穿着兽化服的青年，左小臂血迹刺眼，但他好像并不在意，反倒兴致勃勃地打量路祈和胡灵予。

"你受伤了。"路祈先开口。

"没关系，"青年甩甩胳膊，凝固的血迹动也不动，"自己止住了。"

耳内通信器传来声音："又遇见学生了？我警告你，别再像之前那么冒失，你一个人受伤事小，坏了我们的计划，信不信我让你怎么死的都不知道？"

岩羊不屑地扯扯嘴角。

"另外，记住我说的，这些学生里有一个科属梅花鹿的，你别动，我们有其他用……"

岩羊听都没听，直接不耐烦地捂了下耳朵，感应器切断通信。

他在这片该死的沙区里转悠得快脱水了，遇见的学生一只手都数得过来，还这个别冒失，那个不能碰的，那他来干吗？喝西北风？

世界清静了，岩羊终于舒坦，这才想起来"啧"了一声，不满地看向路祈："怎么这么没礼貌呢？要先说老师好。"

他没戴学生手环，路祈第一眼就看见了。但要说黑凯门鳄与教师这一职业的匹配度是1%，那眼前这位从头到脚连1%都没有。至少卫老师日常穿搭里还有一副金丝眼镜呢。

手腕忽然被人扯住，路祈回头，对上胡灵予的狗狗眼，那里面闪着一些他读不懂的情绪。

"不是老师。"胡灵予缓缓摇头。

两人结论一致，但小狐狸太肯定了，肯定到路祈不得不多想："你认识他？"

胡灵予不自觉将路祈的手腕握得更紧。

当然认识。

"涅槃"的第一个受害者，正是他的死亡，才让"涅槃"以及它背后的犯罪集团进入兽控局的视线。

邓文海

邓文海，男，28岁，死亡原因，药物中毒。

胡灵予到现在都记得案件卷宗里死者的那张照片，面部浮肿黑紫，嘴巴血肉模糊，双目圆睁，眼球突出，一只手缺失了半个手掌，自己吃掉的。

他是入职第二年看见的卷宗，彼时邓文海已经死亡四年，也就是说在他读大三时，邓文海死亡，而兽控局的"涅槃专案组"也由此成立。

整整五年的专案追踪，比胡灵予和路祈进入兽控局的时间都长，"涅槃"的幕后首脑却仍是一团迷雾，浮出水面的只是几个据点，一些骨干。

至少在胡灵予看来是这样。

不过经历过坠海重生，他已经不确定路队长的"知情程度"了。

"你俩再这么没礼貌，老师可要生气喽。"演出没人配合，"邓老师"很不爽。

路祈抽出被胡灵予抓住的手，转回面向青年，态度礼貌，声音洪亮："老师好。"

邓文海勉强哼了一声，视线又扫到胡灵予。

已经死亡的人，突然鲜活地站在你面前，这种感受很难形容。但胡灵予现在更想知道：邓文海为什么出现在这里？又为什么冒充老师？还有他手臂的伤是谁弄的……

"老师好。"心里的乱，没影响胡灵予搭戏，比路祈还尊敬师长。

"行了，老师的任务就是随机拦截，随机抽查，"邓文海张口就来，"你俩一起上吧。"

男人趴到沙地上，转眼，一头青灰色岩羊起身。

草食科属，却眼冒凶光。

胡灵予一怔，这是真要和他俩动手？

不容他多想，岩羊一声长叫，直奔二人冲撞而来，像出闸的斗牛，双角抵在前方，粗大尖锐。

胡灵予和路祈以最快速度向两边闪避，竟然没来得及，刚分开一点，岩羊已到跟前，两人是被直接撞开的。

忍着疼从地上爬起，胡灵予掩不住惊讶，一个羊科，启动速度堪比猎豹，是"涅槃"的效果？邓文海现在就已经注射"涅槃"了？

"老师，你真的是羊科？"路祈从沙地起身，"速度也太快了。"

他脸上带着明显的不可置信，俨然一副受到冲击的样子，同此情此景很相符。

但胡灵予是见识过梅花鹿的演技的，蒙自己的时候那叫一个浑然天成，所以一眼识破了他此刻的敷衍与浮夸。

岩羊倒是很受用，从喉咙里逸出一串悠扬的"咩"，脚下跑土，突然向前一跃，腾空高度堪比猫科。

某个刹那，胡灵予真的生出一种错觉，面前的不是岩羊，而是某种既擅跳跃又擅冲撞的强势科属。

余光里倏然一闪。

胡灵予转头，路祈同样跃起，他没有兽化，但身体在空中的舒展不逊于鹿形，就那样迎着岩羊而去。

倾尽全力，战斗的姿态。

为什么？胡灵予错愕，明知道是假老师，为什么还要迎战？没意义啊。

邓文海见路祈跳起来了，很兴奋，但立刻发现对方没有兽化的意思，就以人形这么直愣愣过来了，顿时莫名其妙。

他要和猛兽撕扯，不是让人给他送人头！

眼看就要撞到一起，岩羊只得仰头，让原本朝前的羊角改为冲上，以免真把学生戳死，惹不必要的麻烦。

不料路祈像早知道岩羊会仰头一样，顺势伸手一揽，一人一羊于半空"砰"地撞到一起，路祈的手臂也死死勒住了岩羊的脖子。

邓文海呼吸一顿，然后便随着路祈重重摔到地上，身体被人压着，羊头被用力摁进沙子里。

岩羊疯狂挣扎，蹄子蹬起沙土，混乱中听见身上人贴着它的耳边，声音很轻，冰冷刺骨："老师，你这也不行啊，我还以为能多厉害呢。"

窒息的感觉越来越痛苦，死学生根本没打算松手。

邓文海以为自己已经够疯了，没想到遇上个更疯的，一瞬间他忽然觉得可惜，这么疯的家伙要是弱势科属多好，完全可以发展成自己人。

压迫，战栗，兴奋，多种情绪交织，像电流刺激着邓文海全身上下的每个细胞。

岩羊忽然用力向上一顶。

远比之前更凶悍的力量，直接将路祈掀翻。

一跃而起的食草动物，猛然反扑，眼看双角就要冲上路祈前胸。

路祈来不及躲，只能抬手防御，并做好了受伤的准备。

就在这时，胡灵予忽然从旁边冲过来，重重地撞上岩羊身侧。

岩羊往旁边一歪，胡灵予也随着惯性和他一起歪。

邓文海干脆转头，改去咬胡灵予。

不料脖子刚动，嘴刚张开，就是一把沙子。

胡灵予手不大，抓的沙子倒不少，一点没糟践，全呼岩羊脸上了。

岩羊难受地叫了一声，反扑终止。

一人一羊吭当摔地，胡灵予飞快爬起，远离岩羊，将手放到口中，朝天空连吹一记响亮口哨，尾音拖得长长的，恨不得飘进云里。

蒙着沙尘的天际，很快传来鸣叫回应。

是附近的巡考老师。

邓文海刚勉强睁开眼睛，本欲反扑，听见猛禽叫声，恨恨一咬牙，转身跑了。

沙区能见度太差，胡灵予又吹了几声，以便巡考老师能更精准地定位。

路祈从沙地里坐起，冷冷地望着岩羊逃走的方向。

直到听见胡灵予问："没事吧？"

淡淡收回视线，路祈站起来，拍拍身上的土："打不过就扬沙子，扬完了就喊老师，流程还挺紧密。"

"人兽大战，勇气还挺可嘉。"胡灵予说。

路祈莞尔："怎么听着这么别扭呢……"

胡灵予道："不然呢，等你俩两败俱伤，都奄奄一息，再让巡考救援发现？"

"你都出手帮我了，哪有两败俱伤的道理，"路祈一本正经道，"肯定是我赢他输。"

胡灵予不听他扯淡："为什么不兽化？"

"兽化状态情绪容易失控，"路祈耸肩，"我怕下手没分寸。"

"你刚才没兽化，也没什么分寸。"

"有吗？"

"你差点勒死他。"

"明明是他把我顶翻了。"

金雕从混沌天幕里俯冲而下，中断了一狐一鹿的战后复盘。

"你们吹的口哨？"金雕落地，结束兽化，是一位中年男教师，眉宇间有凌云之气。

"对，"胡灵予直截了当地道，"有人伪装老师，攻击我们。"

"伪装老师？"金雕愕然。

"科属是岩羊，"路祈接口，"他说他是随机抽查的老师。"

金雕神情凝重起来："考务组没有科属是岩羊的老师，你们确定吗？"

"老师，我们确定，"胡灵予说，"他是兽化之后攻击我们的，我俩都看见了。后来听见我吹口哨，他就跑了，"抬手一指，"往这个方向。"

"好的，你们有没有受伤？还能不能继续考试？"

"可以。"

"那行，这件事情交给老师处理，"金雕温和道，"你们两个不要受影响，继续考试。"

说完便用隐形通信设备和冯燎原联络，将情况简要汇报。

冯主任在通信那端说了什么，路祈和胡灵予无从知晓，只是看见金雕老师神情变了又变，复杂而微妙。

结束通信，金雕又叮嘱了一遍他们别受干扰，专心考试，而后重新兽化，低空飞去岩羊离开的方向。

胡灵予一直目送金雕消失在茫茫黄沙中。

他真心希望邓文海在这里就被抓住，如果后者已经和"涅槃"有关，那么越早暴露，犯罪集团也就越早进入兽控局的视线。

只是邓文海为什么会出现在这里？又为什么要攻击学生？从其娴熟的"台词"和手臂的伤来看，自己和路祈肯定不是被袭击的第一拨。

岩羊已经跑了，再多为什么也没人回答。

可是梅花鹿还在这里。

"干吗这么看我？"路祈很想揽住小狐狸的肩膀，装什么都没发生，说一声"走，咱们继续考试"，但小狐狸好像不这么想。

胡灵予问："怎么看你了？"

路祈道："像看犯罪嫌疑人。"

该说有自知之明吗？

"我都和你说了，他不是老师，"胡灵予很在意，"你为什么还要和他打？"

路祈扯扯嘴角："我就是想看看，他敢这么闯进考场，这么肆意挑衅，到底有多能耐。"

胡灵予道："挑衅一头麂、一只狐狸也不用多少能耐。"

路祈道："他未必知道我俩的科属，正常来说，在这片考场里遇见两个强势科属的概率是百分之九十。"

是的，胡灵予想起来了，他们在和岩羊正式面对面之前，就结束了兽化，岩羊只见过他们的人形："不过他能闯进来，说不定也把考生的资料都摸熟了。"

"无所谓了，"路祈轻笑，"反正打过了，也就那样。"

梅花鹿的眼里一片轻蔑淡漠，可胡灵予却好像看见一团火，一团压抑在黑暗深处的火，随时准备熊熊燃起，焚毁一切。

强迫自己冷静下来，胡灵予试图将脑中一条条碎片化的线索拼凑、理清，将逻辑理顺。

首先，路祈应该不认识邓文海，因为在双方打照面时，他一眼认出了邓文海后，下一个反应就是看路祈，而路祈正在观察对方，带着谨慎上下打量。这是对可疑陌生人的标准反应。

但是当自己说完对方不是老师，当邓文海一言不合就兽化攻击时，路祈的表现开始变得微妙。面对极其不科学的羊科战斗力，他浮夸的"不可置信"都是装的，恰恰说明，他对此并不意外。

不认识岩羊，却对岩羊的超级战斗力不意外？这个逻辑链缺环节。

胡灵予蓦地抬眼。是自己，自己告诉了路祈"岩羊不是老师"。

一个不是老师的兽化者闯入考场，还拦截学生，路祈很可能由此猜到了什么，对岩羊的身份有了预期，所以当岩羊展现出非正常的身体素质时，他才不再意外。

这是目前能理出的最合理的推论，但如果推论成立，那就必然还有一个前提。

胡灵予缓缓地看向梅花鹿。

对于"涅槃"，或者至少与之相关的一些东西，路祈是知情者。

冲刺

岩壁之下，仰望只能看到半山腰，再往上皆被沙尘吞没，陷入一片混沌。

路祈问："攀得上去吗？"

胡灵予道："这话是不是应该在你把我拖到这里之前问？"

路祈道："拖？明明是你跟着我。"

胡灵予："……"

"不开玩笑了，"路祈正色起来，"以三个打卡点的情况来看，我们现在的打卡进度应该不慢，但如果想争取更好的成绩，就不能放过每一个扩大优势的机会。"

"别说得这么委婉了，还更好的成绩，"胡灵予斜一眼假谦虚的梅花鹿，"你就是想得第一。"

路祈看他："你不想？"

想。

但每次这种念头一冒出来，胡灵予总会先自己否了，好像内置了心理安全机制，只要难度过大，就会触发，然后一遍遍脑内循环"别异想天开了""定点实际目标"。

这是很多非强势科属的普遍心理，所以路祈这样敢想、敢做，还能做到的，格外耀眼。

"试试看吧，攀到哪儿算哪儿，"路祈拍拍山壁，"后面肯定没力气，到时候再找机会进山路。"

岩壁只有设置安全网的这一带垂直陡峭，其他方向有更缓的坡，中途改路可行，但改路之后就没法再扩大时间优势了。

胡灵予以为路祈这么说是安慰自己，结果发现对方一脸认真。

"你也爬不到山顶？"

"你当我铁打的，"路祈无奈，"随着体力消耗，攀岩的速度越来越慢，一旦慢到还不如从山路跑，就要及时换线路。"

胡灵予仰望山体，陡峭的地方秃一些，坡度缓和处则覆盖植被，但并不是规律的，曲折凹凸，杂乱交错。

"如果咱们交替着来呢？"他忽然道。

路祈抬一下眉："交替？"

胡灵予道："对。垂直攀一段，跑一段山路，让身体尤其是手臂缓缓，再垂直攀，是不是可以让体能更持久？"

路祈道："也能让有效攀岩距离最大化。"

胡灵予点头："嘿嘿。"

路祈问："乐什么？"

胡灵予道："我也有指导你的一天。"

路祈道："不用谦虚，你已经修炼成精了。"

胡灵予道："格局小了吧，我们狐科追求的从来不是成精，是成仙儿。"

路祈道："行，大仙儿。"

林区。

人工暴雨总算停了，喻老师看看时间，下午六点。截至目前，还没有同学完成全部越野。

通信的另一端，传来卫桥老师的声音："雨停了？"

"耳朵还挺灵，"喻老师摘掉发带，让脑子放松放松，"再不停，恐怕到半夜都考不完。"

"唉，"卫桥轻声叹息，"我就说，你和王老师也太严格了。"

喻老师翻个白眼，心说：你低调摸鱼也就算了，还好意思嫌别人工作认真？但面上一派同事客气："哎，我们也不想，没办法，冯主任三令五申，这次是优中选优，不敢松懈啊！"

"说到冯主任，今天好像很忙，说是会来巡查打卡点，我到现在也没见着。"

"我们也没见着。"

"难道事情是真的？"

喻老师愣住："什么事？"

"我也是听别人说啊，"卫桥神秘兮兮地放轻声音，"有人混进来了，伪装成老师，随机拦截甚至袭击学生。"

"社会兽化者？有学生受伤？这么大事怎么没动静？"喻老师着急三连问。

王老师睁开眼睛，睫毛还沾着雨珠，晶莹剔透。

"具体情况我也不知道，"卫桥说，"不过没学生受伤，可能主任那边已经摆平了吧。"

"摆平？这种事不是应该上报……"喻老师话没说完，就被人蹭了一脚。

他莫名其妙回头。

王老师懒得理他，直接开口拿过通信主导权："卫老师，你刚说那两个学生已经回山谷了？"

"哦，"关于梅花鹿和赤狐的话题，是卫老师的开场白，没想到聊这么久，又被扯了回去，"据巡考的金老师说，两人已经接近山顶了。"

"这么快？"

"爬一段跑一段，劳逸结合。"

几秒尴尬的空白。

"看来王老师没什么想和我聊的了，"卫桥行云流水给自己砌台阶，"那就这样？"

"回见。"

通信结束，喻老师立刻问："你踢我干吗？"

王老师闭嘴睡美人，张嘴更销魂："你脑子是不是让松紧带勒蒙了，听不出来卫桥忽悠你呢？"

喻老师问："什么意思？有人混进来是他编的？"

"行吧，你是真傻，"王老师无奈，"无风不起浪，事呢八成有，但我估计他就是听个风，所以给你递话，就你那脑子，但凡知道点什么，都得被他套了去。"

"可我啥也不知道啊。"

"所以他退而求其次了，改成煽风点火，我要不踹你，你现在已经上报了。"

"那不能，"喻老师还是有分寸的，"我怎么也得先问问主任，到底什么情况。"

王老师道："卫桥怎么不问？"

喻老师："……"

暴雨初晴，夕阳昏黄。喻老师在辽阔苍穹里参透了四个大字：人心叵测。

翻译成白话文：别信鳄鱼。

关注着胡灵予和路祈的，不只林区和沙区，山谷区的蒙老师更是从知道他俩选择"原路返回"开始，就在崖面上替他俩揪着一颗心。

终于在太阳落进地平线前的最后一刻，两张被汗水浸透的脸，同时抵达1、2号打卡机面前。

"打卡成功。"

"打卡成功。"

安全网里的十几个同学，全是两人跳崖之后新来的，没见过一鹿一狐曾经从上往下攀的英勇气概，只觉得突然间就有两人从高耸的山壁下面爬上来了，灰头土脸，仿佛深渊上来的恶龙。

然后他们就张大着嘴，目送恶龙刷脸，打卡，上崖。

崖面上传来蒙老师欣慰的声音："快，别在这里耽误时间，冲刺去终点！"

十几个同学："……"

徒手攀岩到峰顶，三处打卡全搞定，他们时常为竞争者过于恐怖而怀疑人生。

两个孩子消失在山谷区终点方向，蒙老师第一时间联络指挥中心，询问目前进度处于第一梯队的同学的情况，得知只有一组的速度和胡灵予、路祈差不多。

"不过这五个学生最后打卡的地方在沙区，目前正向沙区终点冲刺，"调度中心负责老师客观地说道，"因为两边去的终点不同，现在还很难说哪组会先到。"

"沙区这组是五个人？"蒙老师没想到人数这么多。

负责老师道："对，都是大型猫科。"

林区，终点附近。

美洲豹："吼——（都快点！）"

华南虎："吼吼吼——（老大放心，咱们肯定第一！）"

苏门答腊虎："吼吼，吼吼！（我看见终点了！）"

孟加拉虎："吼吼吼吼吼——（啦啦啦啦啦！）"

刚果狮："吼！吼吼——（别挤，让老大第一个过终点线！）"

华南虎："吼——（还谦让起来了？）"

孟加拉虎："吼吼吼吼吼——（哈哈哈哈哈！）"

"咻——砰！"

一记彩色信号弹，在黑色美洲豹冲过终点时，划破天空。

这是每个终点对第一名抵达的考生的祝贺。

"辛苦了！"驻守林区终点的考务组老师拿出信号弹，点燃。

"咻——砰！"

第五名冲过终点的跟班2号，苏门答腊虎，赵盛，缓缓变回人形，茫然地看向天空："为什么要放两遍？"

"前面那颗不是咱们这里放的。"考务组老师慈眉善目，"来，都过来，确认一下成绩。"

"等等，老师，"傅西昂拦住，"先说一下信号弹的事。"

考务组老师继续和蔼可亲："你们可能光听声音没注意看天，前面那颗是沙区放的。"

傅西昂问："意思是沙区有人比我们还快？"

考务组老师收收自己的双下巴："他们就快一点点，一颗信号弹的时间。"

"他——们？"傅西昂忍不住提高音量，还不止一个？

四个跟班赶紧把老大薅讨来，三个安抚，一个装乖上前："老师，那边几个人啊？"

"五个。"

"都谁啊？"

"这……"

"老师，你现在不说，回头也会公布成绩啊，我们就想输得明明白白。"

"好吧。"考务组老师拿过考试设备，查看上面实时更新的信息，"巧了，都是你们一个班的，崔……"

听完五个熟悉的名字，几人面面相觑，心情都很不爽。

王晏宁没忍住，小声骂一句："怎么让他们跑第一了？"

考务组老师没听见脏话，光听见第一，解释道："他们是第一个抵达沙区终点的，但不是第一啊，是三到七名。"

大猫军团："啊？"

老师道："你们五个是八到十二。"

"不是，那第一第二是谁？"

老师道："是山谷区终点的，那边放信号弹我们这里看不见。"

"所以，是哪两个？"

老师道："老师看看啊，第一名……9班的，路祈；第二名，2班，胡灵予。"

大猫军团："……"

傅西昂，对抗考试，路祈手下败将。

跟班3号马谦谦，同上。

跟班4号王晏宁，对抗考试，胡灵予手下败将。

跟班2号赵盛，同上。

跟班1号张琥："老大，你说是咱五个和他俩八字犯冲，还是他俩命里带煞，克猫？"

山谷区，终点。

瀑布深潭边，小狐狸躺在梅花鹿的肚皮上，待结束兽化，变成双双仰躺，不同的是路祈躺在地上，胡灵予躺在路祈边上。

终点老师确认完成绩，就随两个孩子去了。

"你这是不打算起来了？"路祈调侃，双手却也放到头后，安逸地望着树叶间隙外逐渐暗下的天空。

"头一次得第二，让我再高兴高兴。"胡灵予深吸口气，明明筋疲力尽，思绪却前所未有地松弛，像团云，要飘进夜幕里。

"头一次得第二？"路祈玩味着胡同学的话，"这种句式一般不都说'头一次得第一'吗？"

"反正只差两分，四舍五入就是第一啦！"

路祈乐了，胡同学倒是好说话。

不过胡灵予其实是有机会得第一的，向终点冲刺的时候，路祈有意让了半个肩膀，结果小狐狸一秒发现，又把肩膀撤回来了。

几次三番，路祈终于明白了搭档的决心。

可他还是没搞懂："既然就差两分，干吗非让我拿这个第一？"

瀑布落深潭，溅起浪花，水汽氤氲。

"本来就是你的。"胡灵予说。

（未完待续）

图书在版编目（CIP）数据

大觉醒 / 颜凉雨著 . -- 长沙：湖南文艺出版社，2023.4

ISBN 978-7-5726-0255-9

Ⅰ . ①大… Ⅱ . ①颜… Ⅲ . ①长篇小说－中国－当代

Ⅳ . ① I247.5

中国国家版本馆 CIP 数据核字（2023）第 026787 号

上架建议：畅销·青春文学

DA JUEXING
大觉醒

著　　者：颜凉雨
出 版 人：陈新文
责任编辑：刘雪琳
监　　制：邢越超
策划编辑：王小岛
营销支持：文刀刀　周　茜　李美怡
封面设计：吴思龙 @4666 啊
版式设计：梁秋晨
插画支持：你好好好菌　舟行绿水　圣　圣
内文排版：百朗文化
出　　版：湖南文艺出版社
　　　　　（长沙市雨花区东二环一段 508 号　邮编：410014）
网　　址：www.hnwy.net
印　　刷：三河市百盛印装有限公司
经　　销：新华书店
开　　本：640mm×915mm　1/16
字　　数：393 千字
印　　张：24
版　　次：2023 年 4 月第 1 版
印　　次：2023 年 4 月第 1 次印刷
书　　号：ISBN 978-7-5726-0255-9
定　　价：52.80 元

若有质量问题，请致电质量监督电话：010-59096394
团购电话：010-59320018